車 SF

都市と都市

チャイナ・ミエヴィル
日暮雅通訳

早川書房
6951

THE CITY & THE CITY
by
China Miéville
Copyright © 2009 by
China Miéville
Translated by
Masamichi Higurashi
First published 2011 in Japan by
HAYAKAWA PUBLISHING, INC.
This book is published in Japan by
arrangement with
THE MARSH AGENCY LTD.
through THE ENGLISH AGENCY (JAPAN) LTD.

愛する母、クローディア・ライトフットに捧げる。

謝辞

本書の執筆に協力してくれたすべての人の中でも、とりわけ次の人たちに感謝の意を表したい。ステファニー・ビアワース、マーク・ボウルド、クリスティーン・キャベロ、ミック・チータム、ジュリー・クリスプ、サイモン・キャヴァナ、ペニー・ヘインズ、クローイ・ヒーリー、ディアナ・ホウク、ピーター・レイヴァリー、ファラ・メンドレソーン、ジェマイマ・ミエヴィル、デイヴィッド・メンシュ、スー・モウ、サンディ・ランキン、マリーア・レイト、レベッカ・ソーンダーズ、マックス・シェーファー、ジェイン・スードルター、ジェシー・スードルター、デイヴ・スティーヴンスン、ポール・トーントン、そして、編集担当であるクリス・シュループとジェレミー・トレヴァサン。デル・レイ社とマクミラン社にも、深い感謝を。また、ブルーノ・シュルツのすばらしい訳文をつくってくれたジョン・カーラン・デイヴィスにも、お礼申し上げる。

私が影響を受けた作家や画家は数多くいるが、本書の執筆に際しては、特に次の人たちに感謝したい。レイモンド・チャンドラー、フランツ・カフカ、アルフレート・クービン、ジャン・モリス、そしてブルーノ・シュルツ。

街の奥底には、いうなれば、二重の道、にせの道、うそつきの道、たぶらかしの道が開かれてくる。

――ブルーノ・シュルツ「肉桂色の店」（工藤幸雄訳）

都市と都市

第1部　ベジェル

第1章

　通りはおろか、その住宅団地の大部分が、私の目には入らなかった。われわれは薄汚れた建物に囲まれていて、その窓には、寝起きの髪でマグカップを手にしたまま身を乗り出したり、朝食をとりながらこちらをながめている男女の姿が見える。団地の棟にはさまれたこの空き地は、かつて手が加えられたせいか、ゴルフコースのように傾いている。子供じみたやりかただ。おそらく樹木で囲み、池をつくろうとしたのだろう。貧弱な雑木林はあるが、若木は見当たらない。

　草地は雑草だらけで、ゴミの散らかる車輪の跡がついた歩道が、縫うように続いていた。あたりにはさまざまな部署の警官たちが見える。刑事も、私より先に何人か来ていた——目に入ったのはバルドー・ナウスティンのほかに、二名。だが、私より上の者はいないらしい。私はその部長刑事の案内で、警官たちのかたまっている場所に向かった。大きなドラム缶のゴミ箱に囲まれたスケートボード場と、打ち捨てられた低い塔のあいだの土地だ。すぐむこうにはドックがあって、船の音が聞こえてくる。居並ぶ警官たちの前にある塀の上に、子供たちが数人座っていた。

「警部補」誰かに呼ばれて、私は振り向いた。コーヒーをすすめてくれたが、首を振って断り、問題の女性に目をこらす。

彼女はスケートボード場のそばに横たわっていた。死にふさわしい静けさだ。風がその髪をたなびかせるが、死体は何も反応しない。彼女は立ち上がろうとしていたかのように両脚を屈し、両腕を曲げて、奇妙なポーズをしている。顔は地面に突っ伏したままだ。

茶色の髪をうしろで結んだ、若い女。地面から突き出た植物のように横たわっているその姿は、ほぼ全裸に近い状態だ。なめらかな肌はこの寒い朝に鳥肌もたっていず、それがかえって哀れみを誘う。身につけているのは伝線したストッキングと、ハイヒールの片方だけだ。ハイヒールを見つめる私に気づいた女性巡査部長が、離れたところから手を振った。足もとにはもう片方のハイヒールが落ちている。

死体が発見されてから、二時間たっていた。死体を見つめていた私は、息を殺すと、ひざをついて顔をのぞきこんだ。死体の目は片方しか開いていない。

「シュクマンは?」

「まだ来ていません、警部補」

「誰かやつを呼べ。電話して急がせるんだ」私は腕時計《パッ》をピシャリと叩いた。〝ミザンクリーム〟、つまり犯罪状況に責任を持つのは、私だ。監察医であるシュクマンが来るまで死体は動かせないが、ほかにもすべきことはある。私は現場全体をチェックした。人目につかない場所で、ゴミのドラム缶が視線を遮っている。だが、この住宅団地全体がわれわれに注意を向けている。そのことを私は昆虫のように感じとっていた。われわれが動き回っていることを、彼らは知っているのだ。

現場の端にある二つのドラム缶のあいだに一枚の湿ったマットレスが置かれ、そのそばには棄てられたチェーンと錆びた鉄のかたまりがからまっている。「それが彼女の上に載ってたんです」と言ったのは、リズビェト・コルヴィ巡査だ。二、三度一緒に仕事をしたことのある若い女性で、なかなか鋭いところがある。「うまく隠せたとは言えませんけど、ゴミのかたまりみたいに見せることはできたようですね」

死体のまわりの土には黒っぽい部分があり、ほぼ四角をかたちづくっている。マットレスにさえぎられた、露の残る部分だ。ナウスティンがそのそばにしゃがみこむと、地面をじっと見た。

「彼女を見つけた子供たちが、半分はがしたんです」とコルヴィ。

「どんなふうに見つけたんだ？」

コルヴィは地面を指した。動物のものらしき小さな足跡がある。

「動物が彼女を傷つけるのは止めたわけですが、見つけたのが人間だとわかったとたんに飛んで逃げて、通報しました。そしてうちの連中が到着すると……」彼女は私の知らない二人のパトロール巡査をちらりと見た。

「動かしたのか？」

コルヴィはうなずいた。「まだ生きているかどうか確認したんだそうです」

「二人の名前は？」

「シュシキとブリアミフです」

「で、あれが第一発見者か？」私は頭を振って、監視下にある子供たちを示した。少女が二人、少年が二人。いずれもミドルティーンで、寒そうにこちらを見ている。

「ええ。〝チューアー〟です」

「朝っぱらからか？」

「献身的ですね。たぶん〝今月のジャンキー〟とかのために来たんです。七時前にはここに来てました。このスケボー場は二年前に作られてそのままになっていたんですが、地回りがシフトの時間割を決めました。夜中の零時から午前九時まではチューアーのみ。九時から十一時は地元のギャング、十一時から零時まではスケートボードとローラーボードの連中って」

「所持品は？」

「少年のひとりがナイフを持っていましたが、ごくごく小さいものです。ネズミも殺せない、おもちゃですね。それから、各人が〝チュー〟を一本ずつ所持。それだけです」コルヴィは肩をすくめた。「ヤクは所持していませんでした。置いてあったのは塀のそばです。でも」

――また肩をすくめる――「このあたりにいたのはあの連中だけでしたから」

　彼女は警官のひとりを手招きして、彼の持っていたバッグを開けた。樹脂加工したマリファナの束。〝フェルド〟という名で通っているものだ。アラビアチャノキ《カーサ・エデュリス》（ニシキギ科の常緑灌木）の異種交配物に煙草、カフェインやもっと強いものを加え、ファイバーグラスなどの繊維を使って歯茎から血管に入るようにつくられたドラッグ。この名前は三つの言語の語呂合わせになっている。アラビアチャノキの現地名がキャットであり、私たちの言語で英語の〝キャット〟に相当する語が〝フェルド〟なのだ。匂いを嗅いでみると、かなり質の低いものだった。

私はダウン・ジャケットで震えている四人のティーンに向かって歩いていった。

「おっす《サップ》、おまわりさん」少年のひとりがベジェル訛りのヒップホップ英語らしきもので話しかけてきた。私と目を合わせたが、顔色は青ざめている。彼もその仲間たちも、みんな具合が悪そうだ。四人の座っている場所からは死体が見えないはずだが、その方向に顔を向けようとしなかった。

「私は過激犯罪課《ECS》のボルル警部補だ」

『私はティアドールだ』とは言わなかった。この年代ではファーストネームや遠回しな言い方やからかいには歳がいきすぎている一方、法律はわかっているにしても、単刀直入の尋問ができるほどの歳にはなっていない。「名前は？」

　少年はちょっとためらった。どの通り名を使おうかと考えたようだが、やめにしたらしい。

「ヴィリェム・バリチ」

「きみが彼女を見つけたのか？」少年がうなずくと、仲間もみんなうなずいた。「そのときのことを話してくれ」

「おれたちがここへ来たのは、その……」ヴィリェムは言葉を切ったが、私はドラッグのことを持ち出さなかった。彼はうつむいた。「来てみると、あのマットレスの下になんか見えたんで、めくってみたんだ」

「そしたらあれが……」ヴィリェムがためらっているので、仲間が顔を上げて言った。ヴィリェムは明らかに迷信を怖がっている。

「狼《ウルフ》か？」私が言うと、全員が互いに視線を交わした。

「ああ、なんか汚くて小さいやつの群れがこのへんをかぎ回ってて……」

「だからおれたちてっきり……」

「ここに着いてからどれくらいいたったころだね？」

ヴィリェムは肩をすくめた。「わかんないな。二時間くらい？」

「誰かほかにいたか？」

「その少し前に、むこうに男が何人かいたよ」

「売人か？」また肩をすくめる。

「で、草地の上をヴァンが一台やってきて、ここへ来てからしばらくしてまた行っちまった。おれたち誰とも話してないよ」

「ヴァンが来たのはいつだね？」

「わかんない」

「まだ暗いころだったわ」少女のひとりが口を開いた。

「なるほど。ヴィリェム、それにみんな、もしよければ、きみたちに朝食をごちそうしてあげよう」私は警官を手招きした。「親には連絡したか？」

「今しているところです。ただ彼女のところは――」少女のひとりを指す。「――つかまりませんでして」

「とにかく続けてくれ。この子たちは署へ連れていく」

四人は互いの顔を見た。「そりゃないよ、おまわりさん」ヴィリェムでないほうの少年が不安そうに言った。警官の指図に従う必要はないという主張を知っているのだろうが、部下について行きたいという気持ちもあるのだ。温かい紅茶とパンと書類。蛍光灯の下での退屈な質問。湿って重くなったマットレスをめくっていた暗いスケボー場とは、まったく別の世界。


ステペン・シュクマンと助手のハムド・ハムズィニクが到着した。腕時計を見る私を、シュクマンが無視する。彼はあえぐような音をたてながら死体のそばにかがむと、死亡の認定をした。シュクマンが所見を述べて、ハムズィニクが書き留める。

「推定時刻は？」と私。

「死後十二時間といったところだな」シュクマンは彼女の四肢のひとつに手をかけて押した。死体が揺れ動く。死後硬直状態の体が地面の上でぐらつくのは、死亡したときにおそらく別の形状の場所にあったことを意味するのだろう。「ここで殺されたのではないな」彼が自分の職に有能だと聞かされたことは何度もあるが、そうでないという証拠を目にしたことはまだ一度もなかった。

「終わったか？」シュクマンは鑑識のひとりに言った。声をかけられた女性は別のアングルでもう二枚写真を撮ると、うなずいた。シュクマンがハムズィニクの手を借りて死体をひっくり返す。彼女の体は、動かないながらもシュクマンにさからっているように見える。裏返しになってしまうと、四肢を曲げ、背骨を下にして揺れ動くその姿には、昆虫の死体を演じていると思わせる滑稽さがあった。

彼女はひらひらする前髪のむこうからこちらを見上げている。ショックを受けたように、張りつめた表情。ひとりで驚いている状態が、ずっと続いているのだ。若いがかなり化粧が厚く、損傷を受けた顔をメイクが汚している。どんな顔立ちかと説明するのが難しく、彼女を知る人が見てもわからないのではないかとも思えた。死体を整えたあとになったら、もう少しよくわかるようになるかもしれない。泥のように黒っぽくなった血が、胸の谷間に跡をつけている。立て続けに光る、カメラのフラッシュ。

「お、これが死因だな」シュクマンが胸の傷を見て言った。

それとは別に、左の頬からあごにかけて、カーブを描いた赤い裂け目がある。顔の半分の長さはあろうかという切り傷だ。

最初の数センチは、絵筆でなでたようにきれいに走り、すっぱりと肉を切り裂いていた。

あごの下、つまり口の真下あたりにくると、傷口はみにくいぎざぎざに変わり、骨の裏側の柔組織を切り裂く深い穴で終わっている。彼女は見えぬ目でこちらをぼうっと見ている。

「フラッシュなしで何枚か撮ってくれ」と私は言った。

ほかの連中と同様、シュクマンがつぶやいているあいだ、私は目をそらしていた。彼女の体を見つめているのは、ばつが悪いような気がするからだ。制服姿の犯罪状況技術捜査官《ミザンクリーム》、通称〝ミクテク〟の連中がもっと広い範囲で調査を開始した。ゴミをひっくり返し、車の轍《わだち》を調べ、用紙に参照用の符号を書き込み、写真を撮る。

「よし」シュクマンが立ち上がった。「ここから運び出そう」二人の男が死体を持ち上げて、ストレッチャーに載せる。

「おいおい」私は思わず言った。「カバーくらいしたらどうだ?」誰かが毛布を探してくると、連中はシュクマンの車に向かってまた運びはじめた。

「午後から始めるが、来るかね?」とシュクマン。私はあいまいに首を振って、コルヴィのほうへ歩いていった。

「ナウスティン」コルヴィが会話を聞けるところまで来てから、私はバルドーに声をかけた。コルヴィはこちらをちらりと見て、少し近づいてきた。

「はい、警部補」ナウスティンが答える。

「どう思う?」

彼はコーヒーをひと口飲むと、落ちつかなげにこちらを見た。

「売春婦ですかね？」とナウスティン。「第一印象はそうでした。こういう地区だし、殴られてるし、裸で、それに……」彼は自分の顔を指して彼女の厚化粧のことを表現した。「で、売春婦かも、と」

「客とトラブルになったと？」

「ええ、ただ……体の傷だけだったら、まあ、警部補もおわかりのように、客の要求がなんにせよ、彼女がそれにこたえなかったってことかもしれませんが、これですから」ナウスティンはまた落ちつかなげに自分の頬をさわった。「普通じゃないですね」

「変質《シコウ》者か？」

　彼は肩をすくめた。「たぶん。切りつけて、殺し、死体を捨てる。うぬぼれ屋で、おれたちが死体を見つけることなんて屁とも思わないやつですよ」

「うぬぼれ屋か、単なる間抜けか」

「あるいは、うぬぼれ屋でしかも間抜けですね」

「じゃあ、うぬぼれ屋で間抜けのサディストだ」と私。ナウスティンは上目づかいに見た。

、、、、、、、、
たぶんそうでしょう。

「いいだろう」と私は言った。「そうかもしれない。この地域の女たちに聞き込みをしろ。このあたりを知っている制服組をひとり使うんだ。最近誰かとトラブルになったことがないかと聞いてみろ。写真を持ち歩いて、あの〝フラナ・デタール〟の名前を突き止めるんだ」

私は身元不明の女性死体を意味する総称を使った。「まずはあそこにいるバリチと仲間連中を尋問しろ。ていねいにやれよ、バルドー。連中は通報せずに逃げることもできたんだからな。こいつは冗談じゃあない。それから、ヤスゼクも使え」ラミラ・ヤスゼクは尋問がうまい女性刑事だ。「午後に連絡を入れてくれるか？」ナウスティンが充分離れたところで、私はコルヴィに言った。「数年前だったら、売春婦殺しに割ける人数はこの半分もいなかったな」

「前よりはずっとよくなりましたね」コルヴィは死体の女よりそれほど年上ではないはずだ。「ナウスティンが聞き込みの任務を喜ぶとは思えないが、文句は言わなかったな」

「前よりずっとよくなったんですよ」

「そうか？」私は眉をひそめ、ナウスティンの去った方向をちらりと見てから、しばらく待った。シュルバン失踪事件のときのコルヴィの仕事ぶりは、覚えている。あれは当初考えられていたよりもはるかに込み入った事件だった。

「まあとにかく、別の可能性をつねに頭に置いておくべきだっていうことだけだと思いますけどね」

「話してくれ」

「彼女のメイクです」とコルヴィ。「アース・カラーとブラウンだけでしたね。厚塗りでしたが、あれじゃあ――」彼女はふくれっ面をした。「それに、髪のことに気づきましたか？」気づいたさ。「染めてませんでした。グンター街の劇場近辺に行って、あそこにある女たちのたまり場をどれでもいいから見てみればいいんです。三人のうち二人はブロンドですから。残りは黒髪とか毒々しい赤髪とかそんなものです。しかも……」彼女は髪の毛があるかのように空中を指で示した。「汚れてましたけど、私のよりははるかにましでした」と言いながら、自分の枝毛の割れはじめの部分を手で梳《す》いた。

ベジェルの夜の女の場合、特にこの界隈では、自分の子供の食べ物や服のほうが優先される。その次が自分のための〝フェルド〟やクラック（高純度に精製したコカイン）、それから自分のための食べ物、最後が雑貨で、中でも毛髪用のコンディショナーなどはリストのうしろにくる。私はほかの警官たちのほうをちらりと見た。ナウスティンが気を引き締めて出発しようとしている。

「なるほどね」と私は言った。「この界隈を知ってるか？」

「ええ。このへんはちょっと変わってますけれど。一般的なベジェルとは言えません。私の今の巡回区域はレストフです。あそこが手一杯になったときに何人か呼ばれましてね。でも二年前にここも回ったことがありますから、多少は知っています」

レストフはベジェルの中心街から六キロほど離れた地区で、郊外と言っていい。私たちが今いるのはその南にあたる地区であり、ヨヴィック橋を渡った、ブルキヤ・サウンドと河口のあいだの土地だ。厳密には島だが、本土に近く、打ち捨てられた地区コルドヴェナでほぼつながっている。コルドヴェナには住宅団地や倉庫、安っぽい居酒屋などが連なり、いたるところにわけのわからない落書きがされている。都心部のスラムとちがって、ベジェルの中心街から離れているせいで忘れられやすい。

「ここにどのくらいいた？」

「通常期間の六カ月でした。かっぱらいにガキどもの小競り合い、ドラッグ、売春……おなじみの光景です」

「殺しは？」

「私がいたときで二、三件。ドラッグがらみです。ほとんどが殺人事件になる手前ですんでました。ギャングはECSが関係してこない程度に互いにやり合うのがうまいんです」

「じゃあ、誰かがヘマをしたということか」

「ええ、あるいは気にしないやつがいたか」

「オーケイ。じゃあきみが必要だな。今の担当事件は？」

「急ぎのものはありません」

「きみを少しのあいだ配置替えしてもらいたいね。ここにはまだコネのある相手がいるか？」彼女は唇をすぼめた。「そいつらを見つけ出してくれ。だめなら、地元の関係者からここの情報屋が誰かを聞き出すんだ。きみには現場にいてほしい。この住宅団地を回って、聞き込みをする——ここの名前をもう一度教えてくれないか？」

「ポーコスト・ヴィレッジです」コルヴィが笑ったので、私は眉をひそめた。

「ヴィレッジと言えるだけ大きいのか。まあ、何が出てくるかやってみてくれ」

「私のところの警視《コミッサール》がいい顔をしないと思いますが」

「交渉するさ。バシャージンだろう？」

「了解がとれますかね？　ということは出向になるんですか？」

「今は厳密に考えないでおこう。とにかくこの件に集中してほしいんだ。報告はおれに直接してくれ」私は携帯電話とオフィスの番号を教えた。「あとでコルドヴェナを案内してほしい。それから……」私はナウスティンをちらりと見た。彼女がそれに気づく。「注意深くあたってくれ」

「彼はたぶん正しいんでしょうね。おそらく、うぬぼれ屋のサディストのしわざですよ」

「おそらくはな。だが、彼女の髪がなぜきれいだったのかを探ろう」

天性の実績比較表とでもいうべきものがある。ケレヴァン警視はかつて、パトロール巡査をしていたころ、論理をまったく無視したやりかたを手本にして事件を解決したことが、何度かあった。一方マルコベルク警部はそうした事件解決のしかたはいっさいせず、その地道な記録は長い骨折り仕事の結果といえた。私たちは、説明のつかないちょっとした洞察を〝直感〟などと大げさには呼ばないが、実際にそういうものはあるのだ。刑事が指にキスして、インスピレーションの守護神ワルシャーのペンダントが下がっているはずの胸元に触れるのを見れば、その直感を間近に感じることができるだろう。

シュシキとブリアミフは、マットレスを動かしたことについて私が問い詰めると、最初は驚き、次に自己弁護し、最後は不機嫌な顔になった。私はそのことを報告書に書いた。彼らが謝っていたら、ほうっておいたことだろう。警官たちの靴が、血痕を踏みにじったり指紋を汚したり消したり、証拠品を壊したりするのが当たり前というのは、なんとも気の滅入ることだ。

数人の記者が立ち入り禁止区域のへりに集まっていた。ペトルスなんとかという記者、ヴァルディル・モーリ、ラックハウスという若い男、その他二、三人だ。

「警部補！」「ボルル警部補！」中には「ティアドール！」と呼ぶ者までいる。

だがほとんどのメディアは礼儀正しく、発表を控えてくれと言う私の要請にも従順に従ってくれる。この数年で、イギリスや北米の経営者に影響され、あるいはコントロールされた、みだらで攻撃的な新聞がいくつか創刊された。必然的に、古くからある地元の新聞は、単調な面白みのないものと見られるようになる。だが問題は、扇情的なものをもてはやす傾向がおさまってくると、新しい出版社の若い記者による刺激的な行動は減るが、彼らが生まれる前に書かれた記事に追随するような傾向が出てくることだ。週刊誌《レジャル！》に記事を書くラックハウスも、そのひとりである。私に質問して答えを得られないとき、あるいは下級職員を買収して成功したとき、彼はこう書く。「大衆は知る権利があるのだ！」

最初、私には彼の言っていることが理解できなかった。ベジェルでは、「権利」という言葉は多義性をもっており、彼が意図するような絶対的な意味をもちにくい。この単語の意味を理解するには、私がまずまずの能力を持つ英語に、頭の中で翻訳しなければならない。彼は決まり文句に忠実で、それがコミュニケーションの必要性を超えている。おそらく彼は、私が歯をむいて彼のことをハゲワシとか悪鬼《グール》とか呼ぶまで、満足しないのだろう。

「わかっていると思うが」現場に張られたテープが私たちを隔てている。「今日の午後、E

CSセンターで記者会見を行なう」

「何時からですか？」連中は私の写真を撮っている。

「あとで知らせるよ、ペトルス」

ラックハウスが何か言ったが、私は無視した。振り向くと、住宅団地のへりのむこうにあるグンター街の端、汚れたレンガの建物のあいだに、目をやった。ゴミが風に舞っている。どこかへ飛ばされていくのだろう。年配の女性がひとり、よろよろと傾いた歩き方で遠ざかっていく。その女性が、ふと振り向いて私を見た。その動きにはっとした私は、彼女と目を合わせた。何かを言いたいようにも見える。私の目は彼女の服をとらえ、歩きかたをとらえ、そのしぐさをとらえた。

その瞬間、彼女はグンター街にいないはずなのだと気づいて、私はぎくりとした。私は彼女を見てはいけなかったのだ。

狼狽した私は彼女から目をそらした。むこうも同じことを、同じ速さで行なった。私は顔を上げて、着陸のための降下を始めている飛行機をながめた。数秒後に振り返ると、年配の女性はずっと遠くに去っていた。私はふたたび用心深く、異国の通りにいる女性でなく貧困地区のグンター街にある建物のファサードに、目をやった。

第２章

巡査のひとりが運転する車でレストフの北部へ行った私は、橋のたもとで降りた。このあたりのことはよく知らない。もちろん、学生のころこの島へ渡って打ち捨てられた通りを見たことはあるし、その後も何度か訪れたが、通勤用の抜け道は別のところだったのだ。周辺地域の行き先表示板が、ペストリーショップや小さな町工場の外に留められている。それを頼りにして、こぎれいな広場にある路面電車《トラム》の停留場にたどりついた。砂時計のロゴがついた介護施設と、スパイスショップにはさまれた場所で、あたりにはシナモンの香りが広がっている。

かん高い音をたて、線路に沿って車体を揺らしながら、トラムがやってきた。車両の半分ほどしか乗客がいないが、私は座らなかった。北へ向かってベジェルの中心街に近づくにつれ、客は増えていくはずだ。窓際に立って、すぐむこうに続くなじみのない通りを見つめた。

あの女――古いマットレスの下にいたあの女とガラクタに、市街清掃人は気づいただろうか。私は携帯電話でナウスティンを呼び出した。

「あのマットレスは調べに回したか？」

ない。

「そのはずです」

「確認してくれ。〝テク〟連中が調べているなら、問題はない。だが、ブリアミフたちが何か見落としていないとも限らないからな」おそらく彼女は、あの仕事について間もないのだろう。もし殺されたのが一週間後だったら、髪はエレクトリック・ブロンドだったかもしれない。

川沿いのこのあたりは複雑に入り組んでいて、建物の多くは一世紀から二、三世紀前のものだ。トラムが側道に入っていくと、ベジェルの街は――少なくともこれまで通り過ぎたすべての半分が――もたれかかるように、こちらを見下ろしているように見えてくる。トラムは地元の乗用車に囲まれながらよろめくように進み、ベジェルのビルがアンティークショップとなっている〈クロスハッチ〉地区のひとつに到着した。アンティークショップの商売は、この数年間市内で行なわれているほかのものと同様、うまくいっていた。多少のベズマルクを得るために先祖伝来の品をアパートから売り払う人たちがいるからだ。

論説委員の中には楽観主義者もいる。議会でリーダーたちが怒鳴り合いをくり返している一方、すべての政党の新人たちの多くは、ベジェルのことを第一に考え、力を合わせて働いた。そして、海外からの投資があるたびに、賛辞をもって迎えた。誰もが驚いたことに、投資は複数あった。最近も、〝シリコン・河口《エスチュアリ》〟というベジェルの自分勝手な宣伝文句に反応して、二つのハイテク企業が進出してきたほどだ。

私はヴァル王の銅像前でトラムを降りた。ダウンタウンは賑やかだ。市民や旅行者、その他の見てはいけない相手に気を遣って止まったり動いたりしながら進むと、ECSセンターのずんぐりしたビルに着いた。ベジェル政府のガイドに連れられた、旅行者のグループが二つ。私はビルへの階段に立ってウロープ街を見下ろした。何度かかけると、電話が通じた。

「コルヴィか？」

「はい、ボス」

「あの地区のことは知ってたな。われわれが実は〈ブリーチ〉を調べていたという可能性はあるか？」

しばしの沈黙があった。

「そうは思えないですね。あそこはまったくの〈完全《トータル》〉な地区です。ポーコスト・ヴィレッジは確かに無傷のプロジェクトですし」

「だが、グンター街はどうもおかしいぞ……」

「でも、いちばん近い〈クロスハッチ〉地区でも数百メートル離れています。無理な話じゃないかと……」もしそうだったら、殺人者の側にしてみればとんでもないリスクだということだ。「想定してみることはできますが」

「頼む。進行状況を教えてくれ。おれはもうすぐ合流する」

自分で始めたほかの捜査の書類を処理しなくてはならないが、いずれも着陸許可を待つ飛行機が飛行場の上で旋回するような状況にあった。ガールフレンドを殴り殺した男が、捜査班の派遣と飛行場の手配書にもかかわらず逃げ続けている一件。麻薬常習者の家に押し入ったあげく、自分が振り回していたスパナで殴られた、スティエリムという老人の一件。この事件は終結しないだろう。左翼の若い男アヴィド・アヴィドが人種差別主義者に襲われ、歩道の縁石に頭を叩きつけられた事件では、彼の頭上の壁に〝汚らわしいエブルー〟と書かれていた。このときは特捜課のシェンヴォイと共同捜査になったが、彼はアヴィドが殺される前からベジェルの極右組織を極秘調査していた人物だ。

デスクで昼食をとっていると、ラミラ・ヤスゼクから電話が入った。「子供たちの尋問は終わりました」

「で？」

「連中が自分たちの権利ってやつをよく知らなくてよかったです。知ってたらナウスティンは訴えられているでしょう」私は両目をこすりながら、口一杯に頬張っていた食べ物を飲み込んだ。

「やつは何をしたんだ？」

「バリチの仲間のセルゲフという少年が生意気な子でしてね。ナウスティンは、『おまえが最重要容疑者だ』という無茶なことを言って、だまらせたんです」私はののしりの言葉を吐いた。「そう難しい相手じゃなかったし、少なくとも私にとって〝グッドコップ〟するのはかんたんでしたけれどね」私たちは英語から〝グッドコップ〟（いい警官）と〝バッドコップ〟（悪い警官）の二語をちょうだいして、動詞として使っている。ナウスティンは、力ずくの尋問をしがちな刑事のひとりだ。そういう方法論が有効な容疑者、つまり尋問の途中で階段から突き落とす必要があるような相手もいるが、すねているだけのティーン〝チューアー〟は、その対象ではない。

「ともあれ、怪我人は出ていません」とヤスゼク。「連中の話は合致しています。四人で一緒に、あの雑木林のあたりに行きました。たぶん、やんちゃなことをしてたんでしょう。少なくとも二時間はあそこにいました。そのあいだのいつかの時点で――正確な時刻は聞かないでくださいよ。『まだ暗いころ』という以上のことは出てこなかったんですから――草の上をヴァンが一台、スケボー場に向かってきたのを、女の子のひとりが見つけました。ですが、あそこは昼も夜もしょっちゅう人がやってきて、取引したり何かを捨てていったりするので、特にどうとも思わなかったそうです。ヴァンはいったんスケボー場を通り過ぎてから、戻ってきて、しばらくするとスピードを上げました」

「スピードを上げた?」

私は手帳に走り書きしてから、片手でパソコンのメニューをプルアップしようとした。すでに何度かコネクションが切れている。性能の低いシステムなのに大きな添付ファイルが来ているからだ。

「ええ。ヴァンはかなり急いでいて、サスペンションがきしむほどだったそうです。彼女が気づいたのはそれだけです」

「車の特徴は?」

『グレー』とだけ。ヴァンの車種は知らないそうです」

「いくつか写真を見せて、車種が特定できるかやってみろ」

「了解。あとで報告します。そのヴァンのあとに、少なくとも二台の乗用車かヴァンが、何らかの目的で来たそうです。バリチによれば、取引のためだそうですが」

「そうなるとタイヤ跡の分析が難しくなるな」

「その後一時間かそこらしたころ、この女の子がヴァンの話をみんなにして、廃棄物だった場合のために確認しに行ったんだそうです。連中の話では、古いステレオとか靴、本など、あらゆるものが捨てられるということで」

「で、連中は彼女を見つけたというわけか」パソコン上では、私宛てのメッセージがやっといくつか受信されていた。ミクテクの写真担当からのものがあったので、開いて画像をスクロールしはじめた。

「連中は彼女を見つけたわけだ」


私はガドレム警視に呼ばれてオフィスへ行った。芝居がかった柔らかい口調や、わざとらしい温和な態度は不器用な印象を受けるが、いつもこちらのやりたいようにやらせてくれるので、助かっている。彼がキーボードで何やら打ち込みながらののしりの言葉を吐いているあいだ、私は座って待っていた。画面の端に貼った紙に書かれているのは、データベースのパスワードにちがいない。

「で？」ガドレムがやっと口を開いた。「住宅団地だって？」

「ええ」

「どこにある？」

「南部の郊外です。若い女性が刺されました。シュクマンが調べています」

「売春婦か？」

「かもしれません」

「かもしれない」彼は片方の耳を手でふさいだ。「でもまだわからない。私にはそう聞こえるぞ。そのまま捜査を続けてくれ。『でもまだわからない』の理由をしゃべりたくなったら、教えてくれるか？　きみの助手は誰だね？」

「ナウスティンです。それから、パトロール巡査をひとり、支援につけました。コルヴィ一級巡査で、あの地区をよく知っています」

「彼女の巡回区域なのか？」私はうなずいた。充分近いと言える。

「ほかに未解決のことは？」

「私のデスクにどっさり」警視はうなずいた。ほかの事件と一緒ではあるが、彼は〝フラナ・デタール〟を追う余裕を与えてくれたのだ。

「で、全部見てきたんですか？」

時刻は午後十時近く、被害者を発見してから四十時間以上がたっていた。車を運転しているのはコルヴィで——覆面パトカーに乗っているのに、彼女は制服を着たままだ——グンター街周辺の通りを走っている。私は前日の夜遅くからずっと家に帰っていないが、この朝自分で来たのと同じ通りを、ふたたび訪れていた。

もっと大きな通りや同じくらいのいくつかの通りには〈クロスハッチ〉地区があるが、この大きなエリアは〈完全《トータル》〉だ。古いベジェル様式の、急傾斜の屋根やたくさんのガラスをはめた窓のついた建物が、少し。とぎれとぎれに並ぶ町工場や倉庫だ。それから、築何十年かの、ガラスがすっかり割れた家や、全体の半分くらいしか物の入らない家がひと握り。板張りのファサード。店の前にワイヤが張られた食料品店。古典的ベジェル様式の、荒れ果てたかつての繁華街。一部の家には住民がいて、教会も薬局もある。一部は焼け焦げて、ぶざまな炭のかたまりとなっている。

この一帯は人通りが少ないが、誰もいなくてからっぽというわけでもない。外を歩いている者は、つねにそこにいるかのように、景観の一部となっているのだ。この日の朝はさらに少なかったが、際だって少ないというほどではなかった。

「シュクマンが死体を調べるところを見たんですか?」

「いや」私は車が通り過ぎた場所を地図で確認していた。「おれが行ったときには、終わっていたよ」

「気持ちが悪くなるタイプでは?」

「ないね」

「そうですか……」彼女は微笑むと、ハンドルを切った。「そういうたちだとしても、そうはおっしゃらないでしょうけど」

「ほんとさ」と私は言ったが、実はそうでなかった。

コルヴィは目印となる場所を通り過ぎるときに指さした。今朝早くコルドヴェナへ調べに行ったことは、彼女には言っていない。コルヴィが警官の制服を着替えないのは、そうすれば私たちを見た者が、彼らを罠にかけるために来たと思い込まないからだった。しかも、〝ブルーズ〟と私たちが呼ぶ黒と青のパトカーに乗っているのではないという事実から、私たちが彼らを攻撃に来たわけではないとわからせることができる。まったく、入り組んだ理屈ではないか。

車の周囲にいるほとんどの者はベジェルにいる人間なので、私たちには見ることができた。貧困のせいで、くすんだ茶色や単調なカットというベジェル人の服装の永続的な特徴、つまりこの都市のファッションレスなファッションと呼ばれるものが、さらに進んできた。ただ、われわれが〈見ない《アンシー》〉ようにしている〈あちら側〉ではそうでないということに、ちらりと垣間見ることで、ある程度は気づいている。また、若いベジェル人もカラフルで、彼らの服は親たちのものよりずっと生き生きしている。

ベジェルの男女（と言う必要があるだろうか？）の大部分は、ひとつの場所からもうひとつの場所に歩いていくだけだ。遅番の仕事場から家へ、家々から別の家々へ、あるいは店へ。だがここでも、通り過ぎていくものを見てしまわないかという心配が強迫観念をつくり出し、自分がひどい偏執狂のように感じないようにするため、こそこそした動きをするようになる。

「今朝、以前交流のあったここの住人を見つけたので、何か知っているかと思って聞いてみました」コルヴィの運転する車は〈クロスハッチ〉のバランスが変化する暗がりを通過した。まわりの街灯がお馴染みの背の高いアールデコ調のものに戻るまで、私たちは黙っていた。その明かりの下、遠近法的な曲線を描く前方の通りに見えるのは、壁際に立つ売春婦だ。私たちが近づくと、警戒するようにこちらを見た。「でも運が悪かったんです」とコルヴィ。

その朝、彼女は被害者の写真を持っていなかったのだ。結局そのときは単純な質問しかできなかった。酒屋の店員たち、不法居住で占領した教会の聖職者たち、労働司祭の最後の何人か。それに上腕と前腕に鎌と十字架の入れ墨をした老勇士たち。彼らのうしろにある書棚にはグティエレス（ペルーの神学者）やラウシェンブッシュ（アメリカの神学者）、カナーン・バナナ（ジンバブエ共和国の初代大統領）のベジェル語版が並んでいた。道ばたにしゃがみこんでいる者も。コルヴィにできたのは、ポーコスト・ヴィレッジで起きた出来事について質問することくらいだった。彼らは殺人事件のことを耳にしていたが、それ以上何も知らなかった。

だが、今は写真がある。シュクマンからもらったものだ。私は車から降りるとその写真を振りかざした。文字どおり振りかざしたので、まわりにいた女たちは私たちが何かを持ってきたのであり、逮捕しに来たのではないことがわかったらしい。

コルヴィは女たちのうち何人かを知っていた。煙草を吸いながら、こちらをながめている。気温は低く、彼女たちを見たたいていの者と同じように、私はストッキングだけで脚が寒くないのだろうかと思った。私たちは明らかに彼女たちの商売をじゃましていた。通り過ぎる住民はみな、私たちを見てから、目をそらすのだ。一台の〝ブルーズ〟がゆっくりと近づいてきて、通り過ぎた。すぐに逮捕できると思ったのだろうが、運転手と助手席の警官はコルヴィの制服を見ると敬礼してスピードを上げた。私はテールライトに向かって手を振った。

「何の用なの？」女のひとりが聞いた。ヒールの高い安物の靴をはいている。私は写真を見せた。

〝フラナ・デタール〟の顔はきれいに整えられていた。だが左側に跡があって、メークの下に傷が見えている。傷跡を写真から完全に消すことは可能だが、こうした傷を見たときのショックは、質問する側にとって役に立つのだ。また、毛髪を剃る前に写真を撮っていた。彼女の顔は穏やかとはいえない。いらついているように見える。

「知らないわね」「見たことないわ」一瞬つくろったような反応は見られなかった。薄暗い明かりの下に集まった彼女たちは、暗がりをうろつく客に対する不安感をおぼえつつ、自分たちのあいだで写真を回した。同情の声があがることはあっても、〝フラナ〟のことを知っている者はいなかった。

「何があったの？」そのうちのひとりから要望されて、私は名刺を渡した。

「この子の身元を調べているんだ」

「用心したほうがいいの？」

「いや……」

私が口ごもっていると、コルヴィが引き取ってくれた。「そうしたほうがいいときは教えるわ、サイラ」

ビリヤード場の外で強い酒を飲んでいる若い男たちのところで、足を止めた。下品なジョークを投げかけられながら、コルヴィが写真を回す。

「なぜここに？」私は小声で聞いた。

「新入りクラスのギャングなんです」と彼女。「反応を見ましょう」だが、何か知っていたとしても、連中は何ももらさなかった。写真を返してよこし、無表情で私の名刺を受け取るだけだ。

ほかの集団に対しても同じことをくり返した。その都度、どこかのグループの悩める一員が抜け出してわれわれを捜し出し、死んだ女性の詳細や身元につながるちょっとしたことを教えてくれるのではないかと期待して、離れたところに停めた車で何分間か待ってみた。だが、誰もやってこない。私は大量の名刺を配って歩き、コルヴィが要注意と教えてくれた何人かの名前と人相を手帳に書きとめただけだった。

「私が知っていた者は、あれでほぼすべてです」彼女のことを思い出した男や女もいたが、それで歓迎ぶりにたいした差がついたようでもなかった。ひととおり終わった、と二人がともに思ったときには、午前二時を回っていた。半月がおぼろになっている。最後の聞きこみを行なって終了すると、私たちは深夜の常連客さえすっかりいなくなった通りに立っていた。

「依然として身元不明のままですね」コルヴィは意外そうだった。

「このあたりにポスターを貼り出すよう手配しよう」

「本当ですか？　警視が賛成しますかね？」私たちは小声でしゃべっていた。私はコンクリートと藪だけが見える空き地にめぐらせたフェンスの金網に、指をくぐらせた。

「ああ、認めるさ。たいしたことじゃない」

「制服組数人で二、三時間ってところですものね。それに警視は……ちがうし……」

「とにかく身元をつきとめなくちゃならない。おれが自分で貼ってやる」ポスターはほかの全部の地区へも送るようにしよう。だが名前がわかっても、〝フラナ〟の正体がわれわれの直感したとおりだとしたら、なけなしの方策もむだになるだろう。いずれ消えてしまう余裕をなんとか引き伸ばそうとしているところなのだ。

「ボスに従いますよ」

「そんなふうに言われるほどでもないが、この件に限ってはまあおれがボスかな」

「行きますか？」彼女が車を指した。

「トラムまで歩いていくよ」

「本気ですか？　勤務時間になってしまいますけど」それでも私は、手を振って彼女を行かせた。そして、自分の足音と犬の吠え声だけが聞こえる場所へ、われわれの青白い街灯の光が消えて異国の街灯のオレンジ色の光が照らす場所へ向かって、歩いていった。

研究室のシュクマンは、外の世界にいるときよりもおとなしかった。前日、ヤスゼクに電話をして子供たちの尋問ビデオをくれと頼んでいるところへシュクマンが連絡してきて、私を研究室へ呼んだのだ。室内は当然、寒くて薬品くさかった。窓のない巨大な部屋には、スチールだけでなく黒ずんで染みだらけの木製備品が置かれている。壁に掛かったいくつもの掲示板にはすべて、書類がどっさり留められていた。

部屋のすみずみまで、作業テーブルのふちにも、ほこりがしのび込んでいるようだった。テーブルのこぼれ止め《スピル・ストッパー》のそばの汚らしい溝に沿って指をすべらせると、もとどおりきれいになった。だが、染みには年季が入っているようだ。シュクマンはスチールの解剖台の頭のほうに立っていた。台の上には、わずかに染みのついたシートをかぶせられ、顔の輪郭がくっきり浮かび上がった〝フラナ〟がいて、彼女のことを話し合う私たちのかたわらでこちらを見つめているように見える。

私は助手のハムズィニクを見た。彼は死んだ女性よりほんのちょっとだけ年上ではなかろうか。両手を組み合わせ、すぐそばにかしこまって立っている。たまたまだろうが、彼が立っているのは薬書やメモに混じって〝ジャハーダ〟(イスラム教の信仰告白)が書かれた小さいが派手な紙が留められた、ピンボードの隣だった。ハムド・ハムズィニクは、アヴィド・アヴィドを殺した者たちが〝エブルー〟と呼んでいた人種なのだ。〝エブルー〟というのは、当節では主に保守派や人種差別主義者が使う、あるいは侮蔑の対象となった者が仕返しに挑発するときに使う、呼び名だ。ベジェルでも指折りの売れっ子ヒップホップ・グループに、エブルー・W・Aというのもいる。

厳密にはもちろん、そう呼ばれる者の少なくとも半数にとっては、馬鹿馬鹿しいほど不正確な言葉だ。それでも、バルカン諸国からの難民が庇護を求めてやってきて以来、少なくとも二百年のあいだに、この都市のイスラム教徒集団に広まっていった。古いベジェル語で〝ユダヤ人〟を指すエブルーが、新来の移民たちにも無理やり使われてきて、どちらの集団にも共通の呼び名になってしまったのだ。新来のイスラム教徒たちが定住したのは、ベジェルの元ユダヤ人街だった。

難民たちがやってくる前も、ベジェルにある二つの貧しい少数民族コミュニティは、昔から各時代の政策によって冗談まじりに、あるいはこわごわと、手を携えてきた。知っている者は少ないが、きょうだいの真ん中の子が馬鹿なことをするという昔ながらのジョークは、ユダヤ教のチーフ・ラビとイスラム教のイマームがベジェル正教会の節度のなさを語る一世紀前の昔話に由来する。両者の意見が一致したところでは、正教会にはアブラハム信仰の長子にある分別も、末子の持つ活力もないというのだ。

ベジェルの歴史上、だいたいいつの時代にもよくある施設が、ダプリール・カフェだ。イスラム教徒とユダヤ教徒のコーヒーハウスがそれぞれ隣り合って店舗を借り、ひとつの店名と看板、ひとまとまりのテーブル席と可動式の仕切り壁を共有する。どちらにもカウンターとキッチンがあり、ハラルとカシェルというそれぞれの律法にのっとった食事を供する。混成グループがやってきては、二店の経営者両方に挨拶したあと、固まって席につき、自分たちに食べることを許されているものをそれぞれの店に注文したり、自由思想家の場合はどちらかあるいは両方の店に注文したりするあいだだけ、共同体主義的《コミュニタリアン》境界線で分かれるのだ。ダブリール・カフェがひとつの店なのか二つの店なのかは、尋ねる人によってちがってくる。ただ、財産税の収税官に対しては、必ずひとつの店である。

ベジェルのユダヤ人街といえば、今では単なる建築物のことにすぎず、行政上の正規の境界はない。大きなちがいのある〈異質《オルター》〉な空間のあいだに、今にも倒れそうな古い家屋と再開発されたばかりのあか抜けた家々が固まっている。それでも、それはまさに街だ。寓意ではなく、ハムド・ハムズィニクは学校教育の中で何度も不快な目にあってきたことだろう。私はシュクマンをちょっぴり見直した。彼のような年齢や気性の男に対してハムズィニクが自分の信仰を屈託なく表明していることに、私はたぶん驚きを感じたのだろう。

「報告書はメールしてある」とシュクマンは言った。「二十四、五歳の女性。死んでいることを別にすれば、全般的にしかるべき健康体。死亡推定時刻は一昨日の真夜中ごろ。もちろん誤差はある。死因は、胸の刺し傷。傷は全部で四つ、うちひとつが心臓を貫通。鋭くとがった釘か錐状のもので、刃物ではない。頭部にも重傷を負い、おかしな擦過傷も多数」彼は片腕をゆっくり振って真似をした。「頭蓋骨の左側への打撃。それで意識を失ったか、ともかく倒れてふらふらになったところへ、刺し傷がとどめとなった」

「何で殴ったんだ？　頭をだが」

「重い鈍器。でかい拳かもしれんが、まあちがうだろうな」シートの端をぐいと引いて、じょうずに彼女の側頭をむきだしにした。ひどい打撲傷で、皮膚がおぞましく変色している。

「ほら」髪の毛のないほうへ、私を手招きした。

近寄ると防腐剤の匂いがした。ブルネットの髪を刈ったあとに、小さなかさぶたが点々とできている。

「何だろう？」

「さあな。あまり深い傷じゃない。倒れたとき何かにぶつかったんじゃないかな」擦り傷は皮膚を鉛筆の先で突いたほどの大きさだった。だいたい私の手幅くらいの範囲で、表皮を不規則に破っている。ところどころ、数ミリの長さで線状につながり、中ほどが深く、両端で消えていた。

「性交の形跡は？」

「最近ではなしだ。ということは、売春婦だとしたら、何かするのを拒んだからこんなことになったのかもしれん」私はうなずいた。「今はきれいにしてやったが」と、しばらくして彼が口を開いた。「泥やらほこりやら草の染みやら、ころがっていた場所にありそうな、ありとあらゆるものにまみれていた。それに、錆だ」

「錆？」

「体中にね。多数の擦り傷、切り傷、引っ掻き傷は、ほとんどは死後についたものだ。そして大量の錆」

私はまたうなずき、顔をしかめた。

「防御傷は？」

ハムズィニクが口を開き、また閉じた。私は彼を見上げた。彼が悲しそうに首を振る。

『まったくなしです』

第3章

ポスターが貼り出された。われらが〝フラナ〟が発見された地区周辺のほとんどの場所だが、キエゾフやトピーサなど、メインストリートやショッピング街の一部は除外されている。私のフラットを出てすぐのところにも、一枚貼られていた。

そのフラットは、ベジェルの中心街に近いわけではないのだ。私が住んでいるのは、旧市街《オールド・タウン》の南東、ヴルコフ街にある六階建てマンションの五階で、ここの通りはかなり入り組んだ〈クロスハッチ〉地区を形成している——改装に改装を重ね、家々の細かな部分さえ設計が狂っているのだ。このあたりの建物は通常より一階から三階分低いため、ベジェルの市街全体が張り出して見え、その屋根の連なる景観はほとんど昔の城のはね出し狭間《はざま》（城壁最上部の突出部（穴）で、ここから敵に石や熱湯を浴びせた）といった感じだ。

ヴルコフ街の突き当たりには、いくつもの塔の梁がつくる縞模様の影に包まれた、アセンション教会がある。その窓は鉄格子で保護されているものの、ステンドグラスのいくつかは割れたままだ。二、三日に一度、魚のマーケットが開かれる。氷の入ったバケツや新鮮な魚貝の並ぶそばで叫ぶ売り子の声を聞きながら、私は朝食をとるわけだ。そういう場所で働く女性は、若くても彼女たちの祖母と同じ服装をしている。露店のうしろにある懐かしい写真と同様、ふきんと同じ色のスカーフで髪を結び、魚をさばくときの染みを目立たなくする灰色と赤の模様がついた前掛けを身につけているのだ。一方男たちは、そう思わせたいわけでもなかろうが、海から上がって以来どこにも寄らず、まっすぐここに、私のフラットの下にある丸石の通りに来たかのように見える。ベジェルの消費者はみな、売り物にさわったり匂いを嗅いだりしながら、ぐずぐずと買い物をする。

その朝も、私のフラットの窓から数メートル上にある線路を列車が走り抜けていった。私の都市にあるものではない。すぐそばなのだから、車両の中を見つめ、異国の乗客の目をとらえることもできたが、もちろん私はそうしなかった。

彼らもまた、朝食のヨーグルトとコーヒーを前にして新聞を――《インクイストール》や《イ・デウルネム》、あるいは英語の訓練に読んでいる染みだらけの《ベジェル・ジャーナル》を――手にしたドレッシングガウン姿の痩せた中年男を、見ようと思えば見られたはずだ。この男はたいていひとりでいるが、時おり、彼と年齢の近い二人の女性のひとりと一緒のときもある（ひとりはベジェル大学の経済史学者、もうひとりは美術雑誌のライターだ。二人は互いのことをよく知らないが、気にもしていない）。

そのフラットを出ると、玄関からすぐのところにある掲示板で、〝フラナ〟の顔が私のほうを向いていた。両目は閉じているが、写真に手が加えられているので、死んでいるというより眠っているように見える。『この女性を知りませんか？』という、ポスターの文句。マット紙に白黒の印刷だ。『過激犯罪課に電話をください』と、われわれの電話番号。ポスターがここにも貼られているという事実は、このあたりの警官たちがことのほか有能であることを示しているのだろうか。おそらく、この区全体に貼られているのだろう。だが、私がここに住んでいるのを知っているのだから、二、三の効果的な場所、特に私の目に触れる場所に貼ることで、よけいなことを言われないようにしようという考えなのかもしれない。

ECSの本部までは、約二キロ。私はレンガのアーチに沿って歩いていった。そのてっぺんには〝分割線《ザ・ライン》〟があって、そのむこうは〈あちら側〉だ。ただ、すべてが異国のものというわけでもない。小さなショップや、落書きアートのほどこされた空き家を見ることができた。ベジェルにおけるこのあたりは静かな地域だが、〈あちら側〉の通りは賑わっている。私は〈見ない〉ようにしているが、すべてが通り過ぎて行くには時間がかかる。ヴィア・カミールで曲がる前に、ヤスゼクから電話が入った。

「ヴァンを見つけました」

私はタクシーをひろったが、途中何度も止まるはめにおちいった。ポント・マヘストは〈こちら側〉も〈あちら側〉も混み合っている。西の河岸に向かってじりじりと進みながら、私は汚れた川をしばらくながめていた。異国のウォーターフロント——つまりうらやましき金融地区にあるビルのガラスによる反射光が、煙やすすけた造船所の船に当たっている。ベジェルのタグボートが、見えないはずの〈あちら側〉の水上タクシーがつくる波のせいで、上下に揺れている。

問題のヴァンは、ビルとビルのあいだで傾いたかたちに放置されていた。道路と言うより貿易商社のビルとオフィスビルのすきまの溝のような土地で、ゴミや狼のフンが散乱し、二つのもう少し広い通りに続いている。事件現場用のテープがその両方の端に張られていた。この路地は実際は〈クロスハッチ〉地区なのでいささか不適当だが、めったに使われない場所ということもあり、テープの場合はこうした状況下なら規則も曲げられるのだ。職員が車のまわりをぶらぶらしていた。

「警部補」ヤスゼクが声をかけてきた。

「コルヴィは向かってるか？」

「ええ、伝えてあります」下の地位の者を徴用したことについて何も言わぬまま、彼女は私の前を通り過ぎた。ヴァンは使い古しのフォルクスワーゲンで、かなり傷んでいる。グレーというより白に近いが、泥で黒ずんでいた。

「指紋採取《ダスティング》は？」私はゴム手袋をはめた。ミクテクたちはうなずくと、私のまわりで作業を続けた。

「カギはかかっていませんでした」とヤスゼク。

私はドアを開け、座席の裂け目を突っついた。ダッシュボードの上には、フラダンスを踊るプラスチックのサンタが載っている。コンパートメントを引っぱり開けると、ほこりまみれのぼろぼろになった道路地図があった。中にあった本を開いてみたが、なんのことはないベジェルの運転読本で、白黒印刷であることから、その古さがわかる。

「で、なぜこれがそのヴァンだと？」

ヤスゼクは私を車のうしろに連れていき、後部ドアを開けてみせた。ほこりの中をのぞきこむと、湿っぽいが気分が悪くなるほどではない、カビよりは錆の匂いがして、ナイロンコードや山積みになったガラクタが目に入った。「何だこれは？」

私はそのいくつかを指で突いた。ぐらぐら揺れる、何かから取ったとおぼしき小型のモーター。壊れたテレビ。何やらわからぬ部品の残りや、らせん状の破片。それらがほこりの積もった布の上に載っている。錆の層と酸化物のきず。

「あれがわかりますか？」ヤスゼクは床の上の染みを指した。注意深く見なかったら、オイルの染みだと思ったろう。「制服組の連中二人がたまたま、捨てられたヴァンに出くわしました。ドアが開いているのに気づいたんです。連中が通達に従ったからなのか、それとも単にに不審な者をチェックするときに慎重だっただけなのかは、わかりませんが、いずれにせよラッキーでした」前日の朝、パトロール警官全員が読んでいたはずの通達には、グレーの車を見つけたら調べて報告し、ECSに問い合わせろとあった。その警官たちが押収したことを連絡するだけにとどまらなかったのは、運がよかったのだ。「とにかく、連中はこの染みを見つけて、検査に回しました。目下照合中ですが、〝フラナ〟の血液型と同じだと思われます。すぐにぴったり合ったという報告がくるでしょう」

ガラクタの下を見ようと、私はかがみこんだ。そのうちのひとつを、そっと傾けてみる。

手が赤く汚れた。ひとつひとつをながめては、さわって重さを確かめた。エンジンのようなものは、その一部であるパイプを持てばぶら下げられるかもしれないが、もとの部分が重いので、ぶら下げたら壊れそうだった。だが、引きずったような跡はなく、血や毛髪もついていない。殺人の凶器とは考えられなかった。

「何も外へは出していないな?」

「ええ、書類もつくっていません。たいしたものはありませんし。あるのはこれだけです。一日二日で調べられるでしょう」

「ガラクタがごまんとある」私がそう言ったところへ、コルヴィが到着した。路地の両側では通行人が一瞬立ち止まっては、ミクテクの作業を見ていく。「問題は充分な痕跡が見つからないということじゃない。見つかりすぎるということだ」

「そこで、ちょっと考えてみよう。ここにあるガラクタの錆は、彼女の体じゅうについていた。彼女はここに寝かされていたんだ」汚れは彼女の両手だけでなく、顔にも体にもついていた。ガラクタを払いのけようとはしなかったし、頭を護ろうともしなかった。つまり、ヴァンに乗せられてガラクタにまみれたときは、すでに意識を失うか死んでいたということだ。

「なぜこんなゴミと一緒に運んだんでしょう?」とコルヴィが言った。

その日の午後までにヴァンの持ち主の名前と住所が判明し、翌朝までには血液の型が〝フラナ〟のものと一致した。

男の名は、ミキャエル・フルシュ。少なくとも書類上は、ヴァンの三人目の持ち主だ。前科があり、暴行で二回、盗みで一回服役しており、最後に出たのは四年前だった。そして――「見てください」とコルヴィが言った。売春婦を買った行為でもつかまっていた。売春取締地区で、おとり捜査の婦人警官に声をかけたのだ。「じゃあ、こいつの可能性はあるわけだ」その後彼は姿をくらましていたが、急ぎの調べによれば、市内のあちこちの市場で物売りをしていたことと、週に三日は西部ベジェルのマシュリンにある店から買いつけていたことがわかっている。

彼とヴァン、ヴァンと〝フラナ〟を結びつけることはできる。だがわれわれが欲しいのは、直接のつながりだ。私はオフィスに行って電話のメッセージをチェックした。スティエリム事件に関連した、不要な作業の連絡。交換台からの、ポスターに関する情報と苦情が二つ。交換局は発信者の番号を特定できるようになると言っていたが、それからもう二年になる。

当然ながら、多くの人たちが電話をしてきて〝フラナ〟の身元を知っていると言う。だが、電話を受けるスタッフは嘘やからかいを除外する方法を知っているし、その判断は驚くほど正確だから、追うに足る情報をもっているケースはほんのひと握りしかなかった。ひとつは、ギエダール区にある小さな法律事務所の助手がもう何日も行方不明で、死体はその女性だというもの。もうひとつは、「彼女は〝ふくれっ面のローズィン〟て売春婦だ。おれにわかるのはそれだけだがな」という匿名の電話。制服組が目下調べているところだ。

私はガドレム警視に、フルシュの家を訪ねて尋問したいと申し出た。任意で指紋と唾液を採取したいと。そして、彼の反応を見たい。もし拒否すれば、提出命令をとって、監視下に置くことができる。

「いいだろう」ガドレムが答えた。「ただし、時間をむだにするな。もし協力しないようなら、〝セクイエストレ〟だ。連行してかまわない」

それは避けようと思っていたが、ベジェルの法律ではわれわれにそうする権利があるのだ。セクイエストレ。〝半逮捕〟とでも言おうか。非協力的な証人や〝関係者たち〟を六時間拘束して、予備的な尋問をできるのだ。逮捕できるほどの証拠のない容疑者から自白を得るために、昔から使われてきた。また、逃亡の可能性がある相手を足止めする方法として使われることもあった。だが、陪審員や弁護士はこの方法に反対しているし、半逮捕をされて自白しなかった相手は、われわれが逮捕をあまりに急いだように見えるため、その後法廷で有利になることが多い。とはいえ、古い考えのガドレムはそうしたことを気にしていず、私は命令を受け入れた。

フルシュは、経済的に活気のない地区であまり活発でない商売をしていることがわかっている。われわれは現地に急行した。詐欺師を担当していた地元の警官たちが、フルシュの居場所として確かめてあった場所だ。

われわれは店の上階にある事務所から彼を連行した。事務所はほこりっぽくて暖かすぎる部屋で、ファイルキャビネットのあいだの壁には業界のカレンダーが掛かり、色あせた傷隠しの紙が貼ってあった。彼の助手は呆然としたまま、フルシュが連れ去られるときも机の上のものを持ちあげたり下ろしたりしていた。

コルヴィたち制服警官が戸口に現われる前に、フルシュは私が誰だかわかったようだった。彼はプロだから、あるいはかつてプロだったから、われわれのやりかたにもかかわらず、自分が逮捕される理由はないとわかっていたはずだ。だから同行を拒否することもありえたはずで、そうなれば私はガドレムの命令に従うほかなかった。私の顔を見てから一瞬ののち——その間に彼は、逃げようか、でもどこから？　とでも考えているかのように、顔をこわばらせていた——彼は唯一の入り口である外壁のぐらつく鉄製階段を、われわれと一緒に下りていた。私は無線に向かって小声でしゃべり、待機させていた武装警官隊の警戒態勢を解かせた。フルシュはその警官隊を目にしていないはずだ。

フルシュはたっぷりした口ひげの男で、事務所の壁と同じくらい色あせてほこりっぽいチェックのシャツを着ていた。会見室のテーブル越しに、私を見ている。ヤスゼクは椅子にかけ、コルヴィは立ったまま、私の指示に従って口を閉ざしている。一方私は、部屋の中を歩きまわっていた。録音はとっていない。厳密には尋問でないからだ。

「なぜここに連れてこられたかわかっているね、ミキャエル？」

「まったくわからんね」

「きみのヴァンが今どこにあるか、知っているか？」

彼は顔を上げてじっと私を見た。声の調子が変わった——急に希望をもったような声。

「それが理由なのかい？　ヴァンのことが？」彼はほう、と言うと椅子の背にちょっともたれた。警戒はしているが、緊張は解けたらしい。「見つけてくれたのかい？　あの――」

「見つけてくれた？」

「盗まれたんだ。三日前に。見つけたんだな？　よかった。何が……今あるのかい？　返してもらえるかな。何があったんだ？」

私はヤスゼクを見た。彼女は立ち上がって私に耳打ちすると、また椅子にかけて、フルシュを見つめた。

「ああ、それがきみを連れてきた理由だ、ミキャエル。いったい何が理由だと思った？　おれを指さすんじゃない、ミキャエル。これから言うことを黙って聞いていろ。いいか。きみみたいな男、配達をしている男には、ヴァンが必要だ。だがきみは、盗まれたという届けを出さなかった」私はヤスゼクをちらりと見た。『これでいいか？』彼女はうなずいた。「きみは盗難届を出さなかった。ところが、あれはおれから見ればひどい代物だが、なければ困るはずなのに、きみはまったく困っているようすもない。わからないのは、もし盗まれたのなら、なぜわれわれや保険会社に報告しなかったのかということだ。車がなくて、どうやって仕事をしていたんだ？」

フルシュは肩をすくめた。

「頭が混乱してたんだ。届けを出そうとしたけど。忙しくて……」

「きみが忙しかったことはわかってるぞ、ミク。だがそのうえで聞くが、なぜ盗難の届けを出さなかった？」

「混乱してたんだ。盗まれたかどうかもわかんなくて――」

「三日間もかね？」

「今あるのかい？　いったい何があったんだ？　何かに使われたんだな？　何に使われた？」

「この女性を知ってるか？　火曜日の夜はどこにいた、ミク？」

彼は写真を見た。「まさか」顔色が青ざめる。「誰か殺されたのかい？　何てこった。この女は轢《ひ》かれたのかい？　轢き逃げか？　なんてこった」彼はへこんだＰＤＡを取り出したが、電源を入れないまま顔を上げた。「火曜日だって？　おれは会合に出てた。火曜日の夜だろう？　会合に出てたんだよ」彼はいらついた声で言った。「くそったれヴァンが盗まれたのはあの晩だ。おれは会合に出てた。証言してくれるやつは二十人いるぜ」

「どんな会合だ？　場所は？」

「ヴィエヴスだ」

「あそこまで車なしで行ったのか？」

「あのくそったれヴァンに乗ってったんだよ！　まだ盗まれちゃいなかった。おれは〈断賭会〉へ行ってたんだ。くそ、毎週行ってんだぜ。この四年間ずっと」

「最後に刑務所を出てからだな」

「そう、くそったれムショを出てからだ。何をやってくらいこんだか、知ってるかい？」

「暴行だろう」

「そのとおり。ノミ屋の鼻をへし折ってやったのさ。おれは負けてて、やつに脅されてたからな。大きなお世話だ。火曜の晩は部屋一杯の連中と一緒だったんだぜ」

「だとしても、せいぜい二時間しか……」

「ああ、それで九時からあとはみんなでバーへ行った――〈断賭会《GA》〉であって、〈断酒会《AA》〉(アルコール依存症者更正会)じゃないからな。そこに零時過ぎまでいて、ひとりじゃ家には帰らなかった。うちのグループには女もいてね……みんなが証言してくれるよ」

彼は間違っている。あの断賭会にいる十八人のうち、十一人は匿名のままだ。ズィエトという通り名で呼ばれる〝ビーン〟という筋張ったポニーテイルの男が主催者だが、彼もみんなの名前を明かそうとはしなかった。そうするのが彼にとっては正しいことなのだ。強制することはできたが、理由がない。比較的協力的な七人はみな、フルシュの話を裏づけていた。彼が一緒に家へ帰ったという女性が誰だかはわからなかったが、彼女が存在することは何人かが証言していた。つきとめることはできたかもしれないが、これもまた、そうすることの重要性が見出せない。ミクテクの連中は〝フラナ〟の体にフルシュのDNAが見つかったことで興奮しているものの、フルシュの腕の毛がほんのわずか彼女の皮膚に付いていただけだ。車に荷物を運び入れる回数を考えれば、何の証明にもならない。

「とすると、なぜフルシュは車がなくなったことを誰にも言わなかったんだろう?」

「言ったんですよ」ヤスゼクが答えた。「私たちには言いませんでした。でも秘書のリェアラ・キツォフに聞いてみたんです。そしたら、この二日間フルシュは車がないことでぶつぶつ文句を言っていたそうです」

「われわれに連絡するということは頭になかったのか？　車なしでどうするつもりだったんだろう」

「キツォフの話では、河のむこうとこっちを行ったり来たりして、だらだら過ごしていたそうです。たまに輸入の仕事もしてましたが、ほんの少しの量だったと。外国へちょっと行って仕入れた品を売るんです。安い服とかいかがわしいCDとか」

「外国って、どこへ？」

「ヴァルナ、ブカレスト、ときどきはトルコです。もちろん、ウル・コーマも」

「じゃあ、盗難届も出しにくいというわけだな」

「そういうことですね、ボス」

そして当然、彼は怒っているが――盗難届を出さなかったにもかかわらず、しきりに車を返せとせがんでいる――われわれがヴァンを渡すはずはない。ただ、車の保管所に連れていって確認はさせた。

「ああ、おれんだよ」私は車が勝手に使われたことで彼が文句を言うと思っていたが、同じせりふしか出てこなかった。「なぜ返してもらえないんだい？　必要なのに」

「さっきから言っているように、これは犯行の証拠品だ。こちらの用事がすんだら戻すことができる。いったいこれを何に使うんだね？」

フルシュはふくれっ面でぶつぶつつぶやきながら、ヴァンの後部をのぞいた。私は彼を引き戻して、何も触らせないようにした。

「このガラクタをかい？　知らねえな」

「これだよ。このガラクタだ」ちぎれたコードに、機械のクズ。

「だから、こんなのは知らねえって。おれが入れたんじゃない。そんなふうに見るなよ――なんでおれがこんなゴミを車に積む？」

フルシュを帰したあとのオフィスで、私はコルヴィに言った。「何かアイデアがあったら教えてくれないか、リズビェト。ストリートガールだかなんだかわからん身元不明の女が殺されて、ヴァンに乗せられ、空き地に捨てられた。しかもなぜか、そのヴァンにはガラクタが満載されていた。凶器もわからない。――わかってるのはそれだけなんだからな」私は机の上の報告書を突っついた。

「あの住宅団地は、いたるところにガラクタがありましたね」とコルヴィ。「ガラクタはベジェル中にあります。犯人はどこでだろうと拾えたはずです。犯人〝たち〟かもしれませんが」

「拾ってきて、しまって、捨てる。そのためにヴァンを使う」

コルヴィはじっとしたまま、私がさらに何かを言うのを待っていた。女の死体はそのガラクタに包まれ、錆が付き、彼女自体が古い鉄のようになっていたのだ。

第4章

二つの電話情報はどちらも空振りだった。ひとつ目は法律事務所の助手が単に何も言わずに辞めていただけだったのだ。ベジェル東部のビアツィアリックで発見された彼女は、われわれに手間をかけさせたことを恥じていた。「退職届なんて出さないですよ」と彼女は言った。「特にあんな雇い主の場合は。でもこんなことは、今までなかったですけどね」一方、〝ふくれっ面のローズィン〟はコルヴィがすぐに見つけ出した。ローズィンはいつもの場所で仕事をしていたからだ。

「〝フラナ〟には全然似てませんね、ボス」コルヴィは、ローズィンがうれしそうにポーズをとっているJPEG画像を見ながら言った。このいかにも信憑性のありそうな偽情報の出所はつかめなかったし、この二人の女をどうやったら混同できるのかもわからなかった。さらにほかの情報も入っていて、目下調べさせている。中身のあるなし両方のメッセージが、仕事用の携帯に入っていたのだ。

雨になっていた。マンションのすぐ外にあるキオスクに貼られた〝フラナ〟の手配書が、濡れて軟らかくなり、しずくを垂らしている。誰かが光沢紙でできたバルカン・テクノのライブちらしをその上に貼りつけたので、彼女の顔の上半分が隠されてしまった。唇とあごの部分から上に見えるのは、夜のクラブのもようだ。私はそのちらしをはがした。だが捨てはせず、ずらしただけだ。〝フラナ〟の閉じた両目が、ライブちらしの隣にまた見えるようになった。DJラディックと、タイガー・クルー。ハード・ビーツ。ほかに〝フラナ〟のポスターは見当たらないが、コルヴィの話では街のほかの通りにも貼られているという。

当然ながら、フルシュはヴァンの中すべてに痕跡を残していたが、〝フラナ〟の体に付いていたのは、例のわずかな体毛だけだった。いずれにせよ、更生中のギャンブラーというものはみんな嘘をつくのではないかと思えてしまう。われわれは彼がヴァンを貸したことのある人物の名をすべて割り出そうとした。フルシュは二、三人の名を挙げたが、盗んだのは知らないやつだと言い張っていた。死体が発見された次の週の月曜日、私に一本の電話が入った。

「ボルルですが」しばらくの沈黙があったのち、私はもう一度自分の名を言った。むこうも同じ名を口にした。

「ボルル警部補ですね」

「何かお役に立てることが？」

「わからない。数日前なら、役に立ってもらえると、思ってた。ずっときみに連絡をとろうとしていたのだ。むしろ、今は私のほうが手助けをできるかもしれない」男の言葉には外国訛りがあった。

「どういうことですか？　申し訳ありませんが、もう少し大きい声でお願いします。回線の状態が悪いようだ」

雑音が混じっていて、男の声は大昔の蓄音機から流れる音声のように聞こえる。回線にタイムラグがあるのか、それともこちらが何か言うたびにむこうが一拍おいてしゃべっているのかは、わからなかった。彼はなめらかにしゃべっているが、擬古文のような句読点を使うおかしなベジェル語だ。「どなたですか？　ご用件は？」と思わず私は言った。

「きみに情報を差し上げたい」

「うちの情報窓口には電話しましたか？」

「できないのだ」彼は外国から話しているらしい。時代遅れになったベジェルの交換機からのフィードバックは、特徴的だ。「そこが問題というわけでもあるが」

「私の番号をどこで知りました？」

「黙って聞いていてほしい、ボルル」私は会話の録音をとりたいとおもったが、椅子に座りなおした。「グーグルだ。きみの名前は、新聞に載っている。あの女性の捜査を担当しているね。過去の補佐役たちが誰かを知ることも、難しくはない。私に協力してほしいかね？」

私はまわりを見まわしたが、部屋には誰もいない。「どこから電話しているんです？」通りから誰かが見ているかもしれないとでもいうように、私は部屋のブラインドに隙間をつくってみた。もちろん、誰もいない。

「ボルル、きみは私がどこから電話しているかを知っているはずだ」

私はメモをした。この訛りは聞いたことがある。

彼はウル・コーマから電話しているのだ。

「きみは私がどこから電話しているかを知っているし、私の名前を尋ねてほしくないのも、そのせいだ」

「私に話をするだけなら、違法なことはないはずだ」

「これから私が話すことをきみが知らないから、そう言うのだ。きみは、私がこれから何を話すのか、わかっていない。それは――」突然声が途切れた。しばらく電話のむこうで、送話器を手で押さえたようなつぶやき声が聞こえた。「いいかね、ボルル。この一件できみがどういう立場にいるか、私にはわからない。だが、私がもうひとつの国からこうして電話をしているというのは、異常なことだし、侮辱的な行為なのだと思う」

「私に政治的なことはわかりません。あなたがもし……」私は続くセンテンスをウル・コーマの言語であるイリット語でしゃべった。

「このほうがいい」相手はイリット語訛りの古風なベジェル語でさえぎった。「いずれにせよ、ひどい言語ではあるがね」私はそのせりふもメモした。「あらためて聞こう。私の情報を聞きたいかね?」

「もちろんです」私は立ち上がって、発信元の探知をできる方法はないかと動き回った。私の家の回線にそういう装置はついていないから、ベズテルの回線をさかのぼって探知するには何時間もかかるだろう。彼がしゃべっているあいだ引き延ばすことができても、無理な話だ。

「あの女性は……彼女は死んだ。そうだね？　私は彼女を知っている」

「失礼ですが……」相手がしばらく黙りこくってしまったので、しかたなく私は言った。

「私は彼女のことを知っていた……ずいぶんと以前に出会ったのだ。きみに協力したい、ボルル。だがそれは、きみが警官だからではない。誓って《ホーリー・ライト》言う。私にきみの権限は関係ない。だが、もしマリアが……もし彼女が殺されたのなら、私が世話をしたほかの人たちも安全ではないかもしれない。その中には、私自身も含まれる。そして彼女は価値ある……まあ、私の知っているのはこれがすべてだ。

　彼女の名前はマリア。その名で通っていた。彼女にはここで出会った。ウル・コーマでだ。私は知る限りのことを話しているが、そう多くのことは知らない。それは私のせいではないのでね。彼女は外国人だった。政界を通じて紹介されたのだ。彼女はまじめで――ひたむきだった。わかるね？　初めて会ったときの印象とはちがった。多くのことを知っていて、時間をむだにするタイプではなかった」

「いいですか……」私はさえぎろうとした。

「私に言えるのはこれだけだ。彼女はここに住んでいた」

「彼女はベジェルにいたんですよ」

「やめてくれ」彼は怒っていた。「やめろ。公式にはそうでない。彼女がそこにいたはずはない。もしいたとしても、彼女はここにいたのだ。刑務所にいる過激派の連中のことを考えてみたまえ。彼女の正体はいずれわかる。彼女はどこにでも行った。裏社会にもすべて。裏も表もだ。あらゆるところに行って、あらゆることを知りたかったのだ。そして、彼女はそうした。これですべてだ」

「彼女が殺されたというのは、なぜわかったのですか？」相手の息づかいが聞こえる。

「ボルル、きみがそこまで愚か者なのだったら、私は時間をむだにしたことになる。私は彼女の写真を確認したのだよ。もしきみを助けるべきだと思わなかったら、こんなことをすると思うかね？　これが重要なことだと思っていないのだったら。なぜわかったのかだと？私はあのポスターを見たんだよ」

男は電話を切った。メモ用紙を見ると、彼が話した内容の横に「クソクソクソ」と書いてあった。

オフィスにはあまり長居をしなかった。「大丈夫かね、ティアドール？」とガドレムが声をかけてきた。「なんというか……」さぞかしひどい顔だったのだろう。道ばたの屋台でアヤ・ティルコ——トルコ風——の濃いコーヒーを飲んだのだが、失敗だった。いらいらがもっとひどくなった。

そんな日には当然かもしれないが、帰宅途中で国境に気をつけながら、見るべきものだけ見て、見てはいけないものを見ないでいるのが、難しかった。自分の都市にいない人々に取り囲まれて、混雑しているがベジェルでは混雑していない地区を、のろのろと通り抜ける。

現にまわりにある、自分がともに成長してきた石材——聖堂、石塀、もとは学校だったものを飾るレンガ——に集中した。それ以外のものは無視した、あるいは無視しようとした。

その日の夕方、私は経済史学者サリスカに電話をかけた。セックスも魅力的なのだが、それだけではなく、彼女は私がかかえている事件の話をするのが好きなこともあったし、頭も切れるからだ。だが、彼女の番号に二度かけたものの、二度とも彼女が出る前に切った。この件には巻き込むまい。進行中の捜査について仮説と偽って捜査機密条項違反をするのは問題だが、彼女を〈ブリーチ〉行為の共犯にしてしまうのは、また別の問題だ。

私は何度も何度もあの「クソクソクソ」を思い出していた。結局、ワインのボトル二本を買って帰ると、オリーブ、チーズ、ソーセージを合い間につまんで胃を保護しながら、ゆっくりと空けた。そうしながら、まるで書きかたを知っていて書いたかのような不可解な図形まじりの、さらに無用なメモをとっていた。だがこの状況は——難問であることは——はっきりしている。無意味で手のこんだ悪ふざけにかつがれたという可能性はあるが、どうもそうは思えない。あの電話をかけてきた男が本当のことをしゃべっていたということのほうが、ありそうだ。

いずれにせよ、重大な手掛かりを、〝フラナ・マリア〟についての隠された情報を、手に入れたわけだ。どこへ行けばいいのか、誰を追って詳しく聞き出せばいいのかを、教えられた。私がやるべき仕事だ。だが、私がその情報に基づいて動いたとしても、説得力はない。それよりももっと深刻なのは、私がそれを追求すれば、法を破るよりもっと悪いことになるという点だ。ベジェルの社会規範《コード》に触れるだけでなく、〈ブリーチ〉送りになるのだから。私の情報は、ポスターを見ただけではわからないはずだ。しかも、ポスターは彼の国にない。そのことを彼は私に話さなかった。私は共犯にされたのだ。あの情報はベジェルのアレルギー起因物であり、私の頭の中にあるというだけで一種のトラウマになる。私は共謀者なのであり、それはもう既定のことなのだ（たぶん酔っていたせいだろう、どうやってその情報を手に入れたかを彼が必ずしも私に教える必要はないということ、彼にはそうするだけの理由があったはずだということを、そのときは思いつかなかった）。

私はそう思わなかったが、あの会話のメモを燃やすか細かく裂くかしたいと思わない者が、いるだろうか？　もちろん私は、そんな気にはならなかった。夜更けのキッチンで、目の前にメモを広げたテーブルについて、のらくらと、時おり「クソクソ」を斜めに書き散らしている。私は音楽をかけた。『リトル・ミス・トレイン』――ヴァン・モリスンが一九八七年のツアーで、ベジェルのウンマ・カルスームと呼ばれるコイルサ・ヤコヴとデュエットしたコラボレーションだ。さらに飲み、〝マリヤ・フラナ・アンノウン・フォーリン・デタール・ブリーチャー〟の写真を、メモに並べて置いた。

誰も彼女を知らない。ポーコスト・ヴィレッジは〈完全《トータル》〉地区だが、おそらくまったくの不適切な方法でベジェルに来たんだろう。そして、あそこへ運んでこられたのだ。子供たちが彼女を見つけたのも、この捜査全体も、〈ブリーチ〉行為にあたるのかもしれない。このは朽ち果てるに任せるべきなんだろう。だが、そうしようと考えるのは一時的な現実逃避だった。結局は自分の仕事をすることになるのだ。社会規範《コード》を、私が守らされているどんなものよりもはるかに基本的な実存的プロトコルを、破ることになろうとも。

件を追及して罪を着せられるわけにはいかない。たぶんさっさと捜査から手を引いて、彼女

子供のころはよく〈ブリーチ〉ごっこをしたものだった。あまり楽しいゲームとは思わなかったが、自分の番になるとチョークで引いた線をこっそりと越え、恐ろしい表情を顔に浮かべて両手を鉤のように曲げた友人たちに追いかけられた。今度は私の番だと言われれば、追いかける側にも回った。その、外で地面に棒や小石を突き立てて魔法のベジェル鉱脈と称し、鬼ごっことかくれんぼの混ざり合ったような〝インザイル・ハント〟というゲームが、いつもの遊びだった。

理解することのかなわぬ神学ほど、絶望的なものはない。ベジェルには〈ブリーチ〉を崇拝する宗派《セクト》がある。外聞は悪いが、それほど意外でもない力をもっているのだ。その集会を規制する法律はないものの、彼らの宗教の本質には誰もが落ちつかない気分になる。好色なテレビ番組にとりあげられたこともあった。

午前三時になっても、私は飲みながら目が冴え、ベジェルの街を（それだけではなく〈クロスハッチ〉地区までも）ながめていた。通りからは、犬のほか、やせっぽちのみすぼらしい狼たちの吠え声が聞こえてくる。新聞が——左右両翼の論争は相も変わらず、ただ論争しているままだ——テーブルいっぱいに広げてある。〝フラナ・マリア〟の顔がワイングラス

の丸い跡に囲まれている。「クソクソクソ」のメモも。

眠りそこなってしまうことは、珍しくもない。サリスカやビザヤが寝室から眠そうな足どりでバスルームへ向かい、ふと見ると私がキッチンのテーブルで血糖値が上がりそうなほどのガムを嚙みながら（また煙草を吸うようになってたまるものか）本を読んでいるということが、よくあった。あるいは、夜の街と〈見ない〉ようにしても明かりが目に入れば必然的に）もうひとつの都市をながめているかだ。

サリスカには一度笑われてしまった。「あなたったら」親愛の情がこもっていなくもない言いかただった。「フクロウみたいにそこに座ってるんだから。憂鬱なできそこないのガーゴイルってとこね。感傷的なやつ。なんにも見通せやしないんでしょ、夜なんですものね。明かりをつけてるビルもあるから」私をからかいにきたのではなく、彼女はたまたま居合わせただけだったが、そのときの私は何でもいいから見通しがほしかった。偽物であっても。それで外をながめていたのだ。

雲の上を飛行機が通っていく。大聖堂の尖塔が、ガラスの高層ビルに照らされる。上向きに反った三日月形建築が、ネオンをともして国境をまたいでいる。ネットにつないで何か見てみようとしたが、ダイアルアップ接続しかできないので、ひどくいらだたしい。やめにした。

「細かいことはあとまわしだ」考えたことを実際に声に出していた。さらにメモをとる。最後にはとうとう、コルヴィのデスク直通回線に留守電を入れた。

「リズビェト、考えてみたんだが」嘘をつくときには口数が多く早口になる傾向があるので、ゆっくり話すようにした。彼女も馬鹿ではない。「こんな時間だが、ちょっと任せたいことがあるんだ。おれは明日行けそうにないんでね。通りで聞き込みをしてどうにもならなかったということは、われわれが考えていたような方向でないということを、示している。誰かがすでに、彼女のことを確認しているんだ。全管区に写真を貼り出しているから、彼女がなわばりを離れた売春婦だったら、これから運に恵まれるかもしれないがね。ただやはり、この線でやっていくあいだに別の方向も二、三あたってみたい。

彼女は自分の地区にいなかったんじゃなかろうか。われわれが何の手ごたえも得られないなんて、おかしな状況じゃないか。反体制取締班にいる知り合いに話を聞いたんだが、彼は自分が監視している連中がどんなに秘密主義かということを言っていた。ナチスや統《ユ》一派《ニフ》やらばかりなんだがね。ともかく、それで、身元を隠すのはどんな連中だろうと考えるようになった。まだ時間のあるうちに、そちらも少し探ってみたい。今考えているのは——ちょっと待ってくれ、メモがどこかに……あった、まずは〈ユニフ〉からいってみようか。

変人捜査班に話を聞いてみてくれ。演説とか支部とかの情報から何かがわかるのかどうか、それはあまりよく知らないんだが。シェンヴォイのオフィスにも問い合わせてくれ。おれの代理だと言ってくれればいい。できれば写真を持って訪ねていって、彼女を知っているやつがいないか聞いてきてほしい。言うまでもないが、妙な反応をされることだろう——つきまとってほしくはないだろうからな。だが、できるだけ調べて、連絡してくれ。携帯電話には出るよ。さっきも言ったとおり、おれは出かけなくちゃならん。いいな。明日話をしよう。それじゃ」

「これからが大変だぞ」また声に出していたようだ。

その電話のあと、管理部門にいるタスキン・ツェルシュの番号にかけた。以前、官僚式の煩雑な手続きを経て三つ四つの事例で協力してもらったとき、いつか役に立つこともあろうかと彼女の直通電話を控えておいたのだ。それ以後は連絡を絶やさない。彼女は有能だ。

「タスキン、ティアドール・ボルルだ。明日、それとも都合のいいときに、監視委員会に事件を押しつけたかったらどうすればいいか、おれの携帯電話に電話して教えてもらえないだろうか？　もし〈ブリーチ〉に事件を押しつけたかったら。仮定としての話だが」そう言いながら、ちょっとした不安に笑い声が出た。「ここだけの話にしてくれよ、な？　ありがとう、タスク。しなくちゃならんことだけ教えてくれ。もし内部の者ならではの手ごろな入れ知恵があるんならね。ありがとう」

恐るべき情報提供者が私に教えようとしたことについては、疑問の余地があまりなかった。あのときのメモは書き写してアンダーラインが引いてある。

同じ言語

当局を意識するか――しない

都市の両方の側

彼がなぜ私に電話してきたのか。彼が見た、あるいはそこから気づいた犯罪であれほどのことになっても、なぜ彼の身柄が拘束されなかったのか。これでつじつまが合う。電話をしてきたのは、〝マリア・フラナ〟の死が自分にとってどういう意味を持つかはわからないものの、それを恐れたからだ。彼が私に言おうとしていたのは、ベジェルにいる彼の共謀者がマリアを見たということ、そして彼女が国境を尊重していなかったということなのだろう。ベジェルのトラブルメーカー集団のうちどれかが、この特殊な犯罪でありタブーでもある一件に関与しているのなら、それが彼の仲間であり、私の情報提供者になるだろう。明らかに〈統一主義派《ユニフ》〉だ。

街の夜景を振り返るとき、頭の中でサリスカが私を茶化したので、今度は隣り合った都市を見た。違法だが、見たのだ。やったことのない者など、いるのだろうか？　見てはいけない〈ガスルーム〉があった。骸骨のような金属のフレームにつながれて、広告の垂れ幕がぶらさがっている。通りには少なくともひとり――服装や色づかいや歩きかたからそれとわかる――ベジェルの人間ではない通行人がいたし、私はともかくその男をじっと見た。

窓から数メートル上にある鉄道路線に目を向けて待っていると、そうなるとわかっていたとおりに、深夜の列車がやってきた。さっと通り過ぎていく輝く車窓をながめ、ぱらぱらといる乗客の目をのぞき込むと、わずかながら見返してきた者がいて、相手はぎょっとした顔になる。だが、それも連なる屋根のむこうへさっと消えていく。つかのまの犯罪であり、彼らに落ち度はない。彼らもたぶん、長くは罪の意識を感じないだろう。さっきの凝視を、たぶん彼らは覚えてはいまい。私はいつも、異国の列車を見られるところで暮らしたいと思っていた。

知識があまりない人間にでも、イリット語とベジェル語はずいぶん響きがちがって聞こえるはずだ。両言語は、当然ながら、まったく異なるアルファベットで書かれる。ベジェル語はベジェル文字。三十四字あり、左から右へと書き、はっきりとした響きで固有の発音があり、子音、母音、ダイアクリティカルマークのついた半母音が存在する――よくキリル文字と似ていると言われる（だがこの比較は、是非はともかく、ベジェル市民は嫌がる）。イリット語はラテン文字を使っている。そうなったのは最近の話だ。

一世紀かそれ以上前の紀行文を読むと、奇妙だが美しい、右から左へと書かれるイリット語のカリグラフィー――そしてその耳障りな発音――の話がたえず出てくる。スターンの紀行文にこんな一節があるのは、誰でも聞いたことがあるだろう。『アルファベットの土地で、アラビア人がサンスクリットのご婦人の目を奪った』（アラビア人は預言者ムハンマドの訓令にもかかわらず酔っぱらっていたのだろう。でなければご婦人の年齢に思いとどまったはずだ）。九カ月後、認知されない子が産まれた。この野蛮な赤ん坊がイリット語で、ヘルメスとアフロディーテの子のように美しくはあった。形は両親の美を引き継いだものの、その声は育ての親に似てしまった──鳥だ。

この筆記文字も、一九二三年のヤー・イルサ改革の絶頂期に、一夜にして失われてしまった。この改革はケマル・アタテュルクを真似たと言われているが、本当はその逆だ。ウル・コーマでさえ、今でもこの筆記文字を読めるのは、文書館員か活動家ぐらいのものだ。もとの筆記体であれ、のちの筆記体であれ、イリット語とベジェル語に似たところはまったくない。発音も似ていない。が、こうしたちがいは見た目ほど深くはない。文化の慎重な分離化にもかかわらず、文法の形式や音素（音そのものではない）の関係性において、両言語には密接なつながりがある──結局のところ、どちらも先祖は共通なのだ。そう言うとほとんど煽動しているようだが、それでもだ。

ベジェルの暗黒時代は、文字どおり暗黒だった。二千年前から千七百年前のあいだのいずれかの時期に、ベジェルの都市は河岸が湾曲したこの場所につくられた。現在も都市の中心部は当時と変わらぬ場所で、海賊の侵入を防ぐため、港は川の上流数キロ先にあった。この都市の基礎は、当然ながらもうひとつの都市と同じころに生まれた。その遺跡は今は都市本体に取り囲まれており、何カ所かの古い基盤は現在の街に組み込まれている。もっと古い遺跡も、モザイクの残骸のように、ヨージェフ公園に残っている。これらの伝奇的な遺跡はベジェルができる前のものと思われている。ベジェルはその残骨の上に築かれたのかもしれない。

当時の人々の打ちたてたものは、ベジェルだったのか、そうでなかったのかはわからないし、ほかの誰かが、そのころウル・コーマを同じ場所につくったのかもしれない。もしかしたら当時は同じ都市で、のちに遺跡のある場所で分離したか、あるいはベジェルの先祖がまだ隣人に出会うことなく、よそよそしく隣り合わせに組みあわさっていたのかもしれない。私は〈分裂〉の研究者ではないが、もしそうだとしても、いまだに真実はわからずにいるだろう。

「ボス」リズビェト・コルヴィが電話してきた。「ボス、すごいですよ。どうしてわかったんですか？　ブダペスト街六八番地まで来てください」

午後だというのに、私は服に着がえてもいなかった。キッチンテーブルは紙でできた風景のようになっている。政治や歴史の本がバベルの塔のように積みあがり、ミルクに支えられている。ノートパソコンはこの散らかりようから遠ざけるべきだと思いつつ、そうしてはいなかった。メモにこぼれたココアを拭きとると、フランス製のチョコレートドリンクのパッケージから、黒人のキャラクターが私に笑いかけてくる。「なんの話だ？　そこはどこなんだ？」

「ブンダリアです」とコルヴィ。フュニキュラー公園の北西にある、郊外とまではいかない河岸産業地だ。「なんの話って、からかってるんですか？　あなたの言ったことをやったんです――聞き込みに回って、どんなグループがあるのか基本的な要点をつかんで、誰が誰をどう思ってるか調べて、そんなこんなで。午前中いっぱい歩きまわって聞き込みしました。

怖がらせてやりましたよ。あなただって制服で行ったら、あのクソったれどもから敬意なんて払われませんよ、わかってます？　私だってそんなこと期待してなかったけれど、ほかにどうしろって感じでしたよ。とにかくですね、聞き込みをやって、政治とかのいろんな感覚をつかんでたところに、ひとりの男が、とある――あなたなら支部とでも呼びますかね――そこでその男が私に何か伝えようとしたんです。最初は認めようとしませんでしたが、私にはわかりました。あなたはとんでもない天才ですよ、警部補。ブダペスト街六八番地は〈統一主義派〉の本部です」

コルヴィの畏怖の念は、すでにほとんど疑念に近くなっていた。彼女が電話してきたときに私が処理していたテーブルの書類を見たら、もっと厳しい目つきになったかもしれない。何冊もの本の索引ページが開かれ、統一主義に関する参考文献を示している。だがブダペスト街のその住所は、私も初めて聞く。

よくある政治的な決まり文句だが、統一主義者は数多くの斧で分断されている。非合法のグループもあり、ベジェルとウル・コーマの両方で姉妹組織を築いている。禁圧された組織は、歴史上のさまざまな地点で暴力の行使を肯定し、両都市に、彼らの神が、運命が、歴史が、人々が意図する統一をもたらそうとした連中だ。中には、たいていはぎこちないやりかたで、愛国主義者を襲った組織もある――レンガで窓を割り、戸口から糞を投げ込むのだ。〈見る〉〈見ない〉の技術にたけていない亡命者や新たな移民に、ひそかなプロパガンダをやった罪で告発されたりもしている。活動家は、都会のそうした危うさを武装させたいのだ。

こうした過激派たちを声高に非難するのは、秘めた考えや公《おおやけ》にしないつながりがどんなものであろうと、活動と集会の自由はなんとしても守りたいと考える人々だった。統一された都市とはどのようなものであるべきか、言語はどうするか、名称はどうするかといったビジョンにも、不一致がある。合法の小グループでさえたえず監視され、どちらの都市の当局からも定期的に調べられている。「スイスチーズみたいに穴だらけさ」その朝私がシェンヴォイと話したとき、むこうはそう言った。「おそらく〈真の市民の会《トゥルー・シチズン》〉やナチスやその他のたわけ者より、〈統一主義派〉の組織にもぐってる情報屋やスパイのほうが多いだろうな。あいつらの心配はしてない――安全を確信するまで、警察へ行ったりはしない連中だよ」

それに〈統一主義派〉は、そうとはっきり証明されることなど望んではいないにしても、自分たちの活動を〈ブリーチ〉に知られていないとは思ってもいないだろう。それはつまり、私がそこへ行けば、私も〈ブリーチ〉の監視範囲に入るということだ。今まで監視されていないなら、という意味だが。

つねに問題になるのは、都市を通り抜ける方法だ。コルヴィが待つ場所までタクシーを使うべきかとも思ったが、結局トラムで行き、ヴェンツェラス広場で乗りかえた。ベジェル市民の姿が規則的に彫刻された建物のあいだを進むトラムの中で揺れながら、〈あちら側〉の、〈異質《オルター》〉部分にあるもっと派手な建物を無視して、〈見ない〉ようにする。

ブダペスト街全体に沿って、冬のブッドレア（フジウツギ）があちこちで、古い建物から泡だつように咲いている。古くからベジェルで育つ都会の雑草だが、ウル・コーマでは生えてくると刈りとられてしまうので存在せず、ブダペスト街の〈クロスハッチ〉地区のベジェル部分では、ときどき地元の建物のひとつか二つか三つに花のない茂みがもじゃもじゃと現われ、それからベジェルの端のはっきりとした垂直面で終わる。

ベジェルの建物はレンガとしっくいでできていて、各家庭がともに試練を乗りこえてきた守護神であるラレース像が、小さな人間に似たグロテスクな姿で、雑草のあごひげを生やしながら私をじっと見つめている。二、三十年前は、こうした建物もそうさびれた感じはなく、もっと騒々しくて、通りもダークスーツの若い事務員や現場労働職人の親方であふれていた。北の建物のむこうには産業地があり、さらにそのむこうに河の湾曲部があって、波止場もかつては賑わったもので、今でもその鉄の骨組が陰気に横たわっている。

その当時、空間を共有していたウル・コーマのほうは静かだった。それがしだいに騒々しくなった。隣接する都市どうしは、経済的にはまったく逆の流れに入っていった。ベジェルの河岸産業地が停滞するとともにウル・コーマの産業は成長し、現在では、すりへった敷石の〈クロスハッチ〉道を歩くのは、ベジェルの地元民よりもウル・コーマ人のほうが多い。かつてのウル・コーマの崩れかけた貧民窟は、銃眼つきの貧相なバロック様式だったが〈見たわけではない――慎重に〈見ない〉ようにはしてきたが、不法とわかっていても少しは記憶に刻まれてしまうし、写真でその様式ぐらいは見覚えがある〉、それも建て直され、画廊や、〝.uq〟のついたサイトを持つ新興企業になっている。

私は近くの建物の番地を見た。不格好な建物が、隣国の〈異質《オルター》〉空間のあいだにぽつぽつと見える。ベジェルのこの界隈はあまり住人がいないが、国境を越えた〈あちら側〉ではそうでもないので、大勢いる若くてスマートなビジネスマンやビジネスウーマンを〈見ない〉ようにしなければならない。彼らの声は私には小さく聞こえ、でたらめな雑音のようだ。こうした消音効果は、ベジェル人の長年の配慮によって生じてきたものだ。私がタール塗りの建物の前まで行くと、コルヴィが不機嫌な顔つきの男と待っていた。私たちがいるのはベジェルでもほとんどさびれた地区だが、まわりには聞こえない群衆がいる。

「ボス、こちらはパール・ドローディンです」

ドローディンは背が高くてやせた、三十代後半の男だった。耳にいくつもの輪をぶらさげ、レザージャケットには怪しげで分不相応な、軍その他の組織のメンバーバッジがついていて、はいているズボンは汚いが、異様なまでにあか抜けている。私を不愉快そうに見ながら煙草を吸っていた。

逮捕ではなかった。コルヴィは彼を連行していない。私はコルヴィにうなずき、それからゆっくりと後方一八〇度を見わたし、周囲の建物の様子をうかがった。もちろんベジェルの建物だけに集中してだ。

「〈ブリーチ〉は？」私は言った。ドローディンはぎょっとしたようだ。実のところコルヴィもだが、そうは見せなかった。ドローディンが何も言わないので私は続けた。「われわれは連中に見張られてると思わないか？」

「ああ、いや、見張られてるさ」ドローディンの口調は腹立たしげだった。もちろんそうだろう。「そうさ、そりゃね。どこにいるのか聞きたいのか？」意味のない質問だが、ベジェル人でもウル・コーマ人でも、これで罰せられたりはしない。ドローディンは私の目だけをじっと見つめている。「道路を越えたところに建物があるよな？　マッチ工場に使われてた場所が」もう一世紀近く前に壁に描かれた絵が、かさぶたのようにそこに残っていて、サラマンダーが炎の光冠の中で笑っている。「何かが動いてるのがわかるよ、そこでだ、何かがさ、行き来してるっていうか、本当は動いちゃいけないみたいに動くのさ」

「連中が出てくるのが見えるのか？」そう言うとドローディンは急にもぞもぞしだした。

「あそこから連中が出現するのか？」

「ちがう、ちがうさ。排除処理ってやつだ」

「ドローディン、入って。私たちもすぐに行くから」コルヴィが言った。彼女がうなずくと、ドローディンは中に入っていった。「いったいなんなんですか、ボス？」

「まずかったか？」

「〈ブリーチ〉の話ですよ」コルヴィは『ブリーチ』のところで声を落とした。「なんのつもりです？」私は黙っていた。「ここで力関係をつくって、私が上に立とうとしてたのに、〈ブリーチ〉じゃなくてですよ、ボス。あんなものに割り込んでもらっちゃ困るんです。なぜあんな気味の悪い話を引っぱってくるんです？」私が黙っていると、コルヴィは首を振り、私を連れて中に入った。

〈ベズコーマ連帯戦線〉は、内部装飾にはあまりかまっていないようだった。二つの部屋、好意的に見れば二つ半の部屋があったが、ファイルや本が詰まったキャビネットや棚でいっぱいだった。部屋の一角にある壁際の空間だけがきれいにしてあり、そこを背景にしているのか、その前にからっぽの椅子があって、ウェブカメラが向けられている。

「放送してるんだよ」ドローディンが言った。私が見ているのと同じ場所を見ている。「オンラインでね」ネットのアドレスを言いはじめたが、私は首を振った。

「私が入ってきたらほかの連中は消えました」コルヴィが私に言った。

ドローディンは奥の部屋の机のむこうに座った。別の椅子が二脚ある。勧められたわけではなかったが、コルヴィも私もそこに座った。さらに雑然とした本の山、汚れたコンピュータ。壁にはベジェルとウル・コーマの大型地図がある。告発されるのを避けるため、〝分割線《ザ・ライン》〟や色分けはそのままだった――〈完全《トータル》〉、〈異質《オルター》〉、そして〈クロスハッチ〉――とはいえ、これ見よがしに微妙な、グレーがかった識別になっている。私たちは座ったまま、しばらくお互いの顔を見ていた。

ドローディンが口を開いた。「ああ、わかってるさ……おれがこういうのに慣れてないってわかるだろ……あんたらはおれみたいのを嫌ってるし、それはいいんだ、それもわかるよ」私たちは黙っていた。ドローディンはデスクトップ上のいろいろなものを動かしていた。

「それに、おれはたれこみ屋でもない」

「ちょっと、ドローディン」コルヴィが言った。「あんたが罪の許しをもらいたいっていうんなら、司祭をつかまえてきなさいよ」

ドローディンはかまわず続けた。「これは単に……これが、彼女が首を突っ込んでたことと関係があるとすれば、あんたたちはおれたちとも関係があるって思うだろうし、もしかしておれたちと関係があったかもしれないし、誰かにおれたちをどうにかする口実を与える気はない。わかるか？　わかるだろ？」

「もういいわ」コルヴィが言った。「たわごとはやめなさい」コルヴィは部屋を見まわした。「あんたたちは自分が賢いって思ってるんだろうけど、まじめな話、今こうやって見ただけでも、どれだけの軽犯罪が見つかると思う？　まずその地図――あんたたちは慎重にやった気だろうけど、特に愛国主義的な検察官だったら、あんたたちがシロだなんて解釈はしないわよ。ほかは？　あんたの蔵書を調べてほしい？　どれだけの禁書があると思うのよ？　あんたの書類も見せてくれるわけ？　第二級〈ベジェル国家侮辱罪〉の証拠が、この家全体でネオンサインみたいにピカピカ光ってるわよ」

「ウル・コーマの繁華街みたいにな」私が言った。「ウル・コーマのネオンだ。あれが好きなのか、ドローディン？　こっちのよりも？」

「手助けのお気持ちには感謝するけど、ミスター・ドローディン、あんたたちがなぜこんなことをやってるか、正当化するのはやめてほしいわね」

「わかってねえな」ドローディンはぶつぶつと言った。「おれには仲間を守る義務があるんだよ。まずいんだ。まずいことが起きてるんだよ」

「わかった」コルヴィが言った。「なんでもいいわ。何を話したいの、ドローディン？」コルヴィは〝フラナ〟の写真を取りだし、ドローディンの前に置いた。「私のボスに、さっき言いかけたことを話してちょうだい」

「ああ」ドローディンは言った。「彼女だよ」コルヴィと私は身を乗り出した。完全に同時のタイミングで。

私が言った。「彼女の名前は？」

「本人の名乗った名前だが、ビエラ・マールって言ってたよ」ドローディンは肩をすくめた。「彼女がそう言ったんだ。わかってるよ、だけどそれ以上おれに何が言える？」

明らかな、しゃれた語呂合わせの偽名だった。ビエラは男女共用のベジェル語の名前だ。マールは苗字として聞くぶんにはもっともらしい。フルネームにすると、音素は〝ビエ・ライ・マール〟というフレーズに似る。文字どおり「ただの餌」、釣りに行ってろくなものが釣れなかったときに使う言いまわしだ。

「ありふれた偽名だ。おれたちの連絡係やメンバーも使う名前だよ」

「統一闘争用偽名《ノン・ド・ユニフィカシオン》か」私は偽名《ノン・ド・ゲール》に引っかけて言ったが、ドローディンに通じたとは思えなかった。「ビエラのことを教えてくれ」ビエラ、フラナ、そしてマリアがここまで集まってきた名前だ。

「彼女はここにいた。よくわからんが、三年ぐらい前かな？　もっと短いかも。それ以来会ってない。まぎれもなく外国人だ」

「ウル・コーマからか？」

「ちがう。イリット語はまあまあ話せたが、流暢《りゅうちょう》じゃなかったよ。ベジェル語もイリット語もしゃべってた――それか、まあ、〈原形《ルート》〉ってやつかも。ほかの言葉をしゃべるのは聞いたことがない――どこ出身かも言おうとしなかった。訛りから、アメリカ人かイギリス人かとは思ったよ。何をやってたかは知らない。つまり……こういう世界で人のことをあれこれ聞くのは、無礼ってやつに当たるからだ」

「つまり、彼女は、ミーティングに来たってわけ？　組織のまとめ役か何か？」コルヴィは私に顔を向け、声を落としもせずに言った。「私、こういうたわけた連中が何をやってるのかもよく知らないんですよ、ボス。何聞いていいかもわからないんですけど」ドローディンはじっとコルヴィを見ていたが、その顔は私が来たときと変わらず不機嫌そうだった。

「今言ったとおり、彼女は何年か前に現われた。おれたちの図書室を使わせてほしいってな。おれたちは、パンフレットや古い本……つまり、両都市についてのだけど、ほかにはないような蔵書をたっぷり持ってる」

「見せてもらうべきですよ、ボス」コルヴィは言った。「不適切なものがないかどうかを」

「ふざけんな、おれは助けようって言ってんだぜ？　禁書でおれをつかまえたいのかよ？　ここでは一級の犯罪なんてやってねえよ、二級の禁書だって、ほとんどは腐れネットで買えるんだぜ」

「わかったわかった」私は言った。続けてくれと指を向けた。

「そうやって彼女はやってきて、おれたちといろいろ話した。そう長くはいなかった。二週間ぐらいかな。彼女がほかでは何をやってたのかなんて聞くなよ、おれはいっさい知らない。毎日適当な時間にここへ来て、本を見たり、おれと歴史について、両都市の歴史について話したり、何が起きてるのかとか、おれたちの運動のこととか、そういう話をしてただけだ」

「運動？」

「つかまってるおれたちの兄弟姉妹のことだよ。こことウル・コーマの両方でな。信条以外なんの罪もない連中さ。アムネスティ・インターナショナルだって味方についてくれてるんだ。連絡係と話したとか。教育絡みとか。新しい移民を助けたとか。デモやったとかな」ベジェルで統一主義者のデモに参加するのは、厄介でささやかな危険行為だ。もちろん地元の愛国主義者がじゃましにやってきて、デモの行列に裏切り者と罵声を浴びせるし、たいていは、政治に無関心な住民の多くも共感しない。面倒ということではウル・コーマでもそうだが、むこうではそもそも集会をやることもめったに許されない。それが怒りの源になっているのは間違いないが、でなければウル・コーマの統一主義者はもっと悲惨な目に遭っているだろう。

「どんな女性だった？　いい服を着てたか？　外見はどんな感じだった？」

「ああ、いいなりをしてたよ。頭もいい。ほとんどシックってタイプだったね、わかるか？　ここでは目立ってたよ」ドローディンは自嘲気味に笑いさえした。「そして賢い。おれは最初はほんとに彼女を気に入ってたんだよ。すごいそそられたね。最初のうちは」

　ドローディンの沈黙は私たちの追及をうながしているようで、話したくてこんな話をしてるんじゃないんだというそぶりだった。「それで?」私は言った。「何があったんだ?」

「言い争いになったんだ。本当のところ、おれが彼女と議論になったのは、彼女がほかの同志たちにひどいことを言い出したからだよ。おれが図書室だか一階だかどこだかに行ったとき、誰かが彼女に怒鳴ってた。彼女は連中に怒鳴り返したりはしてなかったが、淡々と怒らせるようなことを言ってて、結局おれは彼女に出ていけって言うしかなかったんだ。彼女は……彼女は危険だった」とドローディン。「彼女があんたたちをここへ連れてきたわけだ、そうだろ? ふたたび沈黙。コルヴィと私は視線を交わした。「誇張してるんじゃないぜ」

要するに、危険な人間だったんだよ」

ドローディンは写真を手に取ってながめた。彼の顔には、憐れみ、怒り、嫌悪、そして恐怖が浮かんでいる。まぎれもない恐怖。ドローディンは立ちあがり、机のまわりをぐるっと回った——小さな部屋でうろつくのは滑稽だったが、とにかくそうしようとした。

「問題は……」ドローディンは小さな窓に近づいて外をながめ、私たちを振り返った。街の輪郭線を背景にして。ベジェルかウル・コーマか、それとも両方なのかは私にも決めようがない。

「彼女は、アンダーグラウンドでもいちばん奇妙で、ややこしい部分について聞こうとしてたんだ。おとぎ話、噂、都市伝説、変人。おれはそういうのを深く考えたことがなかった。いろんな痛い目に遭ってるからな。彼女はそういうのに首を突っ込むいかれた連中より明らかに賢かった。それでおれは、彼女は探ってまわりたいんだ、そういうことを知りたがってるんだって、思ったんだ」

「きみは関心はなかったのか？」

「あったさ。若い外国人の、頭がよくて、謎めいた女の子だぜ？　熱心でさ」ドローディンは自分を嘲《あざけ》るように言った。そしてうなずいた。「もちろん関心はあった。ここに来る人間なら誰にだって好奇心は感じる。くだらないことを言うやつもいれば、言わないやつもいる。だけど、そいつらのことを根ほり葉ほり聞いてまわったりすれば、おれはこの支部のリーダーじゃいられないよ。ひとりおれの知ってる女がいる。ずっと年上で……もう十五年ぐらい不規則に会ってる。本名も、彼女のことも何も知らない。オーケイ、悪い例だな、おれはきっと彼女はあんたの身内で、スパイかなんかだと思ってるけど、それはどうでもいいんだ。そのことは聞かないよ」

「じゃあ彼女は何に首を突っ込んでたんだ？　ビエラ・マールのことだが。どうして彼女を追い出したんだ？」

「いいかい、ここが肝心だぜ。その点に突っ込むとなると……」コルヴィの体が張りつめ、話を急かそうとして口を開きかけたのを感じた。私はコルヴィに手をやって、だめだ待て、と合図し、ドローディンが話に集中できるようにした。彼は私たちのほうではなく、挑発的な二つの都市の地図を見ていた。「あんたたちも避けてまわってるような話に突っ込むことになるけど……まあ、あんたたちなら、ラインを踏みこえて深刻なトラブルに巻き込まれたりはしないよな。あんたたちの仲間をここに入れるような真似はしないだろ。ウル・コーマでおれたちの兄弟の近くにサツがいるときに、下手な電話をかけて厄介な目に遭わせるようなこともな。それか——それ以上に悪いことも」ドローディンはそこで私たちを見つめた。「彼女を置いておくわけにはいかなかった。でなけりゃ〈ブリーチ〉がここに来ただろうよ。あるいはほかの何かがね。

彼女が首を突っ込んでたのは……いや、首を突っ込んでたっていうより、取り憑かれてたのは、オルツィニーだ」

ドローディンは用心深く私をながめ、私は目をそばめる以外何もしなかった。だが、私は仰天していた。

コルヴィが微動だにしないので、彼女がオルツィニーのことを知らないのはわかった。ここで話を続ければコルヴィにとっていいことではないと思ったが、私がためらっているあいだに、ドローディンは説明を続けた。

「オルツィニーは第三の都市だ。ほかの二都市のあいだにある。論議されている領域で、ベジェルがウル・コーマだと考え、ウル・コーマがベジェルだと考えている〈紛争地区《ディセンシ》〉にある。古い共同体が分裂して、二つじゃなくて三つになった。オルツィニーは秘密の都市だ。そこで人々が生きてる」

分裂があったのなら、だ。始まりは歴史の闇の中で、誰も知らない——両都市のどちらも、一世紀分の記録が削除されて消えてしまっているのだから、どんなことでも起きた可能性はある。歴史的には短い、まったくあいまいなその時期から、実質的な歴史の混乱期が訪れ、年代記は無政府状態となり、学者を喜ばせたりおののかせたりする不釣り合いな遺物が出てきたりする。私たちが知っているのは、大草原で暮らす遊牧民の時代があり、その後ブラックボックスのような何世紀かのあいだに都市的な誘因が生じ――二重都市が誕生したいきさつは、憶測で映像や物語やゲームに再現されている（少なくとも多少歪曲されて検閲も通っている）――そうして歴史は現在のベジェルとウル・コーマに到達する。分裂だったのか、それとも連合だったのか？

それだけでは謎が足りないとでも言うように、そして二つの〈クロスハッチ〉された国だけでは不充分だとでも言うように、吟唱詩人たちは第三の都市を生み出し、存在したかのようにオルツィニーを語り継いだ。無視されがちなローマ様式の町屋敷、初期の荒打ちしっくいの住居の最上階で、ふたつの部族の分離・融合にあわせて複雑に分割・結合されてきた空間を占有することで、ちっぽけな第三の都市オルツィニーが、厚かましい二つの都市国家のあいだにこっそりと安住してしまった。想像上の君主たち、おそらくは亡命者たちの共同体は、多くの物語のなかで画策されてつくられ、微妙で断固とした魅力で聞き手の心を支配した。明知《イルーミナーティ》を知る人々の住む場所、オルツィニー。そういうたぐいの話だ。

何十年か前なら説明もいらなかった。オルツィニーの物語は、『シャヴィル王と港から来た海の怪獣』の苦難の物語と並び、子供は必ず聞かされた。今はハリー・ポッターやパワーレンジャーのほうが人気があるし、古い寓話を知っている子供はずっと少なくなった。それは別にいいが。

「いったい何を言おうとしてるんだ？」私はドローディンをさえぎった。「ビエラが民俗学者だったって言うのか？　古い物語にはまってたって？」ドローディンは肩をすくめた。私を見ようとしない。私はもう一度説明を求め、何をほのめかしているのか言わせようとした。ドローディンは肩をすくめただけだった。「彼女はなぜそんな話をきみにしようとしたんだ？　そもそもどうしてここへ来た？」

「わからない。でもそういう文献はここにある。出てきたんだ。わかるだろ？　ウル・コーマにももちろんそういうものはある、オルツィニーの物語がね。記録に残してないだけだ。ただ単に、よく知ってるだけだ。わかるだろ？　おれたちは自分たちの歴史を知ってる、そういうすべてを残して……」言葉が途切れた。「おれはそれが、彼女の興味の対象じゃないって気づいたんだ。わかるだろ？」

どんな反体制の人間もそうだが、彼らは神経過敏な活動家たちだ。歴史の物語に賛成か反対か、興味がないか取り憑かれるか、彼らが脚注や調査でそういうことを強化していないとは言えない。彼らの図書室には、守りを固めるために、たとえ都市の境界を不鮮明にすることをほのめかすようなものであれ、完全な蔵書がそろっているにちがいない。彼女はここへ――すぐに想像できることだが――原始的な統一形態の情報ではなく、オルツィニーの情報を求めてきたのだ。彼女の奇妙な調べものが、調査過程のとっぴな行動ではなく、狙いを定めたものだと気づいたとき、彼らの不快感は並大抵ではなかっただろう。彼らのプロジェクトに大した興味も持っていないとわかれば。

「それで、彼女は何も得られなかったというわけか？」

「ちがう、そうじゃないんだよ、さっきも言ったように、彼女は危険人物だったんだ。本物の。おれたちに厄介事を招くような。彼女は、どっちみちここに居座る気はないって言ってた」ドローディンはあいまいに肩をすくめた。

「何がそんなに危険なんだ？」私は身を乗り出した。「ドローディン、彼女は〈ブリーチ〉行為をやってたのか？」

「まさか、それはないよ。もしそうだとしても、おれはいっさい知らない」ドローディンは両手を上げた。「ふざけんなよ、あんたらはおれたちがどう監視されてるか知ってるだろうが？」そう言って通りの方向へ手を伸ばす。「あんたたちは半永久的にこのあたりをパトロールしてるじゃないか。ウル・コーマ人の警官には、おれたちはもちろん見張れない。だけどおれたちの兄弟姉妹は見張られてんだよ。もっと言えばな、そこでおれたちを見張ってるのは……わかるだろ、〈ブリーチ〉なんだ」

その瞬間、全員が沈黙した。全員が見られていることを意識した。

「見たことがあるのか？」

「もちろんないさ。おれが何を見てるかって？　見てるやつなんかいるかよ。だけどおれたちは、そこにいることは知ってる。見てるんだ。何か口実ができれば……おれたちは消される。あんたらは……」ドローディンは首を振り、私に視線を戻したが、そこに見えたのは怒り、そしておそらく憎しみだった。「おれの友だちが何人連れてかれたと思ってる？　二度と姿を見てないんだぞ。おれたちは誰よりも慎重にならなきゃいけないんだ」

確かにそうだった。政治的なアイロニー。ベジェルとウル・コーマの境界を打ち破ることに最も身を捧げている人間たちが、最も注意深くその境界を見なければならない。私や私の仲間が〈見ない〉ようにすることに一瞬でも失敗したとしても（そもそも失敗しなかった人間などいるのか？　ときには見るのを避けそこなうことぐらいあるものじゃないか？）、堂々と見たり面白がったりしないかぎり、危険な目に遭うことはない。私が一秒か二秒、ウル・コーマにいる魅力的な通行人を見たり、二都市の風景をこっそり一緒に楽しんだり、ウル・コーマの列車の騒音にいらいらしたりしても、それで連れ去られることはないのだ。

だがここでは、この建物では、私の同僚のみならず、〈ブリーチ〉の権力がいつも怒りをみなぎらせて存在するし、その力と権利たるや旧約聖書並みだ。ほんのちょっとの身体的な〈ブリーチ〉行為、たとえば発車しそこなったウル・コーマの車に思わずぶつかってしまったぐらいでも、その恐ろしい存在があらわれ、統一主義者を消してしまうかもしれない。ビエラ、つまり〝フラナ〟が〈ブリーチ〉行為をしていれば、それを招いていただろう。だとすれば、ドローディンが恐れたのも、特定の疑念に対してではないのかもしれない。

「ちょっとしたことはあった」ドローディンは窓から二都市の方向を見あげた。「あるいは彼女は〈ブリーチ〉行為をしてたかもしれないし、最終的には〈ブリーチ〉をここへ呼び込んだかもしれない。あるいはほかの何かを」

「待って」コルヴィが言った。「彼女は去ったって言ったけど……」

「出ていくって言ってたよ。ウル・コーマへね。正規の方法で」私はメモを取る手を止めた。コルヴィの顔を見ると、彼女も私を見た。「それきり会ってない。むこうへ行って、それきりここへは戻らないって話を、誰かが聞きつけてきたんだ」ドローディンは肩をすくめた。「本当かどうかは知らないし、本当だとしても理由は知らない。時間の問題だったのさ……危険な藪を突いて回ってたんだからな、おれも嫌な気分だ」

「だけどそれだけじゃないだろう？」私が尋ねた。「ほかには？」ドローディンはじっと私を見た。

「おれは知らないよ。彼女は厄介者だった、恐ろしい女だった、まずいことは……ちょっとしたことはあった。彼女がいろんなことをさんざん嗅ぎ回って首を突っ込めば、ぞっとさせられることもあった。ぴりぴりさせられたよ」ドローディンはまた窓の外を見て、首を振った。

「彼女が死んだのは気の毒だよ。殺したほうも哀れだね。だけど驚くことじゃないな」

あの嫌な感じのほのめかしと謎――自分がシニカルな、あるいは無関心なたちだと思っている人間でも気になってしまうだろう。立ち去りぎわ、コルヴィは倉庫の粗末な入り口を見上げ、あたりを見まわしていた。おそらく少し長く店の方向を見たせいで、その店がウル・コーマにあることに気づいたにちがいない。コルヴィは見られていると感じていた。私たちはどちらもそう感じ、実際そのとおりで、落ちつきを失っていた。

車で出ていったあと、私はコルヴィを誘って――挑発行為であることは認めるが、コルヴィに対してではなく、ある意味では世界に対する挑発として――ベジェルの小さなウル・コーマ・タウンへランチに行った。公園の南だ。店先を飾る特定の色や文字や形やファサードの造りをベジェルに来た観光客が見ると、自分はウル・コーマを見ているのだと思い、急いで大げさに目をそらす（一般的な外国人が〈見ない〉ようにしていられる程度のレベルでだが）。だが、もっと注意深い、経験豊富な目で見れば、それがある種のひねくれた低俗さのある設計の建物だということや、不法占拠者の自己パロディであることはわかる。シェードの縁はベジェル・ブルーと呼ばれる青で、ウル・コーマでは禁じられている色のひとつだ。こういう特徴はベジェルならではだ。

こうしたいくつかの通り――混血児のようにイリット語の名詞とベジェル語の接尾辞をくっつけ、ユルサイン街、リリギ街などの名前がついた通り――は、ベジェルで暮らすウル・コーマ人の国外追放者にとっては、小さな共同体の文化の中心地だ。彼らがここに来た理由はさまざまだ――政治的迫害、経済的自己改善（そのためにとんでもなく困難な移住をくぐり抜けてきたというなら、一家の家長は後悔にくれているはずだ）、単なる気まぐれ、そしてロマンス。四十代以下の大半は第二世代で、第三世代もいて、家ではイリット語を使うが、外では訛りのないベジェル語を話す。服装にはウル・コーマの影響があるかもしれない。折にふれ、ベジェルの暴漢やそれよりたちの悪い連中に、窓ガラスを割られたり、通りで殴られたりする。

故郷をなつかしむウル・コーマ人脱出者は、ペストリーや砂糖がけの揚げエンドウ豆や香りを求めてここにやってくる。ベジェルのウル・コーマ・タウンは、雑多な香りがする。本能は境界を越えてきた香りを無礼な雨のように無視しようとする（「雨と煙はどちらの都市にも住める」ということわざがある。ウル・コーマにも同じ格言があるが、片方は「霧」になっている。ときどきほかの気象条件に置きかえられることもあるし、場合によっては、ゴミ、汚水、大胆な人間ならハトや狼まで引っぱってくることもある）。だが、この香りはベジェルの香りだ。

ほんのときたま、ウル・コーマ・タウンが〈クロスハッチ〉している自国の領域をよく知らないウル・コーマ在住の若者が、ベジェルに住んでいるウル・コーマ移民を見て自分の同胞だと思い、つい道を聞いてしまったりすることがある。こうした過ちはすぐにわかるし、警戒してわざわざ〈見ない〉ようにしてもらうほどのことでもないので、〈ブリーチ〉も大目に見てくれる。

「ボス」コルヴィが声をかけてきた。私たちは通りの角にあるカフェ、私がよく来る〈コン・ウル・カイ〉に座っていた。私はさっき店の主人に、ベジェルのほかの常連がきっとやっていると思われるとおりに、名前呼びで挨拶をした。おそらく主人は私を見くだしているだろう。「どうしてこんなところへ？」

「いいじゃないか。ウル・コーマの食べ物だぞ。食べてみたいくせに」私はシナモン味のエンドウ豆と、濃くて甘い茶をコルヴィに勧めた。コルヴィは断った。「ここに来たのはな、雰囲気にひたってみるためだ。ウル・コーマの精神を感じてみようってな。ああまったく、きみは賢いよ、コルヴィ。きみがここについて知らないことは、私にも説明できない。ちょっと助けてくれないか」私は指を折りながら言った。「彼女はここにいた。あの女の子だ。〃フラナ〃、またはビエラ」もう少しでマリアと言いそうになった。「彼女はここにいた——ええと？——三年前か。彼女は危険な地元の政治屋のまわりにいて、だが別のものを、彼らには手助けできない何かを探していた。そいつらでさえ危険だと思うようなものを。そして彼女は去る」私は間を置いた。「彼女はウル・コーマに行こうとした」私は悪態をついた。コルヴィも悪態をついた。

「彼女は何かを調べていた」と私。「そしてむこうに行った」

「と思われる」

「と思われる。それから突然、彼女はここへ戻ってきた」

「死体で」

「死体で」

「くそったれ」コルヴィは身を屈め、考えにふけりながら私のペストリーのひとつをつまんで食べはじめたが、口をいっぱいにしたところでやめた。長いことどちらも何も言わなかった。

「そうよ。くそったれな〈ブリーチ〉行為でしょう？　ちがいます？」ようやくコルヴィが言った。

「……〈ブリーチ〉行為のように見えるよ。おれにもな。――ああ、そう見える」

「むこうへ行ったときじゃなくても、戻ってきたときに。殺《や》られた場所で。あるいは検死で。捨てられた場所で」

「あるいはあそこで、あるいはここで」

「法を犯したんじゃないということは？　あるいは彼女がずっとここにいたとか……ドローディンが会ってなかったからといって……」

私は電話のことを思い出した。疑い深い表情で、そうかもな、と顔で伝えた。「そうだな。彼はずいぶん確信に満ちてた。なんにしろうさんくさい」

「で……」

「わかった。じゃあ〈ブリーチ〉行為があったとしよう。それはそれでいいんだ」

「そうでしょうとも」

「ちがう、聞けよ。そうなれば、われわれの問題じゃなくなる。あるいは最低でも……監視委員会を説得できればだが。やってみるか」

コルヴィがにらみつけた。「連中はあなたに食ってかかりますよ。聞いた話じゃ、あいつらだんだん――」

「証拠を提出しなけりゃな。今のところは情況証拠だが、それでも通すことはできるかもしれない」

「私が聞いただけの話じゃ、書けませんよ」コルヴィは目をそらして背後を見た。「本当にそうしたいんですか、ボス?」

「したいとも。したいに決まってる。いいか、おれにもわかる。きみがこの事件を手放したくないというのはりっぱだが、よく聞いてくれ。もしわれわれが正しかった場合……〈ブリーチ〉行為の捜査はできない。このビエラだかフラナだか外国人だかの殺された女は、誰かが面倒を見なきゃならないんだ」私はコルヴィがこちらの顔を見るまで待った。「おれたちは適切な人員じゃないんだ、コルヴィ。彼女のことはもっと能力のある誰かがやらねばならない。〈ブリーチ〉以外には彼女の世話はできないよ。まったく、誰が〈ブリーチ〉の代わりになれると思う? 人殺しを嗅ぎつけられるやつがいるか?」

「多くはないですね」

「そうだ。だから、できるなら引き渡すべきだ。誰もがなんでも投げだしたがってることは、委員会も知ってる、だからこそ連中は難癖をつけてくるんだよ」コルヴィは疑わしげに私を見たが、私は続けた。「おれたちには証拠がないし、詳しいこともわからない、だからこれから何日かは全力を尽くそう。あるいは、おれたちが間違っていることを証明しよう。おれたちにわかってる彼女のプロファイルに目を向けよう。ようやくここまで来たんだ。彼女は二、三年前にベジェルから姿を消し、死体になって戻ってきた。彼女がウル・コーマにいたというドローディンの言い分は正しいかもしれない、公明正大に考えれば。きみには電話で当たってほしい、こっちの情報屋と、それにむこうのもだ。おれたちが手に入れた情報はわかってるな。外国人、研究者、その他いろいろ。彼女が誰なのか探り出せ。逃げを打たれそうになったら、〈ブリーチ〉がらみのケースだってことをちらつかせろ」

私は署に戻り、タスキンの席へ行った。

「ボルル。私の電話は聞いた？」

「ミズ・ツェルシュ、おれのそばにいたいためにきみがつくる必死の口実も、だんだん説得力がなくなってきたぞ」

「あなたのメッセージは受けとったし、動きはじめてたわ。だめよ、私と駆け落ちしようなんてまだ言わないでよ、ボルル。あなた、どうせがっかりするんだから。委員会と話をするにはしばらく待たないとならないかも」

「どういう仕組みになってるんだ？」

「最後に行ったのはいつ？　何年か前よね？　いい、あなたがスラムダンクぐらい決められると思ってることはわかってる——そんな目で見ないでよ、あなたがやってたスポーツは？　ボクシング？　委員会は〈ブリーチ〉の発動を頼まざるを得ないと思ってるんでしょう」——彼女の声はだんだん真剣さをおびてきた——「すぐさまってことよ、だけどそれはないわ。順番を待たないとだめ、それには何日か必要」

「だって確か——」

「昔はね、そうだった。自分たちのやるべきことを丸投げしてた。だけど今は油断できない時代なの、それに問題は、彼らじゃなく私たちのほうなのよ。代議士連中は誰もこれを喜ばないけど、率直に言って、今のウル・コーマがあなたの問題じゃないの。シエドルの仲間が連立に参入して国家の弱さをがなりたてるようになってから、政府は熱心に発動を頼もうとしてると見られるのを嫌がってるのよ。だから急ぎたくないの。委員会は難民キャンプについての公開質疑を控えていて、それを強引にやるわけにはいかないのよ」

「くそっ、冗談だろう。少数の気の毒な連中のことでまだ騒いでるのか？」誰かがなんとかして、一方の都市かもう一方に入れればいいのだが、そうしたところで、移民トレーニングも受けない彼らが〈ブリーチ〉行為をせずにすむとは思えない。われわれの国境線は厳しいのだ。やけを起こした新規住民が、河岸の〈クロスハッチ〉地区に行きついたとき、不文の了解事項により、彼らのいる場所がどちらの都市にせよ、国境の統制機関が出ていっていったん河岸のキャンプに拘禁する。ウル・コーマに希望を求めた人々がベジェルに着地するのは、どれほどの落胆だろう。

「とにかくそういうこと」とタスキン。「それにほかのこともあるの。歓迎会とか。委員会は、ビジネスミーティングといった自分たちが一度やったようないろいろは、先延ばしにしたくないのよ」

「ヤンキーの金欲しさに身を落とすんだな」

「やめて。ヤンキーの金が手に入れば、私だってありがたいんだから。だけど委員会はあなたのために事を急いたりはしないわよ、誰が死んだにしてもね。誰か死んだの？」

私が探してくれと頼んだものをコルヴィが見つけるまで、そう長くはかからなかった。翌日遅く、コルヴィはファイルを手に私のオフィスに入ってきた。

「ウル・コーマからファックスしてもらいました。足跡を追ったんです。そう難しくありませんでした、スタート地点はわかってましたから。私たちは正しかったんです」

彼女がそこにいた。われわれの犠牲者が。……彼女のファイル、彼女の写真、私たちが撮ったデスマスク。そのあと突然、生きている彼女の息をのむような写真があらわれた。白黒ファックスで不明瞭ながら、死んでいた女が煙草を吸いながら笑い、何か言いかけるように口を開いている。私たちの走り書きのメモ、予測される彼女の詳細。そしてそのあとに赤い別の字で、ためらいがちな疑問符もなく、彼女の事実が示されていた。彼女が生み出したさまざまな名前の下に、彼女の本名があった。

第6章

「マハリア・ギアリー」

私のほかに四十二名の人間が、テーブル（もちろんアンティークだ、決まっている）を囲んでいた。四十二人全員が、フォルダーを前にして座っている。私は立っていた。二人の議事記録係が部屋のすみに陣どってメモを取っている。テーブルの上にマイクがあるのが見え、そばに通訳が座っていた。

「マハリア・ギアリー。二十四歳。アメリカ人。すべては巡査が、コルヴィ一級巡査が調べてくれました。お渡しした書類にすべて書いてあります」書類を読んでいない人間もいる。何人かは開こうともしない。

「アメリカ人？」誰かが言った。

私も二十一人いるベジェル側の代議士の顔を全部知っているわけではなかった。何人かはわかる。映画学校の生徒みたいな、地味なスカンク風縞模様の髪をした中年女性は、無任所大臣のシューラ・カトリーニャで、尊敬されてはいるが全盛期を過ぎた人物だ。最大野党である社会民主党のミケル・ブーリッチは、若く有能で野心的で、複数の委員（保安、商業、芸術）を務めているほどだ。ヨルイ・シエドル少佐は極右グループ愛国議員連合のリーダーで、シエドルが横暴なばかりか無能だという評判にもかかわらず、ガヤルディッツ首相が連立を働きかけて物議をかもしたことがある。ヤヴィド・ニイセムはガヤルディッツのもとで文化相と委員会の議長を務めている。ほかも見覚えのある顔で、思い出そうとすればもう少し名前は出てくるだろう。だが、ウル・コーマのほうの代議士はまったくわからない。国外の政情にはあまり興味がないのだ。

ウル・コーマ人のほうも、私が準備した書類の冊子をぱらぱらと見た。三人がヘッドフォンをしているが、多くは私の話がわかる程度にはベジェル語に通じている。彼らがウル・コーマ式の正装でいるのを〈見ない〉ようにする必要がないのも、奇妙なものだ。男性は襟なしのシャツに折り襟のない暗い色のジャケット、女性はらせん状に巻いたカラフルなセミラップドレスで、ベジェルでは輸出入が禁止されている。だが、私が今いるのはベジェルではない。

監視委員会が集まったのは、ベジェルの旧市街とウル・コーマの旧市街の中心部にある、バロック様式の巨大な、あちこちコンクリートでつぎはぎをしたコロシアム。両都市が同じ名で呼ぶ数少ない建物――コピュラ・ホール（コピュラは繋辞。ラテン語で〝連結〟）だ。ここは厳密には〈クロスハッチ〉地区の建物ではないし、〈完全《トータリティ》〉と〈異質《オルタリティ》〉が断続的になる場所、つまりひとつのフロアや部屋がベジェルで、別の部屋はウル・コーマにあるといった場所とも、ちがう。外見的には、建物は両都市にある。内部の大半は、両都市に属するか、どちらにも属さない。その場にいる全員――両都市の各二十一人の立法者とその補佐官、そして私――は、接合点というか、隙間というか、境界線のようなものの上にもう一方の境界線がある場所に集まっているのだ。

私には、まるで何か別の存在がそこにいるようにも思えた――ミーティングの理由そのものが、そのためのような気がする。部屋にいるうちの何人かも、見張られているような気がしているようだ。

彼らが書類をめくったので、みんな同じようにし、私は集まってくれた人々に改めて感謝の辞を述べた。ちょっとした政治的演出だ。監視委員会のミーティングは定期的に行なわれているが、私がそこに出席するには、何日も待たなければならなかった。タスキンの警告にもかまわず、私はできるだけ早くマハリア・ギアリーの件を引き継がせようと臨時ミーティングの招集をもくろんだが（殺人犯を野放しにしておきたい人間がいるだろうか？　片づけるための最善策はひとつだ）、前代未聞の危機や内戦、大災害でもないかぎりは不可能だった。

規模縮小のミーティングならどうだろうか、とも思った。何人かいないぐらいは問題ではない……だが、すぐさまそれは絶対にできないと告げられた。結局タスキンの警告は正しかったわけで、私は日ごとにいらだちをつのらせていった。タスキンは最善を尽くしてくれ、委員会に所属するある大臣の腹心の秘書を紹介してくれたが、その秘書の説明では、ベジェル商工会議所が海外の事業者と共同で定期的に行なうようになっている見本市が開催されていて、そのために催しを監督してきたブーリッチのほか、ニイセム、それにシエドルまでが委員会に出られないという。これらはもちろん重要なイベントだ。カトリーニャは外交官とのミーティングがある。ウル・コーマ証券取引所理事であるフリアンも、ウル・コーマの厚生大臣との日程変更不能なミーティングがある……うんぬん、それに特別ミーティングなど開けない。死んだ若い女に関する不適当な捜査がもう二、三日続くぐらいはしかたないことだ、と。そうしてやっとミーティングが開かれ、さまざまな意見の不一致に対する判断、共有リソース――大規模な電線網のいくつかや、下水排水、最も複雑に〈クロスハッチ〉された建物など――の管理といった必須の討論の合間をぬって、私に二十分という時間が与えられ、事件の説明をすることになったというわけだ。

たぶん何人かはこうした制限の内情を知っているのだろうが、監視委員会の陰謀の特定は重要ではなかった。私も二度ばかり出席したことがあるが、遠い昔だ。もちろんその当時の委員会の構成は、今とはちがった。どちらのミーティングでも、ベジェルとウル・コーマはお互いにいがみあっていた。もっと関係が悪かったころだ。われわれが対立関係にある両陣営に対する非戦闘支持国家だった時代、たとえば第二次世界大戦――ウル・コーマにとっては最高の時とはいえない時代――でも、監視委員会は招集された。さぞかし居心地のわるい場だっただろう。だが、私が習った知識で知っている範囲では、両都市のあいだで起きた二度の短く悲惨な戦争のあいだ、委員会のミーティングは行なわれなかった。今ではいかなる場合も、いくらか堅苦しい形式にのっとって、二つの国はある種の友好回復に到達している。

私が出席したときの事件は、どちらも緊急のものではなかった。最初の事件は密売の〈ブリーチ〉行為で、委員会への照会は大半がこれだった。ベジェル西部にいるギャングが、ウル・コーマの薬剤を精製したドラッグを売りはじめたのだ。ギャングは都市の郊外近く、ウル・コーマを四分割するように交差する鉄道の、東西を結ぶ線の末端周辺で商品を入手していた。ウル・コーマ側の仲介者が、列車から商品を投げ落とすのだ。ベジェルの北にある短い線路は〈クロスハッチ〉していて、ウル・コーマの線路としても使われている。北に向かう何マイルかのその線路は、両都市国家を出て、山あいの裂け目を通ってベジェルと北部の隣国をつないでいるが、その線路も両都市の境界線において、単なる金属的な存在としてのみならず、法的にも正当に共有されている。双方の国境においては、この線路は法的に二つの鉄道として扱われているのだ。こうした場所のあちこちで、薬剤品の箱がウル・コーマ側に投げ落とされ、そこに残り、線路脇のウル・コーマの低木林に捨ておかれた。だが、箱はベジェルで拾われ、これが〈ブリーチ〉行為となった。

犯人が箱を持ち去ったことは確認できなかったが、唯一の妥当な情報を証拠として提出すると、委員会は〈ブリーチ〉の発動に同意した。ドラッグ取引は終結を迎え、ヤクの売人たちは通りから姿を消した。

二度目の事件は、妻を殺した男を追ったときのことで、男は愚かな恐怖にかられて〈ブリーチ〉行為をした――ベジェルにある店に踏み込み、服を着がえ、それからウル・コーマに出ていったのだ。男はたまたま姿をくらますことができたものの、何が起きたかはこちらにもすぐわかった。男が必死になってどっちつかずの状態でいるあいだ、われわれもウル・コーマの警察も手出しはしなかったが、男がウル・コーマの宿で隠れていることは知っていた。最後は〈ブリーチ〉にとらえられ、この男も姿を消した。

私がこうした要請を提出したのは、だいぶ久しぶりだ。証拠も提示した。ベジェルはもちろん、ウル・コーマの委員にも礼儀正しく語りかけた。そして、きっとどこかで見守っているはずの、姿の見えない監視権力に対しても。

「彼女はベジェルではなく、ウル・コーマの住人です。発見したときにわかりました。というより、調べたのはコルヴィです。マハリアは二年以上ウル・コーマで暮らしていました。大学院生です」

「何を勉強していたのかね？」ブーリッチが言った。

「考古学です。初期の歴史です。発掘物の一部が付着していました。すべてフォルダーの書類に書いてあります」小さな波のような音が、さっきとはちがった調子で、ベジェル人やウル・コーマ人のあいだでくり返された。「封鎖にもかかわらず彼女が入国できたのも、そのおかげです」教育や文化のつながりにおいては、抜け道や例外がいくつかある。ウル・コーマでは発掘作業は恒常的にあり、調査プロジェクトが絶えず立ち上げられ、その土壌はベジェルよりもずっと豊かで、〈分裂前《プリ・クリーヴェジ》〉の時代の遺物が大量に出てくる。この偏りが偶発的な分散の結果なのか、それともウル・コーマ特有の事物があることの証明なのかは、書物や会議でもよく議論される（もちろんウル・コーマの愛国主義者は後者を主張しているが）。

マハリア・ギアリーはウル・コーマ西部のボル・イェアン遺跡で長期発掘活動に参加していたが、ここでは約一世紀前の発見からずっと発掘作業が続いていて、テノクティトランやサットン・フーと同等に重要な遺跡とされている。

ボル・イェアンが〈クロスハッチ〉していたらベジェルの歴史学者にとってもいいことだったかもしれないが、遺跡の端がある区域はほんの少しだけ〈クロスハッチ〉し、慎重に掘り返されている宝の詰まった大地のごく近くまで来てはいるものの、〈完全《トータル》〉なベジェルの細い空間が地中のウル・コーマの部分を隔てており、発掘場そのものは〈クロスハッチ〉していない。こうした偏りはいいことだと言うベジェル人もいるだろう。歴史的なガラクタ――多くの人間が、シーラ・ナ・ギグ（女性の外陰部を大げさに表現した裸体の彫刻）や、天文時計の遺物や、モザイクの破片や、斧の頭や、謎めいた羊皮紙の切れ端などとごっちゃに考え、物理的に異常な動きをしたり、ありえそうもない効果があるという風評で神聖化してしまうもの――が埋まった地層が、ベジェルにウル・コーマの半分でもあれば、あっさり売り払われてしまうだけだからだ。少なくともウル・コーマのほうは、歴史というものを感傷的にありがたがっているし（国の変化の速さや近年の発展の多くを担った俗悪な活動力に対し、きっと罪の意識を感じているのだろう）、国の文書館員と輸出規制の力もあって、過ぎし時代はそれなりに守られている。

「ボル・イェアンでは、カナダのプリンス・オブ・ウェールズ大学の考古学者グループによる活動が行なわれており、ギアリーもそこの学生です。彼女の指導教官はウル・コーマで何年も暮らしている、イザベル・ナンシーという人物です。そこで暮らしている人間は大勢います。ときどき会議も開かれ、二、三年に一度はベジェルでも行なわれます」ベジェルの不毛な遺跡に対するなぐさめというわけだ。「最近の大きな会議は少し前のことで、まとまった遺物が見つかったときのことです。皆さんも覚えていらっしゃると思います」このことは国際的なニュースにもなった。遺物の一群にはすぐに名前がつけられたが、私には思い出せなかった。出土したアストロラーべと呼ばれる天体観測儀や歯車のついた器具は、繊細で複雑なもので、とんでもなく独特で時代にもそぐわず、アンティキシラの歯車機械のようにさまざまな夢想や憶測がまとわりつき、やはり誰もその用途が特定できないような遺物だった。「それで、その娘はどういう人物なのだね？」そう言ったのはウル・コーマ側のひとりだった。五十代の太った男で、ベジェルでは合法とは言いがたい色合いのシャツを着ている。

「マハリアはそこを、つまりウル・コーマを拠点として、何カ月か調査を行なっていました」と私は答えた。「ウル・コーマに向かう以前は、三年ほど前の会議に出席するために、まずベジェルに来ています。覚えていらっしゃるでしょうか、ウル・コーマから遺物や出土品を借りての大きな展示会が開かれ、一週間か二週間にわたってミーティングなどが行なわれました。世界中から大勢の人々が集まってきました。ヨーロッパ、北米、それにウル・コーマも含めたあらゆる場所から」

「もちろん覚えているよ」ニイセムが言った。「ここにも関わった人間はたくさんいる」当然だ。さまざまな国家委員会や特殊法人が役割を担い、政府や野党の大臣たちも足を運んだ。

首相が開催に着手し、ニイセムが正式に博物館での展示会を開催し、まじめな政治家は全員来場したはずだ。

「マハリアもそこに参加していました。ひょっとして見覚えがあるかもしれません——どうやらちょっとした騒ぎを起こしたようで、〈不敬罪《ディスリスペクト》〉に問われるような、オルツィニーに関するひどいスピーチを行なったのです。もう少しで追い出されるところでした」何人かが——ブーリッチとカトリーニャは明らかに、ニイセムもいくらか——何か思い出したような顔をした。ウル・コーマ側でも、少なくともひとりが記憶を呼び起こされたようだった。

「それでマハリアはいったんおとなしくなり、修士号を取り終えると博士課程に進み、今度はウル・コーマに入って発掘作業に参加し、勉強を続けました——ベジェルにはあの騒ぎのあとは一度も戻ってないと思われますし、率直に言って、ウル・コーマに入れたことにも驚いています——それからしばらくのあいだは、休暇以外はそこにいました。発掘現場のそばに学生の宿舎もあります。マハリアは二週間ほど前に姿を消し、それからベジェルで発見されました。ポーコスト・ヴィレッジという住宅団地は、ご記憶と思います。ベジェルの〈完全《トータル》〉、ウル・コーマにとっては〈異質《オルター》〉な場所ですが、彼女はそこで死んでいました。すべてはフォルダーの書類のとおりです、議員の皆さん」

「これが〈ブリーチ〉行為だという話が出てこないようだが？　そこはどうだね？」ヨルイ・シエドルが、軍人とは思えないようなソフトな口調で言った。シエドルの向かい側で数名のウル・コーマ議員たちがイリット語でささやきあった。シエドルの発言について何か協議したらしい。私はシエドルを見た。そのそばでブーリッチがぐるりと目を回し、その様子をながめていた私に視線を向けてくる。

「お許しいただきたいのですが、議員」私はようやく言った。「どうお返事すべきかわからないのです。この若い女性はウル・コーマに住んでいました。公式にです、つまり、その記録はあるのです。彼女は姿を消し、そしてベジェルで死体で見つかりました」私は眉をひそめた。「なんとも言えませんが……ほかにどう考えるべきだと思われますか？」

「だが、状況証拠だけだろう。外務省にチェックはしたかね？　たとえば、ミス・ギアリーがウル・コーマを離れてブダペストかどこかへ行ったとか、そういう話はなかったのか？もしかしたらそのあとベジェルに来たということもありうるだろう？　二週間近くも空白の時間があるんじゃないのか、ボルル警部補」

私は相手をじっと見た。「申しあげたとおり、小さな騒ぎを起こしたあとの彼女は、ベジェルには戻っていないはずで……」

シエドルは遺憾だと言わんばかりの顔で言葉をさえぎった。「〈ブリーチ〉は……外部権力だ」ベジェルの数名と一部のウル・コーマの委員は、ぎょっとしたようだった。「われわれはみんなわかっている」シエドルは言った。「それを認めることが上品かどうかはさておくとしてもだ。

もう一度言うが、〈ブリーチ〉は外部権力で、危機が迫ればわれわれの統治権もそこに譲る。われわれはあらゆる困難からただ手を引き、彼らに――不愉快な物言いならお詫びするが——われわれの手に負えない影を引きわたす。われわれがただもっと楽に生きられるように」

「本気でおっしゃってるのですか、議員？」誰かが言った。

「そんな話はもういいでしょう」ブーリッチが言い出した。

「敵に取り入ってばかりではいられんよ」とシエドル。

「議長」ブーリッチが叫んだ。「こんな中傷を許すのですか？　常軌を逸してますよ……」

以前何かで読んだ新無党派の精神というものを、私は目の当たりにしているようだった。

「もちろん介入が必要な局面では、私もその発動を完全に支持する」シエドルは言った。

「とはいえ、わが党はしばらく前から議論をやっていましてね……〈ブリーチ〉の大きな権力に軽々しくゴム印を押して譲歩するのはやめるべきだと。実際の捜査はどのぐらいやったのかね、警部補？　彼女の両親と話したか？　友だちとは？　この気の毒な若い女性について、われわれは実際のところ、どれぐらい知っているのかね？」

もっと準備しておくべきだった。ここまでは予想していなかった。

〈ブリーチ〉による制圧は、私も短い時間ながら見たことがある。ない人間がいるだろうか？　〈ブリーチ〉による制圧の多くは、突然、即座に起きる。〈ブリーチ〉はただ介入してくる。この秘密主義的な力に許可を求めたり、援助を頼むのにわれわれは慣れていない。〈ブリーチ〉を信頼しろと聞かされて育ち、ウル・コーマのスリや強盗に気づいても、〈見ない〉ようにし、人に言うこともしないできた。自分がベジェルにいるのなら、そうすべきではない、なぜなら〈ブリーチ〉行為はそうした犯罪以上の罪だからだ。

十四歳のとき、初めて〈ブリーチ〉による制圧を見た。きっかけはよくありがちなことだった——交通事故だ。ウル・コーマの箱形ワゴン車——三十年以上前の話で、ウル・コーマの道路を走る車は今ほど見ばえもよくなかった——が横滑りしたのだ。〈クロスハッチ〉地区の道路を走っていたところで、車体のゆうに三分の一ほどがベジェルの領域に飛び出した。

ワゴン車が車体を立て直せれば、ベジェルのドライバーも、〈クロスハッチ〉地区の生活者によくあるトラブルととらえ、侵入してきた異国の障害物にお定まりの反応をしただけだったかもしれない。ウル・コーマにいるウル・コーマ人がベジェルにいるベジェル人とうっかりぶつかったとき、ウル・コーマの犬が通りすがりのベジェル人に駆けよって鼻をすりつけたとき、ウル・コーマの窓が割れてベジェル人歩行者の通り道に破片が散ったとき——こうしたケースでは、ベジェル人（逆の状況ならウル・コーマ人）は外からのトラブルを避け、そのことをできるだけ認識せずにいようとするのが普通だ。必要なら手を触れもするが、触れないに越したことはない。礼儀正しく自制して無感覚でいるというのが、〈突出《プロテューブ》〉への対処姿勢だ——もう一方の都市から何かが突き出してくることをベジェル語ではそう呼ぶ。イリット語でも用語はあるだろうが、私は知らない（ちなみに、ゴミは、古いものなら例外となる。〈クロスハッチ〉地区の歩道にゴミが置かれていたり、落ちていたゴミが風で飛ばされて〈異質《オルター》〉領域に入ったときは、最初は〈突出《プロテューブ》〉だが、長い時間がたって色あせたり、イリット語やベジェル語の文字などが汚れで見えなくなったり、太陽光で色が抜けたり、ほかのゴミとひとまとまりになったときには、ほかの都市から来たゴミでもただのゴミとなり、霧や雨や煙と同じように境界を越えられるのだ)。

私の見たワゴン車のドライバーは、そうはいかなかった。車はアスファルト道路――ウル・コーマではなんという道かはしらないが、ベジェルではクーニッヒ街――を斜めに滑り、ベジェルのブティックの壁と、ウィンドウショッピングをしていた通行人に突っ込んだ。ベジェル人の男は死に、ウル・コーマのドライバーは重傷を負った。両都市の人間が悲鳴を上げた。その衝撃は私にはわからなかったが、母にはわかり、息子が騒ぎを心に刻む前に手を力任せに握ってきて、痛くて思わず叫んだのを覚えている。

ベジェルでは(そしておそらくはウル・コーマでも)、子供は幼いうちから熱心に手掛かりを学ぶ。服のスタイル、許される色、歩きかた、自制のしかたなどを、ものすごい速さで学ぶ。八歳かそこらになるころには、みっともない不法な〈ブリーチ〉行為はしないようになる。とはいえ、子供が外を歩くときには、つねに道順の許可証が必要だ。

その〈ブリーチ〉事故の恐ろしい結末について調べてみたのは、もっと年を重ねてからのことで、そうした秘密の記憶を思い出したとき、すべてはたわごとだと思った。あの瞬間、母と私とそこにいたすべての人間はウル・コーマの事故を見ないではいられず、私が学んだばかりの用心深い〈見ない〉ようにの態度は、全部どこかへ吹っ飛んでしまった。

〈ブリーチ〉はたちまちやってきた。形、人影、おそらく一部はずっとそこにいたのだろうが、彼らは事故現場の煙のはざまに見える空間と合体しているかのようでもあり、動きがあまりにも速くてはっきり見えず、絶対的な権威と力を携え、侵入の起きた領域をまたたく間に制御して封じ込めてしまった。その権力の大きさは想像を超え、いや、想像を超えているように見え、実体さえつかめなかった。危険区域の端では、ベジェルと、いまだに姿は思い出せないがウル・コーマの警察とが、それぞれの都市のやじうまを押し戻し、現場から追い払い、外部の人間を閉め出して立ち入り禁止にした。その内部ではすばやい動きが見え、恐ろしくてまともに彼ら、すなわち〈ブリーチ〉を見ることができなかった子供の私でも、彼らが整理し、麻痺させ、修復していく姿を記憶に刻みつけていた。

こうしたまれな状況で、人は〈ブリーチ〉を目にし、その活動を見る。事故や、境界を越えてしまった大災害などでも。一九二六年の大地震や、大火災もそうだ（かつて私のアパートから総体局所的《グロストピカリー》に近い場所で火災が起きたことがある。一軒の家で起きた火事ではあったものの、ベジェルの家ではなく、私が〈見ない〉ようにしていた家だった。私がウル・コーマからの映像を地元のテレビでながめているあいだ、わが家のリビングの窓もゆらめく炎にあかあかと照らされていた）。たまたまいあわせたウル・コーマ人の通行人が、ベジェル人の強盗の流れ弾に当たって死んだこともある。こうした危険と官僚主義がうまくつきあうのは、難しいことなのだ。

私は体の位置をずらし、何を見るでもなく部屋を見まわした。〈ブリーチ〉には、自分たちを頼ってくる専門家への行動責任はあるが、それによって私たちの多くにまで制限を受けるとは思っていないだろう。

「彼女の同僚と話はしたのかね?」シエドルは言った。「どのあたりまで手を広げたんだ?」

「いえ、私は同僚とは話していません。もちろん巡査は情報の裏付けをとるために話を聞いていますが」

「彼女の両親とは話したか? きみはまるで、捜査を放棄したがっているように見えるが」

私は少し間を置き、両都市どちらのテーブルからも上がったささやき声をさえぎるように口を開いた。「両親とはコルヴィが話をしました。これから飛行機で来ます。少佐、あなたはわれわれの立場を理解しておられないようですね。ええ、私は捜査を放棄したいと思っています。あなたはマハリア・ギアリー殺害犯を見つけたくはないのですか?」

「もういい、そこまでだ」口を挟んだのはヤヴィド・ニイセムだった。ニイセムは、馬のギャロップを真似るようにテーブルを指で叩いた。「警部補、そういうふうにとらえないでくれ。代議士のあいだには懸念があるんだよ、理にかなった、ますます大きくなる懸念がね。たとえむこうに譲らなくていいような状況でも、あまりに急いで〈ブリーチ〉に任せすぎてはいないのか、そうやって譲歩するのは危険じゃないのか、背信の可能性まで生むことはないのかというね」ニイセムは自分の言いたいことが伝わるまで待ち、私はお詫びに聞こえるような咳払いをした。「とはいえ」とニイセムは続けた。「少佐、そちらもけんか腰の滑稽な態度は控えてもらえないかね。残念なことではあるが、ウル・コーマにいた若い女性が消え、ベジェルで死体で見つかったんだ。これ以上明快なケースはないと思う。当然われわれは〈ブリーチ〉への委任を支持するよ」そこまで言うと空中で両手をさっと広げ、シエドルの文句をさえぎった。

カトリーニャもうなずいた。「常識人のお言葉です」とブーリッチも言った。ウル・コーマ側のほうも、この手の内輪もめには慣れているようだ。輝ける民主主義。彼らもきっとこういう口論をやっているのだろう。

「以上でよろしいですね、警部補」ブーリッチは、声を荒らげた少佐をさえぎって言った。「話はよくわかりました。ありがとう。案内人に従って出てください。答申はすぐに伝えます」


コピュラ・ホールは何世紀にもわたってここに存在し、ベジェルとウル・コーマの生活や政治の中心となってきた建物で、その廊下には、その間に進化させてきたにちがいない断固たるスタイルというものがある。時代がかって上品だが、どこかあいまいで明確さがない。飾ってある油彩画はいい作品だが、出自もよくわからず、生気のない平凡な絵だ。スタッフは、ベジェル人もウル・コーマ人も、両国の仲介となる廊下を行き来している。ホールは協力の場というより、空虚さばかりが感じられる。

通路にアクセントをつけるように、警報機と監視つきの鐘型のガラスに入った〈先駆者〉の遺物が置かれているが、どれも似たようなものだ。固有の名称はあるが、やはりあいまいだ。通りがかりにいくつかに目をやった。胸の垂れさがったヴィーナスには、歯車かレバーの突起がついている。むきだしの金属製のスズメバチは、何世紀も経過して色あせている。玄武岩のさいころがある。それぞれ下には、推測による説明書きがあった。

シエドルの干渉は説得力がなかった――どの申し立てにも嚙みついてやると決めているような態度だが、たまたま私の請願は不運にも議論の余地がなかったというだけだろうか――動機も不可解だ。私が政治家なら、どんな状況でもあの男にはついていきたくない。だが、シエドルの警告にも理にかなったところはある。

〈ブリーチ〉の権力には、ほぼ制限がない。恐るべきことだ。〈ブリーチ〉が制限を受けるのは、その権力が状況的に非常に特殊な場合だけだ。そうした状況を厳格に監視すべきという主張は、どちらの都市にも必要な予防措置だろう。

こうした秘密めいた監視や、ベジェル、ウル・コーマ、そして〈ブリーチ〉とのあいだのバランスが成立するのも、そのおかげだ。突発する明白な〈ブリーチ〉行為は犯罪、事故、災害（化学品の流出、ガス爆発、精神を病んだ者が都市の境界を越えて行なう攻撃）など数々あるが、そうしたもの以外の状況では、〈ブリーチ〉発動の可能性のあるものはすべて委員会が精査する――つまり結局のところ、ベジェルとウル・コーマは、どんな状況においても権力が剝奪される可能性があるのだ。

急な事態が発生し、誰もまともな頭で議論できなかった場合でも、のちに委員会に所属する両都市の代議士たちが、与えられた権限に基づいて〈ブリーチ〉の介入に関する事後判定を行なう。法律上ではどんな介入にも疑問を呈することはできる。そうするのが不条理な場合もあるが、重要な行動を最後までやりぬかなければ、委員会の権限も損なわれてしまうからだ。

二つの都市には〈ブリーチ〉が必要だ。そして、両都市の誠実さがなければ、〈ブリーチ〉の存在も無意味である。

コルヴィが私を待っていた。「どうでしたか?」とコーヒーをくれる。「委員会はなんて?」

「まあ、権限引き渡しにはなるだろう。だが、簡単にはいかなかったよ」私たちはパトカーに向かって歩いていった。コピュラ・ホールの周辺の通りはすべて〈クロスハッチ〉されているので、私たちはウル・コーマ人の仲間同士が集まっているのを〈見ない〉ようにすり抜け、コルヴィが車を停めた場所に行った。「シエドルを知ってるか?」

「あの嫌ったらしいファシストですか?　もちろん」

「あの男が、この件を〈ブリーチ〉に持っていかせまいと一説ぶったよ。異様だったね」

「〈ブリーチ〉が嫌いなんですよ、愛国議員連合の連中は」

「嫌うにしても変だな。空気か何かを嫌うようなものだよ。それに彼は愛国主義者だろう、〈ブリーチ〉なくしてベジェルもない。祖国もなしだ」

「そこは複雑なんでしょう。いくら〈ブリーチ〉が必要でも、従属のしるしにはちがいありません。どっちにしても、愛国主義者は、権力均衡派と勝利主義派に分かれてます。シエドルは勝利主義者なんじゃないですか。〈ブリーチ〉がウル・コーマを守っている、つまりベジェルの支配を阻止するものとしか見てないんですよ」

「ウル・コーマを支配したいのか？　ベジェルが勝てると思ってるんなら、たいそうな夢想家だな」コルヴィは私をちらりと見た。それが真実なのはお互いわかっている。「どっちにしろ無意味だよ。ポーズを取りたかっただけだと思うがね」

「あいつは根っからの愚か者ですよ。つまり、ファシストってだけじゃなく、とにかく頭が悪いんです。承認はいつ出るんですか？」

「一日か二日のうちかな。出た動議は全部、今日投票するんだと思う」実のところ、私もどんな手順なのかは知らない。

「で、そのあいだは？」コルヴィは簡潔に聞いてきた。

「そうだな、やることはたくさんあるんじゃないのか？　この事件だけ担当してるんでもないんだろう」私は運転しながらコルヴィに目をやった。

車はコピュラ・ホールの、俗世にできた人工洞穴のような、巨大な玄関前を通り過ぎた。建物は大聖堂よりずっと大きく、ローマの競技場よりも広い。東と西のサイドは開放されている。地上と、五十フィートかそこらの高さのある最初の丸天井のあたりは、完全には囲い込まれずに通路になっていて、ぽつぽつと柱が立ち、壁で隔てられた車の流れが続き、一時停止のチェックポイントがある。

通行人や車両が行き来している。普通車やワゴン車が私たちの近くを過ぎて中に入っていき、東端のチェックポイントで停まり、そこで運転手はパスポートと書類を調べられ、許可をもらい——許可が出ないこともある——ベジェルから出ていく。安定した流れだ。さらに進み、ホールのアーチ下にある内部チェックポイントを通過し、建物の西門でもう一度停止し、そしてウル・コーマへ入国する。もうひとつのレーンでは逆の手順が進められている。

越境許可のスタンプをもらった車両は、入ってきた場所の反対端から出て、異国の街へと突入していく。Uターンする車も多く、旧市街の〈クロスハッチ〉された通りを行くか、あるいはつい何分か前まで車を走らせていたのと同じ、しかし法律上は新しい領域である、旧市街の空間を進む。

物理的にはすぐ隣の、しかし別の国にある家に行く必要がある場合、その家は、友好的とは言えない権力下の別の道にあることになる。外国人がよく理解できないのは、まさにそこだ。ベジェルの住民は、二、三歩で行ける隣の〈異質《オルター》〉の家にでも、〈ブリーチ〉行為をすることなしに入っていくことはできないのだ。

だが、コピュラ・ホールを通ってベジェルを去り、ホールの端から自分が（物理的に）出ていったのとまったく同じ場所、ただし異国にあるその場所に戻っていけば、観光客も、不思議がる訪問者も、緯度と経度を共有するその国の場所、自分が一度も来たことのない、自分がいつも〈見ない〉ようにしている建物のあるストリートに、そして隣のウル・コーマの家や自国の建物から離れた街全体に来ることができる。そこでは自分が歩いてきた場所は見えず、すべて〈ブリーチ〉のむこう側へと戻っていってしまう。

コピュラ・ホールは砂時計のくびれのようなもので、入退場地点であり、両都市のへそのようなものだ。建物全体がじょうごとなり、一方の都市の訪問者を他方にやり、他方からもう一方へと入れる。〈クロスハッチ〉されていない場所もあるが、ベジェルはウル・コーマの細い一部分にさえぎられている。私たちは子供のころから、たえずウル・コーマを〈見ない〉ようにしていられるよう、両親や教師に厳しく訓練されてきた（私たちベジェル人、そしてウル・コーマの同時代人が、つねにお互いを意識せず総体局所的《グロストピカリー》に近くにいるのは、すごいことだと誇示されながら）。私たちはよく、〈異質《オルター》〉地区のむこうまで石を投げ、ベジェルをぐるっと遠回りしてそれを拾い、何か悪いことをしなかったかと話し合ったりしたものだ。もちろん〈ブリーチ〉は決して出てこなかった。同じことは、ベジェルにいるトカゲでもやった。回収したトカゲはいつも死んでいて、ウル・コーマの空中を通ったから死んだんだと言い合ったりもしたが、単に墜落の衝撃のせいかもしれない。

「問題はそう長引きはしないだろう」私はウル・コーマの観光客がベジェルに出てくるのをながめながら言った。「マハリアのことさ。いや、ビエラか、〃フラナ・デタール〃だ」

第7章

アメリカの東海岸からベジェルに飛ぶには最低でも一回の乗り継ぎがあり、それが最善の選択肢でもある。複雑な旅程としても名高い。ブダペスト、スコピエ、そしておそらくアメリカ人に人気のルートとして、アテネからのベジェル直行便がある。封鎖のおかげで、ウル・コーマのほうがたどりつくのは難しそうに見えるが、カナダに入ってしまえばいいだけのことで、カナダからならウル・コーマへは直行便で行ける。この〝ニュー・ウルフ〟への国際便はさらに数も多い。

ギアリー夫妻は、ベジェル・ハルヴィッチ空港に午前十時に到着する。私はコルヴィに頼んで、娘の死を電話で知らせてもらっていた。私が自分で家族を遺体のある場所へ案内するが、コルヴィには来たければ来てもいいと言った。コルヴィは行くと答えた。

私たちは、飛行機が早めに着いてもいいようにと、空港で待った。ターミナルでスターバックスの類似品のひどいコーヒーを飲んだ。コルヴィがまた、監視委員会のほうはどうなっているのかと私に尋ねる。私はコルヴィに、ベジェルを出たことがあるかと聞いた。

「もちろん。ルーマニアに行ったことがあります。ブルガリアにも」

「トルコは?」

「いいえ。あなたは?」

「あるよ。それにロンドン。モスクワ。ずいぶん昔に一度だけパリ、それとベルリン。当時は西ベルリンだった。統一前だ」

「ベルリン?」コルヴィは言った。空港はほとんど賑わっていない。大半はベジェルへの帰国客のようで、あとは若干の観光客と、東欧の商用旅行者だ。ベジェル、あるいはウル・コーマで観光するのは大変なのだ——休暇で来るのに入国前に試験を課してくる国がどれだけある?——それでも、私は行ったことはないが、真新しいウル・コーマ空港の映像なら見たことがある。レストフからブルキヤ・サウンドを越えた南東十六、七マイルの場所にあるその空港は、ベジェルよりもずっと賑やかで、観光客の元気がないということもなかった。何年か前に空港が改築され、二、三カ月の突貫工事ののち、いくぶん小さかった空港はベジェルのターミナルよりもずっと大規模になった。上から見ると、ターミナルはマジックミラー張りの半月形をつなげたような形で、フォスターだか誰だかの設計のはずだ。

海外の正統派ユダヤ人グループが、服装から見るかぎりあまり信心深くもなさそうな地元の親戚に出迎えられている。太った警備員が銃をぶらぶらさせ、あごを引っかいている。貴重な到着客の中にひとりか二人、怖じ気づきたくなるぐらいりっぱな服装のエグゼクティヴがいて、ベジェルに来た新たな、しかもアメリカからの、ハイテク企業人らしい。シア・アンド・コア社、シャドナー社、ヴァーテック社など、まだ便が未着の、あるいはヘリコプターで自社のヘリポートへ来るはずの役員を出迎えようと、ボードを持った運転手たちが待っている。コルヴィはボードを見ている私を見た。

「どうしてこの国に投資しようなんて思うんでしょうかね？　投資に同意したことも覚えてないんじゃないかって思いませんか？　あくどい政府が宴席でロヒプノール（睡眠導入剤）でも飲ませてるんですよ」

「典型的なベジェルの負け犬の語り口だな、巡査。だからこの国は落ちぶれるんだ。ブーリッチやニイセムやシエドルといった代議士は、国民が任せたとおりの仕事をやってるよ」ブーリッチとニイセムは常識人だ。シエドルが見本市の準備に関与しているのは尋常ではないが、誰かの思惑が絡んでいるのだろう。実際のところ、ああやって外国の訪問客が来ていることからも、多少の成功をおさめているとすれば、ますますたいしたものだ。

「そうですね」とコルヴィ。「まじめな話、あの連中の出てくるところを見てください――間違いなく目がパニックになってます。ああいう連中を車に乗せて観光スポットや〈クロスハッチ〉地区なんかを回るのを、見たことがありますか？　『観光』ね。そうでしょうとも。あのお気の毒な連中、逃げる手を考えてるとこですよ」

　私は表示板を指さした。飛行機が着陸したようだ。「それで、マハリアの指導教官とは話したのか？　何度か電話してみたんだがつかまらないし、携帯の番号も教えてくれないんだ」

「すぐにつかまりますよ。私が話したときはセンターにいました――ウル・コーマの発掘現場に、調査センターみたいなものがあるんです。ナンシー教授はお偉方のひとりで、学生全体の面倒を見てます。とりあえず、マハリアが教授の教え子だってことも、しばらく行方不明だったことも、その他もろもろ電話で確かめました。教授には、こちらはこのように考えていますといったことも伝えてあります。写真も送りました。ひどくショックを受けてましたね」

「ふうん」

「当然です。教授は……マハリアは優秀な学生だった、本当に信じがたい、いったい何が起きたんだろう、と言いつづけてました。で、あなたはベルリンに行ったんでしたっけ？　ドイツ語で話してたんですか？」

「多少《アイン・ビスヒエン》はね」

「どうしてベルリンに？」

「若いころだ。会議があった。『分断都市の警護』っていうテーマのね。ブダペストやエルサレムやベルリン、そしてベジェルとウル・コーマのセッションもあったんだ」

「まさか！」

「わかってる、わかってる。おれも同じことを言ったよ。完全に的はずれだがね」

「分断都市？　警察学校がよくそんなところに行かせてくれましたね」

「そうだよ。連中の愛国心で、おれの無料航空券も吹き飛ぶところだった。おれの教官は、状況を誤解してるばかりか、こんなのはベジェルへの侮辱だと言ったからね。間違ってはいないと思う。だが、助成金をもらって海外に行けるのに、嫌だなんて言えるか？　教官を説得しなきゃならなかった。少なくともおれは初めてウル・コーマ人に出会えたが、むこうも明らかにそういう怒りを乗りこえてきたって感じだったよ。確か会議のディスコで会ったんだ。『ロックバルーンは99』をBGMに、国際間の緊張をちょっとばかり緩和してきた」コルヴィは鼻で笑ったが、乗客が出てきはじめたので、二人とも表情を和らげて敬意ある顔をつくり、ギアリー夫妻が出てくるのを待った。

　夫妻を護衛してきた入国管理局の職員が私たちを見つけ、二人に優しくうなずいた。アメリカの警察が送ってきた写真で夫妻の顔はわかったが、なくても見わけはついただろう。子供を失った両親だけが見せる表情だ。顔つきは粘土のようで、疲労と悲しみでごつごつして見えた。本来の年齢より十五か二十は老けて見えるそぶりで、足を引きずってコンコースに入ってきた。

「ギアリー夫妻ですね？」私は練習していた英語で言った。

「ああ」妻のほうが言った。手をさしのべてきた。「ああ、はい、あなたが、あなたがミスター・コルヴィですか、その――」

「いえ、奥さん。私はベジェルECSのティアドール・ボルル警部補です」私は妻の手を握り、夫とも握手をした。「こちらがリズビェト・コルヴィ一級巡査です。ミスター・ギアリー、ミセス・ギアリー、私は、私どもは、娘さんのことを心からお気の毒に感じております」

二人とも動物のように目をまばたかせ、うなずき、口が開いたが言葉は出なかった。悲しみは人を愚かに見せる。残酷だ。

「ホテルまでお連れしましょうか？」

「いいえ、けっこうです、警部補」ミスター・ギアリーが言った。私はコルヴィに目をやったが、多かれ少なかれ会話にはついてきていた——英語の理解力はある。「私たちは、ここに来た目的を果たしたい」ミセス・ギアリーはバッグを握り、またゆるめた。

「娘に会いたい」

「もちろんです。どうぞ」私は夫妻を連れて車の場所へ行った。

「ナンシー教授にも会えますか？」コルヴィが運転しているあいだ、夫のほうが尋ねた。

「それに、メイの友だちにも？」

「いいえ、ミスター・ギアリー」私は言った。「残念ですができません。彼らはベジェルにはいません。ウル・コーマにいるのです」

「わかってるでしょう、マイケル、ここがどういう場所か」妻が言った。「ええ、申し訳ない。

「ああ、はい」夫は、今のが私の言葉だったかのように返事をした。

私はただ……娘の友だちと話したいだけなんです」

「手配はできますよ、ミスター・ギアリー、ミセス・ギアリー。電話で話せるか当たってみましょう。それから……」私はコピュラ・ホールの通過も考えていた。「いずれはウル・コーマへお連れしなければと思っています。ここでのことがすんだら」

ミセス・ギアリーは夫の顔を見た。夫のほうは、賑わってきた道路や周囲の車をじっとながめていた。車がぐろうとする高架道路のいくつかはウル・コーマのものだったが、じっと見るなと言っても無理だろう。たとえ見てはいけないと知っていても、彼にはどうでもいいことなのだ。途中には、見たら違法の、つまり〈ブリーチ〉行為となる、趣味は悪いが巨大な公然芸術、ウル・コーマのけばけばしい経済発達地帯の風景も広がってくる。

ギアリー夫妻は、どちらもベジェルの色のビジターマークをつけていたが、特別配慮による入国許可スタンプを受けた数少ない訪問者なので、観光トレーニングもせず、地元の境界にまつわる政治学も理解していない。喪失感で無感覚になってもいる。〈ブリーチ〉行為を犯す危険は高い。二人を警護し、国外退去を強いられるような軽率な行動だけはさせてはならない。〈ブリーチ〉への権限引き渡しが公式に決まるまでは、お守りの役目を果たすことになる。ギアリー夫妻が目を覚ましているかぎりは、誰かがそばにいなければならないのだ。

コルヴィは私のほうを見ない。お互い慎重にならなければいけないのはわかっている。ギアリー夫妻が通常の観光客なら、強制的なトレーニングを受け、厳しくないとは言えない筆記と実際的なロールプレイングを含めた入国審査を受け、それでやっと訪問が許される。訪問者は、最低限の概略、すなわち、建造物の標識、服装、アルファベット、マナー、怪しい人間の外見や身ぶり、義務の詳細――そして、ベジェル人の教官によっては、国の特徴として優れていると思われる点など――さらに、ベジェルとウル・コーマ、及びその市民の差異を覚えることになる。ほんの少しだけ〈ブリーチ〉についても学ぶ（私たち地元民がどれだけそれ以上のことを知っているかはともかくとしてもだ）。明らかな〈ブリーチ〉行為を避ける知識ぐらいは、きっちり仕込まれることになる。

二週間、あるいはそれ以上どれだけ長い訓練を受けたところで、訪問客がベジェル人やウル・コーマ人並みに推論形成以前の本能的な深い部分で発想の転換を行ない、〈見ない〉ようにすることの実際的な基礎原理を身につけられるとは、誰も思わない。が、身につけたかのような行動は求められる。われわれベジェル、そしてウル・コーマの当局も、明白な秩序を求めていて、〈クロスハッチ〉された隣接の都市国家への働きかけはもちろん、あからさまな注目は絶対にしないでほしがっている。

〈ブリーチ〉行為への制裁は厳しいものの、あるいは厳しいからこそ（二つの都市国家はその厳しさを頼りにするのだ）、〈ブリーチ〉の是非を常識的に疑うことなどあってはならない。いくら私たちが長年〈見ない〉ことに熟練していても、ベジェルの古いユダヤ人街に行った観光客は、地誌学的には文字どおり隣にある、ガラス張りの入り口がついたウル・コーマのヤル・イラン橋をこっそり見ている。ベジェルの風祭りのパレードでリボンをなびかせて飛ぶ風船を見あげているとき、すぐそばではあるが外国領地のウル・コーマ官邸区域にある涙形のタワーを、観光客は決して視界から追い出せてはいないだろう（私たちは追い出せる）。観光客が指をさしたり、うっとりと何か言ったりしないかぎり（まれな例外を除き、十八歳未満の外国人の入国が許可されない理由はそれだ）、その場の人間が〈ブリーチ〉行為は起きていないと信じることはできる。地元民が必死に〈見ない〉でいるからというよりは、ビザ取得前のトレーニングによる拘束力に従ってもらえばいいのであって、たいていの受講者はそれを理解する理性を持っている。私たち全員、そして〈ブリーチ〉自身も、観光客にはできるだけ、疑わしきは罰せずという態度でいるのだ。

車のバックミラーに映ったミスター・ギアリーの目が、すれちがうトラックを追った。ウル・コーマのトラックだったので、私は〈見ない〉ようにした。

妻と夫はときどき小声でささやきあった——私の英語力やヒアリング能力では、二人が何を言っているのかまではわからない。二人ともほとんど沈黙していて、それぞれに自分の側の窓から外を見ている。

シュクマンは研究室にいなかった。死者に会いにきた人々に、自分がどう映るか自覚しているのかもしれない。私もこうした状況で彼に会いたくはない。ハムズィニクが私たちを安置所へ案内した。マハリアの両親は、足を踏み入れ、シートの下にある体の形を目にすると、完璧なタイミングでうめいた。ハムズィニクは静かに敬意を保って両親の準備が整うのを待ち、やがて母親がうなずくと、マハリアの顔を見せた。両親はふたたびうめいた。二人はマハリアを見つめ、しばらくの間があったあと、母親が娘の顔に触れた。

「ああ、ああ、そうです、娘です」ミスター・ギアリーが言った。彼は泣き出した。「娘です、そうとも、私の娘ですよ」まるで正式な身元確認を頼まれたかのような言葉だった。娘に会いたいという両親の目的はかなえられた。私は、その情報は助けになるとでもいうようにうなずき、それからハムズィニクに目をやった。彼はシートを元の位置に戻し、私たちがマハリアの両親を連れて出るあいだも忙しく動きまわっていた。

「どうしてもそうしたい《アイ・ドゥー・ウォント・トゥー》。ウル・コーマに行きたいんです」ミスター・ギアリーが言った。外国人が動詞をくり返して強調するのには、私も慣れていた。本人のほうが奇妙な言いかただと感じたようだった。「すみません、おそらくそういうのは……準備が大変だとわかってますが、私は見たいんです、娘がいた……」

「もちろんです」私は言った。

「もちろんです」コルヴィも言った。コルヴィはそこそこ英語の会話についてきていて、ときどきは自分でも口を挟んだ。私たちがギアリー夫妻と昼食をとったのは〈クィーン・チェジッレ〉で、ベジェル警察も長年利用しているなかなか快適なホテルだ。ここのスタッフなら、資格のない訪問者に必要な作法の監督や、極秘の監禁まがいの場を提供する経験が豊富にある。

二十八か九ぐらいでほどほどの階級のアメリカ大使館員、ジェイムズ・サッカーもそこに加わっていた。サッカーはときおり見事なベジェル語でコルヴィに話しかけた。ダイニングルームからはフスタフ島の北端が見える。リバーボートが（両都市領域で）浮かんでいる。ギアリー夫妻はコショウをまぶした魚をつついていた。

「私たちも、ご両親が娘さんの仕事場を見たいのではないかと考えていました」私は言った。「ミスター・サッカーやウル・コーマにいる彼のお仲間と相談して、コピュラ・ホールを通過できる書類を揃えているところです。一日か二日あれば整います」ウル・コーマでは大使館とは呼ばない。アメリカ関連部門という陰気な呼び名だ。

「それで……これは、この事件は〈ブリーチ〉の扱いになるとおっしゃいましたよね？」ミセス・ギアリーが言った。「ウル・コーマが捜査するのではなくて、その〈ブリーチ〉というのがやるとおっしゃってましたよね、ちがいます？」彼女ははなはだしい疑惑の目で私を見ている。「私たちはいつ〈ブリーチ〉と話すことになるんですか？」

私はサッカーにちらりと目をやった。「それはありません」と私は言った。「〈ブリーチ〉は、われわれとはちがうのです」

ミセス・ギアリーはじっと私を見る。「『われわれ』というのは……警察《ポリツァイ》ですか？」

私は彼女も含めて『われわれ』と言ったつもりだった。「ええ、確かにそうです。あそこは……彼らは、ベジェルやウル・コーマの警察とはちがうのです」

「私、よく――」

「ボルル警部補、私が説明しましょうか」サッカーが言ったが、ためらっている。私に続けてほしいのだろう。私の前で説明するなら、ほどほどに礼儀正しくしなければならない。だがアメリカ人しかいなければ、この二つの都市がどれだけ馬鹿げた面倒な場所か、ベジェルで起きた犯罪がさらに複雑化することを自分たちがどれほど残念に思っているか、そういったことを強調できる。遠回しに言ってやったっていい。〈ブリーチ〉のような異色の権力を相手にするのが、どんなに決まり悪くて嫌なことかと。

「〈ブリーチ〉についてどのぐらいご存じかわかりませんが、ギアリーさん、あれは……あれは、ほかの権力とはちがうのです。おわかりでしょうか、あれの……権限について。〈ブリーチ〉は……あれは、独自の権力を持っています。そして、その、極度な秘密主義も。われわれ大使館も窓口を持っていません……〈ブリーチ〉の代表者の誰とも。とても奇妙に聞こえることはわかっていますが……犯罪訴追における〈ブリーチ〉の功績が、なんというか、並はずれているのは確かです。見事なものです。進捗状況や、犯人に対し〈ブリーチ〉がとるどんな動きについても、報告を受けとることになります」

「どういうことかな……？」ミスター・ギアリーが言った。「ここには死刑制度はあるんですよね？」

「それにウル・コーマにも？」妻が言う。

「ええ」とサッカー。「ですが、それは問題ではありません。ギアリーさん、ベジェルの私の友人たちやウル・コーマの当局は、あなたがたのお嬢さんの殺人事件の捜査のために〈ブリーチ〉に動いてもらおうとしているので、ベジェルの法律もウル・コーマの法律も無関係といっていいでしょう。〈ブリーチ〉が行使できる、その、制裁は、無制限なのです」

「動いてもらう？」ミセス・ギアリーが言った。

「プロトコルがあります」今度は私が言った。「それに従います。〈ブリーチ〉が捜査に出てくるまで」

ミスター・ギアリーが言った。「裁判はどうなるんだ？」

「非公開審理です。〈ブリーチ〉の……法廷は」私は頭の中で、判断と行動とを絞りだそうとした。「極秘なのです」

「証言しないってことか？　見ることもできないのか？」ミスター・ギアリーは仰天した。前もってすべて説明しておくべきことだったが、あとの祭りだ。ミセス・ギアリーは怒りに首をふったが、夫のような驚きは見せなかった。

「残念ながらできません」サッカーが言った。「ここ独自のことなのです。ですが、私が保証いたします。誰がやったことであれ、犯人はただ逮捕されるのみならず、きっと、その、非常に厳しい処罰を与えられるはずです」人が聞いたらマハリア・ギアリーの殺人犯を哀れに思うような言いぐさだ。私は思わないが。

「でも、これは――」

「わかっています、ミセス・ギアリー、本当に申し訳ありません。ほかにはないような職務組織なのです。ウル・コーマとベジェルと〈ブリーチ〉……まったく独特の環境です」

「なんということだ。まったく、こんな……こんなことすべてに、マハリアは関わっていたのか」ミスター・ギアリーが言った。「ひとつの都市、もうひとつの都市、また別の都市。ベジェル」――発音は『ベゼル』と聞こえた――「ウル・コーマ。そして、または見たもの《オア・シーン・ティツト》」最後のひと言は私にもわからなかった。

「オル・シー・ニーよ」ミセス・ギアリーが言った。私は顔を上げた。「『オアシーニット』じゃないわ、正確には『オルツィニー』よ、あなた」

サッカーは理解できずに礼儀正しく口をとがらせ、不思議そうに首を振った。

「今のはなんですか、ミセス・ギアリー？」私は言った。彼女は自分のバッグをいじっている。コルヴィが静かにノートを取り出した。

「マハリアが関わってたのはそれよ」とミセス・ギアリー。「あの子が勉強していたことよ。それで博士になろうとしてた」陰鬱に微笑しているミスター・ギアリーは、口出しせず、誇らしげで、だが途方にくれていた。「とてもよくやっていたわ。私たちにも少しだけ話をしてくれた。オルツィニーって、〈ブリーチ〉に音が似てるわね」

「ここへ来た当初から」ミスター・ギアリーが言った。「娘がやりたがってたのはその勉強だった」

「そうよ、あの子は最初はここに来た。つまり……ここ、この国、ベジェルへ、ね？　まずここへ来て、そのあとウル・コーマへ行く必要があるって言い出して。率直に言いますとね、警部補、私はどっちも同じ場所みたいなものだと思ってました。ちがうのはわかってます。ウル・コーマへ行くには特別な許可が必要で、だけど娘は学生だから、学生だったから、勉強を続けるためにそこへ行って滞在したんです」

「オルツィニーは……民間伝承のようなものです」私はサッカーに言った。マハリアの母親がうなずき、父親は目をそらす。「〈ブリーチ〉とはちょっとちがいます、ミセス・ギアリー。〈ブリーチ〉は現実にあります。権力です。ですがオルツィニーは……」私はためらった。

「第三の都市です」そうベジェル語で伝えたのはコルヴィだったが、サッカーはまだ眉間にしわを寄せていた。相変わらずわけがわからないという顔をしているので、さらにコルヴィは言った。「秘密。おとぎ話。ほかの二つのあいだの都市」サッカーは首を振り、無関心そうに、へえ、という顔をした。

「娘はこの場所がとても好きでした」ミセス・ギアリーが言った。熱っぽい表情だった。

「つまり、ごめんなさい、ウル・コーマのことが。私たちはあの子が住んでいた場所の近くにいるんですよね？」大ざっぱで物理的に、総体局所的《グロストピカリー》に、ほかのどこでもなくベジェルとウル・コーマについてだけその言葉を使うなら、確かに近くにはいる。コルヴィも私も、この複雑な質問に返事はしなかった。「娘は長年ずっとそのことを学んでたんです、初めて本でそういった都市のことを読んだときから。娘の教授はつねに、娘が優れた研究をしていると思っていたようでした」

「教授陣には好意を持っておられましたか？」私が聞いた。

「いえ、会ったことはありません。でも、どんなことをしているかは、娘がいくらか教えてくれました。娘が関わっているプログラムや作業現場のウェブサイトを見せてくれたり」

「ナンシー教授のことでしょうか？」

「娘のアドバイザーです、そうです。マハリアは彼女が好きでした」

「二人はうまくいっていたのでしょうか？」私が質問しているあいだ、コルヴィは私をながめていた。

「さあ、どうかしら」ミセス・ギアリーはそこで笑顔さえ浮かべた。「マハリアはしょっちゅう教授と議論しているみたいでした。なかなか意見が合わなかったようだけど、私が『研究はうまく進んでるの？』って聞けば、娘は大丈夫って言ってました。意見を闘わせるのが好きなのって。マハリアは、そのほうが勉強になると言ってました」

「娘さんの研究を、ずっと追いかけていらしたんでしょうか？」私は言った。「論文を読んだり？　娘さんはウル・コーマの友だちのことなどは話していませんでしたか？」コルヴィが椅子の上で体を動かした。ミセス・ギアリーは首を振った。

「いいえ、まったく」

「警部補」サッカーが声をかけてきた。

「あの子がやっていたことは、私がわかるような……私が本当に興味を持つようなことではありませんでしたわ、ミスター・ボルル。つまり娘がここへ来てからは、もちろん、新聞でウル・コーマの話題を見れば前より注目するようになったし、そういうものはちゃんと読みました。だけど、マハリアが幸せでいるのなら、私も……私たちも幸せでした。あの子が好きなことをしているのがうれしかったんですよ」

「警部補、ウル・コーマへの入国書類はいつもらえるんでしょうかね？」サッカーが言った。

「すぐだと思います。それでお嬢さんのほうは？　幸せだったのでしょうか？」

「ああ、娘はたぶん……」ミセス・ギアリーは言った。「しょっちゅうドラマみたいなことはありました」

「そうだな」父親が言った。

「今も」とミセス・ギアリー。

「はい？」私が聞いた。

「ああ、今というか……娘はこのところストレスを感じてたみたいだったから。休暇をとって家に帰ってくるべきよって言ったんです――もちろん、家に帰るのなんて休暇とは言えないでしょうけれど、それはそれとして。だけどあの子は、今本当に大事な研究の途中だって、自分の研究の突破口になりそうだって言ったんです」

「それではほかの誰かが怒った《ピスト》んだ」ミスター・ギアリーが言った。

「あなた」

「そうだとも。あの子が私たちにそう言ってた」

コルヴィが困惑顔で私を見た。「ギアリーさん……」サッカーがそう言いかけたとき、私はすばやくベジェル語でコルヴィに説明した。「『酒に酔った《ピスト》』って話じゃない。アメリカ英語だ――『怒った《ピスト》』ってことだ」

「誰が怒ったのですか？」私は夫婦に尋ねた。「教授たち？」

「ちがう」ミスター・ギアリーが言った。「くそっ、あんたは誰がこんなことをやったと思うんだ？」

「マイケル、お願い、やめて……」

「くそっ。〈ファースト・コーマ〉ってのはいったい誰なんだ？」ミスター・ギアリーは言った。「あんたらは誰がこんなことをやったと思うかとさえ聞かないんだな。聞いてみようともしない。おれたちが知らないと思うのか？」

「お嬢さんは何を言っていたのですか？」私は言った。サッカーは立ち上がっていて、皆さん落ちついて、とでも言うように、手で空気をはたいている。

「会議にいたくだらん馬鹿が、あの子に、そんな研究は反逆だと言ったんだよ。あの子が初めてここへ来たときから、誰かがあの子を狙ってたのさ」

「マイケル、やめて、あなた混同してるわよ。最初のとき、その男がそう言ったとき、あの子はここに、ここに、このベジェルにいたんだって、ウル・コーマじゃないって言ったじゃないの。それにあれは〈ファースト・コーマ〉じゃないわ、もうひとつのほうよ、ここの、愛国主義者だか〈真の市民《トゥルー・シチズン》〉だかっていう人たちよ、覚えてるでしょう……」

「待って、なんですって？」私は言った。「〈ファースト・コーマ〉？　それに――お嬢さんがベジェルにいたとき、誰が何を言ったのですか？　いつの話です？」

「待ってください、ボス、これは……」コルヴィがベジェル語ですばやく言った。

「皆さん少し落ちつかれたほうが」とサッカー。

　サッカーは、ギアリー夫妻が不当な扱いを受けたかのように二人をなだめ、私は自分が不当な扱いをしたかのように謝った。夫妻には、自分たちがホテルにいなければならないことはわかっていた。それを守らせるため、二人の警官を階下に配置した。私たちは夫妻に、入国許可が出たらすぐ知らせると約束し、明日また来ると伝えた。しばらくは、何か必要なことや知りたいことがあるかもしれないと、私の電話番号も残した。

「すぐに見つかります」ホテルを出るとき、コルヴィが夫妻に言った。「〈ブリーチ〉が犯人をつかまえます。お約束します」外に出てからコルヴィは私に言った。「それはそうと、〈コーマ・ファースト〉ですよね、〈ファースト・コーマ〉じゃなくて。〈真の市民〉みたいなものだけど、ウル・コーマ側にしかない組織で。誰に聞いてもベジェル側のと同じで愉快な連中らしいけれど、もっと秘密主義で、こっちに関係ないのはありがたい話ですよ」

ベジェルの愛国主義者たち——あのシエドルの愛国議員連合よりも過激な〈真の市民〉は、偽の制服に身を包んでデモをやり、闘争的な演説をぶつ団体だ。合法組織だが、そうは思われていない。ベジェルのウル・コーマ・タウン、ウル・コーマ大使館、モスクやシナゴーグ、左翼のブックショップなどの少数移民への襲撃も、彼らのしわざだということは立証できていないが。われわれ——私が『われわれ』と言うときは警察《ポリツァイ》のことだ、もちろん——われわれも悪事を働いた〈真の市民〉のメンバーを何度となく見つけているが、組織自体は襲撃をただただ否定していて、組織の禁圧に成功した判事はまだいない。

「そしてマハリアは、その両方の組織に不興を買った」

「彼女のパパが言うにはそうですね。でも彼は知らないでしょうが……」

「マハリアが何年か前、ベジェルで必死に統一主義者の気持ちをとらえようとしてたことは確かだ。その後はウル・コーマで、愛国主義者に同じことをやってたっていうのか？　彼女が怒らせなかった過激派はいるのかね？」私たちは車を走らせた。「ところで」と私は続けた。「あの会議、監視委員会の……あれもすごく変だったよ。一部の議員が言ってたことが……」

「シエドルですか？」

「シエドルもそうだ、あのとき筋の通らないことを言ったひとりだ。おれがもっとちゃんと政治事情を見ていればちがうのかもしれないが。これからそうするかな」沈黙のあと、私は言った。「少し嗅ぎまわるべきかもしれない」

「あんなたわごとをですか？」コルヴィはシートの上で体をねじった。怒ったというよりとまどった顔だ。「だいたい、どうしてあの両親をあんなふうに尋問したんです？　お偉方はあと一日か二日で恐怖の〈ブリーチ〉に捜査を回してあと片づけをさせるんだし、そしたらマハリアの災難が犯人自身にも降ってきますよ。そうでしょう？　今手掛かりを見つけたって、私たちはすぐにでも手を引かされるんだし、それを待ってるんじゃないですか」

「ああ」私は車の進路を少しずらしてウル・コーマのタクシーをよけ、できるだけ〈見ない〉ようにした。「そうだな。だがそれでもだね。たくさんの阿呆連中を怒らせることができる人間ってのには、感銘を受けるたちなんだよ。あいつらだって同じようにお互い争っている。ベジェルの愛国主義者、ウル・コーマの愛国主義者、反愛国主義者……」

「〈ブリーチ〉に任せましょうよ。あなたは正しかったんです。マハリアは〈ブリーチ〉が扱うにふさわしい存在ですよ、あなたが言ったように。これは彼らの仕事なんです」

「確かに〈ブリーチ〉にふさわしい仕事だ。マハリアのほうから連中をつかまえるさ」私は車を走らせながら言った。「前進しなきゃな。そのうちおれたちが彼女につかまってしまうよ」

第8章

むこうのタイミングが超自然的なのか、それともなんらかのイカサマをシステムに装備しているのか——私がオフィスに入っていくといつも、ガドレム警視のEメールが受信ボックスのいちばん上に来ている。

よろしい、と彼の最新メールにはあった。G夫妻はホテルに落ちついたことと思う。きみに何日も書類仕事をやらせようとは思っていない（きみも賛成だろう）。書類が整うまで丁重な付き添いだけを頼みたい。仕事はそれで終わりだ。

どんな情報をつかもうと、時が来れば手放さなければならない。つまりガドレムは、自分で捜査する必要はもうないし、時間をむだにさせる気もない、だからアクセルから足をどけろと言っているのだ。私は一時間ばかり、ほかの人間にも自分にも判読しにくいメモを書いたり読んだりし、なおかつそれを全部ていねいにファイルした——いつもの私のやりかただ。ガドレムのメッセージを何度か読み返し、ぐるりと目を回した。たぶん何か独り言もつぶやいていただろう。

その後しばらく、オンラインのほか、人間のオペレーターも使って電話番号を調べ、電話をかけた。国際間のさまざまなやりとりがすむまで、プップッと雑音が聞こえてきた。「ボル・イェアン・オフィスです」以前にも二度ほど電話したことがあったが、そのときは自動システムのようなものにつながった。誰かが電話を取ったのは今回が初めてだ。相手のイリット語はうまかったが、北米のアクセントだったので、私は英語で言った。「こんにちは、ナンシー教授とお話ししたいのですが。留守電にメッセージを入れたのですが、まだ——」

「どちらさまですか？」

「ベジェル過激犯罪課のティアドール・ボルル警部補です」

「ああ。ああ」口調ががらりと変わった。「マハリアの件ですね？　警部補、私が……お待ちください、イジーを呼びますので」しばらくうつろな音波みたいな間があった。「イザベル・ナンシーですが」不安げな響きの、教授がトロント出身だと知らなければアメリカ人と間違いそうな声が聞こえてきた。留守電のメッセージ音声とはまったくちがっていた。

「ナンシー教授、ベジェル警察《ポリツァイ》ECSのティアドール・ボルルです。私の同僚のコルヴィ巡査がご連絡したと思いますが。私のメッセージはお聞きでしょうか？」

「警部補、はい、私……本当に申し訳ありません。お電話しようと思ったのですが、ずっと、すべてが、本当にすみません……」英語から流暢なベジェル語に切りかわっていた。

「わかっております、教授。ミス・ギアリーのことは本当にお気の毒でした。あなたにとっても、ご同僚のかたがたにとっても、とてもおつらい時間だったことでしょう」

「私は、私たちは、ここにいる人間はみんなショックを受けています、警部補。本当にショックです。何をお話ししていいかわかりません。マハリアは若くて有能な女性でしたし、それに――」

「当然です」

「どちらからおかけですか？　あなたは……ここにいるのですか？　話を聞きにいらっしゃったのですか？」

「残念ながらこれは国際電話です、教授。私はまだベジェルにいます」

「なるほど。では……どのようなご用件でしょう、警部補？　何か問題でも？　つまり、問題というか、起きてしまったこと以外の問題ということですが……」教授の呼吸が聞こえてくる。「マハリアのご両親が近々ここにいらっしゃるとうかがいました」

「ええ、私も先ほどまで一緒におりました。こちらの大使館が書類をつくっているところで、すぐにあなたに会いに行かれるはずです。そのことではなくて、私がお電話したのは、マハリアのこと、彼女のしていたことについて知りたいと思ったからなんです」

「こう言ってはなんですが、ボルル警部補、私はてっきり……この犯罪は……〈ブリーチ〉に任せるのではありませんでしたか……？」教授は落ちついてきて、もうベジェル語だけでしゃべっているので、相手のベジェル語と大差ない自分の英語を使うのはやめてしまうことにした。

「そうです。監視委員会が……失礼ながら、教授、この件の進み具合をどこまで把握されているかはわかりませんが。おっしゃるとおり、この件の責任は委譲されます。では、どうなっているかは理解されているのですね？」

「と思います」

「けっこうです。こちらは仕事の締めくくりをつけたいだけです。単に好奇心というか。マハリアについて興味深いことを聞きました。彼女の研究について少し知りたいんです。助けていただけるでしょうか？　あなたはマハリアのアドバイザーだったんですよね？　少しのあいだ、話を聞かせてもらえませんか？」

「もちろんです、警部補、ずいぶんお待たせしましたし。実のところ何から話していいか――」

「彼女が何を研究していたかを知りたいんです。それに、あなたや、そこのプログラムと関わってきた経歴についても。それから、ボル・イェアンについても教えてください。彼女はオルツィニーについて学んでいたと聞きましたが」

「ええっ？」イザベル・ナンシーは衝撃を受けたようだった。「オルツィニー？　まったくちがいます。ここは考古学研究の場ですよ」

「すみません、私はそう解釈していたので……考古学研究とちがうというのは、どういった意味ですか？」

「つまり、マハリアがオルツィニーのことを学んでいたとして、そうする理由がちゃんとあったとしても、それは民間伝承研究か人類学、あるいは比較文学の博士課程領域だということです。もちろん学問分野の境界線はあいまいになってきています。それにマハリア自身、ゴードン・チャイルド（英国の考古学者）や穴を掘ることよりも、フーコーやボードリヤールに興味があるような若い考古学者のひとりでもありました」怒っているというよりは、悲しげで、また面白がっているようでもあった。「とはいえ、マハリアが本当に考古学の博士号を取りたいのでなければ、受け入れたりはしません」

「そこでは何の研究を？」

「ボル・イェアンは古くからの発掘現場です、警部補」

「詳しく聞かせてください」

「この地域で出土する、初期の遺物にまつわる論争はご存じと思います。ボル・イェアンで発見されている遺物は、ゆうに二千年前のものと見られています。あなたが〈分裂〉を、分割と収斂のどちらの理論でとらえてらっしゃるかわかりませんが、私たちが探しているのはそれ以前のもの、ウル・コーマとベジェルができる以前のものです。〈原形《ルート》〉に関わるものなのです」

「膨大な量でしょう」

「もちろん。そしてとても難解です。これらの遺物を生み出した文化については、ほとんど何もわかっていないこともご存じですか？」

「一応は。だからこそ関心を集めもする、そうでしょう？」

「ええ……そうですね。そのことと、ここで出てくる遺物の種類です。マハリアがやっていたのは『同一性の一解釈学』というタイトルのプロジェクトで、道具その他の配置からそれ

「を読み解くというものですが」

「よくわからないのですが」

「だったら彼女の研究は順調だったんですね。博士課程というものは、最初の何年かは、自分のアドバイザーも含め、ほかの誰にも自分の研究内容をわからせないようにするものなんですよ。なんて、もちろん冗談です。マハリアがやっていたことは、二つの都市に関する理論の系統立てです。それらがどうやって生まれたか。マハリアはあまり自分の手の内を明かさないたちで、私も彼女がどんな問題に取り組んでいるかを月単位で把握できていたとは思いませんが、それでもはっきり結論を出すまでにまだ二年ばかりありました。あるいは何かをまとめるまで」

「彼女は実際の発掘も手伝っていたわけですね」

「そのとおりです。リサーチに加わっている学生は大半がそうです。基礎的な調査をしにくる学生もいますし、奨学金の取り決めの一環として来る学生もいれば、その両方という人も、教授にゴマをするために来る学生も。マハリアは奨学金も少し受けていましたが、どちらかといえば研究のために、遺物と接触したくて参加していました」

「なるほど。申し訳ないです、教授、私はてっきり彼女がオルツィニーの研究をしていたものと……」

「以前は興味があったようです。最初は会議に出るためにベジェルに行っています、何年か前に」

「はい、それは私も聞きました」

「そうですか。ええ、それがちょっとした物議をかもしたんです、当時マハリアは完全にオルツィニーに心を奪われていたので——ちょっとした〝ボウデナイト〟だったから、発表した論文も快く受けとられませんでした。抗議も受けています。マハリアの度胸には敬意を表しますけれど、そんなことをしてうまくいくはずはなかったんです。マハリアが博士過程に出願してきたとき——正直言えば、私から学びたがったことにはとても驚きました——私はマハリアがちゃんとわかっているかどうかを確かめなければなりませんでした……やっていいことと悪いことの差を。ですが……実のところ、彼女が自由時間にどんなものを読んでいたかは知りませんが、私がマハリアの博士論文の進展を見ていたかぎりでは、そうですね、悪くはありませんでした」

「悪くない？」私は言った。「あまり好意的な口ぶりに聞こえませんが……」

教授はためらった。

「そうね……正直なところ、少し、ほんの少し、残念なものではありました。マハリアは賢い子でした。頭はいいんです、つまり、セミナーなどで見ているときはとても優秀だったんです。それに必死に勉強していました。いわゆる〝ガリ勉《グラインド》〟タイプでした」——英語的表現だ——「いつも図書館にいるんです。それなのに論文のほうは……」

「よくなかった？」

「悪くはありません。本当です。ですが、充分なものではありました。問題なく博士号は取れたと思いますが、世間を驚かすようなものではありませんでした。なんというか、活気がないというか。それに、かけている時間のわりに、内容が貧弱で。参照資料なども。私もそのことは本人に言いましたし、マハリアも約束はしました。努力すると」

「それを読むことはできますか？」

「え」教授は面食らっていた。「その、できると思います。わかりません。取り扱いの倫理について調べる必要はあります。マハリアが提出したものは持っていますが、まったく未完成なんです。もっと手を入れたがっていました。完成すれば一般の人が見ることも可能ですし、それは問題ないのですが、あれに関しては……改めてご連絡さしあげてもいいですか？マハリアはおそらく、論文として刊行物にしたがっていたとは思います——完成したものを——だけど完成できませんでしたから。そのことも話し合っていました。彼女はその論文をどうにかしたいと言っていました」

「〝ボウデナイト〟とはなんですか、教授？」

「ああ」教授は笑った。「すみません。オルツィニーの情報源ですよ。気の毒なデイヴィッドは、私がこんな用語を使うのを喜ばないでしょうね。デイヴィッド・ボウデンの初期の研究に刺激を受けた人間をそう呼ぶんです。ボウデン信奉者という意味で。彼の研究をご存じですか？」

「……いえ」

「何年か前に著書を書いています。『都市と都市のあいだに』というものです。ピンときませんか？　フラワーチルドレン時代の終わりごろに大きな話題となったんです。オルツィニーを真剣に受けとった最初の世代です。あなたがご存じなくても驚きではないですよ。いまだに発禁処分なんですから。ベジェルとウル・コーマでね。大学図書館でさえ見つけることはできないと思います。ある意味ではとてもすばらしい著書です――膨大な歴史的資料の調査を行なって、そこに類似性や関連性を見出して……ええ、それ自体は見事です。ただ、すごく奇妙でとりとめがないんです」

「どのように？」

「なぜかって、本人がオルツィニーを信じていたからですよ！　すべての参照資料や新たに見つけた資料をまとめて、原初的な神話みたいなものに仕立て、それを秘密や隠蔽された事実として再解釈したんです。ボウデンは……そうね、少し慎重に言わなければいけないかしら、警部補。だって、本当のところ、私はボウデンが本気だとは、本気でそれを信じていたとは思わなかったんです――一種のゲームじゃないかって、ずっと思ってました。だけどその本には、彼が信じていると書かれてるんです。ボウデンはウル・コーマにやってきて、そこからベジェルに行き、どうやったのかは知りませんが、二都市間を何度も移動して――合法でです、それは確かです――そして、オルツィニーそのものの形跡を見つけたと主張したんです。さらに彼は、オルツィニーとは、ウル・コーマとベジェルが築かれたか、ひとつにまとまったか、分裂したとき以来――彼が〈分裂〉問題をどうとらえていたかは覚えていませんが――二都市間の隙間にあった場所だというばかりではなく、今なおそこに存在する場所だと言い切ったのです」

「オルツィニーが？」

「そうです。秘密の集落です。都市と都市のあいだにある都市で、住民は衆人環視の中に暮らしているけれども、見えないのだと」

「なんですって？　何をしているって？　どうやって？」

「見えないのです。ウル・コーマ人がベジェル人に見えない、あるいはベジェル人がウル・コーマ人に見えないのと同様です。通りを歩いていても見られず、しかし自分たちはほかの二都市をじっと見ている。何をしているかは誰にもわかりません。秘密の仕事でしょうか。〈ブリーチ〉を超越しています。何をしているかは誰にもわかりませんが、陰謀説のウェブサイトでは議論が続いているはずですよ。ディヴィッドは、自分はその場所に入り、姿を消すつもりだと言っていました」

「なんと……」

「本当に、なんてことって感じですよね。それが普通の反応です。有名な話ですよ。グーグルで検索すればわかります。なんにせよ、私たちがマハリアに出会ったころ、彼女はまだそれを信じきっていました。私がマハリアに好意を持ったのは、彼女が勇敢だったから、ボウデナイトだったにせよ、堂々として賢い女性だったからです。ですが、あんな説はジョークですよ、わかりますよね？　本当はマハリアにもわかっていたんじゃないか、面白がっていただけなんじゃないかって思うぐらいですよ」

「それでも、その研究はやめたんですね？」

「まともな人間なら、ボウデナイトの博士課程を監督してやろうなんて思いませんよ。マハリアが入学してきたときにもそう厳しく言いましたが、彼女は笑い飛ばしただけでした。もうすべて過去のことだと言いました。さっきも言ったように、マハリアが私のところへ来たことには驚きましたよ。私の研究は、マハリアの研究ほどアヴァンギャルドなものではありませんから」

「フーコーと、なんとかかんとかは、あなたの趣味ではないと？」

「彼らにはもちろん敬意を払っています、ですが――」

「彼らのうち、なんというべきか、彼女が同調しそうなタイプの理論家はいるんですか？」

「ええ、ですがマハリアは、現実的な対象に取り組みたいんだと私に言ったんです。私は遺物の研究者です。もっと哲学的な方向性を持つ私の同僚なら……まあ、その同僚たちはギリシアの壺の汚れを落としたりはしていないでしょうね」私は笑った。「そのあたりが、マハリアも自分にぴったりだと思ったんでしょう。物事のそうした側面を、どう扱うか学びたいと強く言い張っていました。私は驚きましたが、うれしくもありました。遺物というのがユニークなものであることはわかりますよね、警部補？」

「そうですね。もちろんいろんな噂を聞いたことはあります」

「遺物の魔力とか？　本当にそんなことがあればね。それはともかくとしても、ここの発掘現場はたぐいまれな場所なんですよ。ここの物質文明は、ちっとも理屈に合ってくれないんです。かなり新しい最近の遺物、実に美しくて複雑な青銅の品などが、明らかに新石器時代のものらしき遺物と混ざって出てきたりするなんて、世界でもここぐらいですよ。これでは層位学なんて無用のものになってしまいます。ハリス・マトリックスへの反証としても使われています——それは間違っていますが、そうなる理由もわかると思います。こういう発掘現場が若い考古学者に人気なのも、そのせいなんです。それに、すべての歴史物語を数えあげる仕事でもないし、そのほとんどは、いいかげんな研究者がひと目見て釘づけにされるようなものばかりでもないですから。それでもなお私は、マハリアはディヴのもとで学ぶことを考えるべきだったとも思っています。その幸運に恵まれればですが」

「ディヴ？　ボウデン？　彼は生きているのですか？　教師なのですか？」

「もちろん生きています。ただ、マハリアがオルツィニーに首を突っ込んでいた当時でも、教えを乞うことはできなかったでしょうね。最初に調査に来たとき、マハリアはボウデンと連絡を取ったはずだと私は思っています。そして冷淡な仕打ちを受けたんじゃないかとも。ボウデンは何年も前からそうしたことをすべて拒否してきました。それが彼の命取りになったんです。本人に聞いてみるといいと思います。若き日の暴発を、決して振り払うことはできなかった。価値あるものを何ひとつ発表できなかった——残りの経歴全般にわたって、オルツィニーの男と見なされてきたんです。もし尋ねれば、彼はきっと自分でそう言うでしょう」

「そうですか。あなたはボウデンをご存じなのですか？」

「同僚のひとりです。広い分野なのです、〈分裂前《プリ・クリーヴェジ》〉の考古学というのは。プリンス・

オブ・ウェールズ大学にいたこともあります、非常勤でしたが。ここに住んでいます、このウル・コーマに」

ナンシー教授は、一年のうち数ヵ月をウル・コーマの大学街にあるアパートメントで過ごしていた。プリンス・オブ・ウェールズ大学その他のカナダの機関は、アメリカ（さまざまな理由で今や右翼の多くまでもが、みっともないと感じている国家）がウル・コーマを排斥しているという事実を、大喜びで利用している。かわりにウル・コーマの機関と学術や経済のつながりを熱心に結んだのは、カナダだった。

むろんベジェルはカナダとアメリカの双方と友好関係にあるが、両国がともに関与してきたベジェルの不安定な市場に対する熱意は、カナダが〝ニュー・ウルフ経済〟と呼んで隣国に取り入ったことで、しぼんでいった。ベジェルはいわば、道ばたの雑種犬か、やせたネズミのようなものかもしれない。たいていの害獣は隙間にいる。恥ずかしがり屋で寒さに強く、ベジェルの壁の割れ目で暮らすトカゲは、ベジェルだけでしか生きられないとよく言われるが、それを証明するのは難しい。確かにウル・コーマに行くと（子供の手よりも優しく運んだとしても）死んでしまうが、ベジェルでつかまってもやはり死ぬ。ハト、ネズミ、狼、コウモリは、どちらの都市にもいる〈クロスハッチ〉された動物たちだ。だが、あまり語られない古くからの伝統によって、狼――みすぼらしく骨ばって、昔から都会のゴミ漁りに順応したもの――は、一般には漠然とベジェルの動物と見なされている。数は少ないが、それなりの大きさで、汚くもない毛皮の狼だけが、同様にしてウル・コーマの動物とされる。ベジェルの多くの市民は、このような――まったく不要の捏造された――分類の境界線を越えることを避けるため、狼についても決して話題にはしない。

かつて、うちの庭のゴミを漁っていたつがいの狼を追い払ったことがある。私は物を投げつけた。珍しくこぎれいな狼で、近所の人々は驚愕していた。私が〈ブリーチ〉行為を犯したかのように。

ウル・コーマ主義者の多くは、ナンシー教授もそうであるように、両都市どちらにも同時に存在できる――その話をする教授の口ぶりには明瞭な罪悪感があり、何度も何度も、ウル・コーマの〈完全《トータル》〉な領域や、かなりウル・コーマ寄りの〈クロスハッチ〉地区内にある考古学的な遺跡がより豊かなのは、歴史的なねじれのせいにちがいないと言った。プリンス・オブ・ウェールズ大学は、いくつかのウル・コーマの学術組織と互恵的な協定を結んでいる。デイヴィッド・ボウデンは毎年ウル・コーマで過ごすことが多く、あまりカナダには戻らないという。今はウル・コーマにいる。ナンシー教授の話では、ボウデンはほとんど学生を持たず、教鞭もとっていないようだが、彼女が教えてくれた電話番号ではつかまらなかった。

もう少しインターネットで探索してみた。イザベル・ナンシーが話してくれたことの多くは、たやすく確認できた。マハリアの博士論文のタイトルが載ったページも見つけた（マハリアの名はまだネット上から削除されておらず、弔辞もなかったが、いずれはアップデートされるだろう）。ナンシー教授の著作リスト、それにデイヴィッド・ボウデンのものも見つかった。ナンシーが話していた著書も掲載されていて、出版は一九七五年だった。同時期に二つの論文、十年後にもうひとつ、その後は大半が寄稿執筆で、一部が本にまとめられている。

fracturedcity.orgという、ドップラー都市学者の奇人たちや、ウル・コーマとベジェルの妄執について議論する大手のディスカッションサイトも見つけた（このサイトが二つのテーマをひとつの研究目的として結びつけるアプローチは、両都市の礼儀ある世論を踏みにじるものではあるが、フォーラムのコメントを見るかぎり、いくらか不法なやりかたにしろ、どちらの都市からもアクセスがあるようだ）。そこから一連のリンク（厚かましく自信たっぷりなベジェルとウル・コーマの検閲体制が寛容なのか、それとも無能なのか、リンク先のアドレスに〝.uq〟〝.zb〟がついているものがたくさんあった）をたどると、『都市と都市のあいだに』からコピーされた文章がいくつか見つかった。ナンシーがほのめかしたとおりの内容だ。

いきなり電話が鳴ってびくっとした。気づけば暗くなっていて、七時を回っている。

「ボルルですが」私は椅子にもたれながら言った。

「警部補ですか？　ああ、くそっ、大変なことになりました。こちらツェチョリアです」マハリアの両親の監視役としてホテルに置いたパトロール巡査のひとり、アギム・ツェチョリアだった。私は目をこすり、何か見のがした受信メールがなかったか確かめようとした。巡査の背後で雑音が聞こえていて、ひどい騒ぎが起きている。「警部補、ミスター・ギアリーが……無許可外出《AWOL》しました。とんでもないことが……彼は〈ブリーチ〉行為を犯しました」

「なに？」

「部屋を出ていったんです」巡査のうしろで女性の声がしている。叫んでいる。

「何があったんだ？」

「どうやってわれわれの目をかいくぐったのかはわかりません、とにかくわからないんです。ただ、そう長く消えていたわけではありません」

「どうしてわかる？　どうやってつかまえたんだ？」

　巡査がまた悪態を口にした。

「つかまえたのではありません。〈ブリーチ〉がとらえたんです。われわれは車で移動中です、警部補、空港へ行く途中です。〈ブリーチ〉が……われわれを護送しています。どこかへ。〈ブリーチ〉からすべきことを命じられました。ミセス・ギアリーの声が聞こえたと思います。夫のほうは出国しなければなりません。すぐにです」


　コルヴィは帰宅していて、携帯電話にも出なかった。私は駐車場から課の覆面パトカーに乗ったが、ヒステリックなサイレンを目一杯鳴らし、交通ルールを無視できるようにした。私に適用されるのはベジェルのルールのみで、従って私が無視できるルールもそちらだけだが、交通ルールは監視委員会がベジェルとウル・コーマとで同じようなものにしようと努めた妥協領域のひとつだ。交通文化はまったく同じではないが、通行人や車は〈見ない〉で相手国の交通ともうまくやらなければならないので、こちらの車もむこうの車も同じぐらいの速度を出しながら似たようなやりかたで走る。私たちはみな、自国同様に、隣国の緊急車両を巧みに避ける方法を学ぶのだ。

二時間ばかりのあいだ出発のフライトはなかったが、ギアリー夫妻は隔離され、〈ブリーチ〉は何か秘密の方法によって監視を行ない、二人が飛行機に乗るところや、確かに乗り込んだことを確認し、出発させることになる。アメリカのベジェル大使館、それにウル・コーマの代表者にもすでに知らせが届いていて、両都市のどちらのシステム上でも、夫妻の名前は『ビザなし』の扱いとなる。出国したら戻れない。私はベジェル空港を走り抜けて警察《ポリツァイ》のオフィスに行き、バッジを見せた。

「ギアリー夫妻はどこに？」

「個室にいます」

私も状況によっては、いったいこの夫婦に何が起きたのかわかっているのか、何をしたにしろ娘を失ったばかりの両親なんだぞ、と言う気でいたが、必要がなかった。二人は食事と飲み物を与えられ、親切に扱われていた。ツェチョリアがその個室に一緒にいた。彼はミセス・ギアリーに、基礎的な英語で何かささやいている。

彼女が泣き濡れた目で私を見た。最初、夫のほうは寝台で眠っているように見えた。が、まったく動きのないその様子を見ると、どうやらそんなものではなさそうだ。

「警部補」ツェチョリアが言った。

「彼はどうしたんだ？」

「彼は……〈ブリーチ〉がやったんです。おそらく大丈夫です、少したてば目を覚まします。わかりません。何をやったのかわからないんです」

夫人が言った。「あなたたち、夫に毒を盛ったんでしょう……」

「ミセス・ギアリー、どうぞお静かに」ツェチョリアは立ち上がって私のそばに来ると、声を落としてベジェル語で話しはじめた。「何が起きたかまったくわからないんです。外でちょっとした騒ぎが起きて、われわれのいたロビーに人が入ってきました」ミセス・ギアリーは泣きながら、意識の戻らない夫に話しかけている。「ミスター・ギアリーがよろよろ入ってきて、気絶しました。ホテルの警備員が向かってこようとしたんですが、人影を、ギアリーの後方の廊下にいる誰かを見て、立ち止まって黙ったんです。そのとき声が聞こえました。『私がなんの代表かはわかるな。ミスター・ギアリーは〈ブリーチ〉行為を犯した。排除せよ』」ツェチョリアは無力に首をふった。「そのときも何が起きたのかわからなかったし、今もそうです。しゃべった人間は姿を消しました」

「どうやって……？」

「警部補、本当にわからないんですよ。わ……私に責任はあります。ギアリーはわれわれの目を盗んで抜け出したんです」

私は巡査をじっと見た。「しっかりしろ。もちろん責任はきみにある。彼は何をしたんだ？」

「わかりません。〈ブリーチ〉はこっちが何か言う前にいなくなりました」

「あちらは……」私はミセス・ギアリーのほうへうなずいてみせた。

「彼女は国外退去処分は受けていません。何もしていませんから」巡査は小声で言った。

「でも、ご主人を連れていかなければならないと話したら、一緒に行くと言いました。ひとりで待ちたくないと」

「ボルル警部補」ミセス・ギアリーは気持ちを落ちつけようとしていた。「私の話をしているんでしたら、私に直接話してください。夫が何をされたかわかったんですか？」

「ミセス・ギアリー、本当に申し訳ありません」

「せめてもっと……」

「ミセス・ギアリー、やったのは私ではありません。ツェチョリアでもありません。私の部下たちでもありません。わかりますか？」

「ええ、〈ブリーチ〉、〈ブリーチ〉、〈ブリーチ〉でしょ……」

「ミセス・ギアリー、あなたのご主人は非常に深刻なことをなさったんです。とても深刻なことです」彼女は黙ったが、重苦しい呼吸をしただけだった。「わかりますか？　何か行きちがいがありましたか？　ベジェルとウル・コーマのあいだの監視システムや、両国の均衡状態の説明に、何か不明瞭な点がありましたか？　この追放処分は私たちとはなんの関係もありません、できることもまったくありませんし、それにご主人は、いいですか、ご主人はこの程度ですんで本当に幸運だったのですよ」彼女は黙りこくっている。「車の移動中もご主人は、ここの社会の仕組みをあまり理解されていないようでしたが、どうぞおっしゃってください、ミセス・ギアリー、何か不都合がありましたか？　ご主人は誤解されていたのでしょうか、われわれの……アドバイスを？　どうして私の部下はご主人が出ていくのに気づかなかったのでしょう？　ご主人はどこへ行こうとしたんですか？」

彼女はまだ泣き出しそうな顔をしていたが、仰向けになっている夫に目をやり、姿勢を変えた。まっすぐに背筋を伸ばし、私には聞こえない声で夫に何かささやいた。それから私の顔を見た。

「夫は空軍にいたんです。ただの太った老いぼれだとでも思ってらした？」妻は夫に触れた。「あなたは一度として、誰があんなことをやったと思うかとはお聞きになりませんでしたね、警部補。私はあなたのことがわかりません、本当にわかりません。夫も言ってましたけど、誰がやったか私たちが知らないとでも思っているの？」ミセス・ギアリーの手が紙切れをつかみ、たたみ、また広げ、それに目をやることもせず、バッグのサイドポケットから出したり入れたりしている。「娘が私たちに話さなかったとでも？〈ファースト・コーマ〉、〈真の市民《トゥルー・シチズン》〉、愛国議員連合……マハリアは怯えていたんですよ、警部補。

誰がやったか正確にはわかりませんし、その理由も知りませんけれど、さっき夫がどこへ行こうとしたかって聞きましたね？　夫は突きとめにいこうとしたんです。そんなの無理だって私は言いました――夫はここの言葉もしゃべれないし、読むこともできない――それでも、インターネットで探した住所と本の一節は持っていましたし、それに、どうしろって、行くなと言えとでもおっしゃるの？　行くなって？　私は夫を誇りに思います。あの人たちはマハリアをずっと憎んでたんです、あの子が最初にここへ来てから」

「インターネットからプリントアウトしたのですか？」

「私がここって言ってるのはベジェルですよ。あの子が会議でここへ来たときです。そのあと、同じことはもう一方でも、ウル・コーマでも起きました。なんの関係もないと言いたいの？　自分が敵をつくったことはあの子にもわかってました、あの子が私たちに敵をつくったと言ったんです。あの子はオルツィニーの研究に行って敵をつくったんです。調べるほどに敵が増えた。みんな娘を憎んでた、あの子がしていることのせいで。あの子が知ったことのせいで」

「誰が娘さんを憎んでたと？」

「あの連中の全員よ」

「娘さんは何を知ってたんですか？」

ミセス・ギアリーは首を振ってうなだれた。「夫は調べにいこうとしたんです」

ミスター・ギアリーは、地上階のトイレの窓をよじのぼり、巡査たちの目を逃れた。道路を二、三歩渡っただけなら、私たちが彼に課したルールを破った程度ですんだだろうが、まごついて〈クロスハッチ〉地区を出ると、ウル・コーマにのみ存在する〈異質《オルター》〉領域の庭に入ってしまった。そこへ、彼を四六時中監視していた〈ブリーチ〉がつかまえにきたというわけだ。私は、ミスター・ギアリーがひどく痛めつけられていないことを願った。もしそんなことになっているとしても、その損傷の原因を突きとめられる医者がアメリカにいるとは思えない。私に何が言える？

「こんなことになってお気の毒に思います、ミセス・ギアリー。ご主人は〈ブリーチ〉の目から逃れようとすべきじゃなかったんです。私も……私たちも同じ立場なんですよ」ミセス・ギアリーは慎重に私の顔を見た。

やがて彼女はささやくように私に言った。「だったら行かせてちょうだい。続けるわ。私たち、陸路で戻ってこられますから。お金もありますし。私たち……夫はおかしくなってしまう。彼には見る必要があるんです。彼は必ず戻ってきます。私たち、ハンガリーを抜けて、それとも、トルコかアルメニアを経由して——入れる方法があるはずよ、そうでしょ……誰がやったかを突きとめて……」

「ミセス・ギアリー、〈ブリーチ〉はずっと監視しているんです。今も」私は開いた両の手のひらをゆっくりと上げ、空気を握った。「十メートルも進めませんよ。あなたがたに何ができると思いますか？　ベジェル語も、イリット語もしゃべれないのに。私が……。私がやります、ミセス・ギアリー。あなたがたのかわりに、私にやらせてください」

ミスター・ギアリーは、飛行機の搭乗時間が来ても意識が戻らなかった。ミセス・ギアリーが非難と希望が入りまじった目で私を見つめ、私はもう一度、できることはないんです、ミスター・ギアリーが自分でやったことですと伝えようとした。

乗客はほかにはあまりいなかった。〈ブリーチ〉はどこにいるのだろう、と私は思った。

飛行機のドアが閉まれば、われわれの責任領域も終わる。担架にぐったりと横たわって運ばれる夫の頭の下に、ミセス・ギアリーがクッションを挟んでいる。ギアリー夫妻が自分の座席に座るあいだ、私は搭乗口でアテンダントのひとりにバッジを見せた。

「親切にしてやってくれ」

「国外追放ですか？」

「ああ。深刻なケースだ」相手は眉を上げたが、うなずいた。

私はギアリー夫妻の座席まで行った。ミセス・ギアリーがじっと私を見つめる。私はひざまずいた。

「ミセス・ギアリー。どうかご主人に、私からのお詫びを伝えてください。ご主人はあんなことをすべきじゃなかったと思いますが、事情は理解しています」私はそこでためらった。

「つまり……もっとベジェルのことをよくご存じだったら、ウル・コーマに飛び込んでしまったりしなかったと思いますし、〈ブリーチ〉もご主人を止めることはなかったと思います」ミセス・ギアリーはただ私を見つめている。「それ、上に載せましょう」私は立ちあがり、彼女のバッグを取って頭上の棚に上げた。「もちろん、何が起きているかわかったら、何か手掛かりや情報をつかんだら、あなたがたにお知らせします」彼女は依然として何も言わない。口は動いていて、私に懇願しようか、それとも何か非難しようか迷っているようだ。

私は小さく古風なおじぎをし、きびすを返して飛行機と夫妻をあとにした。

空港のビルに戻ると、私はミセス・ギアリーのバッグのサイドポケットから抜いた紙を取りだし、ながめてみた。インターネットから印刷された、〈真の市民〉という組織の名がそこにあった。自分を憎んでいる連中だと娘が父親に語り、ミスター・ギアリーが私たちに逆らってひとりで調査しようとした組織。その住所だ。

第9章

コルヴィは文句を言ったが、怒っているというよりは、本分を尽くそうとする口ぶりだった。「いったいどういうことなんですか、警部補？ すぐにでも〈ブリーチ〉に託される件じゃないんですか？」

「そうだ。まさに今、そのための時間を費やしているところだ。もうすんでいてもおかしくない。話が止まっている理由もわからないよ」

「じゃあなんなんですか？ どうしてあわててこんなことをやるんです？ マハリアはすぐに〈ブリーチ〉に犯人探しをしてもらえるんですよ」私は運転を続けた。「まったく。この件を譲りたくないんでしょう、ちがいます？」

「いや、譲りたいさ」

「それなら……」

「先に調べておきたいことがあるんだ、思いのほか時間が残っているうちにね」

車が〈真の市民《トゥルー・シチズン》〉の本部に到着すると、コルヴィは私を注視するのをやめた。前もって電話もかけてみたし、住所も別の人間に確認させた。ミセス・ギアリーの紙に書かれていたとおりだった。私は面識のある諜報員のシェンヴォイに接触してもらおうとしたが、つかまらなかったので、自分の知っていることを頼みにし、〈真の市民《TC》〉についてもざっと調べてきた。コルヴィは私の隣に立っていて、自分の武器の持ち手に手をかけているのが見える。

　ドアは強化され、窓も遮断されているが、家そのものは普通の住宅、もしくはかつて普通住宅だったもので、通りも同様だった（過去にこのTCを麻薬所持の嫌疑で取り締まろうとする動きはなかっただろうか、と私は思った）。通りは、隣とつながっているテラスハウスと、独立した一戸建てとがランダムに並んでいるせいで、まるで〈クロスハッチ〉された場所のように見えるが、実際は〈完全《トータル》〉なベジェルで、建築家の気まぐれでスタイルに変化がついているだけだ。とはいえ、ひとつ角を曲がれば、すぐに〈クロスハッチ〉の多い領域に出る。

　このことは、前にリベラル派が言っていたのを聞いたことがある。これは皮肉ではすまない、TCをウル・コーマと隣接した場所にいさせるなど、敵を脅すチャンスを与えるようなものだ、と。いかに〈見ない〉ようにしようとも、物理的に隣接した場所にいるウル・コーマ人は、準軍事的な労苦と同等のものを、〈ベジェル・ファースト〉の地区に強いられることになる。これはほとんど〈ブリーチ〉発言だと言えなくもなかったが、もちろんそれはちがう。

　私たちが近づいていったとき、むこうはぶらぶらして、くつろぎ、煙草を吸い、酒を飲み、大声で笑っていた。この通りはおれたちのものだと言いたげな態度があまりにあからさまで、まるで麝香《じゃこう》でもまき散らしているみたいだった。ひとりをのぞいては全員男だ。その全員が私たちを見た。言葉が交わされ、大半はゆっくりと家の中へ消えていき、何人かがドアのそばに残った。革とデニムに身を包みつつも、この寒さでもおれの生理学ではこれが当然と言わんばかりに上半身の筋肉をむきだしにした男が、私たちをじっと見ている。ボディビルダーのようなその男と、いがぐり頭の数人の男たちと、さらにひとり、凝った星形のような古風なベジェル貴族風ヘアカットをひけらかしている男がいる。野球のバットにもたれかかっている――ベジェルではそう人気のスポーツでもないが、意図的な武器所持にならない程度には妥当な持ち物だ。ひとりの男がヘアカット男に何かささやいて、すばやく携帯電話で連絡をとり、パチンと閉じた。通行人は多くはない。みなもちろんベジェル人で、私たちやTCの連中に視線を向けることは可能だが、多くは目をそらしている。

「覚悟はいいか？」私は言った。

「勘弁してくださいよ、ボス」コルヴィが小声で言い返す。バットの男がけだるくそのバットを振った。

ささやかな歓迎委員会の連中から二、三メートルのところに来ると、私は無線機に大声で言った。「ギエダール街四一一番地のTC本部、予定通り。一時間ほど中に入る。警戒態勢。バックアップ準備」そして、オペレーターが『いったい何ごとだボルル？』などと大声で聞き返してこないうちに、すばやくスイッチを切った。

大男が言った。「用かい、おまわりさん？」仲間のひとりがコルヴィを上から下までながめ、鳥のさえずりみたいなチュッチュッという音をたてた。

「ああ。中でいくつか質問させてほしいんだが」

「それはできねえな」ヘアカット男がにやりとしたが、しゃべったのは筋肉男だった。

「どうしても話を聞かせてほしいんだよ」

「そうはいかない」そう言ったのは、さっき電話をかけたブロンドのスエードヘッドの男で、大男の前に割り込んできた。「立ち入り調査の令状は持ってんだろうな？　ないのか？　なら入れねえぜ」

私は立ち位置を変えた。「隠すことが何もないなら、閉め出すこともないでしょ？」コルヴィが言った。「質問だけなのに……」だが、筋肉男とヘアカットは笑い出した。

「頼むよ」ヘアカットが言った。そして首を振った。「まいるね。誰に話してるつもりなんだかね？」

刈り込み頭の男がヘアカットに身ぶりで黙るように言った。「もうやめとけ」

「ビエラ・マールについて何か知ってるか？」私は言った。みな、わかってないような、あいまいな顔をしてこちらを見た。「マハリア・ギアリーは？」この名前はみんな知っていた。携帯電話男が、あぁ、と声をたてた。ヘアカットが大男に何かささやいた。

「ギアリー」ボディビルダーが言った。「新聞で読んだぜ」どうでもいいとばかりに肩をすくめる。「そうさ。特定の行動が危険を招くって教訓だろ？」

「なぜそう思う？」私は気さくなしぐさで側柱に寄りかかり、星形カットが一歩か二歩下がるように仕向けた。彼は仲間にぶつぶつ言ったが、よく聞こえなかった。

「攻撃ってものを大目に見る気はないが、ミス・ギアリーは——」電話の男が大げさなアメリカ人訛りでその名前を言い、私たちとほかのメンバーのあいだに立った。「——彼女は愛国主義者のあいだで前科と評判をつくっちまった。しばらく音沙汰なかったよ、本当さ。彼女にはバランスのとれた見地ってものが必要だと思ってたけどね。そうはならなかったらしい」彼は肩をすくめた。「ベジェルを侮辱すりゃ、いずれはしっぺ返しを食う」

「どんな侮辱？」コルヴィが言った。「彼女について何を知ってるの？」

「おいおい、おまわりさん！　あの娘が研究してたことを見てみなよ！　全然ベジェルに好意的じゃねえぜ！」

「そうとも」黄色頭が言った。「統一主義者だ。いやもっと悪いな、スパイだよ」私はコルヴィに目をやり、コルヴィも私を見た。

「なんだって？」私は言った。「なんの話をしてる？」

「彼女はそんなんじゃ……」コルヴィが言った。私たちはどちらも言葉に出すのをためらった。

戸口に残っていた男たちは、それ以上けんかをふっかけようともしてこなかった。星形はこちらの挑発に応じたいようだったが、ボディビルダーが口を挟んだ。「やめとけ、サチョス」星形は黙り、ただ大男のうしろから私たちを注視した。しゃべっていたほかの男たちも黙って二人をいさめ、みんなで何フィートか下がったが、それでもまだ私たちをじっと見ているはずだ。私はシェンヴォイと連絡を取ってみようとしたが、彼は盗聴防止電話から離れたところにいるはずだ。いや、もしかしたら彼は（私は彼の担当職務をよく知らない）目の前の建物の中にいたりするのかもしれない。

「ボルル警部補」私たちの後方で声がした。高級そうな黒い車が私たちのうしろに停まっていて、運転席のドアを開けっぱなしにしたまま、男が歩いてきた。五十代前半ぐらいと思われ、恰幅がよく、しわの多いとんがった顔をしている。上品なダークスーツだがノーネクタイだ。まだ生え際も後退していない髪は灰色で、短くカットしている。「警部補」男はもう一度言った。「そろそろお帰りの時刻だ」

私は眉を上げた。「もちろんです、もちろんですとも」と言った。「もう少しだけいいですか……あなたはいったいどなたです？」

「ハルカド・ゴッシュ。〈真のベジェル市民〉の弁護士だ」悪党どもの何人かはぎょっとしたようだった。

「あら、すばらしい」コルヴィが小声で言う。私はゴッシュの挨拶をわざとらしく受け入れた。まぎれもなく羽振りのいい男だ。

「たまたま立ち寄っただけですか？」私は言った。「それとも、どこかから電話でも？」私が携帯電話の男に目くばせすると、男は肩をすくめた。愛想のいい男だ。「ここにいる頑固者どもが直接連絡したのではなさそうですが、だったら誰が取り次いだんですか？　こいつらがシエドルにでも伝えた？　誰があなたに連絡したんです？」

ゴッシュの片眉が上がった。「なぜきみがここにいるか当ててみよう、警部補」

「その前に、ゴッシュさん……なぜ私を知っているのです？」

「当てようか――きみはマハリア・ギアリーのことを聞きにきたんだろう」

「そうですとも。ここの連中は彼女の死をあまり悲しんでないようです。そのうえ嘆かわしいほど彼女の研究に無知です。こいつらは彼女が統一主義者だという妄想を抱いてる。統一主義者が聞いたら大笑いしますよ。オルツィニーのことを聞いたことはありますか？　それに、もう一度聞きますが――あなたはなぜ私の名を知っているんです？」

「警部補、われわれ全員の時間をむだにしてくれるつもりかね？　オルツィニー？　ギアリーがそれをどう使う気だったにせよ、どんな愚か者のふりをしようとしたにせよ、どんなくだらん脚注を論文に入れようとしていたにせよ、彼女が目論んだすべての攻撃は、ベジェルに害を与えるものだ。この国は玩具じゃないんだ、警部補。わかるかね？　ギアリーは、お婆ちゃんのおとぎ話に時間を浪費し、無意味と侮辱をつなぎあわせようと苦心する大馬鹿者だったか、あるいは馬鹿ではなく、ベジェルの隠れた無能さを調べあげ、まったく異なる論点を生みだそうと画策していたか、そのどちらかだよ。結局のところ、ウル・コーマのほうが彼女の性分には合ってたようだな、そう思わないか？」

「私をからかってるのですか？　何が言いたいのです？　マハリアがオルツィニーの研究をするふりをしていたと？　彼女がベジェルの敵だと？　それどころか、ウル・コーマのスパイだと？」

ゴッシュは私に近づいてきた。彼がTCのメンバーに合図すると、メンバーは要塞のような家に入っていき、ドアを半分開けたまま待機して様子をうかがっていた。

「警部補、あなたは立ち入り調査の令状をお持ちじゃないですな。帰りなさい。まだ粘るつもりなら、義務としてくり返させていただく。このようなアプローチを続けるなら、ここはよく思い出してほしいが、まったくの合法組織であるベジェルのTCに対する嫌がらせ行為と見なし、きみの上司に抗議する」私は少しのあいだ相手の出かたを待った。むこうにはまだ言い分があった。「それに、ここベジェルへの訪問者について、きみがほのめかしたことを自分でよく考えてほしい。長きにわたって真剣な学者からは当然のごとく無視されてきたテーマの調査を始め、ベジェルの無能さや弱さを断定する。驚くことでもないが、ことあるごとに敵をつくる。ここを去ってその後はまっすぐウル・コーマに向かう。そして結局は、きみはこのことに気づいていないようだが、調査と言うにはつねにまったく説得力を持たない分野を捨てようとしはじめる。彼女は何年もオルツィニーについて研究していたわけではない――すべては無鉄砲なことだったと気づいたんだろうさ、いやはや！ そして、最も物議をかもしている、ウル・コーマ寄りの前世紀の遺跡で活動しはじめる。彼女の動機を疑いたくなるのも無理はないと思わないか、警部補？ 私はそう思うよ」

コルヴィは文字どおりぽかんと口を開けてゴッシュの顔を見ていた。「まったく、ボス、あなたは正しかったんですよ」コルヴィは声をひそめもせず言った。「こいつら頭が変だわ」ゴッシュは冷たくコルヴィを見た。

「どうやってそんなことを知ったのですか、ミスター・ゴッシュ?」私は言った。「彼女がやっていることについて?」

「彼女の調査? おいおい。新聞が嗅ぎまわらなくたって、博士号のテーマや会議の論文など国家機密でもなんでもないよ、ボルル。インターネットってものを知らないのか? ぜひ使ってみるべきだよ」

「それに……」

「帰りたまえ」ゴッシュは言った。「ガドレムによろしく伝えてくれ。仕事は欲しいだろう、警部補? いや、脅しじゃない、これは質問だよ。仕事をしたくないのか? 自分の仕事を持っておきたいだろう? きみはまじめにやってるのかね? 〝ナゼワタシノナマエヲシッテルンデスカ警部補〟?」彼は笑った。「きみはここで――」そう言って建物を指さした。「――ここですべてが終わると思ってるのか?」

「まさか」私は言った。「あなたは誰かから電話を受けたんだ」

「帰りたまえ」

「どの新聞を読んだんだ?」私は声を荒らげた。視線はゴッシュに向けたまま、首を曲げて戸口の男どもに呼びかけた。「大男君? ヘアカット君? どの新聞だ?」

「もう充分だろ」刈り込みヘアの男が言い、筋肉男は私に返事をした。「なんだって?」

「彼女のことを新聞で読んだと言っただろう。どの新聞だ? 私の知るかぎり、誰も彼女の本名には言及してない。私が見たときには、彼女はまだ〝フラナ・デタール〟のままだった。

私はまっとうな新聞を読んでないようだな。さてどの新聞を読むべきかな?」ぶつぶつ言う声と、笑いが聞こえた。

「情報は拾うのさ」ゴッシュは男に黙れとは言わなかった。「おれがどこで話を聞いたかなんて、誰が知るかね」私にはそこがどうしてもわからなかった。情報が漏れるのは早いし、安全と思われている委員会も例外ではないし、彼女の名前が外部に漏れた、あるいは私の見ていないところで公表されたということもありうる――それに、まだ公表されてなくても、時間の問題にはちがいない。「どの新聞を読むべきかって? 《クライ・オブ・ザ・スピアー》だ、もちろんな!」ゴッシュはTC発行の新聞を振って見せた。

「これはまたエキサイティングだな」私は言った。「みんな、大変な情報通だ。酔っぱらいにでもなった気分だよ、この件を引き渡したらほっとするだろうね。とてもついていけない。きみたちの言うように、私はまともな質問ができるだけの、まともな新聞も読んじゃいないんだから。もちろん〈ブリーチ〉には新聞はいらないだろうね。彼らは聞きたいことを誰にでも聞けるんだから」

この言葉は連中を黙らせた。私は男どもの顔を見た――筋肉男、星形カット、携帯電話男、そして弁護士――何秒か間を置いて、私は歩き出し、コルヴィもあとをついてきた。

「なんて気色悪い連中かしら」

「まあね」私は言った。「探りを入れるつもりだったんだがな。ちょっと厚かましく。それにしても、悪ガキをおさえつけるような態度で来るとは」

「あれはいったいなんなんですか……？　どうしてあなたの素性がわかったんでしょう？　それにあの、あなたを脅かす物言い……」

「さあね。本気だったのかもしれない。おれが強引に出たら、面倒なことにしてやろうと思ってたかもしれない。どうせおれにはすぐ関係なくなるがね」

「私も聞いたことがあります」コルヴィは言った。「連中のつながりについて。つまり、TCが愛国議員連合のストリート部隊ってことはみんな知ってますし、だからあの弁護士もシエドルのことを知ってるはずです。あなたが言ったみたいに、そこがつながってるんでしょう。あいつらがシエドルに電話して、シエドルが弁護士に電話した」私は何も言わなかった。

「おそらくそうです。マハリアのことを聞いたのも、シエドルからかもしれません。だけどシエドルも、私たちをTCの餌にしようとするなんて、そこまで馬鹿なんですかね？」

「きみも自分で、あいつはすごい馬鹿だって言ってたじゃないか」

「ええ、そうですけど、なぜそこまでするんでしょう？」

「いばり屋だからだろう」

「確かに。みんなそうです——そうやって政治は動くんです、そうでしょ？　そうね、まあ、そういうことかも。あなたをどやしつけて追い払おうとしたのかな」

「何から追い払おうとしたんだ？」

「あなたが怖かったんですよ。何からってことじゃなく。愛想のいい悪党よ、あいつらは」

「わからないぞ？　もしかしてあの男には知られたくないことがあったのかもしれないし、そうじゃないかもしれない。正直言えば、〈ブリーチ〉があの男や下っ端どもを狙ってくれたら喜ばしいがね。発動の時がやってきたあかつきには」

「ええ。私思ってたんです……まだ事件を追うなんて、もしかしてあなたは自分でやりたいと思ってるのかと……私は、もうこれ以上は何もできないと思ってたので。つまり、私たちは待ちの状態です。委員会が……」

「ああ、まあね。そうだな」私はコルヴィに目をやり、また目をそらした。「あきらめるのがいいんだろうな。マハリアには〈ブリーチ〉が必要だ。だけど、われわれはまだ引き渡したわけじゃない。むこうに引き渡さなきゃならないと思うほど、もっとよく……」そこは自分でも疑わしかった。

　大きく息を吸い、吐いた。本部に戻る前に新しい店に立ち寄り、二人分のコーヒーを買った。コルヴィの嫌いなアメリカンコーヒーだ。

「あなたはアヤ・ティルコが好きだと思ってましたけど」コルヴィが匂いを嗅ぎながら言う。

「好きだが、アヤ・ティルコが好きとかいう以前に、気にしてないんだよ」

第10章

私は翌朝早く出勤したが、自分の立場を見極めておく時間はなかった。「首領《エル・ヘイフェ》がお呼びよ、ティアド」事務仕事をしていたツーラが、入ってきた私に言った。

「くそっ。もう来てるのか？」私は手で顔を隠し、小声で言った。「見ないでくれ、こっちを見ないでくれツーラ。おれが来たときききみはトイレ休憩中だった。おれを見なかったことにしてくれ」

「やめてよ、ティアド」彼女は手を振って私を追い払い、自分の両目を覆った。だが、私の机にはメモがあった。『すぐに来てくれ』私は目をぐるっと回した。抜け目のないことだ。Eメールや留守電でメッセージを残せば、しばらくは知らなかったで通せたというのに。これでは逃げられない。

「あの……」私はドアをノックして顔をのぞかせながら、〈真の市民《トゥルー・シチズン》〉訪問の説明を考えた。あの屈辱のおかげで、コルヴィが忠義心と高潔さを発揮して、私を糾弾したりしてなければいいがと思った。「お呼びですか？」

ガドレムはカップの縁から私を見て手招きすると、身ぶりで座れと言った。「ギアリー夫妻のことは聞いた。何があったんだ？」

「はい。あれは……あれは大ポカでした」あれきり夫妻とは連絡を取っていない。ミセス・ギアリーがあの紙の行方を知っているかどうかもわからない。「あの夫婦は、その、ただ取り乱して、馬鹿なことを……」

「馬鹿なことをする計画を立てていたんだな。これほど計画的な、自発的な馬鹿な真似は聞いたことがない。不満でも申し立てているのか？　私もアメリカ大使館から厳しくお叱りを受けることになるのかね？」

「わかりません。それは少しばかり図々しい話かと。夫妻は大した要求もしてなかったんですから」彼らは〈ブリーチ〉行為をした。悲しくて単純な話だ。ガドレムはうなずき、ため息をつき、両の握りこぶしを私に差し出した。

「いいニュースと悪いニュース、どっちがいい？」

「うーん……悪いほうを」

「いや、先にいいニュースにしよう」ガドレムは左手を振り、芝居がかった調子で開いて、判決でも下すような口調で言った。「いいニュースは、きみにすばらしく興味深い事件を任せるということだ」私は続きを待った。「悪いニュース」ガドレムは右手を開き、心から腹立たしげに机に叩きつけた。「悪いニュースはな、ボルル警部補、そいつはきみがすでにここまで手掛けてきたのと同じ事件ってことだ」

「……は？　よくわかりませんが……」

「ああ、誰だって理解できないさ。われわれ哀れな連中は、〝理解〟なんてものを与えられていないんだろうな。きみは引きつづきこの件の担当だ」ガドレムは手紙を広げて振ってみせた。文章の上にスタンプとエンボス加工されたシンボルが見える。「監視委員会からのお言葉だ。公式回答だよ。覚えてるだろう、こういう儀礼は？　委員会は、マハリア・ギアリーの事件を引き渡さない。〈ブリーチ〉発動を拒否してきた」

私は身をのけぞらせた。「は？　なんですって？　いったいどういう……？」

ガドレムの口調は素っ気なかった。「委員会のニイセムは、提出された証拠を再考した結果、〈ブリーチ〉が起きたと考えるには証拠不充分だと知らせてきた」

「そんな馬鹿な」私は立ちあがった。「あなたも書類を見たでしょう、何を提出したかはご存じだ。〈ブリーチ〉行為じゃないとはとても言えないということもわかってるはずだ。むこうはなんて言ったんです？　むこうの言い分はなんですか？　投票の内訳は？　誰がその手紙に署名したんですか？」

「彼らには理由説明の義務はない」ガドレムは首を振り、トングでつまむように指先に挟んだ手紙を憎々しげに見た。

「こんなくだらん話がありますか。誰かが何か企んで……まったく馬鹿げてますよ。〈ブリーチ〉を発動しなければだめです。彼らだけがこの件を……どうやってこんな件を捜査しろと言うんです？　私はただのベジェルの警察官です。この件には何か厄介なことが絡んでます」

「わかった、ボルル。さっきも言ったように彼らに説明の義務はないが、むこうもわれわれが礼儀正しく驚いてみせるぐらいのことは当然予期していて、実のところ、メモや同封資料もつけてきている。この横柄な短い書状によれば、問題はきみの提出書類にあるのではない。安心したまえ、きみがいかに不器用な男であれ、多かれ少なかれ、これが〈ブリーチ〉事件だと連中を納得させたんだよ。この判断は、むこうの説明によれば、彼らの〝日常調査〟の結果だというんだ」その恐ろしげな引用は、鳥のかぎ爪のように感じられた。「さらなる情報が明らかになった。すなわち――」

ガドレムは机の上の郵便物だかガラクタだかのひとつを叩くと、それを私に投げて寄こした。ビデオカセットだ。彼はオフィスのすみにあるモニタ付きビデオデッキを指さした。セピアがかった映像が、雑音混じりで映しだされた。音声はない。画面を斜めにうろうろ横切る、混んでもいないが間断のない車の往来が映っていて、建物の柱と壁のあいだの下のほうに、時刻と日付が表示されている。

「なんですか？」私は日付に目をこらした――二週間ほど前の夜中だ。マハリア・ギアリーの遺体が発見される前夜だ。「これはいったい？」

何台かの車がスピードを上げ、ひどくぎくしゃくした動きで去っていく。ガドレムは不機嫌なしぐさで、コントローラーをバトンのようにふって早送りした。何分かテープが進んだ。

「これはどこですか？　ひどい映像だ」

「これがわれわれの撮ったものだとすれば、まだかなりましなほうだ。大事なのはそこだよ。

さあ、来たぞ」ガドレムは言った。「真夜中だ。どこだと思う、ボルル？　見つけてみろ《ディテクト》、刑事《ディテクティヴ》さん。右だ」

赤い車が通りすぎ、灰色の車、古いトラックが通過し、さらに――「そら来た！　ほう《ヴァ》ら《ラ》！」とガドレムが叫ぶ。――汚いグレーのヴァンが来た。画面右下のほうからじりじりやってきて、左上のトンネルのような場所に向かって進み、見えないところにある信号か何かでいったん停止し、それから画面を通り過ぎて姿を消した。

私は答えを求めるようにガドレムを見た。「あの汚れを見たか」と彼。さらに早送りすると、ふたたび踊るように車が通り過ぎていった。「少しは編集してくれてある。一時間ばかりで、後半部分に変わる。ここだ！」ガドレムが再生ボタンを押すと、一台、二台、三台とほかの車があらわれ、それからグレーのヴァン――まぎれもなくさっきと同じヴァンがまたあらわれ、さっき来た方向と逆に走っていった。今回は、前部のナンバープレートが小型カメラのアングルにおさまっていた。目視するには動きが速すぎる。私はビデオデッキ本体のボタンを押し、ヴァンがよく見えるところまで巻き戻して、それから二、三メートル前進させ、一時停止を押した。DVDとちがい、静止画は残影の線やひびでぼやけ、ぎくしゃく進むヴァンが静止しているというよりも、二点間をさまよう電子のように震えている。ナンバープレートの文字ははっきり読めなかったが、大半は可能性のある文字がいくつか思い浮かんだ――〝VYE〟か〝BYE〟、〝ZSEC〟か〝KHO〟、〝7〟か〝1〟、そんな感じだ。私はノートを取り出してページをめくった。

「さあお立ち会い」ガドレムがつぶやいた。「彼が何か見つけたようです。何か見つけましたよ、レディース・アンド・ジェントルメン」私の手がページと日付をさかのぼる。そして手を止めた。「ひらめいたようです。見えます、必死に頭を絞っています、この状況を光で照らしだそうと……」

「なんてこった」私は言った。

「まさになんてこったな」

「まったくです。こいつはフルシュのヴァンだ」

「そのとおり、ミキャエル・フルシュのヴァンだ」マハリアの死体を運んだ車両であり、そこから死体が捨てられたのだ。私は映像の時刻を見た。画面上の時刻を見るかぎり、このヴァンには、まず間違いなく死んだマハリアが乗っているはずだ。「まいったな。誰がこれを見つけたんですか？　なんの映像なんです？」私は言った。ガドレムはため息をつき、目をこすった。「いや、待てよ」私は片手を上げた。ガドレムが顔をあおいでいる監視委員会の手紙に目をやった。「これはコピュラ・ホールの角だ。なんてこった。コピュラ・ホールだ。フルシュのヴァンは、ベジェルを出てウル・コーマに入り、それからまた戻ってきたんだ。合法的に」

「ピンポーン」ガドレムは、クイズ番組のチャイム音をくたびれた口調で真似た。「ピンポン、ピンポン、大当たりさ」

先方の話では――私がガドレムにも言ったように、私たちがやるべき仕事でもあったが――〈ブリーチ〉発動請願にともなう背景調査が行なわれ、問題の夜の監視カメラ映像が調べられたという。説得力のない話だ。これほど明らかに〈ブリーチ〉行為と見られるケースなのだから、何時間ものテープをくまなくじっくり調べる理由などなかったはずだ。そのうえ、コピュラ・ホールのベジェル側の古くさいカメラでは、車の持ち主をはっきり突きとめるだけの映像は提供できなかった。証拠は外から、銀行所有のセキュリティシステムから見つかり、捜査員が徴収してきたのだ。

ボルル警部補とそのチームが提供した写真の助けで（とむこうは言った）、コピュラ・ホールの公式チェックポイントを通過してベジェルからウル・コーマへと入り、また戻ってきたその車は、死体を運んでいたのと同じ車だと断定された。

これにより、緊急に捜査されるべき凶悪犯罪にはちがいないものの、ウル・コーマと見られる殺害現場から死体が運ばれてベジェルに遺棄されたのであれば、〈ブリーチ〉は起きていないことになる。両都市間の合法的な移動だ。したがって、〈ブリーチ〉を発動する理由はない。〈ブリーチ〉行為は行なわれていない。

これは、部外者には当然の困惑を呼びおこすような、司法的ケースだ。たとえば密輸はどうなんですか、とよく言われる。密輸は〈ブリーチ〉行為でしょう？　本質的にはそうでしょう、ちがいます？　だが、ちがうのだ。〈ブリーチ〉は、私たちほかの人間には想像を絶する権力を持っているが、その職務はまったくもって厳密なものだ。問題は、ひとつの都市からもうひとつの都市への移動そのものではなく、移動のしかたなのであり、それはたとえ密輸でも同じことだ。猫でもコカインでも銃でも、ベジェルの裏窓からウル・コーマの庭に投げ、仲介者に拾わせれば——それは〈ブリーチ〉行為となり、〈ブリーチ〉が逮捕に来るし、投げたものがパンでも鳥の羽根でも同じことだ。核兵器を盗み、ひそかにコピュラ・ホールを通過して運び込んだ場合でも、境界線を越えることそのものはどうか？　それが両都市の境のある公式チェックポイントなら？　そこでさまざまな犯罪が行なわれていても、それは〈ブリーチ〉行為ではないのだ。

多くの〈ブリーチ〉行為が密輸にともなって起きるのは確かだが、密輸そのものは〈ブリーチ〉行為ではない。とはいえ、賢い密売人は正しく国境を越えることを心がけ、両都市の境界線に深い敬意を払いながらじっくり策を練り、もしつかまっても、片方の都市かもう片方の、あるいは両都市の法に触れるだけで、〈ブリーチ〉の権力に直面することはないようにしている。

おそらく〈ブリーチ〉は、〈ブリーチ〉行為が生じたことのある犯罪、ウル・コーマやベジェルや双方での全違反行為の細部を見ているのだろうが、もしそうだとしても、こうした犯罪が罰せられるのは一度きりで、犯罪は〈ブリーチ〉行為の結果でしかなく、〈ブリーチ〉が罰する違反はあくまで〈ブリーチ〉行為だけ、つまり、ウル・コーマとベジェルの境界に対する侮辱行為だけなのだ。

ベジェルでヴァンを盗むことと死体を遺棄することは、不法行為だ。ウル・コーマで殺人を犯すことも、もちろんそうだ。だが、われわれが想定していたような、それらの犯罪をつなぐ特定の不法行為は行なわれていなかったのだ。移動はすべてきちょうめんなまでに合法で、公式な経路を通じて行なわれ、書類も処理されている。たとえ通行許可証が偽造だった場合でも、コピュラ・ホールの国境を越えたことで不法入国容疑をかけられはするが、〈ブリーチ〉行為とは見なされない。それはどんな国でも起きる犯罪であり、〈ブリーチ〉は生じていない。


「こんなのはくだらん茶番だ」

私はガドレムの机と、被害者運搬車両の静止画像とのあいだを行ったり来たりしていた。

「たわごとですよ。おれたちはコケにされたんだ」

「くだらない茶番だ、と彼は言っています」ガドレムは誰にともなく言った。「おれたちはコケにされた、とも言っています」

「はめられたんですよ。われわれには〈ブリーチ〉が必要なんです。こんな事件をどうしろって？　どこかの誰かが、この事件をうやむやにしてしまおうとしてるんですよ」

「われわれははめられたと彼は言ってます、なんだかまるで、私がそれに反対したかのような物言いです。私はそんなつもりはまったくなかったんですが」

「まじめな話、これは……」

「実のところ、私は彼に全身全霊で賛成していると言ってもいいでしょう。そうとも、われわれはめられたんだ、ボルル。酔っ払った犬みたいに歩きまわるのはよせ。私に何を言ってほしいんだ？　そう、そう、そうだとも、こんなの茶番だ。そうだ、誰かがわれわれにひどい仕打ちをしている。私に何をしてほしいんだ？」

「何かですよ！　何かあるはずです。抗議するとか……」

「なあ、ティアドール」ガドレムは両手の指先を山のかたちに突き合わせた。「起きたことについては、われわれ二人の意見は一致している。きみがまだこの事件に巻き込まれてることに、二人とも腹を立てている。理由はちがうかもしれんが――」そう言いかけてから、ガドレムは手を振って言葉を切った。「だがな、きみが取り組んでいない問題がある。確かに、われわれはこんなに急な映像の回収は大いに怪しいと思っている。それに、どこぞの悪意ある政府の子猫ちゃんにはわれわれがアルミホイルのボールと紐で作ったオモチャにしか見えてないってことも、わかってる。わかってるって。だがなボルル、連中がどうやってあの証拠を手に入れたにせよ、これは正しい決定なんだ」

「国境警備員は調べたんですか？」

「調べたよ、そしてまったく何も出てこなかったが、連中が通過させたすべての人間の記録を残してると思うかね？　やつらの仕事は、それらしい通行証を確認すればいいってだけだ。それには異論の余地はなかろう」ガドレムはテレビに向かって手を振った。

　確かにない。私は首を振った。

「あの映像が示すとおり、ヴァンは〈ブリーチ〉行為をしていない。それでどんな抗議ができると言うんだ？　〈ブリーチ〉は動かせない。この事件ではな。それに率直な話、動かすべきじゃない」

「じゃあどうするんです？」

「どうするって、捜査を続けるんだ。きみが始めたんだから、終わらせろ」

「ですがこの事件は……」

「ウル・コーマで起きてる。もちろん知ってるさ。きみはむこうに行くんだ」

「は？」

「この件は国際捜査になった。ウル・コーマの警察は〈ブリーチ〉の扱いになると思ってタッチしてこなかったが、これでむこうの殺人事件の捜査になる。確かと見られてる証拠にしたがえば、事件は連中の国で起きているんだ。むこうに行って、国際協力の喜びを味わってくるんだな。相手はこちらの助けを要請してきた。現地でだ。きみはウル・コーマ民警《UQミリツィア》の客人としてウル・コーマに行き、そこでむこうの殺人捜査チームの警官に協力するんだ。捜査状況をいちばん知っているのはきみだ」

「馬鹿げてます。報告書を送ればすむことじゃ……」

「ボルル、すねるのはやめろ。この事件は国境を越えたんだ。報告書だと？　むこうは紙切れ以上のものがほしいんだよ。イモムシがもがいてるみたいにねじくれた事件だってことは、もうわかってる。きみはその担当者だ。協力が必要だ。とにかく行って、徹底的に話せ。観光もしてこい。やつらが誰かを見つければベジェルでも告発できる、窃盗と死体遺棄、その他もろもろでな。これが越境捜査のエキサイティングな新時代の幕開けだってことがわからんか?」最後の文句は、このあいだコンピュータ機器をアップグレードしたときにもらったパンフレットにあったスローガンだ。

「われわれが人殺しを見つける確率は、これで急落ですよ。〈ブリーチ〉がやるべきです」

「彼はそう言ってます。私も賛成です。……だったら行って確率を上げるんだな」

「どのぐらいいればいいんですか?」

「二日に一度、私に連絡しろ。進み具合を知らせてくれ。二週間以上にわたるようなら、見直しはする——そんなに長くきみがいなくなるのは、大きな痛手だがな」

「だったら行かせなきゃいいでしょう」と言うと、ガドレムは小馬鹿にしたように『だったらどうすりゃいいんだ?』とばかりに私を見た。「コルヴィを連れていかせてください」

ガドレムは無礼な声を発した。「そう言うと思ったよ。馬鹿言うな」

私は髪に指を突っ込んで梳いた。「警視どの、彼女の助けがいるんです。それどころか、彼女は私よりこの事件に精通しています。最初からこの事件には不可欠の存在でした。もし国境を越えて捜査しろというなら……」

「ボルル、きみは捜査しに行くんじゃない。客として行くんだ。われわれの隣国のね。きみのワトスンを連れて散歩でもしたいのか? ほかにも誰か必要かね? マッサージ師? 記録係? これだけは頭に叩き込んどけ、むこうじゃきみが助手なんだ。まったく、そもそもきみが彼女を強制徴募したのがまずかったんだ。なんの権限だ、え? 自分が失ったものについてくよくよするより、一緒にいたときの楽しい時間を思い出にするんだな」

「そういうことじゃ――」

「わかった、わかった。もう言うな。何が茶番なのか知りたいか、警部補？」ガドレムはコントローラーを私に向け、まるで私を停止して巻き戻すかのようなしぐさをした。「茶番っていうのはな、ベジェルECSの上級警官が、こっそり私的所有物として徴用した部下の警官を連れ、権限もない、必要もない、なんの助けにもならない対決を、悪党のグループや、高い地位にあるその友人たちとくり広げるようなことを言うんだよ」

「……なるほど。じゃあお聞きになったんですね。あの弁護士からですか？」

「弁護士だと？　誰のことだ？　今朝ご親切にも電話をくれたのは、あのシエドル議員だよ」

「シエドルが自分で電話を？　くそ。おっと失礼。驚いたんです。いったいぜんたい、彼は私に、あの連中に関わるなとでも言ったんですか？　あの男とTCとの関わりは、決して公表しないことになってるものとばかり思ってましたが。だからあの弁護士を送り込んできたんでしょう？　あのタフガイどもとはちょっと毛色のちがう男を」

「ボルル、私が知ってるのはな、シエドルが前日のざっくばらんな対話のことを聞きつけ、そこで自分の名前が出たことに仰天し、えらい剣幕で電話してきて、今後そういう状況やら何やらで自分の名前があがろうものなら、きみの中傷に対してあらゆる制裁を実行してやると脅してきたってことだけだ。どうしてそんな捜査の窮地《カルデサツク》を招いたかは知らんし、知りたくもないが、きみも偶然の一致の要素について考えてみたほうがいいかもしれんぞ。電話があったのと同じ朝、つまり、きみが公衆の面前で愛国主義者たちとすばらしく有意義な議論をやらかした何時間かあとになって、急にこの映像が出てきて〈ブリーチ〉が手を引かされた。そこにどんな意味があるのかはまったくわからんがね、だが興味深い事実だとは思わないか。え？」

「私に聞かないで、ボルル」私が電話するとタスキンはそう言った。「私は知らないわ。私も今知ったのよ。噂ぐらいしか聞いてないわ。ニイセムはこうなって不服そうだし、ブーリッチはカンカン、カトリーニャは困惑してて、シエドルは大喜びよ。そういう噂。誰が何を漏らしたのか、誰が誰を混乱させてるのか、私は何も知らないわ。ごめんなさい」

私はタスキンに、さらに聞き耳をたてていてくれと頼んでおいた。準備には二日ばかりもらっている。ガドレムが私の詳細を、ベジェルの関連部署と、同じくウル・コーマで私と関わるはずの相手にも送った。「それと、きみのくだらんメッセージにも返答してもらうよ」と彼は言った。私の通行証とオリエンテーションの準備も整うはずだ。私は家に帰って服をながめ、古いスーツケースをベッドに置き、本を選んで中にしまった。

一冊は新しい本だ。今朝郵送で受けとり、速達料金も支払った。fracturecity.org のリンクからネットで注文したものだ。

入手した『都市と都市のあいだに』は、古くて傷んでおり、内容はそのままだが、カバーは折れてページも汚れ、最低でも二人の人間が注釈を書き入れていた。そんな状態でもベジェルでは発禁本なので、法外な値段を払わされた。購入者リストに私の名前が載るとしても、たいした危険はない。この本のステータスを確かめるのは、少なくともベジェルでは簡単で、今も煽動的とされる書物というよりは、いくらか恥ずかしい回顧主義といった感じだからだ。この都市での発禁本は、なんとなくそうなったものも多い。制裁などめったに行なわれないし、検閲の側さえそう気にしていない。

出版したのは、とうに潰れた時代錯誤のヒッピーな出版社だが、冒頭のページを見るかぎり、けばけばしいドラッグカルチャーめいた表紙のわりに無味乾燥な本だ。印刷がいくらか上下にぶれている。索引もなく、ついため息が出た。

私はベッドに寝そべり、付き合いのある二人の女性に電話をして、ウル・コーマ行きを知らせた。ジャーナリストのビザヤは言った。「すてきね、ぜひブルナイ美術館に行くべきよ。クネリスの展示室があるの。絵葉書買ってきてね」経済史学者のサリスカはもっと驚き、どのぐらい行くことになるのかわからないと言うと落胆していた。

「『都市と都市のあいだに』という本を読んだことはあるかい?」私は尋ねた。

「もちろん、学部生のころに。カムフラージュのカバーは『国家の財産』だったわ」一九六〇年代から七〇年代には、合法のペーパーバックからはぎ取った表紙を綴じあわせて売られた発禁本もあった。「あの本が何か?」

「どう思った?」

「あの当時は、これはすごいって思った。それと、これを読んだ自分はとんでもなく度胸があるわって。その後は、馬鹿馬鹿しいって感じになったわ。ようやく青春をやりなおそうって気にでもなったの、ティアドール？」

「かもな。誰もおれをわかってくれない。生んでくれなんて頼んでないし」彼女にはその本に対する特別な思い出はなかった。

「そんなの信じられない」コルヴィに電話して事情を話すと、彼女はそう言った。何度もくり返した。

「わかってる。ガドレムが言ったことだ」

「あいつら、私を事件からはずすっていうんですか？」

「『あいつら』なんてものがどこかにいるわけじゃないと思う。だが、残念ながら、そう、きみは来られない」

「じゃあ、これで終わり？　私は降りろってことですか？」

「すまない」

「死んじまえだわ。でも疑問なのは」しばらくお互い黙りこくり、恋するティーンエージャーのように互いの沈黙と呼吸だけを聞いたあとで、コルヴィはそう切りだした。「疑問なのは、あの映像を誰が公表したかってことです。いえ、聞きたいのは、あいつらがどうやってあの映像を見つけたかってことですよ。なぜなの？　あそこには、どれだけの長さのテープが、いくつのカメラがあるんですか？　そのくだらない映像を、あいつらはいつ全部見たっていうんです？　どうして今回だけ？」

「すぐに出発しなきゃならないわけじゃない。おれも考えてる……あさってにはオリエンテーションを受けなきゃならないし……」

「それで？」

「うん」

「それで？」

「すまない。おれもずっとそのことを考えてきた。おれたちの頭をぶっ叩いた、あの映像のことをね。最後のささやかな捜査をやる気はあるか？　いくつか電話をかけて、一、二ヵ所話を聞きに行く。ビザや何やらが整う前に、片づけておきたいことがひとつある――国外に行こうとふらふら走ってた、あのヴァンのことをずっと考えてた。きみには厄介なことになるかもしれないが」最後のひと言は、興味をそそる物事の話でもするように、冗談めかして言った。「もちろん、きみはもう事件からはずれたし、つまりはちょっとばかり無許可の捜査だがね」これは嘘だった。コルヴィが危険に晒《さら》されることはない――彼女が何をするにしても、許可するのは私だ。私が厄介な目に遭うことはあっても、彼女が遭うことはない。

「くそったれだわ、いいですとも、やります」コルヴィは言った。「権限のある当局があなたをペテンにかけてるんなら、無権限でやるしかありませんよ」

第11章

「はい?」ミキャエル・フルシュは、おんぼろオフィスのドアの陰から私をまじまじと見た。「警部補さんか。どうも。……何か?」

「ミスター・フルシュ。ちょっと確認したいことがあるんだが」

「中へ入れてください」コルヴィが言った。フルシュはドアの隙間を広げて彼女を見ると、ため息をつき、大きくドアを開けた。

「で、用件はなんです?」彼は両手を握りしめたり開いたりしている。

「ヴァンがなくてもなんとかやれてます?」コルヴィが尋ねる。

「不便でしょうがないが、友だちが手伝ってくれてるんでね」

「いいお友だちですね」

「だろ?」

「きみがヴァンのAQDビザを取得したのはいつかな、ミスター・フルシュ?」私は聞いた。

「おれが、な、何を? おれは、そ、そんなものは――」

「そんなふうに言い逃れるとは、おかしいな」私は言った。彼の反応が私の予測を裏づけている。「きみは頭から否定するほど馬鹿じゃないはずだ。何しろ、通行証は記録に残るからな。ではなぜ、われわれはわざわざ尋ねるのか？　そしてきみはなぜ正直に答えないのか？聞かれて困るのはなぜか？」

「通行証を見せていただけませんか、ミスター・フルシュ？」

　彼は数秒間、コルヴィを見つめた。

「ここにはないよ。家に置いてある。それか――」

「もうやめないか？」私が言った。「きみは嘘をついている。特別に最後のチャンスを与えてやったつもりなんだが、きみはそれを台無しにした。通行証は持っていないんだな。AQDビザは、所持していれば何度でも出入国できるウル・コーマの数次《マルチプル》ビザだ。そうだね？　きみが持っていないのは、盗まれたからだ。ヴァンが盗まれたときに一緒に盗まれた。ヴァンが盗まれたとき、古い道路地図とともに車内にあったんだ」

「いいか」彼は言った。「前にも言ったけど、おれはその場にいなかったし、道路地図なんか持ってない。携帯にGPSが入ってるんだ。おれは何も知らねぇ――」

「それは本当じゃないが、きみに確かなアリバイがあるのは本当だ。いいかね、誰もきみが人を殺したり死体を遺棄したなどとは思っていない。われわれが腹を立てているのは、そのせいじゃない」

「私たちが問題視しているのは」とコルヴィが言った。「あなたが通行証のことを一度も話してくれなかったことよ。問題は、それが誰の手に渡ったのか、そしてあなたは見返りに何を手に入れたのか」フルシュの顔から血の気が引いた。

「ちょっと……」彼は口を何度かぱくぱくと動かすと、どさりと椅子に腰を落とした。「ちょっと待ってくれよ。おれはまったく無関係だし、何ももらってないし……」

私はすでに、監視カメラの映像を何度も見ていた。ヴァンは警備されたコピュラ・ホールの公式ルートをなんのためらいもなく堂々と通過している。〈ブリーチ〉行為を犯しているのでも、〈クロスハッチ〉の通りをこっそり走っているのでもなく、偽の通行証に合わせてナンバープレートを付け替えた形跡もまったくないし、運転手の書類を調べた国境警備員はなんの驚きも示さなかった。このように移動を格段に簡略化してくれるのが、ある種の通行証なのだ。

「誰かに頼まれたのか？」私は言った。「拒めないような提案をされたのか？　それとも脅迫されたのか？　書類をダッシュボードに入れっぱなしにしておけと。きみが何も知らずにいれば、相手にとって好都合だ」

「通行証を失くしたことを私たちに言えない理由なんて、ほかにあります？」とコルヴィ。

「これが最後のチャンスだぞ。さあ、真相はなんだ？」

「まいったな、だからさ」フルシュは、しきりにあたりを見回している。「おれだって、ヴァンから書類を持ち帰るべきだったのはわかってるよ。いつもはそうしてるんだ。誓って、ほんとだぜ。たまたま一度だけ忘れて、それがちょうどヴァンを盗まれた日だったんだ」

「だから盗まれたことを話さなかったんだな？　ヴァンが盗まれたことをわれわれに話さな

かったのは、いずれ書類のことも打ち明けなければならなくなるとわかっていたからで、できればすべてがこのまま片づいてくれるのを期待していたんだろう」

「弱ったな」

ウル・コーマからやってきた車は、ナンバープレートや窓のステッカー、それにモダンなデザインから、通行権のあるビジターだと判断しやすい。ウル・コーマを走るベジェルの車も同じで、通行証や、隣の国に比べて古めかしい車体のラインなどでわかる。

車両用の通行証、特にマルチプル・エントリーのＡＱＤビザは、値段も安くないし、入手も容易でなく、さまざまな条件や規則が設けられている。そのひとつが、ビザを決して車内に放置してはならないというものだった。これ以上密輸を容易にするようなことがあってはならないからだ。書類をダッシュボードの中やシートの下に置き忘れるのは、珍しい過失すなわち犯罪ではないが、フルシュには、最低限でも多額の罰金を払わされ、ウル・コーマへの通行権を永遠に停止されることがわかっていた。

「ヴァンを誰に渡したんだ、ミキャエル？」

「キリストに誓ってもいいよ、警部補さん、誰にも渡しちゃいない。誰が盗んだのかわからないんだ。ほんとに知らないんだよ」

「すると、まったくの偶然だと言うんだな？　ウル・コーマから死体を運ばなければならない誰かが盗んだ車には、待ってましたとばかりに通行証が置きっぱなしになっていたと？　実に都合がいい」

「頼むよ、警部補さん、おれは知らないんだ。ヴァンを盗んだ誰かが、書類を見つけてほかの誰かに売ったんだろう……」

「盗んだその晩に、さっそく都市を越えて物を輸送しなければならない誰かを見つけたということか？　世にもラッキーな泥棒だな」

フルシュは、がっくりとうなだれた。「頼むよ。おれの銀行口座を調べてくれ。財布も見てくれ。誰からも金なんかもらっちゃいないよ。ヴァンが盗まれて、身動きもとれやしないし、商売もさっぱりなんだ。いったいどうすればいいんだ……」

「泣けてくるわね」コルヴィが言った。フルシュは打ちひしがれたような顔で彼女を見つめた。

「頼むよ」

「きみの前科を調べたぞ、ミキャエル」私は言った。「警察のじゃない――それは前に調べたからな。ベジェルの国境警備隊のだ。初めて通行証を取得して二、三カ月後に、きみは抜き打ち検査をされているね。数年前のことだ。いくつかの項目に〝初警告〟マークがついていたが、中でも最も深刻なのは、車内に通行証を置き忘れたことだった。当時乗っていた車だな？　きみは書類をダッシュボードに置き忘れた。そのときは、どうやって罰を逃れたんだ？　直ちに許可取り消しにならなかったのが不思議なんだが」

「初犯だからだよ」彼は答えた。「頭を下げて頼み込んだんだ。見つけた検査官のひとりが、友だちに口をきいて警告処分に減刑してやると言ったんだ」

「その男に賄賂を払ったのか？」

「まあね、いくらかは。金額は覚えていないけど」

「だろうな。つまり、きみはそもそもそういうやりかたでAQDを手に入れたわけだろう？　賄賂の額なんかいちいち覚えていられないよな？」

長い沈黙が続いた。一般的にAQDビザは、フルシュのようなちっぽけな商売などではなく、それよりも二、三人は従業員が多い会社向けなのだが、小規模な商売人が申請の手助けとしていくらかのドルを使うことは珍しくない――ベズマルクでは、ベジェルの仲介人やビザを発行するウル・コーマ大使館の書記官を動かすのは難しいからだ。

「もしかしたら」フルシュは、あきらめたように言った。「おれはあれを手に入れるのに助けが必要だったのかもしれない。おれの甥っ子がテストを受けて、仲間が二人、手を回して、おれを助けてくれたのかもしれない。誰もわからんが」

「警部補？」コルヴィが私を見つめていた。何度か私を呼んでいたらしい。「警部補？」彼女は「いいんですか、こんなことやってて？」とばかりに、フルシュをちらりと見た。

「すまん、考えごとをしていた」私はちょっとあっちへ行こうと彼女を身振りで部屋のすみへ誘い、フルシュには、そこでじっとしていろと指で指示した。

「おれはあいつを連行するつもりだ」私は小声で言った。「だが、何かが……あいつはあの調子だ。おれはなんとか探り出そうとしているんだが。そこでだ、きみに見つけてほしいものがある。できるだけ早急に頼む。明日は、例のあの面倒くさいオリエンテーションに出ないといけないんでね。そういうわけで、今夜は長丁場になるが、それでもいいか？　おれがほしいのは、あの晩にベジェルで盗まれたと報告されているすべてのヴァンのリストだ。それから、それぞれがどうなったかも知りたい」

「全部についてですか……？」

「あわてなくていい。全車両となると相当な数だろうが、これと同じくらいのサイズのヴァン以外はすべて除外できるし、ひと晩の数だからたかが知れている。それぞれについて、わかったことはすべて報告してほしい。関係書類も含めて。いいな？　できるだけ早くだぞ」

「これからどうするんですか？」

「あのけちな野郎に本当のことを吐かせられるか、やってみるさ」


コルヴィは、おだてと説得とコンピュータの知識を使い、二、三時間で情報を手に入れた。公式ルートを急かし、これほど迅速にやってのけるとは、まるで魔法だ。

彼女が調べものをしている二、三時間のあいだ、私は独房でフルシュとともに腰掛け、あの手この手を使い、さまざま表現で彼に質問した。『誰がきみのヴァンを盗んだんだ？』『きみの通行証を盗ったのは誰なんだ？』フルシュは哀れっぽい声で弁護士を要求し、私はすぐに呼んでやるからとなだめた。彼は二度ほど腹を立てて見せたが、おおかたは、自分は何も知らない、ヴァンと通行証の盗難を届け出なかったのは面倒なことになるのを恐れたからだという主張をくり返すばかりだった。「特に、あの件では前に〝警告〟を食らってるだろ？」と彼は言った。

終業時刻が過ぎてから、コルヴィと二人、私のオフィスで一緒に作業をした。彼女には再度警告したが、長い夜になりそうだった。

「フルシュはなんの理由で勾留されているんですか？」

「現段階では、通行証の不適切な保管と犯罪を報告しなかったことだ。われわれが今夜何かを見つければ、殺人の共謀容疑が加わるかもしれないが、おれはなんとなく――」

「彼が何かに関与していたとは思えないんですね？」

「やつには犯罪の才能なんかないだろう？」

「私は、彼が何かを首謀したと言っているわけじゃありませんよ、ボス。それでも、彼は何かを知っていたかもしれません。具体的に。だけど、あなたは彼がヴァンを盗んだ犯人を知らないと思うんですね？　彼らが何をしようとしていたのかも知らないと？」

私は首を振った。「きみは彼を見ていなかったからな」私は取り調べを録音したテープをポケットから出した。「少し時間があったら聴いてみるといい」

コルヴィは私のコンピュータを操作し、入手した情報をいくつかのスプレッドシートにした。私がぶつぶつとつぶやいた不明瞭な考えは、チャートに書き換えていた。「こういうのを〝データ・マイニング〟って言うんですよ」彼女は最後の単語を英語で言った。

「採掘《マイニング》ね。われわれのどっちがカナリアなんだ？」私の問いに、コルヴィは返事をしなかった。彼女はひたすらキーを叩きながら、「完璧な味にできた」濃いコーヒーを飲み、私のソフトウェアについてぶつぶつと文句を言った。

「われわれにわかっているのはこれか」午前二時を過ぎていた。私はオフィスの窓から夜のベジェルの街をながめていた。コルヴィがプリントした紙をまっすぐに伸ばす。窓のむこうから、かすかなホーホーという鳴き声と、深夜の静かなエンジンの響きが聞こえてきた。私はカフェイン入り炭酸飲料のせいで尿意をもよおし、椅子に腰かけたままもぞもぞと体を動かした。

「あの晩に盗まれたヴァンは、全部で十三台です」コルヴィが指先で書類をなぞりながら言った。「うち三台は、その後故障したり破壊された状態で発見されています」

「無断乗り回《ジョイライダー》しだな」

「ジョイライダー、そうです。ですから、残りは十台」

「何日後に盗難届けが出ている?」

「独房にいる女たらしを含めた三人以外は、盗まれた翌日のうちに届け出ています」

「よしわかった。で、どれがその……この中で、ウル・コーマの通行証があるのは何台だ?」

コルヴィは数え上げた。「三台です」

「ずいぶん多いな——十三台のうち三台だろう?」

「ヴァンの場合、全車種のよりもいくらか割合が高くなると思います。輸出入に関係していますから」

「それにしてもだ。街全体での統計値はどうなっている?」

「通行証のあるヴァンの比率ですか? その情報は見つかりませんね」しばらくキーを叩き画面をじっと見つめたあと、彼女は言った。「きっとなんらかの方法があるはずですけど、どうすればいいか思いつきません」

「オーケイ、時間があったらそれも追ってみることにしよう。だが、きっと十三分の三よりは低いはずだ」

「かもしれませんね……確かに、高すぎますよね」

「じゃあ、これはどうだ。通行証のある三台のヴァンの持ち主のうち、規則違反で警告を食らったことがあるのは何人いる?」

コルヴィは書類に目を通し、それから私を見た。「三人全員です。何これ。三人とも不適切な保管ですよ」

「なるほど。そんなのはありえないだろう? 統計的に。ほかの二台の状況は?」

「二台は……ちょっと待ってください。持ち主は、ゴルジェ・フェダーとサーリャ・アン・マフムード。ヴァンは翌朝見つかっています。乗り捨てです」

「盗られたものは?」

「少し破損があり、フェダーのほうは、テープ二、三本に小銭が少し、マフムードのほうはｉＰｏｄ一台」

「時刻を見せてくれ——どの車が最初に盗まれたかが立証できるものはないか、どうだ?

ほかの二台は、まだ通行証があるかどうかわかるか？」

「そこは調べませんでしたけど、明日になればわかると思います」

「できれば調べてくれ。もっとも、私は二人はまだ通行証を持っていると思うが。ヴァンが盗まれた場所は？」

「ユースラヴジャ、ブロヴ・プローツ、そしてフルシュのはマシュリンです」

「見つかった場所は？」

「フェダーのは……ブロヴ・プローツ。やだ、マフムードのはマシュリンですよ。何これ。ちょうどプロスペク街のはずれです」

「というと、フルシュの事務所から通りを四本ばかり隔てたところだな」

「何これ」コルヴィは椅子に深く座った。「話を整理してみましょうよ、ボス」

「あの晩に盗まれた、ビザのある三台のヴァンはすべて、通行証をダッシュボードの物入れに置き忘れた前科がある」

「盗んだ犯人は、それを知ってたということですか？」

「誰かがビザを狙っていた。国境警備の記録にアクセスできる誰かだ。彼らはコピュラ・ホールを通過できる車を必要としていた。そして彼らは、通行証をわざわざ持ち歩かない癖のあった人物を知っていた。位置関係を見てみよう」私はベジェルの地図をざっと描いた。「最初に選ばれたのはフェダーだが、ミスター・フェダーにとって幸運なことに、彼もスタッフも失敗から学び、今ではつねに通行証を持ち歩くようになっていた。それに気づくと、犯人たちはフェダーのヴァンの使い道をここへのドライブに切り替えた。マフムードが車を止める場所のすぐそばだ。彼らはヴァンを手早く盗むが、ミズ・マフムードも同様に、今では通行証をオフィスに置くようになっていた。そういうわけで、車両泥棒のように見せかけたあと、彼らはリストにある次の場所のそばにヴァンを乗り捨て、盗みを続けた」

「それがフルシュだったんですね」

「彼は以前の癖が抜けず、書類をヴァンの中に置いていた。こうして彼らは必要なものを手に入れ、ヴァンはコピュラ・ホールへ、それからウル・コーマへと向かった」二人は無言だった。

「いったいなんなんですか、これって？」

「これは……どうも巧妙に仕組まれた何からしい。内部の人間の犯行にはちがいないが、なんの内部かはわからない。犯人は検挙記録にアクセスできる人物だ」

「私たちはどうします？……どうするんですか？」私がずっと黙っているので、彼女はくり返した。

「わからない」

「誰かに報告しないと……」

「誰に？　何を報告するんだ？　われわれは何もつかんでいないんだ」

「まさか……」彼女は『冗談ですよね』と言いかけたのだが、彼女には実情を理解できるだけの知性があった。

「われわれには関連性だけで充分かもしれないが、それじゃ証拠にはならない――それだけでどうこうできるわけじゃないんだ」私たちは顔を見合わせた。「とにかく……これがなんであろうと……誰であろうと……」私は書類を見つめた。

「彼らはアクセスできる立場にあるんですよね……」

「われわれも注意したほうがいい」そう言うと、彼女と目が合い、ふたたび二人とも口を開かない長い沈黙が続いた。私たちはゆっくりと部屋を見回した。自分たちが何を探していたのかはわからないが、彼女のようすから察するに、その瞬間、急に誰かに追跡され、監視され、盗聴されているような気がしたのだろう。

「じゃあ、私たちはどうしたらいいんでしょう?」こんなふうに警戒心に満ちたコルヴィの声を聞くのは、落ちつかない気分だった。

「これまでどおりのことをするしかないな。われわれは捜査をしているんだ」私はゆっくりと肩をすくめた。「解決すべき事件があるんだから」

「このことを話しても安全なのは誰なんでしょうね、ボス。わからなくなりました」

「そうだな」突如として、私はほかに何も言えなくなってしまった。「誰にも言わないほうがいいだろう。私以外には」

「でも、私はこの事件からはずされるんですよね。私にできることなんて……」

「電話に出てくれればいい。きみに頼みたいことができたら電話するよ」

「この事件はどうなるんでしょう?」

それは、その時点ではなんの意味も持たない問いだった。単にオフィスの静けさを満たし、怪しい不吉な音に聞こえてしまうノイズを覆い隠すものにすぎなかった――プラスチックがたてるキーキーというきしみ音は、盗聴器がフィードバックする瞬間の音に聞こえ、ビルに響く小さなノックの音は、不意の侵入者が身動きする音に聞こえた。

「私、本当は」と彼女は言った。「〈ブリーチ〉を呼び出してやりたいんです。犯人たちに〈ブリーチ〉をけしかけてやったら、どんなにスカッとするか。これが私たちの事件じゃなかったらどんなにうれしいか」確かにそうだ。〈ブリーチ〉はこれがどんな事件であろうと、相手が誰であろうと、復讐を強く求めている。「彼女は何かを見つけたんですよ。マハリアは」

〈ブリーチ〉の考えはつねに正しいように思えた。だが、私は不意に、ミセス・ギアリーの顔に浮かんでいた表情を思い出した。二つの都市のあいだで、〈ブリーチ〉が見張っている。彼らが何を知っていたのか、私たちは誰も知らない。

「ああ、そうかもしれないな」

「ですよね？」

「ああ、ただ……それは無理だ。だから……われわれは自力で解決するように努力するしかない」

「われわれ？　私たち二人ということですか、ボス？　二人とも、何が起きているのかわからないんですよ」

コルヴィの声は、最後のほうがささやきに変わっていた。〈ブリーチ〉は私たちのコントロールや理解の及ばないところにある。これがどんな事態であろうと、マハリア・ギアリーの身に何が起きたのであろうと、信頼できるという意味においては、捜査員はわれわれ二人だけだった。しかし彼女はもうすぐひとりになってしまい、私もまた、異国の地でひとりぼっちになってしまうのだ。

第2部　ウル・コーマ

第12章

コピュラ・ホール内の道が、パトカーから見えた。スピードは上げず、サイレンも鳴らさずに走っているが、かすかな威厳を示すようにライトが点滅すると、周囲の壁がチカチカと青く光った。運転席の男がちらりとこちらを見る。ディエゲツタンという名のその巡査とは、これまで会ったことがなかった。コルヴィは、途中までの付き添いとしても連れてくることができなかった。

低い高架道路を通ってベジェルの旧市街を抜け、コピュラ・ホールの外側を渦巻き状に走り、ようやく交通区画へ入った。いくつも連なるファサードの下をくぐり抜けるが、そこでは、ファサードを飾る女像柱《カリアテイッド》は少なくともいくらかベジェルの歴史上の人物に似ていた。ホールの中へ入っていき、それがしだいにウル・コーマ人の像になっていくころには、窓や灰色がかった照明の光であふれるベジェル側の広い道路のわきに、日帰り入国《ディ・エントリー》の許可を待つ人々が長蛇の列をなしていた。赤いテールライトが連なるはるか先には、こちらへ向かうウル・コーマの車の、われわれのものよりももっと金色がかった赤いヘッドライトが見える。

「ウル・コーマには、行ったことがあるんですか？」

「しばらく行っていない」

国境のゲートが見えてきたとき、ディエゲッタン巡査がふたたび話しかけてきた。「以前もこんな感じでしたか？」彼はかなり若い。

「だいたいね」

警察《ポリツァイ》の車なので、私たちは実情調査に向かう政治家か実業家が乗っているとおぼしき黒塗りのベンツの輸入車が連なる、公用レーンにいた。離れたところのレーンでは、一般車つまり商売人や観光客たちが乗る、もっと安物の車がやかましいエンジン音をたてている。

「ティアドール・ボルル警部補ですね」国境警備員が私の書類に目を通しながら言った。

「そうだ」

彼は書類の内容を念入りにチェックした。私がもし一日パスを申請する旅行者や商売人だったならば、通り一遍の質問だけでさっさとゲートを通してもらえただろう。だが、公務での訪問にはそんな贅沢は許されない。これもまた官僚制の皮肉なところだ。

「二人一緒ですか？」

「そこに書いてあるだろう。私ひとりだ。こっちは運転手。迎えが来るから、この巡査はそのまま引き返す。そこから見れば、ウル・コーマ側に迎えの連中が見えるんじゃないかな」

そこは特別な収束地点で、シンプルな国境線越しに隣国を見ることができた。国境の先、どちらの国にも属さない空間の先に、こちらに背を向けてウル・コーマの検問所のほうを向く形で、民警《ミリツィア》の警官が数人、一台の公用車を囲んで立っていた。車のライトはわれわれのものと同じように仰々しく点滅しているが、色は異なり、メカニズムももっと現代的だ（こちらの車は、ランプについているブラインダーを回転させるが、あちらのは実際にライトが点滅する）。ウル・コーマのパトカーの点滅灯は赤と、ベジェルのコバルトブルーよりも暗い色のブルーだ。車は黒褐色《チャコール》の最新型ルノー。昔はわれわれの車よりも角張った不格好な国産車〈ヤダジス〉に乗っていたものだが。

警備員は振り返って彼らを見た。「もうじき待ち合わせの時間なんだ」私は言った。遠すぎてはっきりは見えないが、民警たちは何かを待っているようすだった。だが、当然ながら警備員はたっぷり時間をかけた——『おたくは警官かもしれないが、特別扱いはしないよ。国境を守るのがわれわれの仕事だ』——ところがなんの説明もないまま、どことなく馬鹿にしたように敬礼すると、警備員は持ち上がったゲートを通れと合図した。ベジェルの道を通ってきたあとで、どちらの国にも属さない百メートルほどの道を走ると、タイヤに伝わる感触がちがう気がした。二番目のゲートを通過してむこう側に入ると、制服姿の民警たちが近づいてきた。

車が急加速する音がした。先ほど私たちを待っていた車がスピードを上げて向かってくると急ハンドルを切り、こちらへ近づいている警官たちの前に回り込んだ。サイレンがヒュウと途中まで音をたて、男がひとり、警察帽をかぶりながら降りてきた。私よりも少し若いその男は、ずんぐりとしてたくましく、身のこなしに威厳があり、きびきびとしている。民警のグレーの制服に、階級を示す記章がついている。私はその記章の意味を思い出そうとした。彼が私に手を差し出すと、国境警備員たちは驚いたようにぴたりと動きを止めた。
「もういい」彼は大声で言い、警備員たちを追い払った。「会えたからな。ボルル警部補ですね？」彼はイリット語を話した。私と一緒に車を降りたディエゲツタン巡査の存在は無視して「ベジェル警察過激犯罪課のティアドール・ボルル警部補ですね？」と言うと、私の手を固く握った。それから、運転手が待つ自分の車のほうを指差す。「さあ、どうぞ。私は上級刑事のクシム・ダットです。メッセージは受け取ってもらえましたか？ ウル・コーマへようこそ」

　コピュラ・ホールは何世紀もかけて拡大してきた。歴史の変容に応じて監視委員会がさまざまに定義してきた、寄せ集めの建造物だ。私は居ながらにして、二つの都市国家を占めるとてつもなく広大な敷地を横切った。建物の内部は複雑だった——通路の始まりはほぼ〈完《トー》全《タル》〉なベジェルあるいはウル・コーマだが、途中でしだいに〈クロスハッチ〉していき、通路に沿って一方または他方の都市の部屋が並び、そうした奇妙な部屋やエリアには、両方の都市の、またはどちらのものでもない番号がついている。これはコピュラ・ホール特有の光景で、ここを統治するのは監視委員会またはその下部組織のみだ。言い伝えでは、内部の建物の設計図は、美しいが圧倒されるような色とりどりの網目状だったらしい。

一方、一階では、広い通りが最初のゲートとワイヤに突き出ている地点で、ベジェル国境警備隊が列ごとに入国者たちを手で制止している。歩行者、手押し車、動物が引くトレーラー、ずんぐりしたベジェルの車、ヴァンごとに列ができ、それがさらに入国許可証の種類ごとの列に分かれており、列はそれぞれ異なるスピードで動き、ゲートがばらばらに上下している。状況はいたってシンプルだ。コピュラ・ホールからベジェルへの出口、ゲートから目の届く場所には、非公式だが古来からあるマーケットができていた。違法ながら黙認されている呼び売り商人たちが、列をつくって待っている車に炒ったナッツや紙のオモチャを売り歩いている。

ベジェル側のゲートの先、コピュラ・ホールの大部分の建物の下は、どちらの国にも属さないエリアだ。路面標識は描かれておらず、ベジェルの道路でもウル・コーマの道路でもないということは、どちらの標識が使われるのだろうか？　その先、ホールの反対側へ抜ける途中には第二のゲートがあり、ベジェル側の人間なら否応なく気づかされるのだが、そこはわれわれのゲートよりもよく管理されていた。武器を振りかざしたウル・コーマの警備員たちの大半は私たちからは遠い位置にいて、ベジェルへ向かう人々がつくる整然と統制のとれた列をじっと監視している。ウル・コーマの国境警備隊は、ベジェルのように別の政府組織ではなく、彼らは民警、つまりベジェル警察と同様、警察官なのだ。

巨大な円形競技場よりもさらに大きいが、コピュラ・ホールの交通区画は複雑ではない――何もない空間が、古色蒼然とした壁に覆われているだけだ。ベジェル側の入り口からは、日光が漏れ入るウル・コーマ側へ向かう大勢の人々や、のろのろと進む乗り物が見える。また、こちらへ向かって進んでくるウル・コーマの旅行者たちの頭や、あちらから戻ってくる同郷人たち、ホールの中間地点を越えたところに畝《うね》のように並べられたウル・コーマの囲い用鉄線《レーザーワイヤ》が見え、その先の検問所と検問所とのあいだには何もない空間が広がっている。数百メートル先にある巨大な関門からは、ウル・コーマ全体が一望できる。人々はその景色見たさに、そのジャンクションを越えるのだ。

そこへ向かう途中、運転手には嫌な顔をされたが、私は遠回りしてベジェルの入り口側へ回ってもらい、カーン街に入った。ベジェルでは、この通りは旧市街の地味な商店街だが、いくぶんウル・コーマ寄りに〈クロスハッチ〉しており、私たちの都市ではほぼ建物に埋めつくされているこの界隈は、ウル・コーマの位相分身《トポルゲンガー》ではウル・マイディン・アベニューという歴史のある有名な通りであり、そこにコピュラ・ホールからの出口がある。私たちは偶然を装い、その出口からウル・コーマへ入っていった。

カーン街を走るあいだ、私は少なくとも表向きは〈見ない〉ようにしていたが、もちろん総体局所的《グロストピカリー》に見れば、われわれの近くには、ぞろぞろと列をつくって入ってくるウル・コーマ人や、さっきまで歩いていた場所と同じ物理的空間へ観光客のバッジをつけて入っていき、これまでは見れば〈ブリーチ〉行為となったウル・コーマの街並みを珍しそうに見物しているベジェル人たちが、いたのである。

ウル・コーマへの出口のそばに、〈必然の光寺院《イネヴィタブル・ライト》〉がある。写真では何度も見たことがあるので、通過するときに見ないようにはしていたが、銃眼のついた豪華な胸壁に気がついた。さっきも、もうすぐあれを見られるのが楽しみだとディエゲツタンに言いそうになってしまった。スピードを上げてコピュラ・ホールから出ると、光に——見慣れない光に包まれたので、あたりを見回した。ダットの車の後部座席から寺院を見つめた。なんだか不思議な感じだが、やっと、私はその寺院のある都市にやってきたのだ。

「ウル・コーマは初めてですか？」

「いや、だがずいぶんと久しぶりです」


　私が最初にテストを受けたのはもう何年も前のことで、使えなくなったパスポートに押された合格マーク《パス》はとっくに期限が切れていた。今回、私は二日間という短縮コースでオリエンテーションを受けた。受講者は私ひとりで、あとは在ベジェル大使館から来たウル・コーマ人講師が数名。イリット語漬けになり、ウル・コーマの歴史や都市の地理、主な国内法についての文書を読んだ。概して、わが国に関する同様の研修もそうだが、このコースは、ベジェル国民が実際にウル・コーマにいるという衝撃の事実をうまく切り抜け、長年暮らしてきた見慣れた街の風景から目をそむけ、これまでずっと気づかないようにしてきた建物に目を向けられるようにするためのものだった。

「風土順応教育は、コンピュータのおかげでずいぶん進化しました」たえず私のイリット語をほめてくれた若い女性講師が言った。「今では、これよりもはるかに先進的な方法がいろいろあるんです。私たちは、神経科学者などとも連携しています」私は警察官なので特別扱いだったが、一般の旅行者たちが受けるのは従来型の研修で、資格をとるまでにははるかに長い期間を要した。

私はウル・コーマ・シミュレータと呼ばれるブースの中に座らされた。内側の壁がスクリーンになっており、そこにベジェルの風景の画像やビデオ映像が映し出されるのだが、ベジェルの建物がくっきりと強調され、ウル・コーマの風景のほうは光も弱く焦点もぼやけている。たっぷり時間をかけて、何度もくり返して視覚的強度が切り替わっていくうちに、やがて同じ光景を見てもベジェルのほうがぼやけ、ウル・コーマのほうがくっきりと見えてくる。

いったいどうすれば、生まれ育った国のこと——同じ場所でウル・コーマの人々もまた生まれ育ったのだという事実を、考えずにいられるのだろう。ウル・コーマの男とベジェルの女がコピュラ・ホールの真ん中で出会い、総体局所的《グロストピカリー》に言えば実は隣同士だったと知って、それぞれの家に帰り、忠実にひとり暮らしを続け、同じ時間に起き、〈クロスハッチ〉した通りをカップルのように寄り添って歩くが、それぞれ自分の街で、〈ブリーチ〉行為をすることもなく、触れることも、国境を越えて言葉を交わすこともなく生きていく。〈ブリーチ〉行為をしながら、ひたすらしらを切り通して司法と懲罰をたくみに逃れ、〈ブリーチ〉による二つの都市のあいだへの追放——国外追放《エグザイル》ではなく国間追放《インザイル》——をまぬがれた者たちがいる、という伝説もあった。パーラニウクの小説『ある国間追放《インザイル》者の日記』はベジェルでは禁書だが（きっと、ウル・コーマでも同じだろう）、みなそうしているように、私も海賊版を流し読みしたことはある。

私は、カーソルでウル・コーマの寺院やウル・コーマの市民、野菜を運ぶウル・コーマのトラックなどを、できるだけすばやく示すテストを受けた。うっかりベジェルを見てしまうとばれる仕組みになっているため、なんとなく屈辱的な気分になるテストだった。初めて研修を受けたときには、こんなテストはなかった。わりと最近まで、この手のテストには、ウル・コーマ人特有の国民性についての設問があり、民族特有の風貌をした人々の写真から、ウル・コーマ人とベジェル人、〝それ以外〟(ユダヤ人、イスラム教徒、ロシア人、ギリシア人など、その時代の民族的懸念に応じて)を見分けなければならなかった。

「寺院は見ましたか?」ダットが尋ねた。「あそこにあるあれは、以前は大学だったんですよ。こっちは団地です」彼は通り過ぎる建物を指差し、私にはまだ紹介されていない運転手に道順をいろいろと指示した。

「妙な感じですか?」彼は聞いた。「きっとおかしな気分でしょうね」

確かにそうだ。私はダットが示すものを見た。もちろん〈見ない〉《アンシー》ようにはしていても、総体局所的《グロストピカリー》に通りかかる見慣れた場所に、気づかないわけにはいかなかった。いつも通っているおなじみの道がまったく別の街であり、たった今通り過ぎたばかりの、足しげく通っているカフェが別の国にある。それらは今、背景に沈み、自国にいたときのウル・コーマと同じ程度の存在感しかなかった。私は、はっとした。自分は今、ベジェルを見ていない。それがどんなようすだったか覚えていない。思い浮かべようとしたが、だめだった。私はウル・

コーマを見ているのだ。

昼間の光は冷たい空からの薄暗い自然光で、隣国に関する番組でさんざん見たような強烈なネオンではなかった。番組のプロデューサーたちは、けばけばしい夜の世界のほうが視覚化しやすいと考えたのだろう。だが、青白い日の光でも、ベジェルよりもずっと色が鮮明に見えた。ウル・コーマの旧市街は、最近では半分以上が金融街と化し、渦巻き装飾のついた木の屋根と、ぴかぴかのスチール製の屋根とが隣り合っていた。ゆったりとした上着に継ぎ当てをしたシャツとズボンを身につけた呼び売り商人たちが、ガラス・ブロックをはめた戸口で、しゃれた男たちや数人の女性たちにライスや串焼きの肉などを売っている（私は〈見ない〉ようにしていたが、これといって特徴もない同郷人がそこを通り過ぎて、ベジェルのもっと静かな場所へ向かって歩いていった）。

ヨーロッパからの投資がらみでユネスコからやんわりと非難を受けたあと、ウル・コーマは最近になって、発展が引き起こした建築物への最悪の破壊行為を阻止するべく、都市区画法を可決した。新たに作られたひどく醜悪な建造物もいくつか取り壊されたが、伝統的なバロック様式の渦巻き装飾が見られるウル・コーマの昔ながらの景観は、巨大な新しいビル群のせいでみすぼらしく見える。ベジェルの住人たちと同様、私自身もまた、異国の成功の異質な影響下で物を買う生活にすっかり慣れていた。

車で走りながらダットが加える説明も、呼び売りの声も、タクシードライバーや悪態をつく通行人の声も、何もかもがイリット語だった。自分の国にいたときは、〈クロスハッチ〉

した通りで罵声を聞かずにいたことに気づいた。世界中のどの都市でも、道にはその都市の特徴がある。まだ〈完全《トータル》〉なウル・コーマのエリアにはさしかかっていないが、私が知っている通りと大きさも形も似ているため、カーブのきつい道は、より入り組んでいるように感じられた。見たり見なかったりしながらウル・コーマにいるのは、思ったとおり妙な気分だった。私たちは、ベジェルではあまりなじみのなかった狭い裏道を通った（あっちではほとんど人気《ひとけ》がなかったが、ウル・コーマでは大賑わいだ）。もしかすると、ベジェルでは歩行者しか通らない道だったのかもしれないが、こちらではクラクションを鳴らしっぱなしだった。

「ホテルでいいですか？」ダットが言った。「シャワーを浴びて、何か食べたいでしょう？そのあとどこへ行きます？　何か考えがあるんじゃないですか。イリット語がじょうずですね、ボルル。私のベジェル語よりうまい」そう言って彼は笑った。

「二、三、考えはあります。行きたい場所があるんです」私はノートをかざして見せた。

「私が送った調査書類は受け取ってくれましたか？」

「受け取りましたよ、ボルル。ずいぶんどっさりありましたね。調べたのはあそこまでですね？　こっちでつかんだ情報は教えますが」彼は降参とばかりに両手を上げた。「はっきり言って、お伝えするほどの情報はないんですよ。〈ブリーチ〉が動き出すと思っていたもんでね。なぜ連中に渡さなかったんです？　自分の仕事をつくりたかったんですか？」彼は笑った。「それはそうと、私はこの事件の担当になってまだ二日ですから、あまり期待しないでくださいよ。まあ、一緒にがんばりましょう」

「彼女が殺された場所について、何かわかったことは？」

「あまりないですね。あのヴァンがコピュラ・ホールを通り抜けてきたところが監視カメラに映っていますが、そのあとどこへ行ったのかはわかりません。手掛かりはゼロです。とにかく、ことは……」

ベジェルから来たヴァンが走っていれば、当然ウル・コーマの人々の印象に残るはずだ。ベジェルでウル・コーマのヴァンが走っていた場合も同じだ。だが実際は、フロントガラスにある表示を見ないかぎり、人々はこんな外国の車が自分たちの街を走っているはずがないと思うから、結果的に誰もヴァンを見ない。目撃者となるはずの人々はおおかた、目撃すべきものがあると知らずにいただろう。

「私はまず、そこのところを突き止めたいんだが」

「なるほど。ティアドール、それともティアド？　どっちがいいかな」

「それから、彼女の指導教官と友だちからも話が聞きたい。ボル・イェアン遺跡に案内してくれないだろうか？」

「ダットでもクスでも、おれのことは好きなほうで呼んでくれていい。それで、いいかな、混乱を避けるために言っておくけれど、そちらの〝警視《コミッサール》〟から聞いてのとおり――」彼は味わうように異国の言葉を発した。「――あんたがここにいるあいだも、これはウル・コーマが捜査する事件だから、あんたに捜査権はない。誤解しないでくださいよ――おれたちはご協力に心から感謝しているし、一緒に力を合わせて捜査を進めていくつもりだ。しかし、ここで指揮をとるのはおれで、あんたは、まあコンサルタントといったところかな」

「なるほど」

「いや、つまらん縄張り意識なのはわかっているんだよ。ただ、上がね――おれのボスとはもう話したかな？　ムアシ大佐だけれど――とにかく、彼はおれたちがお互いに納得した状態で話し合いに入れるようにしたいわけだ。もちろん、あんたはウル・コーマ民警の大事なお客さんだが」

「私は拘束されるんじゃないだろうね……移動はできるのかな」

「許可証もスタンプも、必要なものはそろっているわけだから」一カ月の延長が可能なシングル・エントリーのビザだ。「必要ならば、もちろんできる。お望みなら一日か二日旅行もできるが、単独で動くときには完全に旅行者の身分だ。いいかな？　まあ、あまり動かないほうがいいかもしれない。もちろん、誰も止めはしないが、ガイドなしに動くのは難しいし、うっかり〈ブリーチ〉を犯してしまうようなことになれば、大変だろう？」

「ところで、これからどうするつもりかな？」

「そう……」ダットはシートの体を回転させてこちらを向いた。「まもなくホテルに着く。とりあえず聞いてもらいたい。さっき言いかけたけれど、ことはだんだん……もうひとりのことは、まだ聞いてないだろうな……いや、こっちもまだはっきり事件とわかったわけじゃなく、単にそういう匂いがするってだけなんだが。もしかすると、ちょっと厄介なことになりそうなんだ」

「なに？　なんの話をしているんだ？」

「着きましたよ」運転手が言った。私は車内にとどまったまま外を見た。私たちは、ウル・コーマ旧市街のはずれのアスヤン地区にあるヒルトンの横にいた。ウル・コーマの低いコンクリートのモダンな住宅が建ち並ぶ〈完全《トータル》〉な通りのはずれ、ベジェルのレンガ敷きの広場と、ウル・コーマの偽の仏塔《パゴダ》がいくつかある角に位置し、あいだに醜悪な噴水がある。私が訪れたことのない場所だった。周辺の建物と歩道は〈クロスハッチ〉しているが、中心の四角いエリアは〈完全《トータル》〉なウル・コーマだった。

「まだはっきりしないんだ。当然おれたちは調査を進め、イズ・ナンシーやギアリーの指導教官全員、それに彼女のクラスメートたちからも話を聞いた。誰も何も知らなかった。みんな、ギアリーは二日ほど姿を見せなかっただけだと思っていた。そのあとで、彼女の身に起きたことを知ったんだ。それで、ここが要点なんだが、何人かの学生と話をしたあと、彼らのひとりから電話があった。ついきのうにね。ギアリーの親友のことなんだが、事件について告げに行ったときに、おれたちはその女子学生に会っているんだ。名前はヨランダ・ロドリゲス。そのときはひどくショックを受けていて、ほとんど何も聞き出せなかった。すっかり取り乱していてね。行かなくちゃと言うので、おれは何かできることはあるかとかなんとか聞いたんだが、面倒を見てくれる人がいると言っていた。ほかの者が言うには、地元の男の子だそうだ。一度ウル・コーマ人を経験すると……」彼が手を伸ばしてドアを開けてくれたが、私は外に出なかった。

「それで、電話をかけてきたのは彼女なのかね？」

「いや、これからその話をするところだったんだが、電話をかけてきたのは少年で、自分の名前を明かそうとしなかった。でも、彼はロドリゲスについて電話してきたんだ。それがどうも——彼も、まだはっきりしたわけじゃないので、なんでもないかもしれないとかなんとか言い訳していた。とにかく、しばらく誰も彼女の姿を見ていないんだそうだ。ロドリゲスの姿を。誰が電話をかけても出ないらしい」

「失踪したのかね？」

「おやおや、ティアド、ずいぶん大げさだな。彼女は単に具合が悪いか、電話の電源を切っているだけかもしれない。調査しないと言っているわけじゃないが、大騒ぎするのはまだ早いと思わないか？　いなくなったのかどうかわからないわけだし……」

「もうわかっている。何が起きたにしろ、彼女の身に何かが起きたのかどうかもわからないが、誰も彼女を見つけられない。それははっきりしている。彼女は失踪したんだ」

ダットはミラー越しに私を見てから、運転手に視線を移した。

「わかったよ、警部補」と彼は言った。「ヨランダ・ロドリゲスは失踪した」

第13章

「どうですか、ボス？」ホテルからベジェルへの通話にはタイムラグがあり、コルヴィも私も、声が重ならないようにするためたどたどしい話しかたになっていた。

「まだ何も話すことはないよ。こっちにいるのはおかしな気分だ」

「彼女の部屋は見ました？」

「手掛かりになりそうなものは何もなかった。単なる学生の部屋で、大学がビルを借り切っていて、ほかにも同じような部屋がいくつもあった」

「私物は何もなかったんですか？」

「つまらない印刷物が二冊、ほかに余白にびっしり書き込みのある本が数冊あったが、特に興味を惹くものはなし。服が少し。コンピュータが一台あったが、かなり強力な暗号システムが入っているか、それらしきものは何も入っていないかのどっちかだ。それに関しては、ウル・コーマのマニアたちのほうが、うちの人間よりよほど信頼できると言わざるをえないだろうな。『ハーイ、ママ、愛してるわ』調のメールが多数に、論文が数点。彼女はおそらく、プロキシのほかにクリーナー・アッパー・オンラインも使っていたと思われる。彼女のキャッシュには興味深いものが何も残っていないからだ」

「おっしゃってることの意味が理解できてないようですね、ボス」

「さっぱりだ。〝デッキー〟連中に発音まで全部書いてもらったんだがね」そのうち、〈インターネットわかりません〉系のジョークを使い尽くしてしまうかもしれない。「それによると、彼女はウル・コーマへ来て以来、自分のMy Space《マイスペース》を更新していないらしい」

「結局、彼女については何もわからなかったんですね？」

「残念ながら。おれはついてなかったようだ」実際、驚くほど個性に乏しく、なんの情報も与えてくれない部屋だった。廊下を挟んだヨランダの部屋のほうものぞいてみたが、そちらはうって変わって、流行の遊び道具や小説、ＤＶＤ、適度に派手な靴などが所狭しと並べてあった。だがコンピュータは消えていた。

私は写真と見比べながら、念入りにマハリアの部屋を調べた。民警が入ったときの、まだ本やその他二、三の品にタグをつけて処理する前の状態を写した写真だ。部屋は立ち入り禁止のテープが貼られ、警官が学生たちを遠ざけているが、ドアから外をのぞくと、花輪が小さな山のように積み重ねられた廊下の両端に、マハリアのクラスメートたちが群れ集まっているのが見えた。服に律儀にビジターのマークをつけた若い男女が、互いにささやきあっていた。泣いている者も何人かいた。

ノートも日記帳も見つからなかった。ダットはおとなしく私の要求に応え、マハリアの教科書のコピーをくれた。余白におびただしい量の書き込みをするのが、彼女のお気に入りの勉強法らしい。コピーをとった人は急いでいたのか、印刷文字も手書きの文字も左右にずれていた。私は電話でコルヴィと話しながら、細かい字でぎっしり書かれた数行の書き込みを読んだ。マハリアは『ウル・コーマ人の歴史』の中で、電文のような簡潔な文で自分自身と議論を戦わせていた。

「一緒に組んでるのは、どんな人ですか？」コルヴィが聞いた。「ウル・コーマの私は」

「実は私が彼のきみらしい」うまい表現ではないが、彼女は笑ってくれた。

「オフィスはどうです？」

「われわれのと似ているが、事務用品はりっぱだ。彼らに銃を没収されたよ」

実際のところ、われわれの警察署とはだいぶちがっていた。備品がりっぱなのは確かだが、オフィスは大きくてオープンな間取りになっており、ホワイトボードやパーティションで区切った小部屋がたくさんあり、隣の部屋で議論や口論をする警官たちの声が筒抜けだった。地元の民警の大半は私が来るのを知っていたはずなのに、ダットのあとについて彼のオフィスの前を通り過ぎ——彼のランクになると小さな個室が持てた——彼の上司のところへ向かう途中、私はあからさまな好奇の目にさらされた。ムアシ大佐は投げやりな態度で挨拶し、両国の関係が変わるいい兆候だとか、今後の協力関係の先駆けだとか、何か必要なものはないかなどと述べたあげく、私に銃を放棄させた。事前の合意事項ではなかったため反論を試みたが、早々に気まずくなるのもどうかと思い、私はすぐに折れた。

そこを出たときも、部屋いっぱいの〝あまりフレンドリーではない視線〟にさらされた。

「ダット」と、通り抜けるわれわれに誰かがとげのある調子で声をかけた。

「私は何か、気に障るようなことをしているのかな？」私が尋ねると、ダットは言った。

「まあ、そうぴりぴりせずに。あんたはベジェル人なんだから、当然の反応じゃないか？」

「最低！」コルヴィが言った。「なんて人たちなの」

「有効なウル・コーマのライセンスがないから、ここではアドバイザー役だとさ」私はベッドサイドの戸棚をあさった。ギデオン聖書の一冊も入っていない。ウル・コーマが非宗教的な国だからなのか、廃止されたが尊敬を集めている〈ルクス・テンプラーズ〉からの圧力のせいなのかは知らないが。

「最低。じゃあ、報告事項は何もないんですか？」

「教えてやろう」彼女とのあいだで決めておいた暗号リストに目を通したが、『ベジェルの蒸しだんご《ダンプリング》が恋しい＝私は困難な状況にある』、『ある説を検討中だ＝犯人がわかった』といった暗号文はどれも、言いたいことにちっとも当てはまらなかった。

「なんかすごく馬鹿げている気がします」二人で暗号文を考え出したとき、彼女はそう言っていた。

「そうだな」私も同意した。「私もそう思うよ。それでも」それでもやはり、ベジェルでわれわれを出し抜こうとしたなんらかの権力が、私たちの会話を盗聴しないとは考えにくかった。陰謀があると考えるのと、陰謀などないと考えるのとでは、どちらがより愚かで子供じみているだろう？

「こっちの天気は、そっちと変わりないよ」私は言った。コルヴィは笑った。われわれが決めたその陳腐な常套句の意味は、「報告すべきことは何もない」だった。

「次は何をするんですか？」

「ボル・イェアン遺跡に行く」

「えっ、今から？」

「いや、残念だがね。今日もっと早い時間に行きたかったんだが、腰の重い連中だし、こんな時間じゃ遅すぎる」シャワーを浴びて食事をして、狭苦しい部屋を歩き回り、一見してそれとわかるような盗聴器が仕掛けられていないかどうか調べたあと、ダットがくれた電話番号に電話をかけると、三度目でやっとつながった。

「ティアドール」彼は言った。「申し訳ない、電話をもらったかな？　こっちでいろいろ手間取って、へとへとになったもので。どうかしたか？」

「もう遅くなってしまった。発掘現場を見に行きたかったんだが……」

「しまった、そうだった。ティアドール、今夜はもう無理だよ」

「先方に行くと伝えてあったんじゃないのか？」

「行くかもしれない、と言っただけさ。まあ、彼らも家に帰りたいだろうし、明日の朝一番に行こう」

「例のなんとかロドリゲスという女性はどうなった？」

「おれとしてはまだ確信が持てないんだよ。彼女が本当に……おっと、そんなふうに言っちゃいけないかな。おれとしては、彼女がいなくなったことに不審な点があるという事実に確信が持てない、ならどうだ？　まだそう時間がたっていないから。でも、明日になっても帰ってこなくて、メールにも電話にもなんら反応がなかったら、確かにあんたの言うとおり怪しいね。そうしたら失踪事件として扱おう」

「それで……」

「それで、今夜はちょっとそっちに行けそうにないんで、悪いんだが……。ほかにすることはあるよな？　申し訳ない、これからいろいろ送るから。おれたちのほうの記録のコピーとか、ご注文のボル・イェアンと大学のキャンパスに関する資料とか。パソコンは持ってるか？　ネットに接続できるかい？」

「……ああ」部署のノートパソコンがあり、ホテルのイーサネット接続はひと晩あたり十ディナールだった。

「了解。ホテルにはビデオ・オン・デマンドもあるはずだから、寂しくはないだろう」彼は笑った。

私はしばらく『都市と都市のあいだに』を読んでいたが、途中で行き詰まってしまった。原典からの細かい引用と歴史的詳細、それにやたらと出てくる「したがって」という言葉にうんざりしてしまったのだ。ウル・コーマのテレビも見た。ベジェルのテレビよりも映画番組が多いらしく、クイズ番組もたくさんあり、よりやかましかった。ニュース番組では、ウル・マク大統領の功績と新改革法案、中国とトルコへの訪問、ヨーロッパへの貿易使節団派遣、国際通貨基金《IMF》の誰かからの賞賛の言葉、ワシントンの誰かが文句を言っていることなどを報じていた。ウル・コーマ人の頭は経済一色だが、それもしかたがないのだろう。そのあと、私はチャンネルを次々に切り替え、二巡した。

「今からでも行くぞ、コルヴィ」私は地図を手に取り、入国書類にベジェル警察の身分証、パスポートとビザが内ポケットに入っていることを確認した。ビジターのバッジを襟につけ、寒い夜の街へ出ていった。

　街にはネオンが灯っていた。ネオンのかたまりや渦巻きに囲まれ、はるか遠いわが故郷の弱々しい明かりはすっかり影をひそめていた。イリット語でさかんにしゃべりまくる声が聞こえる。この都市の夜は、ベジェルよりも活気がある。これまでは見えなかったが、今は闇にまぎれて活動する人々の姿が見えるのだ。ホームレスたちが道端に寝転がっていた。ベジェルの人々が〈見ない〉道のあちこちにある〝障害物〟としてよけて通る、ウル・コーマの路上生活者だ。

　私はワヒド橋を渡った。左手を列車が走っている。ここではシャク＝エインと呼ばれる川を見つめた。川の水は――これも〈クロスハッチ〉地点なのだろうか？　もしベジェルにいれば、今は見えない通行人と同様、私はコリーニン川を見ていることになるだろう。ヒルトンからボル・イェアンまではだいぶ遠く、バン・イー・ウェイに沿って一時間かかる。知り尽くしたベジェルの街路をいくつか横切っているのがわかった。どれもみな、ウル・コーマの位相分身《トポルゲンガー》とはまったく様相の異なる通りだ。〈見ない〉ようにしているが、ウル・コーマのモドラス・ストリートのはずれの裏道はベジェルにしかない通りで、人目を忍んでその裏道に出入りする男たちは、ベジェルでも一番安い娼婦たちの客だった。〈見ない〉ことに失敗していれば、ベジェルの闇にひそむミニスカート姿の亡霊のような娼婦たちの姿が見えたことだろう。ウル・コーマの売春宿も、ベジェルのそれと近い場所にあるのだろうか。警官になりたてのころ、〈クロスハッチ〉した公園で音楽祭の警備をしていたとき、大勢の観客が一気に興奮し、公然と淫行を始める者が続出した。当時の相棒と私は、見ないように努めながらも、ウル・コーマの通行人たちが、セックスしている幾組ものカップルを律儀に視界の外に押しやり、彼らを優美にまたぎながらいつものように公園を散歩するようすがおかしくて、笑いをこらえることができなかった。

地下鉄に乗ってみようかとも思ったが（ベジェルにはそういうものがないので、私は乗ったことがなかった）、歩くのもなかなか楽しかった。耳に入ってくる人々の会話で、私はイリット語の聞き取り能力を試した。ウル・コーマ人の中には、私の服装やようすを見ていったん視界からはずし、もう一度見てビジターのバッジに気づいてようやくこちらを見る者もいた。にぎやかなゲームセンターの外には、ウル・コーマの若者たちがたむろしている。〈ガスルーム〉も見えた。外側を支柱に覆われた縦方向に並ぶ小さな気球のようなもので、かつては都市への攻撃に対する見張台だったが、ここ数十年は昔の郷愁を誘う建物、俗っぽい芸術品となり、最近では広告の垂れ幕を吊るすのに使われている。

通過するベジェルのパトカーのサイレンが聞こえてきたので、私はとっさに音を遮断した。見ると、ウル・コーマの人たちは表情ひとつ変えず、その方向を避けながら足早に通り過ぎていく。それは最悪の突出物なのだ。私は地図のボル・イェアン遺跡のところに印をつけておいた。ウル・コーマへ来る前に、その位相分身《トポルゲンガー》、つまりベジェル側でそこと物理的に重なる場所に行ってみて、見てはいけない穴を、偶然を装ってちらりと垣間見てみようと思ったが、危険を冒すのはやめにしておいた。遺跡と公園がほんの少しだけベジェル側にはみ出している境界にすら行かなかった。人々は平然と、われわれの国の史跡はほとんどみなそうだが、見事な遺跡の大部分はウル・コーマ側にあると言ってのけるのだ。

ウル・コーマの古い建造物（ヨーロッパ様式ではあるが）を通り過ぎ——予定どおりのルートだ——ティアン・ウルマ・ストリートの坂道を見下ろすと、遠くのほうから（音を遮断しようと思う前に、国境を越えて）ベジェルの通り、半マイルほど前方にあるわが故国の道を横切る路面電車《トラム》のベルの音が聞こえてきて、道の終点の半月に照らされた台地を占める風致地区とボル・イェアン遺跡が見えてきた。

遺跡は板塀で囲われているが、私は坂の上にいるので塀の中が見渡せた。木々や花に覆われた起伏のある地形で、荒れているところもあれば、きれいに整備されたところもある。遺跡がある公園の北端は、初めは荒れ地のように見えたが、実は崩れ落ちた古い寺院の石がぽつぽつと散らばる低木林で、キャンバス地で覆われた通路がいくつもの大きなテントやプレハブのオフィスへとつながっており、まだ灯りがついているところもあった。地面には掘り返した跡があり、ほとんどの穴は丈夫なテントに覆われて見えなかった。点々と灯るライトが、冬枯れの下草を照らしている。中には、壊れていて暗い影を落とすばかりのライトもあった。歩いている人影が見えた。いったん忘れ去られ、ふたたび思い出されたいにしえの記念碑を守る警備員たちだ。

ところどころ、建物の背中に押されて、瓦礫の集積場や茂みが風致地区と発掘現場のすぐそばまで迫っている場所があった。遺跡を押しのけ、歴史に対抗するかに見える建物の大半は（いくつかは別だが）ウル・コーマのものだった。あと一年もすれば、ボル・イェアンの発掘現場は都市の急激な成長によって押しつぶされてしまうだろう。金《かね》の力が合板やトタン板の境界線を突き破り、『残念だが必要に迫られて』という大義名分のもと、ウル・コーマにもうひとつの（ベジェルの部分だけが途切れた）新たなオフィス街が誕生するだろう。

私は地図で、ボル・イェアン遺跡とプリンス・オブ・ウェールズ大学考古学部が使っているウル・コーマ大学のオフィスとの距離とルートを調べた。

「おい」という声に振り向くと、銃に手を掛けた民警の警官だった。一歩うしろに相棒の警官もいる。

「何をしている？」彼らは私をじっと見据えた。

「おい」後方の警官が、私のビジター・バッジを指差した。

「何をしているんだ？」

「考古学に興味があるものでね」

「いいかげんなことを言うな。おまえは誰だ？」書類を出せと指を鳴らす。こちらを見ていないベジェルの歩行者たちが数人、おそらくそうとは気づかないまま道の反対側に横断した。すぐそばで異国のトラブルが起きるほど物騒なものはない。すでに遅い時間だったが、近くにはウル・コーマ人が何人かいて、やりとりを聞いていた。彼らは聞いていないふりなどせず、立ち止まって見ている者すらいる。

「私はこういう者だ……」書類を渡した。

「ティエ・アデール・ボルロ」

「まあ、そんなところだ」

「警官なのか？」彼らは、すっかりとまどったようすで私を見た。

「私は国際的捜査で民警に協力するために来ている。なんなら、殺人課のダット上級刑事に照会してくれ」

「面倒くさいな」警官たちは、私に聞こえないようにこそこそと話し合った。ひとりが無線で何やら話していた。暗すぎて、安物の携帯電話のカメラではボル・イェアンの写真が撮れない。露店で売っている食べ物の強烈な匂いがただよってきた。これは、ウル・コーマ特有の匂いの最有力候補になりつつある。

「わかりました、ボルル警部補」ひとりが書類を返した。

「失礼しました」もうひとりが言った。

「いや、かまわないよ」警官たちは、むっとしたようすで待っている。「私もそろそろホテルに戻ろうと思っていたところだ」

「では、お送りしましょう、警部補」彼らを思いとどまらせるのは無理そうだ。

翌朝、迎えに来たとき、ダットは儀礼的な挨拶のほかは何も言わなかった。私が食堂で甘いクリームと妙なスパイスの香りがする〝トラディショナル・ウル・コーマン・ティー〟を試そうとしているところへやってきた彼は、部屋はどうだったかと尋ねた。私が路肩に止めた車に乗り込むと、きのうの警官よりももっと乱暴に発進させてから、ようやくこう言った。

「あんなことはもうしないでもらいたいね」


プリンス・オブ・ウェールズ大学ウル・コーマ考古学プログラムのスタッフと学生は、ほとんど全員がボル・イェアン遺跡にいた。私が発掘現場にやってきたのは、過去十二時間足らずで二度目となる。

「アポはとってない」ダットは言った。「ロシャンボー教授と話した。プロジェクトの責任者だ。彼はわれわれがまた来ると知っているが、ほかの人たちは偶然やってきたと思うだろう」

夜に遠くから見たときとちがい、間近で見ると、発掘現場は外から見えないように壁で囲まれていた。壁の外側の要所要所に民警が立ち、内側には警備員がいる。ダットがつけているバッジのおかげで、私たちはすぐに仮設オフィスになっている小さな建物に通された。私はスタッフと学生のリストを持っていた。まず、バーナード・ロシャンボー教授のオフィスへ行く。彼は私よりも十五歳ほど年上の、痩せているが屈強そうな男で、ケベックのフランス語なまりが強いイリット語を話した。

「私たちはみんなショックを受けています」彼は言った。「私はその女子学生を知らなかった。わかりますか？　休憩室で見かけたり、噂を聞いただけです」彼のオフィスは移動式の部屋で、ファイルや本は仮設の棚に置かれ、あちこちの発掘現場で撮影された彼自身の写真が何枚も飾られていた。部屋の外を通り過ぎる学生たちの話し声が聞こえてくる。「なんでも協力しますよ、もちろん。私はたくさんの学生を知らない、よくわかりません。今のところ、三人の大学院生がいます。ひとりはカナダにいて、ほかの二人は、たぶん、あっちにいると思います」彼はメインの発掘現場を指差した。「彼らのことは、私にもわかります」

「ロドリゲスはどうですか？」と私が言うと、教授は私を見て当惑の表情になった。「ヨランダです。あなたの生徒のひとりですね？　彼女と会いましたか？」

「彼女は私の三人の生徒のひとりではありませんよ、刑事さん。残念ですが、私に言えることはほとんどありません。私たちは……彼女はいなくなったんですか？」

「そうです。彼女について何か知っていることは？」

「なんということだ。彼女がいなくなったんですか？　彼女のこと何も知りません。マハリア・ギアリーのことは聞いています。もちろん噂で。実際に言葉を交わしたのは新入生歓迎パーティーのときだけ、二、三カ月前です」

「それよりずっと前ですよ」ダットが言うと、ロシャンボーは彼をじろりと見た。

「そうでした――時期を正確に覚えているのは不可能です。本当ですか？　彼女について私が話せることは、あなたがすでに知っていることだけです。あなたたちの助けになるのは、彼女の指導教官だけでしょう。イザベルとはもう会いましたか？」

彼は、秘書にスタッフと学生のリストをコピーさせた。すでに一枚あることは彼に言わなかった。ダットがそれを渡してくれないので、私は新しいのを受け取った。名前と法的な見地から判断するに、リストに記された考古学者のうち二人はウル・コーマ人だった。

「ギアリーに関して言うなら、彼にはアリバイがある」部屋を出たとき、ダットが言った。「アリバイがある、ほんの数人のひとりだ。たいていみんな、ほら、なにしろ深夜だから誰も証明できないわけで、少なくともアリバイの点じゃ、彼らは全滅だ。ギアリーが殺されたころ、彼は時差のある仕事仲間と電話会議をしていた。おれたちのほうで確認ずみだ」

私たちがイザベル・ナンシーのオフィスを探しているとき、誰かが私の名前を呼んだ。六十代前半の、白いひげを生やして眼鏡をかけた小ぎれいな男で、仮設の部屋のあいだからこちらへ足早にやってきた。「ボルル警部補ですか？」彼はダットに目を向けるが、ウル・コーマの記章に気づき、私に視線を戻した。「あなたがいらっしゃると聞いたものですから。ちょうどお目にかかれてよかった。私はデイヴィッド・ボウデンです」

「ボウデン教授」私は彼と握手を交わした。「あなたのご本は楽しく読ませていただいています」

彼は見るからに驚いていたが、かぶりを振って言った。「それは私の最初の本のことですね。二冊目だったためしはありません」彼は私の手を離した。「読んだら逮捕されてしまいますからね、警部補」ダットが驚いたようにこちらを見ていた。

「あなたのオフィスはどこですか、教授？　私は上級刑事のダットです。ちょっと話がしたいんですが」

「私にはオフィスはないんですよ、ダット上級刑事。週に一度しかここに来ないので。それに、私は教授ではありません。単なるドクターです。デイヴィッドと呼んでくださってけっこうですよ」

「今朝はまだしばらくここにいらっしゃいますか、ドクター？」私は尋ねた。「ちょっとだけお話をうかがえませんかね？」

「も……もちろん、けっこうですが……さっきも言ったように、私にはオフィスがありません。ふだんは自分のアパートで学生と会うんです」彼は私に名刺をくれ、ダットが片方の眉をつり上げると、彼にも一枚渡した。「電話番号はそこに書いてあります。もしよければ、このへんでぶらぶらしながらお待ちしますよ。どこか話ができる場所が見つかるでしょう」

「われわれに会うためにいらしたんじゃないんですね？」私は聞いた。

「ええ、偶然です。本来なら、今日は来る日じゃないんですが、私が指導している学生がきのう姿を見せなかったので、ここへ来れば会えるかもしれないと思いましてね」

「あなたが指導している学生？」とダット。

「ええ、ひとりしか受け持たせてくれないんです」彼は笑った。「だからオフィスもなし」

ごもった。


「あなたが探しているのは誰ですか？」

「ヨランダという女子学生ですよ、上級刑事。ヨランダ・ロドリゲスです」

彼女とは連絡がつかない状態だと伝えると、彼はひどく衝撃を受け、何かを言いかけて口ごもった。

「彼女がいなくなった？　マハリアにあんなことが起きて、今度はヨランダが？　なんてこった、あなたがた警察は――」

「われわれは調査を進めています」ダットが言った。「結論を急がないでください」

ボウデンは打ちひしがれたようすだった。彼の同僚たちも同じような反応を示した。私たちは、発掘現場で見つけた四人の指導教官からひとりずつ話を聞いた。その中にはタウティという名の、二人いるウル・コーマ人のうち先輩格に当たる無口な青年もいた。ヨランダがいなくなったことに気づいていたのは、イザベル・ナンシー、つまり左右の度が異なる眼鏡を首から下げた、背が高く身なりのいい女性教官だけだった。

「はじめまして、警部補、上級刑事」彼女は私たちと握手をした。私はすでに、彼女の供述書に目を通していた。マハリアが殺されたときには自宅にいたが、証明はできない、と述べている。「何かお役に立てることがあれば」と彼女は何度も言った。

「マハリアのことを教えてください。ここではみんな彼女のことを知っていたようですね、あなたの上司は別として」

「最近はそうでもありませんでしたが」ナンシーは言った。「そんな時期もあったと思います。ロシャンボーは、彼女のことを知らないと言ってました？　それはちょっと……正直とは言えませんね。マハリアは、彼を怒らせたんです」

「学会ですね」私は言った。「ベジェルで開かれた」

「そうです、南で。彼もいました。ほぼ全員が出席したんです。私、デイヴィッド、マーカス、アシーナ。とにかく、マハリアはいくつかのセッションで、〈紛争地区《ディセンシ》〉とか、〈ブリーチ〉とか、そのたぐいの質問をして顰蹙《ひんしゅく》を買っていました。明らかなルール違反というわけじゃありませんけど、でも、言ってみればちょっと〝低俗〟ですよね。まるでハリウッドか何かの話題みたいで、ウル・コーマや〈分裂前〉、あるいはベジェルの研究にとって根本的な問題じゃありませんから。開会の挨拶やセレモニーのために出席している重鎮たちは、ちょっと警戒していました。そこへまた彼女が出てきて、オルツィニーについてわけのわからないことをわめきだしたんです。デイヴィッドはかんかんになって、当然よね、大学の恥ですもの。それで彼女はつまみ出されそうになったんです――ベジェルの代表が何人か大騒ぎしましたから」

「でもつまみ出されなかった？」とダット。

「きっと、若気の至りということで処理されたんでしょう。だけど、きっと誰かに叱られたんでしょうね、彼女は静かになりましたから。ウル・コーマ人の同級生たちとのこともあったでしょうね。彼らも何人か出席していて、きっと猛烈に腹を立てたベジェルの代表たちに同情したはずですから。彼女がうちの大学院に入ると聞いて、あんな怪しげな思想をもっているのによく入学が許されたなと驚きましたけど、そのころにはもう、彼女は思想を捨てていました。このことについては、すべて供述書に書いてあるはずです。ところで、ヨランダがどうかしたんですか？」

ダットと私は顔を見合わせた。「まだ、彼女の身に何かが起きたかどうかもはっきりしないんです」ダットが答えた。「われわれが調査しているところです」

「たぶんなんでもないとは思いますけど」彼女は何度もそう言った。「でも、いつもはここで見かけるのに、もう何日か顔を見ていないわね。それでなんとなく……もう話したと思いますけど、マハリアも……発見される少し前に姿を消したんです」

「彼女とマハリアは面識があったんですか？」私が尋ねた。

「二人は親友でした」

「事情を知っていそうな人はいませんかね？」

「彼女は地元の男の子と付き合ってました。ヨランダのほうですよ。そういう噂でした。相手が誰かは、私の口からはちょっと言えませんけど」

「そういうのは許されているんですか？」私は聞いた。

「みんな大人ですからね、警部補、ダット上級刑事。確かにまだ十代ですが、まわりがとやかく言うわけにもいきません。私たちも、まあ、ウル・コーマで生きるのが、まして恋愛するのがどれほど危険で難しいことかは教えましたけど、ここにいるあいだに学生たちがすることは……」彼女は肩をすくめた。

ダットは片足をトントンと鳴らしながら話しかけた。「彼らと話がしたいんですがね」

何人かは、間に合わせのちっぽけな図書館で論文を読んでいた。ようやくナンシーがメインの発掘現場に案内してくれたとき、数人の学生が側面のまっすぐに切り立った深い穴の中に立って、あるいは座って作業をしていた。彼らは、土がさまざまな色合いに見える溝の底からこちらを見上げた。黒い筋になったところ――あれは古代の火事の跡だろうか？ あの白いところはなんだろう？

大きな天幕の縁の部分には、うっそうとした低木地があり、散乱する建物の破片のあいだにアザミや雑草が生い茂っていた。発掘現場はサッカー場くらいの大きさで、ロープで碁盤目に区切られている。深さは穴によってまちまちだが、底は平らだった。固くなった底面の土には、魚のかたちをした奇妙な何かや、割れた壺、粗雑な小彫像、緑青だらけの機械などが埋まっている。学生たちは尖ったこてとブラシを手に、慎重に掘り進めた深さの異なる持ち場から、ロープの境界線越しにこちらを見上げた。男子学生二人と女子学生ひとりはゴス・ファッションだった。ウル・コーマでは、ベジェルや学生たちの国以上にこういうファッションは珍しいので、ずいぶん注目されたことだろう。アイライナーと何世紀分もの土にまみれた彼らは、ダットと私に愛想のいい笑顔を見せた。

「こちらです」とナンシーが言った。掘削現場から少し離れたところに立っていた私たちが見下ろすと、地層になった土にはいろいろなマークがついている。「どういう意味かわかります？」土の中に何が埋まっているかを示す印なのだろうか。

ナンシーは、学生たちがわれわれの話に気づいてもなんの話かはわからないように、声をひそめた。「〈先駆時代〉に書かれた記録は、何ひとつ発見されていないんです。意味がまったくわからない詩の断片がいくつか見つかった以外は。寄せ集め人《ガリモーフリアン》って聞いたことあります？〈分裂前〉のものが初めて発掘されるずっと前から、考古学者の過ちは不本意ながら度外視されてきました」彼女は笑った。「彼らは出土したものを裏づける説をでっち上げたんです。ウル・コーマとベジェル以前に存在したとされるある文明が、このあたり一帯の遺物を徹底的に掘り起こし、千年前のものから彼ら自身の祖母のガラクタまで、すべてごちゃまぜにしてまた埋め戻したか、あるいは捨てたという説です」

ナンシーは私の視線に気づき、安心させるように「そんな文明など存在しませんでした」と否定した。「今ではそういうことで意見が一致しています。とにかく、私たちの大半はそう思っています。これは――」彼女は穴を指し示した。「これはごちゃまぜにして埋めたものじゃありません。ある物質的文明の遺跡です。まだあまり解明されていませんけど。私たちは探求しようとするのをやめて、手順に従ってありのままに見つめることを学ばなければなりませんでした」

いくつもの時代にわたるはずの物が、同時期に存在していた。この一帯にあったほかのどの文明も、〈分裂前〉の住民に関してはごくわずかな、魅惑的なほどあいまいな記述しか残していない。その奇妙な男たちや女たち、おとぎ話の魔法使いのように呪文を使って廃棄物を腐敗させたという人たちは、十一世紀のアラブ系天文学者アッ＝ザルカリーのものや中世のものに匹敵するような天体観測儀《アストロラーベ》や、まゆ毛のつながったわれわれの遠い遠い祖先たちが作ったであろう泥の壺や石斧、それに歯車や精巧に鋳造された昆虫のオモチャを使い、ウル・コーマと、ところどころベジェルにも遺跡を残したという。

「こちらは民警のダット上級刑事、そしてこちらはベジェル警察のボルル警部補よ」ナンシーは、穴の中にいる学生たちに説明した。「ボルル警部補は、捜査のために……マハリアの身に起きたことを調べるためにここにいらしたの」

何人かが、はっと息を飲んだ。ひとりずつ休憩室にやってきた学生たちから話を聞くと、ダットがリストの名前に棒を引いて消し、私はそれを写した。学生たちは全員、以前にも事情聴取を受けていたが、それでも羊のように従順に、すでにうんざりしているにちがいない質問に答えてくれた。

「マハリアのことを調べに来たんだってわかって、ほっとしました」ゴス・ファッションの娘が言った。「嫌な話ですけど、ひょっとするとヨランダが発見されて、何か悪いことが起きたんじゃないかと思ったんです」彼女の名前はレベッカ・スミス＝デイヴィス、一年生で、壺の復元に従事している。死んだ友人と行方不明の友人について語りながら、涙ぐんだ。

「彼女が見つかったんだと思って。それでてっきり……彼女が……」

「ロドリゲスは失踪したのかどうかも、まだはっきりしていないんだよ」ダットが言った。

「そうは言っても、やっぱり。マハリアも。それにいろいろあったし」彼女はかぶりを振った。「二人とも、おかしなことに関わってたから」

「オルツィニーかい?」私が聞いた。

「そう。ほかにもいろいろ。でも、やっぱりオルツィニーかな。だけど、ヨランダのほうがマハリアよりのめり込んでいたんですよ。最初のころは、マハリアのほうが熱心だったらしいんですけど、最近はそうでもなかったと思います」

学生たちは若く、夜遅くにパーティーをするので、教官たちとちがって何人かはマハリアが殺された晩のアリバイがあった。いつの時点でそうなったのかはわからないが、ダットもヨランダを正式に行方不明者と見なすようになり、彼の質問はより厳密に、メモもより詳しくなった。しかし、あまり役には立たなかった。何日か姿を見ていないというだけで、彼女と最後に会ったのがいつかを、誰もはっきり覚えていなかったからだ。

「マハリアの身に何が起きたのか、思い当たることはないかな?」ダットは学生全員に尋ねたが、次々に「ない」という答えが返ってきた。

「ぼくは陰謀説には興味ありませんけど」ある男子学生が言った。「確かに……信じられないほど恐ろしいことが起きています。でもやっぱり、何か大きな陰謀があるっていう考えは……」彼は首を振り、ため息をついた。「マハリアは……彼女は人を怒らせることがあったから、間違った相手と、ウル・コーマの間違った場所に行って、何かが起きたのかもしれませんね」ダットはメモをとった。

「ううん」女子学生が言った。「誰も彼女のこと知らなかった。知ってるつもりでいても、結局、陰でこそこそいろんなことやってるんだよね。あたしは彼女のことがちょっと怖かったな。彼女のことは好きだったよ、確かに好きだったけど、なんでも夢中になりすぎるんだよね。それに抜け目がなかった。たぶん、誰かと付き合ってたと思う。地元のクレイジーなやつと。そういうこと、しそうだもん……気味の悪いものにのめり込むから。いつも図書館で彼女を見かけたんだけど——普通、大学の図書館なら、カードとか使うでしょ？　でも彼女、本にびっしり何か書き込んでた」この女子学生は、それがいかに奇異な行為かを納得させようとするかのように、細かい文字を書くしぐさをして首を振った。

「変わり者なのか？」とダット。

「そう、いろんな話聞くよ」

「彼女、誰かを怒らせたんだって」娘は大声でまくしたてた。「クレイジーなタイプだね。初めて街に行ったときのこと聞いた？　ベジェルでの話。彼女、けんかしそうになったんだって。相手は学者とか政治家だよ。それも考古学の学会で。なかなかできないよね。彼女が大学に戻れたっていうのが驚き」

「オルツィニー」

「オルツィニー？」とダット。

「そうです」

そう言ったのは、痩せてまじめくさった感じの、薄汚れたTシャツを着た男子学生だった。Tシャツには、子供番組のキャラクターにちがいない柄がついている。名前はロバート。彼は悲しげに私たちを見た。しきりにまばたきをしている。イリット語が上手ではない。

「英語で話してもかまわないかな?」私はダットに聞いた。

「だめだ」とダット。男がひとり、ドアから顔を出してこちらを見ていた。

「話を続けてくれ。すぐに戻るから」そう言い残すと、ダットはドアを閉めて出ていった。

「あれは誰かな?」私は学生に聞いた。

「ドクター・ウル＝ファンです」と彼は答えた。現場に来ている、もうひとりのウル・コーマ人教官だ。「こんなことをしたやつを、見つけていただけませんか?」いつものように、大丈夫だよと、親切だが無意味な言葉を返すこともできたのだが、そうするには彼はあまりにも悲痛そうだった。学生は私をじっと見つめ、唇をかんで、「お願いします」と言った。

「さっきオルツィニーと言ったのは、どういう意味だったんだい?」私はついに尋ねた。

「それは——」彼は首を振った。「——わかりません。そのことをずっと考えていると、いらいらしてくるんです。馬鹿な話ですが、マハリアは以前それに夢中になっていて、ヨランダはどんどんのめり込んでいきました——そのことで、ぼくたちは彼女にずいぶんひどいことを言ったんです——そうしたら、二人ともいなくなってしまって……」彼はうつむき、まばたきする力もないかのように片手で両目を覆った。「ヨランダのことで電話をしたのは、ぼくです。彼女が見つからなかったとき。なんでかな」と彼は言った。「怪しまれるだけなのに」彼はもうすべてを語り尽くしていた。

「だいぶ収穫があったな」ボル・イェアン遺跡から戻る途中、オフィスのあいだの通路を歩きながらダットが言った。自分がとった膨大なメモを見て、集めた名刺や電話番号をながめている。「何が見つかるかはまだわからないが、とにかく収穫はあった。たぶんね」

「ウル＝ファンからは何か？」

「えっ？　別に」彼は私をちらりと見た。「ナンシーの話とだいたい同じだが」

「あることを耳にしなかったのは、面白いと思わないか？」

「は？　なんの話だ？」ゲートのほうへ向かいながら彼は言った。「まじめな話、どういう意味なのかな」

「さっきの学生たちは、カナダからの留学生だろう……」

「ほとんどはね。ひとりはドイツ人、ひとりはヤンキーだ」

「すると、全員がアングロ＝ユーロ＝アメリカンだ。現実を直視しよう――われわれにとってはやや不愉快なことだが、きみも私も、よその人間がベジェルとウル・コーマのどこに一番興味を持つかはわかっている。誰ひとり、どんな話題のときにも、関係のありそうなことに話が及んでも、あることを口にしなかったのに気づかなかったか？」

「いったいなんの……」ダットは、そこで言葉を止めた。「〈ブリーチ〉か」

「誰も〈ブリーチ〉の話をしなかった。まるで恐れているように。きみも知ってのとおり、外国人というものはたいてい、何をおいてもまずそれを知りたがるものだ。学生たちは普通の外国人に比べれば多少はここの住人に近いかもしれないが、それでもやっぱり」私たちは、ゲートを開けてくれた警備員たちに手を振って挨拶し、外へ出た。ダットは神妙にうなずいていた。「自分の知っている人間が、今回のようになんの痕跡もなく忽然と姿を消したら、われわれがまっ先に考えるのはそれじゃないか？　いくら考えたくないとしても、考えるだろう？」私は言った。「まして、四六時中〈ブリーチ〉行為をせずにいることに、われわれよりはるかに苦労しているはずの連中なら、なおさらだ」

「刑事さん！」警備員のひとりが声をかけてきた。デイヴィッド・ベッカム風のモヒカン頭をした、スポーツマンタイプの青年だ。同僚の警備員たちよりも若い。「刑事さん、すみません」彼は私たちのほうへ駆けてきた。

「ちょっと教えてほしいんですが、マハリア・ギアリーを殺した犯人のことで調べていらっしゃるんですよね？　ぼくはあの……あの、何かわかったかどうか知りたくて。手掛かりがつかめたのかどうか。あいつらが逃げおおせた可能性はあるんでしょうか？」

「なぜだ？」ダットが聞いた。「おまえは誰だ？」

「ぼくは、別に、たいした者じゃありません。ただ……悲しくて、恐ろしくて、みんな、ぼくもほかのみんなも、警備員仲間はみんな気がかりで、知りたいんです、誰であれ、こんなことをしでかしたやつが……」

「私はボルルだ。きみの名前は？」

「ぼくはアイカム。アイカム・ツーエです」

「彼女とは仲が良かったのかな？」

「ぼくは、はい、ちょっとだけ。それほどでもないですけど、彼女のことは知ってました。

挨拶する程度ですが。ぼくはただ、何かわかったかどうか知りたいんです」

「わかったとしても、きみに話すわけにはいかないよ、アイカム」ダットが言った。

「今はな」と私。ダットが、こちらをちらりと見た。「事件を解決するのが先決だ。わかるね？ きみに少し質問してもいいかな？」一瞬、彼は身構えたように見えた。

「ぼくは何も知りません。でも、もちろんかまいませんけど。ぼくは、あいつらが民警《ミリツィア》の目を逃れて街の外へ出てしまうんじゃないかと心配なんです。そんなことができるんでしょうか。何か方法があるんですか？」

彼が持ち場に戻る前に、私のノートに電話番号を書かせた。ダットと私は彼の背中を見つめていた。

「警備員たちには話を聞いたのか？」去っていくツーエを見送りながら、私は聞いた。

「もちろん。でも特に興味深い点はなかった。彼らは警備員だが、この場所は役所の管轄なので、普通より少しチェックが厳重なんだ。彼らの大半は、マハリアが殺された晩のアリバイがあった」

「彼は？」

「確認するが、名前を聞いてもぴんとこなかったから、おそらくアリバイありだろう」

アイカム・ツーエはゲートのところで振り返り、私たちが見ているのに気づくと、おずおずと手を振った。

第14章

コーヒーショップで――ここはウル・コーマなので本来ならティーハウスと言うべきだが――席につくと、ダットの攻撃的なエネルギーもいくぶん消失した。まだテーブルの縁をトントンと指で叩き、私には真似のできない複雑なリズムを刻んでいるが、私から目をそむけることもなく、もぞもぞと姿勢を変えることもなかった。今後どんなふうに進めていくか、彼は私の言い分にも耳を傾け、まじめに意見を述べた。私のメモを読んで、彼は顔をそむけた。内心、何か思うところがあったのだろう。席についているあいだ、彼は実に一生懸命、私のことが嫌いだという事実を隠そうと努力してくれた。

「尋問について、おれたちにはなんらかの〝プロトコル〟が必要だと思う」席に着いた直後に彼が発したのは、そのひと言だけだった。

「〝料理人が多すぎる〟か」なかば詫びるような気持ちで私はつぶやいた。

コーヒーショップの店員はダットから勘定を受け取ろうとせず、彼のほうも無理に払おうとはしなかった。お茶を注いでくれた女性は、「民警割引」だと言う。カフェは満席だった。ダットが窓際の一段高いところにあるテーブルをじっと見つめると、そこに座っていた男性が視線に気づいて席を立ち、私たちはそこに座った。その席からは地下鉄《メトロ》の駅が見渡せた。近くの壁にポスターがたくさん貼られていたが、私は目に留まった一枚を視界からはずした。それが自分で貼ったマハリアの身元情報を求めるポスターではないという確信が持てなかったのだ。本当にあのポスターだったのか、あの壁は〈完全《トータル》〉にベジェルのもので、今の私にとっては〈異質《オルター》〉なものなのか、それとも〈クロスハッチ〉して両方の都市の情報がパッチワークのように寄せ集まっているのか、私にはわからなかった。

地下から出てきたウル・コーマの人々が、寒さにはっと驚き、フリースの中で身を縮める。たまたまベジェルにも、この地下鉄の駅からほんの数十メートル離れた地上にヤン＝イェルス駅がある。私はその駅から出てくる人々の姿は見ないようにしたが、きっと彼らは毛皮を身につけていることだろう。ウル・コーマ人に混じって、アジア系、アラブ系とおぼしき顔もあった。わずかではあるが、アフリカ系もいる。その数は、ベジェルよりもだいぶ多かった。

「門戸開放政策というわけかな？」

「とんでもない」とダット。「ウル・コーマは移民を必要としているが、ここにいるのはみんな、念入りな検査を受け、テストにパスして、事情をよく知っている人間ばかりだ。子供がいる連中もいる。ウル・コーマ生まれの黒人の子供だよ！」彼はさもうれしそうに笑った。「あんたの国よりこっちのほうが移民が多いのは、別に規制が緩いからじゃないさ」彼の言うとおりだった。いったい誰がベジェルに移住したいなどと思うだろう。

「審査にパスできなかった連中はどうなる？」

「ああ、そちらと同様、街外れのあちこちにキャンプができている。国連はいい顔をしないがね。〈アムネスティ〉も。あんたの国にも、生活条件のことでいろいろうるさく言ってくるんじゃないか？　煙草がほしいのか？」カフェの入り口から数メートルのところに煙草屋があった。私は自分でも気づかないうちに、そちらを見つめていたらしい。

「いや、別に。うん、そうだな。試してみたい気もする。ウル・コーマの煙草は一度も吸ったことがないはずだから」

「ちょっと待っててくれ」

「いや、いいんだ。私はもう吸わない。やめたんだよ」

「いいじゃないか、せっかくよその土地に来たんだから、少しくらい羽目をはずしても……いや、やめておこう。そういうことをする人間は嫌いなんだ」

「そういうこと？」

「やめたっていう人に、しつこく強要することさ。自分だって煙草を吸わないくせにな」彼は笑ってお茶を飲んだ。「あんたが禁煙に成功したことで、ますます腹が立ちそうだ。普通に腹を立てるだけで充分なのに。おれも意地の悪い嫌な男だな」彼は笑った。

「すまなかったな、その……あんなふうに口を出してしまって……」

「おれはただ、プロトコルが必要だと思っているだけだ。別に、そんなふうに思ってもらいたくて――」

「そう言ってもらえるとありがたいよ」

「いいんだよ、気にしないでくれ。次はおれに任せてくれるっていうことでどうかな？」彼の言葉を聞きながら、私はウル・コーマの街を見つめた。こんな曇り空にしては、かなり寒かった。

「あのツーエという青年にはアリバイがあったと言ったね？」

「ああ。電話で確認させた。あそこの警備員はたいがい既婚者だから、カミさんたちが保証するだろう。そんな証言なんか糞みたいなもんだがね。せいぜい廊下で挨拶するくらいで、誰からもギアリーとの接点は浮かび上がってこなかった。あのツーエっていう警備員は、実はあの晩、何人かの学生と一緒に外出していた。彼は若いから、遊び仲間だったんだろう」

「なんだか、できすぎた話だな」

「確かに。だが、特に誰とも特別な付き合いはなかったようだ。彼はまだ十九歳だし。それより、例のヴァンのことを話してくれないかな」私は改めて説明した。「まさか《ライト》。おれも一緒にあっちへ戻ったほうがいいんだろうか」と彼は言った。「どうやら、おれたちが追う相手はベジェル人のようだ」

「ベジェルにいる誰かが、あのヴァンで国境を越えた。だが、ギアリーがウル・コーマで殺されたのはわかっている。犯人が彼女を殺してから大急ぎでベジェルへ行き、ヴァンを手に入れ、大急ぎで戻って彼女の死体を乗せ、またベジェルに引き返して死体を捨てたのでないかぎりはね。それに、なぜあんな場所に死体を捨てたのかという問題もある。そしてわれわれは、善意の通報者からあった越境通話を調べている。つまり、殺人に関係した者は二人いるということだ」

「もしくは〈ブリーチ〉犯」

私は思わず姿勢を正した。

「そう、もしくは〈ブリーチ〉犯だ。だが、われわれが知るかぎり、犯人は〈ブリーチ〉行為をしないために膨大な手間をかけ、それをわざわざわれわれに教えている」

「例の監視カメラの映像。あんなのが偶然見つかるのはおかしいぞ……」

私は彼を見たが、別に茶化しているふうではなかった。「そうか？」

「またまた、ティアドール、なぜ驚くんだ？ 誰だかわからんが、国境で面倒を起こさないだけの知恵のあるやつが、ベジェル側にいる友だちに電話をかけて〈ブリーチ〉に見つかるようなへまをするなんて、おかしいじゃないか。つまり、やつらにはコピュラ・ホールか通行係にちょっとした協力者がいて、何時ごろに通過するかをそっと教えておいたんだろう。ベジェルの公務員だって、完全に清廉潔白ってわけじゃないだろうからな」

「それはそうだが」

「じゃあ、そういうことだ。納得いくだろう？」

ほかの薄気味悪い可能性よりも、その手のちょっとした共謀があったということなのかもしれない。どのヴァンを探せばいいかを、誰かが知っていた。そしてかなりの数のビデオ映像を調べた。ほかには？ 凍えるほど寒いが天気が良かったあの日、寒さのせいでウル・コーマのいつもの色彩も薄れ、どんな場所だろうとオルツィニーを見つけるのは難しかったのだ。

「原点に戻ろう」ダットが言った。「ヴァンを運転していたやつを追ってもむだだ。できれば、それはベジェル側で調べてもらえるとありがたいんだがな。こっちにはヴァンの特徴以外の情報は何ひとつないし、入国許可の有無にかかわらず、ウル・コーマの人間が、たとえ見たとしてもベジェルのヴァンを見たと認めるわけがないだろう？　もっと着実なところに戻ろう。突破口になったのはなんだっけ？」私は彼を見つめた。じっと見つめながら、これまでのことを順を追って思い浮かべる。「彼女が〝身元不明死体〟でなくなったのはいつだったか。きっかけは？」

ホテルの部屋に、ギアリー夫妻と会ったときにとった私のメモが置いてある。夫人のメールアドレスと電話番号は、手帳に控えてある。夫妻は娘の遺体を引き取れなかったし、引き取りに戻ることもできなかった。マハリア・ギアリーはフリーザーの中に横たわって待っているのだ。私を待っている、と言ってもいいかもしれない。

「電話だ」

「たれ込みか？」

「……そんなところだ。彼からの情報でドローディンに行き着いた」ダットが調査書類を思い出し、そこに書いてある内容とのちがいに気づいたのがわかった。

「なんの話……誰なんだ？」

「実は、そこが問題なんだ」私はしばらく黙り込んだ。テーブルを見つめ、こぼれたお茶でいいかげんな図形を描く。「どう言えばいいか……実は、あれはここからの電話だった」

「ウル・コーマから？」私はうなずいた。「なんだって？　誰から？」

「わからない」

「なんで電話なんかしてきたんだ？」

「ポスターを見たんだ。そう、われわれがベジェルに貼ったポスターだ」

ダットは身を乗り出してきた。「そんなことを、いったい誰が？」

「きみもわかるだろう、これは私の立場を――」

「もちろんわかるさ」彼は熱を入れてまくしたてた。「もちろんわかってるが、いいか、あんたは警官なんだぞ、おれがあんたを売るとでも思ってるのか？　とにかくここだけの話、誰なんだ？」

些細な問題ではなかった。私が〈ブリーチ〉行為の共犯者なら、ダットは共犯者の共犯者だ。だが、彼はそんなことは気にしていないようだった。「彼らは〈ユニフ〉だと思う。〈統一主義派《ユニフィケーション》〉を知っているだろう？」

「連中がそう言ったのか？」

「いや、だが話の内容や話しぶりがそうだった。とにかく、まったくの違法だとはわかっているが、それでも私を正しい方向に導いてくれたのはあの電話なんだ……どうした？」ダットは椅子にふんぞりかえっている。指の動きがさらに速まり、もはや私を見てはいない。

「まいったな、とんでもないものを抱え込んじまった。なんでもっと早く言ってくれなかったんだ？」

「落ちついてくれ、ダット」

「わかってる、わかってるよ——これであんたがやっかいな立場に追い込まれるってことは」

「電話してきた相手のことは何も知らないんだ」

「まだ間に合う。この件を引き渡して、ちょっと報告が遅れましたがと説明すれば……」

「何を引き渡すんだ？　われわれは何もつかんでいないんだぞ」

「何かを知っている〈ユニフ〉の野郎がいるじゃないか。行こう」彼は立ち上がり、車のキーを振った。

「行くってどこへ？」

「調べに行くんだよ！」

「くそいまいましい道だ」ダットはあえぐようなサイレンを鳴らしながら、ウル・コーマの街路を引き裂くように突っ走っていった。振り向いては足早に歩くウル・コーマ市民に罵声を浴びせ、ベジェルの歩行者や車をよけるために無言でハンドルを切り、顔には出さないが、異国の緊急事態を案じながらスピードを上げた。ここで誰かを轢《ひ》いたりすれば官僚主義にとって大惨事であり、〈ブリーチ〉行為の捜査など言いわけにもならないだろう。

「ヤリ、ダットだが」彼は携帯電話に向かって大声で言った。「今、〈ユニフ〉のccがいるかわかるかな？　よしわかった、ありがとう」彼はパチンと電話を閉じた。

「何人かはいるようだ。もちろん、あんたがベジェルの〈ユニフ〉たちと話をしたのは知ってたよ。報告書を読んだからね。しかしおれもとんでもない間抜けだな――」彼は手首の内側を額に打ちつけた。「――こっちにいる連中から話を聞こうと思いつかなかったなんて。あいつらは――厄介な連中の中でも一番厄介なやつらはこっちの国にもいるんだから――当然お互いに連絡を取り合っているに決まってるのに。あいつらのたまり場はわかってる」

「今からそこへ行くのか？」

「おれはああいうつまらん連中が大嫌いでね。まあ……あらためて言うまでもないが、これまで出会ったベジェル人の中には、すばらしい人たちもいたさ」彼はそう言って、私をちらりと見た。「むこうに対して敵対心なんかこれっぽっちもないし、行ってみたいとも思ってるし、最近はほら、両国の関係も昔よりずっと良くなったからな――だがあいつらはなんのために活動してるんだ？　おれはウル・コーマ人だから、ほかの何かになりたいなんて思ったらおしまいだ。統一なんて考えられるかい？」彼は笑った。「とんでもないことになるさ！　統一なんかしたら、ウル・コーマの馬鹿者が増長するだけだ。異種交配すれば生き物は強くなると言われているのは知ってるさ。だけど、もしウル・コーマ人特有の時機をつかむセンスとベジェル人の楽観主義を両方受け継いだら、いったいどうなると思う？」

彼の話に、私は笑い声を上げた。私たちは時を経てまだらになった古代の石柱のあいだを通り抜けた。以前写真で見たことがある。道の東側にあるほうの柱しか見てはならないのだと気づいたときには、すでに遅かった。それはウル・コーマにあるのだが、もう一本のほうはベジェルにある。一般にはそう言われているのだが、ここは街の中でも争点となっている場所のひとつなのだ。視界からすっかり消し去ることができず、ちらりと見えてしまったベジェルの建物は落ちついて整然としていたが、私たちがいるウル・コーマでは、この一帯は荒れ果てていた。運河を通過したが、何秒かのあいだ、それがどちらの都市にあるのか、あるいは両方にあるのかわからなかった。雑草がまばらに生えた庭があり、長いあいだ放置されたシトロエンの下から、ホバークラフトのスカート部分のようにイラクサが突き出ている。ダットはその庭のわきで急ブレーキをかけ、私がシートベルトもはずし終えないうちに車外へ出た。

「今ごろはとっくに全員を刑務所にぶち込んでいてもおかしくないんだ」彼は今にも壊れそうなドアに向かって勢いよく歩いていった。ウル・コーマには、合法的な統一主義活動家はいない。合法的な社会主義政党やファシスト党、宗教政党も存在しない。ほぼ一世紀前にイルサ将軍の指導で行なわれた〝シルバー改革〟以来、ウル・コーマには〈国民党〉しかなかった。古い施設やオフィスには、今でもヤー・イルサの肖像画が飾られ、多くの場合、その下には〝イルサの同胞《ブラザーズ》〟であるアタテュルクとチトーの肖像画が仲良く並んでいる。通説では、もっと古いオフィスになると、その二枚の肖像画のあいだにはかならず、かつて同胞として毛沢東の笑顔が輝いていた場所が、色褪せた空間となって残っているらしい。

しかし二十一世紀になり、ウル・マク大統領（追従型の管理職がいる職場では、彼の肖像画も見られる）は、先代のウンビール大統領と同様、国道建設を否定するのではなく推進し、ウル・コーマの知識層によって〝情報公開改革《グラスノストロイカ》〟という忌まわしい名称を与えられた思想統制を終焉させると言明した。CD／DVDショップ、ソフトウェア会社やギャラリー、上昇気運にあるウル・コーマの金融市場、ディナールの切り上げとともに〝新しい政治〟の時代がやってきたと言われ、これまで反体制として危険視されてきたものへ大々的な開放政策がとられた。過激派集団や、まして政党が合法化されたわけではないが、そうした人々の思想もいくらか認められるようになった。自制のきいた活動をするかぎり、集会や改宗なども自由に行なうことができるようになった……と言われている。

「開けろ！」ダットは、ドアを激しく叩いた。「ここが〈ユニフ〉のたまり場だ」と私に言った。「あいつらは四六時中、ベジェルの仲間と電話しているんだ――それが連中の〝仕事〟みたいなもんだからな」

「彼らの身分は？」

「もうじき、友だちどうしで集まっておしゃべりしているだけだと屁理屈を聞かされるさ。あいつらも馬鹿じゃないから、メンバーズカードなんかないしね。ブラッドハウンドなんかいなくても密輸の事実を突き止められるだろうが、今日はそのために来たわけじゃない」

「じゃあ、なんのために来たんだ？」まわりを見回すと、老朽化したウル・コーマ式のファサードに、〝誰々は失せろ〟とか、〝誰々は死ね〟といったイリット語の落書きがあった。

きっと〈ブリーチ〉が監視しているにちがいない。

ダットは私をまっすぐ見据えて言った。「あんたに電話したやつは、ここからかけたんだ。あるいは、ここにちょくちょく出入りしているか。まず間違いない。われらが共犯者が何を知っているか、聞いてみようじゃないか。開けろ!」最後のひと言はドアに向かって発した言葉だ。「あいつらは徹底的に空とぼけるだろうが、騙されちゃいけない。〝統一の足を引っぱる〟人間には容赦なく歯向かってくるからな。開けろ!」

今回は言われたとおりにドアが開き、細い隙間から小柄な娘が顔を出した。頭の両側は剃り上げられ、魚と大昔のアルファベット文字のタトゥーが見える。

「誰? なんの用?」

彼らがこの娘を戸口に出してきたのは、こんな小柄な女には、ダットが次にとったような行動は恥ずかしくて誰もとれないはずだと思ったからだろう。ところが彼は、娘がうしろの廊下までよろけていくほど強くドアを押した。

「みんなここに集まれ」彼は声を張り上げながら、髪が乱れたパンク娘のそばを通り過ぎ、廊下をずかずかと歩いていった。

逃げようという思いが彼らの脳裏をよぎり、やがて却下されたであろう混乱の一瞬が過ぎたあと、家にいた五人はキッチンに集まり、ダットに言われてぐらついた椅子に腰かけたが、私たちのほうを見ようとはしなかった。ダットはテーブルの端に立ち、彼らに覆いかぶさるように身を乗り出した。

「よし、始めるぞ。ここにいる尊敬すべきわが同僚が誰かから電話をもらったんだが、その相手が思い出せないので、おれたちは非常に親切なその人物が誰なのかをどうしても知りたいんだ。おまえたちの時間をむだにしたくないので、誰かが白状してくれると思っているふりはしないことにした。その代わり、おれたちがテーブルのまわりを一周するから、おまえたちはそれぞれ『警部補、お話ししたいことがあります』と言うんだ」彼らはダットをじっと見つめた。彼はにやりと笑い、さあ始めろと合図をした。彼らが始めないので、ダットが一番近いところにいる男に平手打ちを食らわすと、仲間たちはわめき、打たれた本人は苦痛の叫びを上げ、私は驚きの声を発した。男がゆっくり顔を上げると、額に痣が浮きはじめていた。

「『警部補、お話ししたいことがあります』だ」ダットが言った。「このまま続けるしかないようだな、電話をかけた男が――あるいは女がわかるまで」彼は私をちらりと見た。男か女かを確認するのを忘れていたのだ。「それが警察の仕事だからな」彼は同じ男の顔に今度は逆方向からもう一発食らわそうと、腕を構えた。私はかぶりを振って小さく両手を上げ、テーブルを囲む統一主義活動家たちはそれぞれうなり声を上げた。脅しをかけられた男が立ち上がろうとするが、ダットはもう一方の手で彼の肩をぐいとつかみ、椅子に押し戻した。

「ヨーハン、言いなよ！」パンク娘が叫んだ。

「警部補、お話ししたいことがあります」

その言葉がテーブルを一周した。「警部補、お話ししたいことがあります」、「警部補、お話したいことがあります」

男たちのひとりが、挑発のつもりか、最初やけにゆっくりとした口調で言った。するとダットはその男に向かって片眉を上げ、彼の仲間をふたたび平手で打った。それほど強くはなかったが、今回は出血した。

「ひでえなあ《ホーリー・ファッキング・ライト》！」

私はドアのそばでおろおろするばかりだったが、ダットは彼らにもう一度さっきの言葉を言わせ、名前を名乗らせた。

「どうだ？」ダットが私に聞く。

もちろん、二人いる女はどちらもちがう。男たちのひとりは声が甲高く、イリット語に私の知らない地域の訛りがあるように思えた。電話をかけてきたのは、あとの二人のどちらかかもしれない。特に若いほう――ダハール・ジャリスと名乗った、ダットが脅しをかけた男ではないほうの、背中にスローガンというよりはバンドの名前か何からしい〈ノー・ミーンズ・ノー（だめと言ったらだめ）〉という英語が書かれたよれよれのデニムジャケットを着ている男の声に、聞き覚えがあるような気がした。電話の相手とまったく同じことを言ってくれていたら、あるいは同じ死語となった言葉で話してくれていたら、もっと容易に見極めがついたのかもしれない。ダットは私が彼を見つめているのを見て、探るように指差した。

私は首を振った。

「もう一度言え」ダットが男に命じる。

「いや、いい」私は言ったが、ジャリスは同じフレーズをむだにくり返した。「誰か、昔のイリット語かベジェル語を話せる人はいないかな？　〈原　形《ルート・フォーム》〉を」私が言うと、彼らは互いに顔を見合わせた。「わかった、わかった」私は言った。「イリット語とかベジェル語といった区別はないんだったな。誰か話せないか？」

「全員話せるけど」年上のほうの男が言った。唇の血を拭いていない。「おれたちはみんなこの都市に住んでいて、それがこの都市の言葉なんだから」

「気をつけろよ」ダットが言った。「今ので告発することもできるんだからな。こいつじゃないのか？」ダットはふたたびジャリスを指差した。

「もういい」

「マハリア・ギアリーを知っていたのは誰だ？」とダット。「ビエラ・マールは？」

「マリア……なんとかも」私は言った。ダットは写真を出そうとポケットに手を突っ込んだ。

「いや、彼らじゃない」私はドア枠のところに立ち、部屋の外へ出た。「もういい。ここにはいない。さあ行こう、行くぞ」

ダットはいぶかしげな顔で近づいてきた。彼が耳元で「ふうむ」とつぶやいたので、私は小刻みに首を振る。「教えろよ、ティアドール」

やがて彼は口をぐっと結ぶと、振り向いて統一主義活動家たちに言った。「油断するなよ」連中は立ち去るダットの背中を見つめている。怯えと当惑の表情を浮かべた五つの顔のうち、ひとつは真っ赤に染まり血をしたたらせていた。私自身の顔は、努めてなんの感情も見せないようにしていたせいで、こわばった表情をしていたことだろう。

「あんたのやることがわからんよ、ボルル」ダットは来たときよりもずっとゆっくり運転していた。「いったい何だっていうんだ。一番有力な手掛かりから手を引くなんて。共犯者になるのが怖かったからとしか思えないね。確かに、あんたが電話を受けて話をし、連中から情報を受け取ったとすれば、それは〈ブリーチ〉行為だ。だけど、誰もあんたのことを責めたりはしないよ、ボルル。そんなのはほんの些細な行為だし、それで大きな事件が片づくなら彼らも見逃してくれるってことは、あんただって知ってるだろう？」

「ウル・コーマではどうか知らないが、ベジェルでは、〈ブリーチ〉は〈ブリーチ〉だ」

「くだらん。それがどうしたっていうんだ？　問題はそこか？　それだけか？」彼がベジェルの路面電車《トラム》のうしろで速度を落とすと、私たちは〈クロスハッチ〉道路にある異国の線路をガタンと越えた。「どうにかなるって、ティアドール。何かいい方法が見つかるから大丈夫さ。あんたが心配してるのがそういうことならね」

「そうじゃない」

「どうせなら、そうであってほしかったよ、まったくの話。じゃあ、ほかにどんな心配事があるっていうんだ？　いいか、なにも自分に罪を着せたりする必要なんか――」

「そんなことじゃない。さっきの連中の中に、電話をかけてきた人物はいなかった。国外から、つまりここからの電話だったかどうかも確信が持てない。何もはっきりしたことがわからないんだ。もしかすると、いたずら電話だったのかもしれない」

「わかったよ」ホテルで私を降ろしたとき、彼は車から降りなかった。「おれは事務処理があるんでね」という。「あんたもそうだろう。二時間ばかりかかるかな。ナンシー教授ともう一度話したほうがいいと思う。ボウデンからもちょっと話を聞きたい。あんたも同意してくれるだろう？　一緒に車で行っていくつか質問をするという手順でいいか？」

二度ほど試したのち、やっとコルヴィに電話がつながった。最初のうちは、二人とも例の馬鹿げた暗号で押し通そうとしたが、長くは続かなかった。

「すみませんボス、私はこういうの苦手なほうじゃないんですけど、民警からダットの人事ファイルを盗み出すなんて無理だと思います。とんでもない国際問題が起きちゃいますよ。いったいどんな情報がほしいんですか？」

「おれはただ、彼のこれまでの経歴を知りたいだけだ」

「信頼できる人なんですか？」

「さあ、どうかな。こっちの警察は旧態依然としている」

「へえ」

「尋問がまた荒っぽいんだ」

「ナウスティンに言っときます。彼はそういうの大好きですから、代わりに行きたがるかもしれませんよ。なんだかむかついてるみたいですね、ボス」

「とにかく、何か情報が得られるかどうかやってみてくれ、いいな？」電話を切ると、私は『都市と都市のあいだに』を手に取ったが、またすぐに読むのをやめてしまった。

第15章

「ヴァンのほうは、まだ進展なしか？」私は聞いた。

「どのカメラの映像にも、それらしきものは見つからない」ダットが答える。「目撃者もなし。あっち側からコピュラ・ホールを通過したっきり、杳《よう》として行方知れずだ」車体の形とベジェル語のナンバープレートから、あの車を一瞬でも見たウル・コーマ人は、〈あちら側〉の車だと思ってすぐに〈見ない〉ようにしてしまい、通行証になど気づいていないのは明らかだった。

地図を見ていたダットが、ボウデンのアパートは駅のすぐそばだと教えてくれたとき、私は公共機関でそこへ行ってみようと提案した。パリとモスクワの〈メトロ〉、それにロンドンの〈チューブ〉には乗ったことがあった。ウル・コーマの輸送システムは、以前はどこの国のものよりも〝ブルータリズム〟（剛健様式）的であり、能率的なうえある意味荘厳だったが、コンクリートゆえの無慈悲な印象もだいぶ強かった。それが十数年前、少なくとも中心部の駅はすべて改装されることになり、駅ごとに異なるアーティストまたはデザイナーの手に委ねられた。彼らは（多少の誇張はあるだろうが、まんざら嘘でもなかった）、金に糸目はつけないと言われたらしい。

その結果、てんでんばらばらの、ものによっては壮麗な建物が、目がチカチカするまだら模様のように街全体に点在することになった。私のホテルに一番近い駅は、アール・ヌーヴォー様式を模倣したけばけばしい建物だった。列車は清潔で速く、満員状態で、路線によっては——私が乗った線もだが——運転士なしで走っている。ボウデンが住んでいる感じのいい平凡な住宅地からいくつか角を曲がったところにあるウル・イール駅は、構成主義のラインとカンディンスキーの色の寄せ集めだった。実は、それを作ったのはベジェルのアーティストなのだ。

「ボウデンは、われわれが行くのを知っているのかな?」

ダットは片手を上げ、ちょっと待ってくれと合図した。私たちが地上まで登るあいだ、彼は携帯電話を耳に当ててメッセージを聞いていた。

「ああ」しばらくして、電話を閉じながら彼は言った。「彼は待ってるよ」

デイヴィッド・ボウデンはアパートの二階に住んでいた。細長い建物で、フロア全体を彼ひとりで使っていた。部屋には二つの都市の美術品や遺物、古器物、さらに私のような素人の目にもそれとわかる〈先駆時代〉の品々が、いっぱい詰め込まれている。上の階には看護師の女性とその息子が、下の階には医者が住んでいると彼は言った。医者はバングラデシュの出身で、ウル・コーマへの滞在歴は彼よりも長かった。

「ひとつの建物に国外からの移住者が二人か」と私は言った。

「単なる偶然じゃありません」とボウデン。「以前、上の階の彼女が来る前は、元パンサーが住んでいたんですよ」私たちは、彼の顔をまじまじと見た。「ブラックパンサー党員（アメリカの黒人解放武装組織）で、指導者のフレッド・ハンプトンが殺されたあと逃げてきたんです。亡命先の選択肢は、中国、キューバ、あるいはウル・コーマだったそうです。私がここへ移住した当時は、政府の連絡官にアパートに空きができたと言われて入れば、入居者は全員外国人と相場が決まっていたものです。もっとも、故郷のものを恋しがって愚痴を言い合ったりできましたがね。マーマイトをご存じですか？　知りませんか？　どうやらあなたがたは、亡命したイギリスのスパイに会ったことがないようですね」彼はわざわざ勧めることもせず、私とダットに赤ワインを注いだ。互いに話しているのはイリット語だ。「今のはだいぶ前の話です。当時のウル・コーマは非常に貧しい国でしたから、国は効率を考えなければならなかったんですね。こういう建物には、つねにウル・コーマ人がひとり住んでいました。ひとりで何人かの外国人を監視するには、同じ家に一緒に住まわせておいたほうがずっと簡単だというわけです」

ダットはじっと彼の目を見つめた。『黙れ、そんな話を聞かされても、おれは怖気づいたりしないぞ』と顔が語っている。ボウデンは少し恥ずかしそうに微笑んだ。

「ちょっと失敬じゃないのかな？」私は言った。「名誉ある入国者である、同じ思想を持つ人たちをそんなふうに監視するのは？」

「中にはそう感じた人もいるかもしれません」ボウデンは答えた。「ウル・コーマの二重ス《フィル》パイ《ビー》たちや、本物の旅行者たちは、いくらか困ったでしょうね。しかし、彼らは最も我慢強い人たちでもありますから。私は、監視されて嫌だと思ったことはありません。彼らが私を信用しないのは当然ですからね」彼はそう言って、ワインを飲んだ。『都市と都市のあいだに』のほうは進んでいますか、警部補？」

ベージュとブラウンのペンキが塗られた修繕の必要な壁は、本棚や本、ウル・コーマとベジェルの民芸品、両方の都市の古代地図で占領されていた。棚や台の上にも、小立像や遺物の陶器類、ぜんまい仕掛けの小さなオモチャのようなものがいくつも並んでいる。広くないリビングは、こまごました物でいっぱいになり、よけいに狭苦しかった。

「マハリアが殺されたとき、あなたはここにいた」ダットが言った。

「アリバイはありませんよ、もしそういう意味でおっしゃったのなら。私がごそごそ動き回っているのをアパートの住人が聞いているかもしれませんが、どうでしょう。上の彼女にでも聞いてみてください」

「こちらに住んでどれくらいですか？」私は聞いた。ダットは私から目をそむけたまま、口をぎゅっと結んでいる。

「もうずいぶんたちますよ」

「なぜここに？」

「と言いますと？」

「拝見したところ、少なくともこちらのものと同じくらいベジェルの品もお持ちのようだ」

私は、昔のあるいは複製のベジェルの聖像《イコン》のひとつを指差した。「ベジェルあるいはほかの場所でなく、ここに腰を落ちつけたことに、理由はあるんですか？」

ボウデンは両手のひらを天井に向けた。

「私は考古学者です。この世界についてどれだけご存じかわかりませんが、人工遺物のうち一見の価値のある品物は、ベジェルの職人が作ったと思われるものも含めて、大半がウル・コーマ側の土に埋まっているのです。なぜかいつもそうでした。ベジェル側が、発掘できた文化遺産はなんであろうとほしい人に売るという愚かな態度に出ても、状況は変わりませんでした。その点では、つねにウル・コーマ人のほうが賢明でした」

「ボル・イェアンのような発掘現場でも？」

「それはつまり、外国主導の発掘でもという意味でしょうか？　もちろんです。カナダ人が正式に所有しているわけではありません。彼らはただ、発掘をとりしきり、目録を作成する権利の一部をもっているだけです。それに加えて、論文を書くことで得られる栄誉と、胸温まる満足感。それともちろん、あちこちの博物館で巡回展示をする権利。アメリカによる封鎖で、カナダ人は大喜びしていますよ。嫉妬で青ざめた顔を見たければ、アメリカ人の考古学者に、自分はウル・コーマで働いていると言ってごらんなさい。古代遺物の輸出に関するウル・コーマの法律をご覧になったことは？」彼は両手を組み、指を罠のようにがっちりと咬み合わせた。「ウル・コーマ、あるいはベジェルの研究をしたい者は、まして〈先駆時代〉について調べたい場合は、来ることさえできれば、みんなここにたどり着くんです」

「マハリアは、アメリカ人の考古学者だった……」ダットが言った。

「学生です」とボウデン。「博士課程を修了したあと、彼女がここにとどまるのは難しかったでしょう」

私は立ったまま、彼の書斎をのぞき込んだ。「いいですか……?」私は部屋の中を指差した。

「ああ……どうぞ」彼はスペースの狭さを恥じていた。そこはどう見ても、リビング以上にこまごまとした古い物であふれかえっていた。彼の机そのものが遺跡と化し、書類やコンピュータのケーブル類、使い古した数年前のウル・コーマの街路地図などに埋もれている。ごちゃごちゃに散らばった書類の中に、かなり古い奇妙な文字で書かれたものがあった。イリット語でもベジェル語でもない、〈分裂前〉の文字だった。私にはさっぱり読めない。

「これはなんですか?」

「ああ……」ボウデンは、あきれたような表情をした。「きのう届いたんです。いまだにおかしな郵便物が届くんですよ。『都市と都市のあいだに』を出して以来ずっと。オルツィニーの文字で書かれていると言って、自分で集めたものを送ってくるんです。私に解読させようっていうんですよ。気の毒に、大した価値のあるものだと本気で信じているんでしょうね」

「解読できるんですか?」

「ご冗談でしょう。無理です。これはなんら意味をなしていません」彼はドアを閉めると、

「ヨランダについての情報はないんですか？」と聞いた。「かなり心配な状況ですね」

「そうでもないでしょう」ダットが言った。「失踪人係が調査中です。非常に優秀な連中で、われわれも彼らと密に連携しています」

「絶対に彼女を見つけ出さなければなりません。私は……それが極めて重要なんです」

「ヨランダに不満を抱いていた可能性のある人間に、心当たりは？」

「ヨランダに？　まさか、彼女はいい子ですから、そんな人がいるとは思えません。マハリアとなると、ちょっと別ですが。つまり……マハリアは……彼女の身に起きたことは、実におぞましい。おぞましい。彼女は有能でした。とても有能で、自分の意見は曲げず、勇ましくて、あまりその……つまり私は、マハリアならさぞ人を怒らせるだろうと言いたいわけです。実際、彼女はそうでした。そういう人間だったんです。私は褒めているんですよ。しかし、マハリアはいつかきっと間違った相手を怒らせてしまうだろうなという懸念はつねに抱いていました」

「怒らせたとしたら、誰を？」

「具体的に誰をという意味で言っているんじゃないんですよ、上級刑事、私にはわかりません。あまり接触はありませんでしたから。マハリアと私は。彼女のことはほとんど知らないんです」

「こんなに狭いキャンパスなんだから、全員を知っていて当然でしょう」と私は言った。

「確かに。ただ、正直言って、私は彼女を避けていました。ずいぶん長いこと口をきいていませんでした。出会いからして、あまり幸先のいいスタートじゃなかったんです。でも、ヨランダのほうなら知っていますよ。彼女はまったく別でした。マハリアほど有能じゃないかもしれませんが、彼女のことが嫌いな人などひとりも思い当たらないし、誰かが彼女をどうこうしたいと思う理由も見つかりません。みんな怯えていますよ。ここで働いている人はみな、地元の人間も含めて」

「マハリアの件でも、みんな打撃を受けたんでしょうか?」私は聞いた。

「はっきり言って、地元の人間で彼女と親しくしていた人はいないと思いますよ」

「どうも、警備員のひとりがそうらしいんです。わざわざ彼女のことを聞いてきましたからね。マハリアのことを。彼はボーイフレンドか何かだったんじゃないかな」

「警備員? それは絶対にない。……いや、あまりに独断的な言いかたでした。つまり、もしそうであれば驚きだという意味です。私がマハリアについて知るかぎり、ということです」

「ほとんど知らないとさっき言いましたね」

「ええ。しかし、まあ、誰が何をしているか、どの学生が何をしているかくらいは気がつきますから。何人かは——ヨランダもそのひとりですが——ウル・コーマ人スタッフたちとも付き合っていましたが、マハリアは違います。ヨランダについて何かわかったら教えてもらえますね? かならず彼女を見つけてください。居場所の見当だけでもつけてください、お願いします。とんでもない事態です」

「あなたはヨランダの指導教官でしたね？」と私は言った。「彼女はどんなテーマで博士号を？」

「ああ」彼は手を振った。『〈先駆時代〉の人工遺物における性の表象その他』です。私としてはやはり〈分裂前《プリ・クリーヴェジ》〉という表現のほうが好きですが、英語では語呂が良くないので、最近では〈先駆時代《プリカーサー・エイジ》〉という言葉のほうが好んで使われるようになっています」

「彼女はあまり優秀じゃないと言いましたね？」

「そうは言っていません。充分な知識をもっていました。上等です。彼女はただ……大学院過程の学生がみな、マハリアのように優秀とはかぎりませんからね」

「だったら、なぜ彼女の指導教官にならなかったんですか？」

ボウデンは、私がからかっているとでも言うように、こちらをまじまじと見た。

「彼女がおかしなまねをしたからですよ、警部補」やっと本音が出た。彼は立ち上がってくるりと背を向け、歩き回りたそうだったが、部屋が狭すぎた。「ええ、最初に出会ったときから険悪な状況でした」彼はまたこちらを向いた。「ダット上級刑事、ボルル警部補。私がいったい何人の大学院生を抱えているか知っていますか？　ひとりですよ。ほかに誰も彼女をほしがらなかったからです。かわいそうに。ボル・イェアンには私のオフィスがありません。終身在職権を持つどころか、この先それが得られる見込みすらないんです。プリンス・オブ・ウェールズ大学での私の正式な肩書きを知っていますか？　私は〝講師相当〟です。どういう意味かなんて聞かないでくださいよ。私から教えてあげましょう——彼らは、『われわれはウル・コーマ、ベジェルおよび〈先駆時代〉に関する世界有数の研究機関であり、ありとあらゆる名誉を手に入れる必要がある。金持ちの変人どもをわれわれのプログラムに誘い込むためにあなたの名前を利用するかもしれないが、あなたに本物の仕事を与えるほどわれわれは馬鹿ではない』と言っているんですよ」

「あの本のせいで？」

「『都市と都市のあいだに』のせい。私が無頓着な指導教官を持つ、ドラッグにおぼれた神秘好きの青二才だったせいです。まもなく方向転換して、『わが過失なり《メア・クルパ》。私が間違っておりました、オルツィニーなどありませんでした、申し訳ありません』と謝っても。研究の八五パーセントが今でも支持され、使われていても。いいですか？　ほかにどんなことをしようと、無理なんだ。どれだけ努力しても、あれから逃れることは絶対にできないんです。

　毎度のことですが、誰かが私のところへやってきて、すべてを台無しにしてしまったあの著書がとてもすばらしいので、ぜひ一緒に研究させてくださいと言います。ベジェルで開かれた学会で最初に会ったときのマハリアがそうだった。真実の書がどちらの都市でもいまだに禁書になっているのはおかしい、自分は先生の味方です、と……。ところで、ご存じかどうか、彼女は最初にこっちへやってきたとき、ベジェルに『都市と都市のあいだに』をこっそり持ち込んだだけでなく、こともあろうに、それを大学の図書館の歴史書の棚に置くつもりだと言ったんですよ。誰かに発見させるんだと、得意げに話しました。私は、すぐに処分しないと民警に通報するぞと言いました。とにかく、そんな話ばかりするので、私は頭にきたんです。

学会に出席するたびに、そういう連中とはしょっちゅう出くわします。そんなとき、私が『自分は間違っていた』と言うと、彼らは私が当局に買収されたか、身の危険を感じているんだろうと思うんです。あるいは、私がロボットか何かとすり替わってしまったんじゃないかとね」

「ヨランダからマハリアについて聞いたことは？　つらかったんじゃないですか、親友のことをあなたがそんなふうに思っているのは……」

「どんなふうに？　別に何もありませんでしたよ、警部補。私は彼女に、指導教官になるつもりはないと告げました。よく覚えていませんが、臆病者だとか降参するのかなどと責められ、それでおしまいです。聞くところでは、院生になってからはあまりオルツィニーのことを口に出さなくなったとか。私は、良かった、彼女も成長したんだろう、と思いました。私が知っているのはそんなところです。彼女の有能さについては耳に入っていましたよ」

「ナンシー教授は、彼女に少し失望しているような印象を受けましたが」

「かもしれません。よくわかりませんが。論文がいまひとつなのは彼女に始まったわけじゃないでしょうし、まだ評価は高かったですよ」

「ヨランダは、オルツィニーにかぶれていなかったんですか？　あなたのもとで学ぶようになったのは、そのためではなかったんですか？」

彼はため息をつき、また腰を下ろした。力なく立ったり座ったりする姿は、うだつの上がらない印象を与えた。

「そうじゃないと思っていました。もしそうなら、指導教官にはならなかったでしょう。もちろん、初めのうちはちがいましたよ……ところが最近になって、あのことに触れましてね。〈紛争地区《ディセンシ》〉のことを持ち出したんです。そこには何が住んでいるのか、とかいったことをね。私の気持ちは知っていますから、あくまでも仮説の話だというそぶりはしていました。愚かな話ですが、正直言って、それがマハリアの影響だなどとはこれっぽっちも思いませんでした。彼女はヨランダにその話をしていたんでしょうか？　どうなんですか？」

「〈紛争地区〉について教えてほしいんですがね」ダットが言った。「どこにあるか知ってるんですか？」

ボウデンは肩をすくめた。「いくつかの場所はご存じですね、上級刑事。大半は秘密じゃありませんから。そのへんのちょっとした裏庭とか、人の住んでいない建物とか。ヌイツ公園の中心から半径五メートルほどの範囲とか。意見の相違《ディセンサス》がある場所です。ウル・コーマは自分の土地だと言うし、ベジェルでもそう言う。事実上の〈クロスハッチ〉箇所なのか、あるいは両方の都市の中にある立ち入り禁止箇所なのか、まだ論争が続いています。とにかく、さほど好奇心をそそるようなものじゃありません」

「リストをもらえませんか」

「もしお入り用なら。でも、民警を通じて入手したほうが早いはずですし、私が持っているリストは、おそらく二十年も前のものです。〈紛争地区〉はときどき消滅したり、新たに出現したりしますからね。もしかすると、秘密のものに関する情報が入るかもしれません」

「リストがほしいんです。ちょっと待った、秘密？　論争になっていることを誰も知らないなら、秘密も何もないでしょう？」

「ごもっとも。秘密に論争が行なわれている、という意味ですよ、ダット上級刑事。こうしたわけのわからないことには、まっとうな考えかたで臨まなければなりません」

「ドクター・ボウデン……」私は言った。「誰かがあなたに反感を抱いていたかもしれないと思える理由はありますか？」

「なぜです？」彼の顔にいきなり動揺の色が浮かんだ。「いったい何を聞いたんですか？」

「特に何も。ただ……」私は言いかけて、ふと間をおいた。「何者かがオルツィニーの研究にたずさわってきた人たちを標的にしているのではないか、という説がありましてね」ダットは口を挟むそぶりを見せなかった。「注意したほうがいいかもしれません」

「なんですって？　私はオルツィニーの研究などしていませんよ、もう何年も……」

「あなた自身もおっしゃったように、いったんこの手のことに手を染めた以上……好むと好まざるとにかかわらず、あなたはこの分野での草分け的存在なんです。脅迫と思えるようなものを受け取ったことはありませんか？」

「いいえ……」

「泥棒に入られましたね」そう言ったのはダットだった。「二、三週間前に」私たちは二人とも彼を見た。ダットは私の驚きなどおかまいなしだ。ボウデンは口をぱくぱくと動かしている。

「しかし、あれは単なる家宅侵入ですよ。何も盗られたものはないし……」

「そう、犯人が何かに驚いたからだった——当初、われわれはそう言っていた」とダット。

「だが、何かを盗むのが狙いじゃなかったのかもしれない」

ボウデンは——彼ほどあからさまではないが、私も——邪悪な魔よけか盗聴器、あるいはペンキで書かれた脅迫状でもぱっと浮かび上がるのではないかと、部屋を見回した。

「上級刑事、警部補、こんなのはまったく馬鹿げている。オルツィニーなんかどこにもないんだ……」

「だがね」とダットが言った。「狂ったやつらはいるんですよ」

「その中に」と私。「なんらかの理由で、あなたやミス・ロドリゲス、ミス・ギアリーが探求している思想に興味をもっている人間がいる……」

「彼女たちは、思想の探求などしていなかったはずだ……」

「なんでもいい」ダットが言った。「問題は、彼女たちが誰かに目をつけられたということです。もちろん、はっきりした理由などわからないし、理由があるのかどうかさえわからないが」

ボウデンは呆然と目を見開いていた。

第16章

ダットはボウデンからリストを受け取り、部下のひとりにそれを補足させるとともに、リストに載っている空き地や打ち捨てられた建物、川沿いのあちらこちらにある縁石に囲まれたささやかな遊歩道に警官たちを派遣して、実質的に〈クロスハッチ〉していると言われる場所の境界部分を念入りに調べさせた。その晩、私はふたたびコルヴィと話したが——彼女は冗談めかして、この電話が安全だといいですねと言った——二人とも相手に役立つ情報を与えることはできなかった。

ナンシー教授が、マハリアの論文を印刷したものをホテルに送ってくれた。ほぼ完成している章が二つと、まだ未完成な部分が残る章が二つ。私は早々に読むのを切り上げ、注釈を書き入れた教科書のコピーに目を通した。初めのほうの穏やかでやや単調な調子とは打って変わって、後半になると感嘆符や走り書きの間投詞が多くなり、マハリアは過去の自分自身と教科書の本文とのあいだで議論を戦わせていた。余白の書き込みのほうは、意味さえ理解できれば、本文よりもずっと興味深かった。やがて私は教科書を置き、ボウデンの本を手に取った。

『都市と都市のあいだに』は偏った内容の本だ。誰もがそう思うだろう。ベジェルにもウル・コーマにも神秘の謎があるが、それは誰もが知っている謎であり、わざわざ〝神秘の〟などと言う必要のない謎だった。それでも、この本で紹介される昔の逸話、モザイクや浅浮彫り、人工遺物などの中には、実に驚くべきもの――美しく、驚愕すべきものがあった。〈先駆時代〉すなわち〈分裂前〉の時代の、いまだに解明されていない謎に対する若きボウデンの解釈は独創的で、説得力さえあった。〝クロック〟という遠まわしな俗称で呼ばれるわけのわからない機械装置が、実はまったく機械などではなく、中に入っているいくつもの歯車を保持しておくためだけにデザインされた込み入った造りの箱であると、彼はエレガントな論法で主張していた。「したがって」とすぐに結論を急ぐあたりは常軌を逸しており、今では彼自身もそう認めている。

この都市へやってきた人間が妄想症《パラノイア》になるのは当然だろう。地元の人々にはしょっちゅうこそこそと見られ、〈ブリーチ〉に監視され、じろりと睨まれるという、いまだかつて経験したことのない感覚を味わうかもしれないのだから。

しばらくして、眠っているときに携帯電話が鳴った。ベジェルで使っていたその電話には、国際通話の表示が出ていた。料金がだいぶかさむだろうが、どうせ払うのは政府だ。

「ボルルですが」

「刑事さん……」イリット語なまりがある。

「誰だね？」

「ボルル、あんときなんであんたが……ゆっくりは話せないんだ。おれ……ありがとう」

「ジャリスか」私は起き上がって床に足を下ろした。あのときの〈ユニフ〉の青年だ。「礼など……」

「別に、おれたちは味方どうしってわけじゃないよ」今回は昔のイリット語ではなく、普段どおりの言葉で早口に話している。

「そんなわけがないだろう？」

「そっか。長くは話せないんだ」

「わかった」

「あんとき、おれだってわかったんだろう？　ベジェルに電話したのはおれだって」

「自信はなかった」

「そっか。この電話はなかったことにしてくれよ」私は答えなかった。「こないだは、ありがとう」と彼は言った。「黙っててくれて。おれがマリアと出会ったのは、彼女がこっちに渡ってきたときだった」ダットが〈ユニフ〉たちを尋問したとき以外、私はしばらく彼女をその名前で呼んでいなかった。「彼女、あっち側でおれのきょうだいたちと知り合いだったって言ったんだ。一緒に働いていたって。だけど、彼女はおれたちの仲間じゃなかった」

「らしいな。ベジェルで、きみは私にそう思わせたがね……」

「黙って聞いてくれよ。おれも最初は仲間だと思ってたんだ。だけど、彼女が知りたがるのは……夢中になってたのは、あんたなんか知りもしないようなことだった」私は彼よりも先に言ってしまわないようにした。「オルツィニーだ」私の沈黙を、彼は驚きととったにちがいない。「統一になんか、これっぽっちも興味がなかったんだ。おれたちの図書館や関係者リストを利用したくて、みんなを危険に巻き込んだ……おれはすごく好きだったのに、彼女は面倒ばかり起こした。オルツィニーのことしか頭になかったんだ。

ボルル、彼女は見つけちまったんだよ、ボルル。

聞いてるか？　なんの話かわかるかい？　彼女は見つけたんだ……」

「なぜ見つけたとわかる？」

「彼女がそう言ったから。おれ以外は誰も知らない。どれだけ……危険な人物かに気づいてから、彼女を会合から締め出したんだ。みんなは、彼女はスパイかなんかだと思っていた。だけどそうじゃなかった」

「きみは彼女と連絡をとりあっていた」彼は何も答えなかった。「なぜだ、彼女がそんなに……」

「おれ……彼女は……」

「きみはなぜ、電話をくれたんだ？　わざわざベジェルに？」

「……あんまりだと思ったんだ、無縁墓地に埋められるのは」

彼が無縁墓地という言葉を知っていたことに、私は驚いた。「きみたちは一緒に暮らしていたのか、ジャリス？」

「おれは、彼女のことをほとんど何も知らなかった。聞いたこともなかったし、彼女の友だちに会ったこともなかった。二人とも用心深いから。だけど彼女は、おれにオルツィニーのことを話した。それに関するメモも全部見せてくれた。彼女は……ボルル、あんたは信じないかもしれないけど、彼女は接触したんだよ。そういう場所があって——」

「〈紛争地区《ディセンシ》〉か？」

「ちがう、黙って聞けよ。あるかないかわからない場所じゃなく、ウル・コーマの人間はみんなベジェルにあると思っていて、ベジェルの人間はみなウル・コーマにあると思っている場所さ。それはどっちの国でもない。オルツィニーだ。彼らに協力しているって、彼女は言ったんだ」

「何をしているって？」しばらく沈黙が続いたので、私はようやく声を出した。

「よくわかんないけど、彼らに協力してたんだ。そいつらが何かをほしがっているみたいなことを言ってた。だけど、『なんでオルツィニーがこっち側にあるとわかるんだ？』って聞くと、彼女はただ笑って、『そんなことない、こっち側になんかないわ』って言うんだ。ちゃんとは教えてくれなかった。おれも知りたくなかったし。そのことに関しては、彼女はあまり話そうとしなかった。もしかすると、そういう場所を通って越境してるのかもしれないなと思ったけど……」

「彼女と最後に会ったのはいつだった？」

「さあ。二、三日くらい前かな、彼女があなる……。いいか、ボルル、あんたが知っとく必要があるのはこのことだ。彼女は自分がトラブルに巻き込まれているのを知ってたんだ。

おれがオルツィニーのことを何か言ったら、めちゃくちゃに怒った。それが最後だった。おれはなんにもわかってないって言うんだ。彼女は、自分がやってることが復原なのか犯罪なのかわからない、みたいなことを言ってたよ」

「それはどういう意味だ？」

「さあね。〈ブリーチ〉なんか存在しない《ナッシング》って言うんだ。おれはショックだったよ。想像できるか？　オルツィニーの真実を知った者はみんな危険にさらされている、彼女はそう言ったんだよ。そうたくさんはいないけど、真実を知ったやつらは、自分がどれだけヤバいことになってるか気づきもしないし、信じようともしなかったらしい。『おれもか？』って聞くと、彼女は言った。『たぶん。あなたには話しすぎたかも』って」

「どういう意味だと思う？」

「あんたはオルツィニーについて何を知ってる、ボルル？　いったいなんで、みんなオルツィニーを甘く見てるんだ？　何世紀も隠れていられたのはなんでだと思う？　いい子にしてたからか？　まさか《ライト》！　オルツィニーのために働くなんて、彼女はどうかしてたんだと思う。寄生虫みたいなやつらで、手伝ってくれてありがたいと言いながら、彼女が何かを発見して真相に気づいたもんだから、殺したんだ」ジャリスは勇気を奮い起こすように言った。「最後のほうは、護身用にナイフを持ち歩いてたんだよ。オルツィニーから身を守るために」そう言って、彼は哀れっぽく笑った。「あいつらが彼女を殺したんだ、ボルル。目障りな人間は誰でも殺すつもりだ。彼らの存在に気づいた人間は誰でも」

「きみはどうなんだ？」

「どうもこうもないよ。彼女があああなったってことは、おれもああなるってことだ。ウル・コーマなんかどうにでもなればいい、ベジェルも、オルツィニーのくそったれもだ。これは、おれの別れの挨拶だよ。車輪の音が聞こえるだろ？　もうすぐこの携帯は窓から飛び出していく。話が終わったら、サヨナーラだ。この電話はお別れのプレゼントだよ、彼女のための」

最後の言葉を言い終えるころには、彼の声はささやきに変わっていた。彼が電話を切ったのだと気づいてかけなおそうとしたが、番号はブロックされていた。

私はしばらく、長すぎるくらいの時間、目をこすっていた。ホテルの名前が入った便箋に走り書きのメモをとる。あとで読み返すためではなく、ただ考えをまとめるためだ。人物一覧を作ってみた。時計を見て時差を計算すると、ホテルの電話で長距離通話をかけた。

「ミセス・ギアリーですか？」

「どちらさま？」

「ミセス・ギアリー、こちらティアドール・ボルルです。ベジェル警察の」彼女は何も言わなかった。「あの……ご主人はいかがですか？」私は、裸足のまま窓のほうへ歩いていった。

「主人は無事です」夫人がようやく答えた。「怒っていますけど」かなり慎重な物言いは、私のことをまだ見極めかねていたからだろう。私は分厚いカーテンを少し開けて外を見た。

深夜にもかかわらず、いつものように、通りにはわずかに人影があった。たまに車も通る。こんな遅い時間になると、誰がここの人間で、誰が〈見ない〉ようにすべきよその人間かを見分けるのは、昼間より難しい。街灯の明かりでは服の色もはっきりせず、夜は身を縮めて足早に歩くので、しぐさもよくわからない。

「あんなことになって本当に申し訳なかったと改めてお詫びを言いたかったのと、お二人がご無事かどうか確かめたくて」

「何か私に話すことがおありなの？」

「娘さんをあんな目に遭わせた犯人はもうつかまえたのか、ということですか？　すみません、ミセス・ギアリー、まだです。ただ、ひとつ伺いたいことがありまして……」私はそこで間をおいたが、彼女は電話を切ろうとも、何かを言おうともしなかった。「マハリアさんは、こっちで誰かと付き合っていると言っていませんでしたか？」

彼女はただ、小さく声を上げた。数秒待ってから、私は話を続けた。「ヨランダ・ロドリゲスをご存じですか？　それから、ご主人がベジェルの愛国主義者たちを探していたのはなぜですか？　彼が〈ブリーチ〉行為をしたときです。マハリアはウル・コーマに住んでいたのに」

かすかな音で、夫人が泣いているのがわかった。私は次の言葉を言いかけたが、彼女が泣く声を聞くことしかできなかった。すっかり目が覚めてから、私とコルヴィの疑念が正しいとすれば、別の電話からかけるべきだったかもしれないと気づいたが、もう遅い。ミセス・

ギアリーは電話を切らなかったので、しばらくしてから彼女の名前を呼んでみた。

「なぜヨランダのことを聞くの?」ようやく夫人が答えた。必死に冷静な声を出そうとしている。「もちろん彼女には会ったわ。マハリアの友だちだもの。彼女が何か……?」

「われわれも連絡をとろうとしているんですが……」

「まあ、彼女がいなくなったの? マハリアは彼女を信頼していたのよ。だからなの? 彼女も?……」

「どうか落ちついてください、ミセス・ギアリー。悪いことが起きた証拠は何もないんです。彼女はちょっとどこかに出かけただけかもしれません。だから落ちついてください」夫人はまた泣き出しそうになったが、こらえた。

「飛行機の中で、あの人たちはほとんど口をきいてくれませんでした」と彼女は言った。「そろそろ到着というときに主人が目を覚まして、何が起きたのかに気づいたんです」

「ミセス・ギアリー、マハリアはこちらで誰かと恋愛関係にありませんでしたか? 何かご存じありませんか? ウル・コーマで、という意味です」

「いいえ」ため息ともつかぬ声だ。「『母親にわかるはずがないだろう?』ってお思いでしょうね。でも、わかるんです。詳しくは教えてくれませんでしたが、娘は……」彼女は勇気を奮い起こした。「付き合っていた人はいましたけど、彼に対してそういう気持ちは抱いていなかったようです。ずいぶんと込み入っているようなことを言っていました」

「彼の名前は?」

「わかっていたら、とっくに話していると思いません？　知らないんです。確か、政治活動で出会ったんだったと思います」

「〈コーマ・ファースト〉について何かおっしゃってましたね」

「ああ、娘はその人たちをひどく怒らせたんです」彼女は少し笑った。「人を徹底的に怒らせる子だったわ。あの人たちのこともよ――〝統一派〟っていうんでしたっけ？　マイケルは、彼らを全員調べようとしていました。ベジェルのほうが、名前と住所を調べるのは簡単だから。それで私たちはあそこにいたの。主人はひとりずつ、全員を調べようとしていたのよ。ひとり残らず見つけ出したかったんです……その中の誰かが犯人だから」

私は額をさすり、ウル・コーマの街に浮かぶ影を見つめながら、力になれることがあればなんでも協力すると彼女に約束した。

それからいくらもたたないうちに、私はダットからの電話で起こされた。

「まだベッドにいるのか？　起きろ」

「きみが来るまであとどれくらい……」もう朝で、それほど早朝というわけでもなかった。

「おれは下にいる。とにかく急いでくれ。誰かが爆弾を送りつけてきた」

第17章

ボル・イェアン遺跡では、ウル・コーマの爆発物処理班が郵便室代わりの小部屋の外をうろつき、防護服で着ぶくれした姿でガムを嚙みながら、おどおどしている数人の警備員たちに話しかけていた。顔面を保護するバイザーは上げられ、額から斜めに突き出たような形になっている。

「おたくがダット？　上級刑事か、かっこいいな」ひとりがダットの記章にぱっと目を留めて言った。「あんたも入っていいよ」彼は私をじろりと見て、戸棚のような狭さの部屋に通じるドアを開けた。

「誰が見つけたんだ？」ダットが聞いた。

「警備員の若いのです。勘が鋭い、アイカム・ツーエってやつです。え？　どうしたんです？」私たちがどちらも何も言わないので、彼は肩をすくめた。「なんとなく嫌な感じがしたんで、外にいた民警に、ちょっと調べてくれって持ってったらしいですよ」

壁全体が小さく仕切られた整理棚になっており、大きな茶色の小包が、口を開けたものも開けていないものも、テーブルの片すみやプラスチックの箱の中にいくつも置いてある。部屋の中央にあるスツールには、引き裂かれた封筒と床に落ちて踏まれた跡のある手紙に囲まれて、口の開いた小包がひとつ鎮座し、中からはワイヤ製の雄しべのように電子回路が飛び出していた。

「こいつが装置です」さっきの男が言った。防護服に書いてあるイリット語によると、名前はタイロだ。彼は小さなレーザーペンの赤いドットで示しながら、ダットに（私にではなく）説明した。「封筒は二重」紙の部分全体にライトを走らせる。「最初のを開けても、何も起こりません。中に封筒がもう一枚。そいつを開けると……」彼は指をぱちんと鳴らした。

「うまくできてますよ。クラシックだけど」彼はワイヤの部分を指しながら言った。

「古めかしいのか？」

「いや、奇抜なところがないってだけで、よくできてます。それに、単なる〝音と光のショー〟ってわけじゃない――こいつは、誰かを脅かすためなんかじゃなく、完全にやっちまうために作られたもんです。それともうひとつ。ほら、ここんとこ。かなり指向性がある。このタグにつながってるんです」封筒の紙に混じってタグの残骸があった。内側の封筒についている赤くて細長い紙切れに、ベジェル語で「ここを引いて開けてください」と印刷されている。「こいつを引いたやつは、顔にまともに食らってぶっ倒れる。だけど、その最高に不運なやつを除けば、すぐ横に立っているやつは、髪の毛を整えなおすくらいですむ。衝撃波の方向が決まっているからです」

「信管ははずしてあるのか？」私はタイロに聞いた。「触ってもいいかな？」彼は私ではなくダットのほうを見て、ダットが彼にうなずき返した。

「指紋」とタイロは言ったが、肩をすくめた。私は棚のひとつからボールペンを取り、インクがつかないように中のカートリッジを抜いた。慎重にそっと紙をつつき、内側の封筒のしわを伸ばす。処理班の手で切り裂かれてはいても、封筒の表に書かれた宛名は容易に読み取れた――デイヴィッド・ボウデン。

「こいつを見てください」タイロはそっと中を探った。外側の封筒の内側、荷物が置かれた下の部分に、イリット語で「狼《ウルフ》の心臓」と殴り書きされていた。どこかで聞いた言葉だが思い出せずにいると、タイロがその歌詞をくちずさみ、にやりと笑った。

「大昔の祖国の歌だ」ダットが言った。

「脅しでも、不特定多数を狙った暴行でもない」ダットがそっと私に耳打ちする。私たちは勝手に占領したオフィスで椅子に腰かけていた。正面には、礼儀正しくわれわれの話に聞き耳を立てないようにしながら、アイカム・ツーエが座っている。「殺そうとしたんだ。どういうことだ？」

「イリット語で書いてあるが、発送元はベジェルだ」と私。

指紋採取《ダスティング》では何も出なかった。封筒は二枚とも走り書きがあり、外側のほうには住所が、内側のほうにはボウデンの名前が、ひどく汚い文字で書いてある。小包はベジェル側の、発掘現場から総体局所的《グロストピカリー》にそう遠くない郵便局から発送されているが、当然ながらコピュラ・ホールを通過し、長い道のりをたどって国際便として送達されたのだろう。

「〝テク〟の連中を動員しよう」とダットは言った。「発送元をたどれるかどうかやってみるが、人物を特定できるようなものは何もない。あんたのほうの管轄で何かわかるかもしれないな」ウル・コーマ側とベジェル側の郵便システムから発送ルートを逆にたどれる可能性は、ほぼゼロに近かった。

「いいか」私はアイカムに聞こえないように注意しながら言った。「マハリアがむこうで強硬派の愛国主義者たちを怒らせたのはわかっている。もちろん、そういう組織がウル・コーマにあるはずがないのは知っている。だが万一、ひょっとして、こっちにもあるとしたら、彼女がその連中をも怒らせた可能性は充分にあるんじゃないか？　彼女は連中をわずらわせるために考案されたようなものに関わっていた。つまり、ウル・コーマの権力も、秘密組織も、穴ぼこだらけの国境も、何もかもくつがえそうとしていたんだ」

ダットは無表情のまま私を見て、最後に「なるほど」と言った。

「オルツィニーに特別な関心をもっていた二人の学生が、二人とも姿を消した。そして今度は、『都市と都市のあいだに』を書いた本人に爆弾が送られてきた」

私たちは顔を見合わせた。

しばらくして、今度は声を大きくして私は言った。「よくやった、アイカム。大手柄だったな」

「前にも爆弾を手にしたことがあるのか、アイカム？」とダット。

「いいえ、ありません」

「軍隊に入っていないのか？」

「ぼくはまだ兵役には就いていません」

「だったら、なんで爆弾の手応えがわかるんだ？」

彼は肩をすくめた。「わかりませんでした。わかりませんが、ただ……なんとなく変だなと。あまにも重かったので」

「ここには郵便でいろんな本が送られてくるはずだ」と私は言った。「コンピュータ関係の物やなんかもあるだろう。ああいうのはずいぶん重たいぞ。この荷物は別だとなぜわかったんだ？」

「……重さの感じがちがったんです。固かったし。封筒の中身がです。紙じゃないのはわかりました。金属か何かだなと」

「そもそも、郵便物をチェックするのはきみの仕事なのか？」私は聞いた。

「いいえ。ぼくはただ、ここにたまたまいたんです。それで郵便物を持っていってあげてもいいと思って。そうしようと思ってあの小包に触ったら、なんか……なんか変な感じがして」

「勘が鋭いんだな」

「ありがとうございます」

「開けてみようとは思わなかったのか？」

「まさか！　ぼく宛てじゃありませんから」

「誰宛てだった？」

「宛名はありませんでした」外側の封筒には発掘現場宛てと書いてあるだけで、受取人の名前は書かれていない。「それもあって、あの包みに目が留まったんです。おかしいなと思ったので」

私たちはしばらく相談した。「よし、アイカム」とダット。「また連絡する必要があるときのために、外にいる警官に住所は言ってあるな？　外に出たら、きみの上司とナンシー教授を呼んでくれるか？」

彼は戸口のところでもじもじしていた。「ギアリーのこと、何かわかりましたか？　何があったのかわかったんですか？　彼女を殺した犯人は？」私たちは彼に「ノー」と答えた。

軍人上がりと思われる五十がらみのたくましい警備主任、カイ・ブイジェが、イザベル・ナンシーとともに部屋に入ってきた。ナンシーはロシャンボーとちがい、自分にできることならなんでも協力するという姿勢だ。彼女は涙をぬぐいながら言った。「ボウデンはどこかしら？」

私はダットに尋ねた。「彼は知っているのか？」

「爆発物処理班が外側の封筒を開けて彼の名前が出てきたとき、彼女が連絡した」ダットはナンシーに向かってうなずいた。「処理班の誰かが名前を読み上げるのを、彼女が聞いてね。誰かが迎えに行っている。ナンシー教授」彼女は顔を上げた。「ここにはボウデン宛ての郵便物もずいぶん届くのかな？」

「それほど多くはないですわ。彼にはオフィスもないし。でも少しは届きますよ。外国人からはずいぶん来ますね。あとは入学志望者から少しと、彼がどこに住んでいるか知らない人とか、ここが拠点だと思っている人たちから」

「彼に転送するんですか？」

「いいえ、彼が二、三日おきに郵便物をチェックしに来るんです。大半は捨ててしまうようですけど」

「誰かが本気で……」私は口ごもりながら、こっそりダットに告げた。「われわれを出し抜こうとしているらしい。こっちの動きを知っているようだ」いろいろなことが起きているので、ボウデンは自宅に届くあらゆる郵便物を警戒しているだろう。だが、外国の消印が押された外側の封筒さえ取り去られていれば、自分の名前だけが書かれた封筒を見て、同僚の誰かからの内輪の通信だろうと思って封を切ったかもしれない。「彼が警戒しているのを知っている人物らしいな」それから少し間をおいて、私は聞いた。「誰か彼を迎えに行ったのか？」ダットがうなずいた。

「ミスター・ブイジェ」とダット。「こういうトラブルは前にもあったのか？」

「こういうのはないですね。もちろん、そりゃ、おかしな手紙を送ってくるクソ野郎どもはいますよ。あ、すみません」彼は平然としているナンシーをちらりと見た。「『過去はそっとしておけ』とか、『おまえたちはウル・コーマを裏切っている』とかいう連中や、UFOの目撃者や頭のおかしなやつらから警告文が送られてきたりはします。だけど本物の……こういうのはね。爆弾でしょう?」彼は首を振った。

「そんなことないわ」ナンシーの言葉に、私たちは彼女を見つめた。「前にもあったわ。ここでじゃないけど。でも彼宛てだった。ボウデンは以前にも狙われたの」

「誰に?」と私。

「結局、はっきりしたことはわからなかったけど、彼の本が世に出たとき、腹を立てた人がおおぜいいました。右派ですよ。彼を無礼だと感じた人たち」

「愛国主義の連中だな」とダット。

「どっちの都市から送られてきたのかも忘れちゃいました。どっちの人たちも彼を目の敵にしていましたから。あのときだけは、両方の市民の意見が一致したというわけですね。でも、もう何年も前のことだわ」

「誰かが彼を思い出したんだろう」私は言った。ダットと目が合うと、彼は私をわきへ引っぱっていった。

「あれはベジェルからだった。書いてあったのはイリット語のたわごとだ」彼は降参するように両手を上げた。「何か心当たりはないか?」

「あの連中はなんていうんだったかな?」しばらくじっと考えてから私は言った。「〈コーマ・ファースト〉だ」

彼は私をまじまじと見た。「なに?〈コーマ・ファースト〉? あれはベジェルから届いたんだぞ」

「あっちにも仲間がいるんだろう」

「スパイか？　愛国主義のウル・コーマ人がベジェルにいるってことか？」

「そうだ。そんなふうに見ないでくれ——それほど信じがたい話じゃないさ。追跡されないようにむこうから送ったんだろう」

ダットはあいまいに首を振り、「わかった……」と言った。「整理することがまだどっさりあるし、あんたは——」

「連中はボウデンが嫌いだった。もし彼らに狙われていると気づいていたら、ボウデンは警戒すると思ったんだろう。だが、ベジェルから届いた荷物なら大丈夫だ」

「その考えはわかる」

「〈コーマ・ファースト〉のアジト《ハングアウト》はどこだ？」私は聞いた。「そう呼ぶんだろう？　行ってみたほうが——」

「あんたには何度も言おうとしたんだが」と彼は言った。「そんな場所はどこにもない。〈コーマ・ファースト〉なんてものはないんだ。ベジェルではどうか知らないが、ここじゃ……」

「ベジェルでは、あの手の連中がどこをアジトにしているか、私はきっちり把握している。ついこのあいだも、部下の巡査と一緒に巡回したばかりだ」

「そりゃよかったな。だが、ここじゃそんなやりかたは通用しない。けちなメンバーシップ・カードを持って全員でひとつの家に住んでいるギャングみたいなものはいないんだよ。

〈ユニフ〉だって〈ザ・モンキーズ〉だって、そんなもんじゃないんだ」

「まさか、この国には国粋主義者はいないなんて言っているんじゃないだろうね……」

「もちろん、おれはそんなことは言っちゃいない。おおぜいいることはいるが、それが誰でどこに住んでいるかは知らないと言ってるんだ。連中はものすごく巧妙に身を隠している。それに、〈コーマ・ファースト〉なんていう名前は、マスコミのやつらが勝手に考え出したものだ」

「〈ユニフ〉は集まっているのに、なんでその連中は集まらないんだ？　それとも集まれないのか？」

「それは、〈ユニフ〉たちは道化みたいなものだからさ。そりゃ時には危険な道化になることもあるが、おどけ者に変わりはない。だが、あんたが言ってるようなやつらは大まじめだ。昔の軍人みたいな連中だ。だからあんたももっと……敬意をもって……」

彼らが公然と集まることを許されていないのも、もっともだ。〈国民党〉を容赦なく非難しかねない極右的な愛国主義を、国の統治者が許すはずがないからだ。それに対して〈ユニフ〉のほうは、嫌悪感を抱いている地元の人間を自由に、あるいはほぼ自由に近い形で団結させることができた。

「彼については、ほかに何かないかな？」ダットは声を大きくして、われわれをじっと見ている二人に尋ねた。

「アイカムですか？」とブイジェ。「何もありません。よく働いてくれますよ。レンガみたいに黙々と。そう、きのうまでならそう答えたとこでしょうが、あいつがしたことで帳消しです。強そうなのは見かけだけだ。〃胸筋ばかりで骨がない〃ってのは、ああいうやつのことですよ。あいつは学生たちが大好きでね。頭のいい外国人と仲良く遊んでいると、いい気分になれるんでしょう。なぜかって？　あいつが怪しいとは思っていないんでしょう、上級刑事さん。あの小包はベジェルから来たんですよ。いったいなんだってあいつが――」

「確かにそうだ」とダット。「ここの連中はみな、誰の悪口も言わない。特に今日のヒーローのことは。よくある問題だ」

「ツーエは学生たちと仲がよかったと言ったね？」タイロとはちがい、ブイジェは私に答えていいかどうかお伺いを立てたりはしなかった。彼はまっすぐ私の目を見てうなずいた。

「特に仲のいい相手はいるかな？　マハリア・ギアリーとも親しくしていたのか？」

「ギアリー？　まさか。ギアリーは、あいつの名前さえ知らなかったと思いますよ。どうぞ安らかに」彼は手で〃安らかな眠りを〃のしぐさをした。「アイカムは学生たちの何人かとは友だちでしたが、ギアリーとはちがいます。あいつがつるんでいたのは、ジェイコブズ、スミス、ロドリゲス、ブラウニング……」

「彼はわれわれに聞いてきたんだよ――」

「ギアリーの事件について何かわかったかどうか、やけに知りたがっていた」とダット。

「そうですか」ブイジェは肩をすくめた。「まあ、あの事件でみんなひどく動揺しましたからね。当然あいつだって知りたいでしょう」

「どうなんだろう……」と私は言った。「ここは複雑な土地で、ほとんど〈完全《トータル》〉だとはいえ、ほんの少し〈クロスハッチ〉している場所も二、三カ所あるようだね。こういう場所を見るのは、そうとう大変なはずだ。ミスター・ブイジェ、われわれが学生に話を聞いたとき、誰ひとり〈ブリーチ〉について話さなかった。ひと言も。誰もその話には触れなかった。外国人の若者なのに。外国人がどれだけああいうことに夢中になるかわかるだろう？　仲間のひとりが行方不明になったのに、彼らはウル・コーマとベジェルで最も悪名高い魔物《ブギーマン》のことを話題にすらしない。しかもそれは実在《リアル》するというのに、彼らはひと言も触れないんだ。そうなると、いったい彼らは何を恐れているんだろうと思わずにはいられないよ」

ブイジェは私をじっと見て、それからナンシー教授をちらりと見て、部屋をぐるりと見回した。それからしばらくして、彼は笑い出した。

「冗談でしょう。なーるほど、そういうことですか。確かに彼らは怖がっています。だけど、わけのわからない場所から誰かが〈ブリーチ〉宣言をしてくると恐れているわけじゃないんです。そんなふうに思ってたんですか？」彼は頭を振った。「連中は単に、つかまりたくなくて怯えてるんですよ」それから両手を上げた。「まったく、お手上げですよ。〈ブリーチ〉行為は実際に起きていて、おれたちにも止めようがないんです。あのガキどもは、しょっちゅうやってますからね」

彼は私たちと目を合わせた。弁解がましくはなかった。事実をありのままに話しているのだ。そのときの私は、ダットと同じくらいショックの色が顔に出ていたのだろうか。ナンシー教授は、どちらかと言えばきまり悪そうな顔をしていた。

「もちろん、おっしゃるとおりなんですよ」ブイジェは言った。「こういう場所では、〈ブリーチ〉行為を完全に避けるのは無理だし、学生たちはなおさらです。地元の人間じゃないし、どれだけの訓練を受けたのか知りませんが、ここへ来るまで、こんなのは見たことがなかったんですからね。おたくの国じゃちがうなんて言わないでくださいよ、警部補。学生たちが律儀に決まりを守っていると思いますか？　街をぶらつくとき、彼らが本当にベジェルを〈見ない〉ようにしていると思いますか？　とんでもない。せいぜいわれわれが期待できるのは、彼らが大げさに騒ぎ立てないだけの良識をもっていることくらいですが、いずれにしろ彼らは国境のむこうを見ていますよ。証明はできません。だからこそ、おかしなまねをしないかぎり〈ブリーチ〉も来ないわけです。そりゃ、来たことはありますよ。だけど、思った以上に頻度は少なくて、ここしばらくは来ていません」

ナンシー教授は、まだうつむいてテーブルを見つめていた。「〈ブリーチ〉行為をしない外国人なんか、いると思いますか？」ブイジェは両手の指を広げて、われわれのほうに身を乗り出した。「彼らに期待できるのは、少しばかりの礼儀正しさだけでしょう？　それに、若者どうしが寄り集まると、つい羽目をはずしてしまいますからね。見ているだけじゃないかもしれませんよ。あのくらいのころ、いつも言われたとおりにしていましたか？　だけど連中は頭がいい」

彼はテーブルに指先で地図を描いた。「ボル・イェアンはここと、ここで〈クロスハッチ〉

して、遺跡がある公園はここと、ここ、です。そして、こっち側の境界を越えると、〈完全《トータル》〉なベジェルに侵入できる。ということは、連中が酔っ払ったりなんかして、公園の〈クロスハッチ〉部分に立ってみろとお互いにけしかけたりすることはないでしょうかね？　ただそこにじっと立って、ひと言もしゃべらず、動きもせずにいたら、ベジェルに渡ってまた戻ってきたんじゃないと誰がわかります？　〈クロスハッチ〉地点にいれば、一歩踏み出したりしなくてもむこうへ行ける。要はそこですよ」そう言って、彼は額をぽんぽんと叩いた。「誰にも証明なんかできやしない。そして次にまた同じことをやるときは、今度は手を伸ばして記念に何か取って、ベジェルの石かなんかを持ったままウル・コーマに戻るかもしれない。石を拾ったときに彼らがその場所にいて、石がもともとそこにあったものだったら？　誰にもわからないでしょう？　いったい誰が証明できます？

彼らがそれを見せびらかしたりしないかぎり、何もできないでしょう？　いくら〈ブリーチ〉でも、年がら年中〈ブリーチ〉行為を見張っているわけにはいかない。もし見張っているとしたら、今ごろ留学生はもう誰もいなくなっていますよ。そうですよね、教授？」彼はナンシーを見たが、別に意地悪な気持ちからではなかった。彼女は何も言わず恥ずかしそうに私を見た。「誰も〈ブリーチ〉のことを話さなかったのは、みんなものすごくやましいからですよ、ダット上級刑事」ブイジェは微笑んだ。「あの、誤解しないでください。彼らも人間ですからね、おれはみんな好きですよ。とにかく、あまり大げさに考えないでください」

二人を部屋の外へ送り出したとき、ダットの電話が鳴り、彼はメモをとりながら声をひそめて話しはじめた。私はドアを閉めた。

「ボウデンを迎えに行かせた警官からだ。彼が消えた。アパートに行ったら返事がなくて、不在だったそうだ」

「迎えに行くと知らせてあったのか？」

「ああ、それに爆弾のことも知っていた。ところが彼は消えていた」

第18章

「戻ってあの若いのともう一度話したい」ダットが言った。

「統一主義者の？」

「そう、ジャリスと。わかってる、わかってるよ。『あれは彼じゃない』。そうだろうとも。あんたはそう言った。まあ、なんにせよ、彼は何かを知ってるし、おれは彼と話したい」

「見つからないよ」

「え？」

「幸運を祈る。彼は消えたんだ」

ダットは私から二、三歩遅れ、電話をかけた。

「本当だ。ジャリスはどこにもいない。なぜわかった？　いったいあんたはなんのゲームをしてるんだ？」

「きみのオフィスへ行こう」

「オフィスなんかどうでもいい。オフィスは逃げないぜ。もう一度言う、どうやってジャリスのことを知った？」

「まあ待て……」

「あんたのオカルトめいた能力がちょっと怖くなってきたな、ボルル。おれだって何もしないで座ってたわけじゃない――おれがあんたのベビーシッターをやることになるって聞いたとき、あんたのことは調べたから少しは知ってる。あんたがいいかげんな輩《やから》じゃないってことはな。あんたも同じことをしたんだろうし、だからそっちも同じように知ってるはずだ」

そうすべきだったたな、と私は思った。「そうやって、ひとりの刑事と一緒にやる準備はしてたさ。ちょっとうれしかったぐらいだ。だがな、こんなに哀れな、不満たらたらのやつが来るとは思わなかったよ。どうしてジャリスのことがわかったんだ？　どうしてあのくだらん野郎をかばう？」

「わかった、話すよ。彼はゆうべ、車か、あるいは列車からだと思うが、おれに電話してきて、自分は消えるって言ったんだ」

ダットは私を見つめた。「どうしてあいつがあんたに電話なんか？　どうしておれにその話をしない？　おれたちは一緒にやってるんだろう、ボルル？」

「なんでおれに電話してきたかって？　きみの尋問スタイルが気に食わなかったのかもな、ダット。それに、われわれが一緒に仕事してるだと？　おれがここに来たのは、おとなしくきみに手持ちの情報を全部やるためで、そのあとホテルの部屋でテレビでも見ていれば、そのあいだにきみが悪者をつかまえてくれるんだと思ってたよ。ボウデンが泥棒に入られたのはいつだ？　そのことをおれにいつ話す気だった？　きみが発掘場でウル＝フアンから聞いたことを、おれにすぐ話そうとした気配もないし、あの男は選りすぐりの情報を持ってたに決まってる――あいつ自身が政府の諜報員だ。ちがうか？　いいとも、別に大きな問題じゃない、どんな公共機関だってそういう連中を抱えてる。おれが不満なのはな、そうやっておれを閉め出しておいて、『なんでそんなことをするんだ？』とか言ってくるその態度だよ」

私たちは互いにじっと顔を見あった。しばらくしてダットは背を向け、歩道の縁石に向かって歩き出した。

「ジャリスに令状を用意しろ」私はダットの背中に言った。「パスポートを差し止め、空港や駅に通達しろ。だがな、ジャリスが電話してきたのは、逃げてるあいだに、自分が何が起きたと考えてるかをおれに伝えるためだ。彼の電話は今ごろクシニス峠のどまん中でトラックにでも轢かれてるよ、もうバルカン半島に向かってるさ」

「それで、やつは何が起きたと考えてるんだ？」

「オルツィニーだ」

ダットは嫌な顔をして振り返り、その言葉を拒むように手を振った。

「おれにそんな話までする気か？」ダットは言った。

「前にも言っただろう？」

「あいつはただの使いっ走りだ。わからないのか？　身に覚えがあるからこそ逃げてるんだ」

「おい、マハリアのことを言いたいのか？　やめてくれよ、彼の動機はなんだ？」そうは言ったものの、ジャリスが私に話したことのいくつかが頭によみがえった。マハリアは彼らの派閥のどれにも属していなかった。彼らがマハリアを追い出したのだ。私は少しためらった。

「それともボウデンのことか？　なぜ、どうやって、ジャリスがそんなことを画策したんだ？」

「どっちもなんとも言えんね。あんな連中がやったことの理由なんてわかるわけがない」ダットは言った。「ヘマの正当化かなんかだろう、陰謀みたいなものの」

「それじゃあ筋が通らない」私はしばらく黙ったあとで慎重に言った。「おれに……わかったよ、最初におれに電話してきたのはジャリスなんだ」

「だろうと思った。あんたはあいつをかばってたんだ……」

「おれだって知らなかったよ。わからなかったんだ。ゆうべ電話してきたとき、彼がおれに言ったことだ。待て、待てよ、聞いてくれ、ダット。彼がマハリアを殺したんだったら、最初のときだって、どうしておれに電話する必要がある？」

ダットは私をじっと見た。しばらくして背を向け、タクシーを拾った。ドアを開ける。私はただ見ていた。タクシーは道路に斜めに停まっている。通り過ぎていくウル・コーマの車がクラクションを鳴らすが、ベジェルのドライバーたちは静かにその〈突出《プロテューブ》〉を回避して、小声の悪態すらつくこともなく法を順守している。

ダットは車内に片脚を突っ込み、片脚を出したままで立っていたので、ドライバーが何か文句を言った。ダットは何かをぴしゃりと叩き、ＩＤを見せた。

「なぜかはわからない」ダットは私に言った。「知る必要はある。ただ、それだけってのはおかしいだろう？　それだけであいつは逃げたのか？」

「彼が関わってたなら、おれの注意を惹きつける理由はないだろう。それに、どうやってベジェルまでマハリアを運んだんだ？」

「そこの仲間に電話したんだろう。そいつらが運んだんだ……」

私は疑念たっぷりに、あるいはね、と肩をすくめた。「ここまでのすべてにつながる最初の手掛かりをくれたのは、ベジェルの統一主義者のドローディンという男だった。方向ちがいの話も聞いたが、方向を誤るほどのことは何もなかった。頭のいい連中じゃなかったし、ヴァンを盗めるような仲介者もいなかった――おれが会った連中はそうだったよ。それに加え、連中の名簿に載ってるのは、メンバーよりも警察《ポリツァイ》のスパイのほうが多いぐらいだ。もし統一主義者がやったとしても、おれたちがまだ知らない秘密の中心人物がいると思うね。

おれはジャリスと話したんだ……彼は怯えてたよ」私は続けた。「罪の意識じゃない。怯えて悲しそうだった。マハリアに夢中だったんだと思う」

「わかった」少しの間のあとでダットが言った。私に目をやり、タクシーに乗るよう合図した。さらにもうしばらくそこに立ったまま、電話に向かって何か指示していたが、小声で早口すぎて私には聞きとれなかった。「わかった。堂々めぐりはやめよう」タクシーが走り出したとき、ダットはゆっくりとそう言った。

「ベジェルとウル・コーマのあいだで何をやってようが、そんなことはかまわない、そうだろう？　おれのボスがおれに何を言い、あんたのボスがあんたに何を言ってようと、それもどうだっていいよな？　あんたは警察官。おれも警察官。ここははっきりさせよう。あんたは一緒に働いてるつもりなのか、ボルル？　事件はだんだんわけがわからなくなってきてる。どんな助けでもほしいが、あんたはどうなんだ？　それはそうと、ウル＝ファンはなんにも知らんよ」

ダットが私を連れていったのは、彼のオフィスの近くにある警官が集まるバーで、ベジェルほど暗くなかった。もっと健康的だ。とはいえ、結婚披露パーティーができるほどでもない。まだいくらか勤務時間内にかかっているのに、バーは半分ぐらい客で埋まっていた。全員が地元の民警《ミリツィア》ということはないだろうが、それでもダットのオフィスで見た覚えのある連中がたくさんいた。彼らも私に気づいた。ダットが挨拶を始め、私はそのあとをついていきながら、ひそひそ声や、すばらしく率直なウル・コーマ人たちの視線をやりすごした。

「明らかな殺人が一件、そして失踪がこれで二件」私は言った。ダットのことを用心深くながめた。「全員が、あの件をずっと研究してきたとされる者たちだ」

「オルツィニーなんてものはない」

「ダット、そんなことは言ってないだろう。カルトとか狂気の沙汰とか、そういうものが絡んでると言ったのはきみだよ」

「まじめな話、やってられんね。おれたちが会った中でも最高にカルトで頭のおかしなやつが犯行現場から逃げ出したのに、あんたはそれを見逃してやった」

を広げた。

「今朝、最初にそれを言うべきだった。それは謝るよ」

「ゆうべのうちに電話をくれるべきだったんだ」

「彼を見つけても、逮捕するだけの材料はないと思うがね。だけどお詫びはする」私は両手を広げた。


私はしばらくダットをながめていた。彼は何かを乗りこえようとしている。「おれはこの事件を解決したいんだ」と彼は言った。イリット語の陽気な喉音が客たちのほうから聞こえた。ひとりか二人、私のビジターマークを見た連中が、雌鶏のコッコッという鳴き声に似た声をたてたのがわかった。ダットは私にビールをおごってくれた。ウル・コーマのビールで、いろいろな風味が混じっている。冬にはまだ何週間か間があるし、ベジェルよりもウル・コーマのほうが寒いわけでもないが、私には寒く感じられた。「あんたはどうなんだ？　あんたにおれを信用する気がないんなら……」

「ダット、すでに話したことだが――」私は声を落とした。「最初の電話のことは、ほかに誰も知らない。何が起きてるのかもわからない。おれにだって何ひとつ理解できてないんだ。おれには何も解決できない。おれは、きみ以上に理由もわからない偶然に利用されてきた。なんの理由か知らないが、いろんな情報の器にされてきて、その情報で何をしたらいいかもわからない。このあとにもまだ何かあることを願ってるが、おれにはわからない、何もわからないんだよ」

「ジャリスのほうは、何が起きたと思ってるんだ？　あいつをもっと追っかけてみようと思うんだが」それはむだだろう。

「電話すべきだったが、おれは……あの男は犯人じゃないよ。わかるだろう、ダット。何年警官をやってる？　ときにはただわかるってこともある。ちがうか？」私は自分の胸を叩いた。これは功を奏したようで、ダットは納得してうなずいた。

私はジャリスが言ったことを伝えた。「嘘っぱちだ」話し終えるとダットはそう言った。

「あるいはな」

「そのオルツィニーがいったいなんだっていうんだ？　あいつが逃げたのも、それのせいなのか？　あんたはその本を読んでるんだろ。あのずる賢いボウデンの本を。どんな本なんだ？」

「いろんなことが書いてある。大量に。よくわからんね。もちろん馬鹿げてる、きみも言うようにな。裏世界にいる秘密の専制君主。〈ブリーチ〉以上に権力がある人形使い。隠された都市」

「馬鹿馬鹿しい」

「そうだな、だけど問題は、その馬鹿馬鹿しい話を大勢の人間が信じてるってことだ。それに――」私はダットに向けて両手を広げた。「――でかい何かが動いている。おれたちにはそれが何かわからない」

「あんたのあとで、おれもちょっと読んでみるかな」とダット。「誰かが何かを知ってるってわけか」最後は慎重な口調だった。

「クシム」ダットや私と同年代の何人かの同僚が、ダットに、そしていくぶん私のほうにも向けてグラスを上げていた。その目にある種の表情を浮かべ、好奇心にかられた動物のように近づいてきた。「クシム、おれたちはまだお客さんに会ってないんだがね。おまえが隠しつづけてるもんだから」

「ユラ」ダットが言った。「カイ。なんのたくらみだ？　ボルル、ここはおしゃべりの刑事さんたちが多くてね」ダットは同僚たちと私のあいだで両手を振った。同僚のひとりがダットの様子に眉を上げる。

「ボルル警部補がウル・コーマについてどう思ったかを聞きたかっただけさ」カイと呼ばれた男が言った。ダットは鼻を鳴らし、ビールを飲みほした。

「勘弁してくれよ」とダット。面白がっているようでもあり、怒っているようにも聞こえた。

「酔っ払って彼と議論でもしたいのか？　ひょっとしてけんかでもする気かよ、ユラ。不幸な国際紛争のケースを全部教えてくれるってわけか。くだらん戦争の話でも持ち出してくるんだろ。親父さんの話までするつもりだな。こいつの親父はね、ウル・コーマ海軍にいたんだ」ダットは私に向かって言った。「エビ取りかごの問題か何かで、ベジェルのタグボートとくだらない小競り合いをして、耳鳴りだかなんだかになっちまったんだ」私はわれわれの対談相手にちらっと目をやったが、どちらも特に怒っているふうではなかった。カイの顔にはむしろユーモアの表情さえ浮かんでいた。「カイ、手間を省いてやろう」ダットは言った。

「彼はおまえが思う以上に役立たずのベジェル人だ。オフィスに噂を広めたいなら好きにしな。行こう、ボルル」

私たちはダットの署の駐車場に立ちより、彼の車を拾ってきた。「そういえば……」ダットは私にハンドルを示した。「今思ったけど、あんたもウル・コーマの道を運転してみたいだろ」

「いや、けっこう。きっと混乱するよ」ベジェルやウル・コーマで運転するのは、自分本来の都市にいても面倒で、〈こちら側〉と〈あちら側〉とをさばかなければならない。「そういえば」私は言った。「おれが初めて車を運転したとき……きっとここも同じだろうけれど、運転するには、道路にいる自分たちの車を全部見ながら、ほかの車、外国の車を全部〈見ない〉でいることを学ばなきゃならなかった。しかも、すばやく〈見ない〉ようにしながら車を避ける必要もある」ダットはうなずいた。「とにかく、おれが運転を始めた若いころは、おんぼろ自動車とか一部にまだいたロバの荷車とか、そういうウル・コーマのものすべてをすばやく追い抜くことに慣れなけりゃいけなかった。ところが知ってのとおり、何年もたった今は、そうやって〈見ない〉できたものの大半が、今度はおれを追いこしていくんだ」

ダットは笑った。ほとんど恥じいるような表情だ。「物事には浮き沈みってのがある。今から十年後には、あんたたちがまた追いこす立場になるさ」

「どうかな」

「おいおい。物事は移り変わるんだ。いつだってそうだろう。もう始まってるよ」

「ベジェルのエキスポの話か？　ちょっとしたみみっちい投資がいくつかあるというだけだ。

まだしばらくは、そっちが狼《ウルフ》の親分だと思うがね」

「おれたちは封鎖されてるんだぞ！」

「それでまずいことになってるわけでも、なさそうじゃないか。ワシントンはわれわれを可愛がってくれているが、その恩を示せてるのはコカ・コーラぐらいだよ」

「そうけなしたもんでもないさ」とダット。「カナディアン・コーラを試したことはないだろ？　まるで冷戦時代だ。なんにしろ、アメリカがどっちにつきたがってるかなんて、誰が気にするのかね？　彼らに幸運あれだ。オー・カナダ……」ダットはそう口ずさみ、それから言った。「今いるところの食い物はどうだ？」

「食えるが、ひどいもんだよ。ほかのどんなホテルでもあれよりはましだ」

ダットはハンドルをぐいっと切り、私が見慣れつつあるルートからはずれた。「ハニー？」と電話に呼びかける。「夕食を多めにしてもらうことはできるか？　ありがとう、それでいい。おれの新しいパートナーに会わせたいんだ」

彼女の名はヤーリャといった。美人で、ダットよりもだいぶ若いが、落ちついた様子で私に挨拶した。自分の役割を演じるのを楽しんでいるらしく、アパートメントの戸口で私にウル・コーマ流の三度のキスをした。

まだ家に向かう途中で、ダットは私を見ながら尋ねてきた。「大丈夫か？」すぐに明らかになったのは、総体局所的《グロストピカリー》に言うならばダットは私の家から一マイルと離れていないところに住んでいるということだった。ダットのリヴィングルームから見ると、ダットとヤーリャの部屋と私自身の部屋とが、ベジェルではマイドリナ・グリーン、ウル・コーマではクワイゾ公園と呼ばれる適度に〈クロスハッチ〉された同じ緑地の上にあるのが、よくわかった。マイドリナのほうは、私も何度も散歩したことがある。一本一本の木が〈クロスハッチ〉されている箇所もあり、ウル・コーマの子供たちとベジェルの子供たちは、お互いに身をかわしあいながら木にのぼり、それぞれの両親が〈見ない〉ようにいさめるささやき声に従う。子供たちは感染症の大袋だ。これは病気を伝染させる仲介者のようなものなのだ。ここでも、むこうのわが国でも、疫学はつねに複雑だ。

「ウル・コーマはお気に召しましたか、警部補？」

「ティアドールと呼んでください。とても気に入りました」

「馬鹿言うな。彼はな、おれたち全員が悪党か愚か者で、隠された都市の秘密部隊に侵略されてると思ってるんだ」ダットの笑いに棘《とげ》はなかった。「どのみち、ちゃんとした観光に行ける時間もあまりなくてね」

「事件はどうなの？」

「事件じゃないよ」ダットはヤーリャに言った。「一連の信じがたいような問題がランダムに起きていて、どんなにドラマチックな可能性を想定しても筋が通らないんだ。すべては必ず死んだひとりの女の子にたどりついてしまう」

「そうなんですか？」ヤーリャは私に聞いた。料理は少量ずつ出てきた。自家製ではない、インスタント食品やパッケージ入りの惣菜も含まれているようだったが、最高とまでは言えないものの、私が食べてきたものよりはまぎれもなく美味で、よりウル・コーマ風だった。〈クロスハッチ〉された公園の上空は、夜の帳《とばり》と雨雲で暗くなってきた。

「ポテトが恋しいんでしょう」ヤーリャが言った。

「顔に書いてあったかな？」

「ポテトばかり食べてるんでしょう？」冗談を言っているつもりらしい。「こっちのは、あなたには辛すぎたかしら？」

「公園から誰かが私たちを見張っている」

「どうしてここからわかるんです？」ヤーリャは私の肩越しに目をやった。「その人たちがウル・コーマにいると願いたいわ」ヤーリャは経済誌の編集者で、私が目にした本やバスルームのポスターから想像するに、ジャパニーズ・コミックが好きらしい。

「あなたはご結婚なさってるの、ティアドール？」ヤーリャの質問に答えようとするものの、あまりに矢継ぎ早にやってくるので返事もできない。

「ここにいらしたのは初めて？」

「いや、でも最初に来たのは遠い昔です」

「あまり詳しくはないというわけね」

「ええ。前はロンドンに詳しいと言い張ってたものですが、最近はそれもしませんよ」

「よく旅行なさるんですね！　それで今度は、国間追放者《インザイル》と〈ブリーチ〉違反者を一緒にしようということなんですか？」このひと言は愛らしくは思えなかった。「クシムはあなたが、古い呪いを掘り返している場所で過ごしていると言ってましたけど」

「ほかの場所と変わりませんよ。思った以上に官僚主義的な場所です。そこでの事情がどれだけ奇妙であろうとね」

「馬鹿ね」ヤーリャは急に後悔の表情を浮かべた。「こんなことを冗談にすべきじゃなかったわ。私、死んだその女の子のことを何も知らないものだから」

「聞かれもしなかったぜ」ダットが言った。

「ええ、だって……彼女の写真はあるの？」私は驚いた顔をしたらしく、ダットが私に肩をすくめてみせた。私は上着の内ポケットに手を伸ばしたが、そこに触れたとき、自分が持っている唯一の写真――ベジェルで撮った写真の縮小コピーを折って財布に入れたもの――が、マハリアの死体の写真だということを思い出した。それを見せる気はしなかった。

「申し訳ない、持ってません」短い静寂のあいだに、私はマハリアが、ヤーリャよりも二、三歳若いだけだということに気づいた。

思った以上に長居してしまった。ヤーリャは申し分のないホストで、事件の話題を離れてからは特にそうだった――私に話題を変えさせてくれたのだ。私は、ダットとヤーリャがおだやかに舌戦を交えるのをながめていた。公園を近くに見て、ほかの人間の愛情深さを間近に見ていると、ほとんど気もそぞろになるぐらい心が動かされる。ヤーリャとダットを見ているうちに、サリスカやビザヤのことを考えていた。アイカム・ツーエの奇妙な熱心さが頭によみがえってきた。

帰るとき、ダットが私と一緒に通りへ下りてきて車に向かったが、私は言った。「ひとりで戻ってみるよ」

ダットは私を見つめた。「大丈夫か？　今夜のあんたはずっと妙だったけど」

「大丈夫だ、すまない。無礼なことがあったとしたら、申し訳ない。親切にありがとう。本当に楽しい夜だったよ。ヤーリャは……きみは幸運な男だ。おれはただ、いろんなことを考えてみようと思ってるだけなんだ。いいかい、おれは大丈夫だ。金も持ってる。ウル・コーマの金だ」私は財布を見せた。「証明書類も全部持ってる。ビジターのバッジも。おれがひとりでうろつくと、きみが居心地が悪く思うのはわかってるが、まじめな話、歩きたいんだよ。少し外にいたい。いい夜だしな」

「何を言ってるんだ？　雨が降ってるのに」

「雨が好きなんだ。だいたい、こんなの霧雨だろう。きみはベジェルじゃ一日も生きていけないよ。ベジェルでは本物の雨《リアル・レイン》が降るんだぞ」古いジョークだったが、ダットは笑って降参した。

「まあいいが。おれたちはこの事件を解決しなければならないんだ。あまり遠くには行くなよ」

「行かないよ」

「それに、おれたちは両都市最高の頭脳コンビだ、そうだろ？　なのにヨランダ・ロドリゲスは見つからず、今度はボウデンが消えた。これじゃメダルも獲れやしない」ダットはあたりを見まわした。「まじめな話、何が起きてるんだ?」

「おれの知ってることはきみもすべて知ってるはずだ」

「おれがいらいらするのは」ダットは言った。「このくだらん事件に筋を通す方法がないってことじゃない。筋をとおす方法があるってことなんだ。それはおれが進みたい道じゃない。おれはそんなもの信じちゃ……」ダットは隠された悪意ある都市に向かって手を振った。自分の家の道を端から端までじっと見た。そこは〈完全《トータル》〉で、その上に見える窓の明かりはどれも〈あちら側〉のものではない。そう遅い時刻でもなく、そこにいるのは私たちだけではなかった。ダットの私道に垂直に接している道路の明かりに照らされ、人々の姿がシルエットで見えていて、道路の大半はベジェルにある。ほんの一瞬、黒い人影のひとつが、〈ブリーチ〉行為と見なされるぐらい長く私たちを見ていたように感じたが、人影はその後また動いていった。

　雨に濡れた街の輪郭をながめながら歩き出したときは、特にどこへ行こうという当てもなかった。私は南に向かった。ひとりで、ひとりではない人々とすれちがいながら、自分がサリスカかビザヤ、あるいはコルヴィの住む場所に——感傷的なつながりを持つ人々のもとに——向かって歩いているという想像に耽った。彼らは私がウル・コーマにいることを知っている。彼らを見つけ、一緒に通りを歩くことはできるが、ほんのわずかしか離れていないのにお互いを認識することはできない。あの古い物語のように。

　本当にそんなことをやろうと思ったわけではなかった。知り合いや友人を〈見ない〉でいなければならないというのは、めったにない不愉快な状況だ。私がやったことは、自分の家のそばを通り過ぎるということだった。

私が異国にいることを知らないはずの近所の人間に会うのではないか、相手は私に挨拶してきて、それからウル・コーマのビジターバッジに気づき、あわてて〈ブリーチ〉行為にならないようにしようとするのではないかと、半分ぐらいは期待していた。近所の明かりはついていたが、みんな室内にいるようだ。

ウル・コーマで私がいる通りは、イオイ・ストリートだ。私の住んでいるロシド街と、ほぼ同等に〈クロスハッチ〉されている。私の家から二軒離れたところにウル・コーマの深夜営業の酒店があり、私の周囲にいる通行人の半分もウル・コーマ側にいたので、私は総体局《グロスト》所的《ピカリー》かつ物理的に自分の家のすぐ近くで立ち止まることができ、当然のことながら家は〈見ない〉ようにしたが、同じくらい当然のことながら、自分でもよくわからない感情のせいで、まったく〈見ない〉でいるのは無理だった。私はウル・コーマ側にある店の入り口に視線をとどめながら、ゆっくりと近づいていった。

誰かが私を見ている。どうやら年配女性のようだ。暗くてほとんど相手が見えず、顔の細かいところまではわからなかったが、老女の立っている様子には何か奇妙なところがあった。服装を確認したが、どちらの都市の人間かわからなかった。よくある不安な瞬間とはいえ、それが普通以上に長く続いた。私の頭の警報は止まらず、むしろ大きくなり、彼女の居場所は明らかになることを拒否している。

私は、似たような陰の中にいるほかの人々に目をやった。同じようにあまりまともではないそぶりで、私に近づいてくるのでもなくあらわれ、動きもせず、もっとよく見ようとするように立ち止まっている。さっきの女性はまだじっと私を見ていて、一歩か二歩私の方向に踏み出した。ということは、彼女はウル・コーマにいるか、〈ブリーチ〉行為をしたかのどちらかだ。

私は思わずあとずさった。あとずさりつづけた。嫌な間があって、その女性やほかの人間たちも遅いこだまのようにあとずさり、それからいきなり同じ闇の中へ消えていった。私はそこを離れ、走りはしなかったが足早に歩いた。もっと明るい通りに出てこられた。

まっすぐホテルへは戻らなかった。心臓の鼓動が落ちつき、ほかにも人がいる場所で何分か過ごしたあと、前に行ったボル・イェアンの監視地点まで歩いた。以前よりもずっと慎重に遺跡を観察し、ウル・コーマ人らしい態度を装ったが、一時間ばかり明かりの消えた発掘場を見張っているあいだは、民警《ミリツィア》も来なかった。これまでのところ彼らは、派手に現われるか、まったくいないかのどちらかだ。ウル・コーマの警察が干渉してくる繊細な手法というものは間違いなくあるが、そのへんはよくわからなかった。

ヒルトンで五時にモーニングコールを頼み、それからフロントの女性に、〝ビジネスセンター〟と呼ばれる小部屋が閉まってしまったので、手紙のプリントアウトをしてもらえないかと頼んだ。最初はヒルトンのロゴの入った紙にプリントされてきた。「白紙にできませんか？」私は言った。ウインクもした。「盗まれたりしたときに困るので」女性は微笑んだが、自分がどんな秘めごとに関与したのかはよくわかっていない。「復唱してもらっていいですか？」

「緊急。至急《ASAP》来てほしい。電話はしないで」

「完璧だ」

翌朝、遠回りのルートで街を抜け、また発掘現場を見に行った。法律ではビジターのマークをつけるのが義務だが、襟の折り返しの端のほうにそれをつけておき、服の折れ目なのでよく見ないと見えないようにしておいた。マークをつけたのは純粋なウル・コーマのデザインのジャケットで、私の帽子同様に新品ではないが、身につけるのは初めてだ。まだどの店も開いていないような早い時間に出かけた。私の歩いている場所から遠く離れたところにいるウル・コーマ人男性は、私よりいくらか高くて軽そうな上着を身につけている。

私が監視されていないという保証はなかったが、民警《ミリツィア》には見張られていないようだった。夜明けからそんなにたっていないのに、ウル・コーマ人はいたるところにいた。ボル・イェアンの近くを歩くような危険は冒す気はなかった。明るくなるにつれ、街は何百という子供たちで埋まってきた。ウル・コーマの学校のきちんとした制服を着た子供たちと、大勢のストリートチルドレンだ。私はほどほどの遠慮深さを心がけ、《ウル・コーマ・ナショーナ》紙の長すぎる見出しの陰から監視を続け、通りの屋台の揚げ物を朝食に食べた。人々が発掘現場に集まりだした。小グループでまとまって来る人間も多く、ここからでは遠すぎて、パスを見せて入っていった人間の顔まではわからない。私はしばらく待った。

だぶだぶのトレーナーとカットオフジーンズの小さな少女は、私が近づいていくと疑わしげにこちらを見た。私は五ディナール紙幣と封をした封筒を上げて見せた。

「あの場所が見えるか？　門が見えるかい？」少女は警戒しながらうなずいた。こういう子供たちは、日和見主義の運び屋で、ほかにもいろいろ仕事をしてくれる。

「あんた、どっから来たの？」少女が言った。

「パリだよ」私は言った。「だけどこれは秘密だ。誰にも言っちゃだめだ。きみに仕事を頼みたい。あそこの警備員を説得して、人を呼んでもらうことはできるか？」少女はうなずいた。「名前を教えるから、あそこへ行ってその名前の人間を見つけて、必ずその人にこのメッセージをわたしてほしい」

少女は、正直なたちなのか、あるいは頭がよくてボル・イェアンの入り口までのルートが私のいる場所からほぼ丸見えだと気づいていたからなのか、ちゃんとメッセージを持っていった。人混みを縫うようにちょこちょことすばやく動きまわった――こうした儲かる仕事は、早くすませた分だけ新しい仕事も見つかりやすいというものだ。その少女やほかのホームレスの子供たちが、〝働くネズミ〟と呼ばれるわけもよくわかった。

少女が門にたどりついてから数分後、服をたくさん着込んだ男がせかせか出てくると、頭を下げ、堅苦しく歩きながらすぐ発掘現場を離れた。男の姿は遠かったが、予想どおりひとりで、アイカム・ツーエであることはすぐにわかった。

前にもこういうのはやったことがある。街中の場合、自分の姿を見られないようにしながら相手を視界にとどめておくのは、かなり難しいのだ。それが予想以上に楽にできたのは相手のおかげで、アイカムは一度もうしろをふり向かなかった。本来なら最短ルートだと思われる、いちばん大規模で混雑した〈クロスハッチ〉道路の何カ所かを避け、それ以外の道を全部使って進んでいった。

いちばん厄介だったのは、彼がバスを使ったことだった。私は彼の近くに乗り、新聞で顔を隠しながら、引きつづき監視した。私の携帯電話が鳴ったときは顔をしかめてしまったが、バスの中では珍しくもないし、アイカムはこちらを見もしなかった。ダットからだった。留守電に切りかえ、音を消しておいた。

ツーエがバスを降りたので、私もそのあとを追い、街の中心部から離れたビシャム・コーを過ぎて、荒涼とした〈完全《トータル》〉領域であるウル・コーマの住宅プロジェクト区域へやってきた。美しいらせん状のタワーも伝統的な〈ガスルーム〉もない。コンクリートの過密住宅地は、さびれてはいないが、連なるゴミのあいだに騒音と人があふれているという感じだ。ベジェルの最も貧しい集合住宅に似ているが、もっと貧相で、流れる音楽も別の言語だし、子供たちやドラッグの売人も別の国の服を着ている。ツーエが雨のしたたる高層住宅のひとつに入り、階段をのぼりだしたので、私も細心の注意を払い、できるだけ音をたてずにコンクリートの階段をのぼっていった。落書きや動物の糞の前を通りすぎると、ツーエが私の先の階段を大急ぎでのぼっていく音が聞こえ、やがて止まり、静かなノックの音がした。私は足どりをゆるめた。

「ぼくだ」ツーエの声が聞こえた。「ぼくだ、来たよ」

警戒するような返事があったが、そう感じたのは、警戒するはずだと私が思っていたせいかもしれない。私はさらに音をたてずに用心深くのぼっていった。銃があればよかったと思った。

「きみが言ったんじゃないか」ツーエが言った。「きみが呼んだんだ。入れてくれ。どういうことだ？」

ドアがきしみながらわずかに開き、別の小声がしたが、声は少し大きくなっただけだった。

私は汚れた柱一本を挟んだだけの位置に来て、息を殺した。

「だけどきみが呼んだんじゃ……」ドアがもう少し開き、アイカムが中へ入る気配がしたので、私は柱を回って狭い踊り場を突っ切り、彼のうしろに行った。ツーエには私を見る暇も、振り返る暇もなかった。私がツーエの体をドンと押すと、彼はあいたドアの中に突っ込み、ドアが開いて壁にぶつかった。ツーエはむこうにいた誰かを押しのけながら転がり、廊下の床にうつぶせに倒れた。悲鳴が聞こえたが、私はツーエを追って中に飛び込み、うしろ手にドアをバタンと閉めた。ドアを背にして出口をふさぎ、部屋と部屋のあいだの陰気な廊下に目を走らせ、ツーエがあえぎながら立ちあがろうとしているのを見おろした。それから、恐怖に満ちた目で私を見つめ、悲鳴をあげてあとずさる若い女に目をやった。

私が自分の口に人差し指を当てたとき、ちょうど彼女の息も続かなくなり、声が途切れて静かになった。

「ちがうのさ、アイカム」私は言った。「彼女が呼んだんじゃない。あのメッセージは彼女からのものじゃない」

「アイカム」彼女は泣きじゃくった。

「よすんだ」私は言った。もう一度口に指を当てた。「危害を加える気もないし、きみを痛い目に遭わせるためにここに来たんじゃない、だが、そうしたがっている人間がほかにいるのは私も知ってる。きみを助けにきたんだ、ヨランダ」

ヨランダはまた泣き出した。恐怖のせいか、安心したせいなのかはわからなかった。

第19章

アイカムは立ちあがり、私に向かってこようとした。たくましい体をしていて、ボクシングを習ったことがあるとでもいうように両手をかまえたが、もしそれが本当でもいい生徒だったとは思えない。私は足をすくって彼の顔を汚いカーペットに押しつけ、背中にその片腕を押さえつけた。ヨランダが彼の名を叫ぶ。アイカムは私がまたがっているにもかかわらず起きあがろうとし、私は鼻から出血するまで顔を押さえつけた。私はそのまま二人とドアのあいだにとどまった。

「もういいだろう」私は言った。「おとなしくするか？　彼女に危害を加えるために来たんじゃないよ」力対力の勝負なら、腕でも折ってやらないかぎり、最後はむこうが勝つだろう。そこまではしたくなかった。「ヨランダ、頼むよ」私はじたばたするアイカムに馬乗りになりながら、ヨランダの目を見た。「こっちは銃を持ってる――きみを傷つけたかったら、とっくに撃ってると思わないか？」嘘の部分は英語に切りかえて言った。

「カム」ようやく彼女が呼びかけたのとほとんど同時に、アイカムはおとなしくなった。ヨランダは私をじっと見ながら、廊下の突きあたりの壁にあとずさり、そこに手のひらを当てた。

「腕が痛い」アイカムが私の下で言った。

「そいつはすまないな。おれがこの男を起きあがらせたら、また暴れるかな？」私はまた英語でヨランダに言った。「ここに来たのはきみを助けるためだ。きみが怯えてるのはわかってる。そっちも聞いてるか、アイカム？」二つの外国語を切りかえるのはそう難しくはないし、刺激的だ。「起こしてやったら、ヨランダをなだめてくれるか？」

アイカムは鼻からしたたる血を拭おうともしなかった。片腕を抱えたままで、ヨランダの肩にうまく回すこともできず、慈しむように彼女にのしかかった。私とヨランダのあいだにいる。ヨランダはそのむこうから、恐怖というより警戒するような目で私を見た。

「なんの用なの？」

「きみが怖がっているのはわかってる。おれはウル・コーマの民警《ミリツィア》じゃない——きみ同様、あの連中のことは信用してないよ。彼らには知らせない。きみを助けたいんだ」

ヨランダ・ロドリゲスは、自分がリヴィングルームと呼ぶ場所で、同じ棟の使っていないフラットから持ってきたらしい古椅子に身をちぢこまらせていた。ほかにもそんな品はいくつかあり、それぞれ壊れてはいるが、きれいだ。中庭を見おろす位置にある窓からは、ウル・コーマ人の少年たちが、適当なその場しのぎのルールでラグビーに興じる声が聞こえてくる。ガラスは白塗りになっていて、その姿は見えない。

本やその他のものが部屋中の箱におさまっている。安っぽいノートパソコン、安っぽいインクジェットプリンター。とはいえ、電気は来てないようだった。壁にもポスター類はない。部屋に続くドアが開いている。私はドアのそばに立って上体を傾け、床にある二枚の写真を見た。一枚はアイカムだ。もう一枚はもっといいフレームに入っていて、カクテルグラスのむこうでヨランダとマハリアが笑っている。

ヨランダは立ちあがり、また座った。私と目を合わせようとしない。恐怖を隠そうともせず、私が当面の恐れるべき相手ではないとわかっても、少しも落ちついていない。高まってきた希望を顔に出す、あるいはそれにすがるのを怖がっている。こういう表情には見覚えがあった。救出を切望する人間には珍しくない。

「アイカムはよくやってきたよ」私は英語に戻って言った。アイカムは英語がしゃべれないが、通訳してくれとも言わなかった。ヨランダの椅子のそばに立ち、私をながめている。「ウル・コーマから出るための方法を探してもらっていたんだろう、誰にも気づかれないように。首尾はどうだ？」

「私がここにいるって、なんでわかったの？」

「きみのボーイフレンドは、きみに言われたとおりのことをやってたよ。何が起きているのかを探ってた。彼があんなにマハリア・ギアリーのことを気にしてるのはなぜだ？　話したこともないのに。つまり、彼が気にかけてたのはきみだ。きみに頼まれてマハリアのことを聞いて回ってたんだ、それがどうも奇妙に見えてね。ちょっと考えた。彼はなぜそんなことをする？　きみのためだ、マハリアや自分のことを気にしてたのはきみだったんだ」

ヨランダはまた立ちあがり、背を向けて壁を見ていた。私は彼女が何か言うのを待ったが、黙っているので、言葉を続けた。「私のところへ彼を寄こしてくれて光栄だよ。今起きていることに関与していない警官のひとりかもしれないと考えたんだろう。よそ者だから」

「勝手なこと言わないで！」ヨランダは振り返った。「私、あんたのこと信用してなんか——」

「わかった、わかった。そこまでは言ってないよ」奇妙な安堵の顔。アイカムは私たちを見ながら、ぶつぶつ早口でしゃべっている。「で、ここからまったく出てないのか？」私は言った。「何を食べてたんだ？　缶詰か？　アイカムも来てたんだろうが、そうひんぱんには……」

「ひんぱんになんて来られっこないわ。どうやって私を見つけたわけ？」

「アイカムが説明してくれるよ。ここへ戻ってきてっていうメッセージを受けとったのさ。きみのために何かしなけりゃと思ったんだろう」

「してくれてる」

「わかってるよ」外で犬がけんかを始めたのが鳴き声でわかった。飼い主たちも加わった。私の携帯電話がブーブーと音をたて、呼び出し音を消していてもそれが聞こえてくる。ヨランダはびくっとして、私がその電話で撃ってくるんじゃないかとでもいうようにあとずさった。ディスプレイを見るとダットからだった。

「いいかい」私は言った。「これは消すよ。消す」ダットがよく気をつけていれば、またも呼び出し音の途中で留守電にされたことはわかるだろう。「何があったんだ？　誰がきみに手出しをしてきた？　そこでどうして逃げたんだ？」

「あいつらにチャンスはやれなかった。マハリアがどうなったか見てるでしょ。私の友だちだったのよ。私だってそんなことにはならないってずっと思ってたけど、それでも彼女は死んだわ」ヨランダは、ほとんど畏怖の念に近い声音で言った。下を向いたまま首を振った。

「あいつらが彼女を殺したのよ」

「ご両親には連絡もしてないんだろう……」

「できないわ。できない。しちゃだめなの……」ヨランダは爪を噛み、それから目を上げた。

「ここを出られたら……」

「隣国の大使館に向かう？　山を越えて？　なぜここじゃだめなんだ？　ベジェルでもだめなのか？」

「わかってるくせに」

「わからないよ」

「あいつらがここにいるから、それにむこうにもいるからよ。あいつらが事を動かしてるの。私を探してる。私があいつらに見つからないように逃げてるからってだけで。あいつらは私を殺す気よ、私の友だちを殺したみたいにね。あいつらがそこにいることを私が知ってるから。あいつらが本当にいるって知ってるから」ヨランダの口調だけで何か感じたように、アイカムが彼女を抱きしめた。
「誰が?」さあ、聞こうじゃないか。
「第三の場所。都市と都市のあいだ。オルツィニーよ」

一週間かそこらかければ、きみはどうかしてる、誇大妄想に取り憑かれてる、とヨランダに言い聞かせることができたかもしれない。ためらい――ヨランダが陰謀話を口にしたとき、その数秒間に感じたのは、ためらいだった。沈黙の中で、それは間違いだと言いたい衝動にかられながらも、私は彼女の信条を暗黙のうちに擁護し、賛同していると思わせることにした。

ヨランダは私を見つめ、私のことを共謀者と見なしたが、私がそう振る舞う理由はわかっていなかった。きみの命は危険に晒されてなんかいないとは、私にも言えなかった。ボウデンの安全も確証できない――ひょっとしたらすでに死んでいるかもしれないのだ――そして私の命の安全も、私がヨランダの身を守る力もだ。私に言えることはほとんどなかった。

ヨランダは、自分に忠実なアイカムが探して準備を整えてくれたこの場所で、ずっと身を隠してきた。ここはヨランダが訪ねようとしたこともない地域にあり、彼女はここに来る直前まで町の名も知らないまま、真夜中に根気強い遠回りをくり返して逃げてきたのだった。二人はここを住居として耐えられるような場所にしたものの、スラム街の見捨てられたボロ家にはちがいなく、自分の死を望んでいるはずの見えない力に発見されるという恐怖は、つねにヨランダから離れなかった。

ヨランダがこれまで見たこともないような場所、と形容することはできるが、実際はわからない。ヨランダも、『ウル・コーマ・ドリームの暗黒面』『ニュー・ウルフの病』といったドキュメンタリー映画を、一、二本ぐらいは見ているかもしれない。隣国の映画はベジェルではあまり人気がなく、めったに配給されないので私にも断言はできないが、ウル・コーマのスラム街のギャングが出てくる映画がつくられ、大ヒットしたとしてもおかしくはない――下っ端ドラッグディーラーの贖罪、鮮烈に命を奪われる何人かの仲間たち。ウル・コーマの見捨てられた集合住宅ぐらいなら、ヨランダも目にしたことがあるかもしれないが、だからといって自分が行く気はなかっただろう。

「隣の住人がどんな人間かは知ってるか？」

ヨランダは笑わなかった。「声でね」

「ヨランダ、怖がるのはわかるよ」

「あいつらはマハリアをつかまえ、ドクター・ボウデンをつかまえ、今度は私をつかまえにくるのよ」

「きみが怯えているのはわかる、だが、おれに協力してくれないか。きみをここから脱出させたいが、何が起きたかも知る必要がある。わからなければきみを助けられない」

「助ける？」ヨランダは部屋を見まわした。「何が起きてるか話してほしい？　もちろんよ、ここに泊まる準備はできてる？　きっとそうなるから。何が起きてるか知れば、あんたも狙われるのよ」

「かまわないよ」

ヨランダはため息をついて下を向いた。アイカムがヨランダに言った。「大丈夫なのか？」イリット語だった。ヨランダは、たぶんね、と言うように肩をすくめた。


「マハリアはどうやってオルツィニーを見つけたんだ？」

「わからない」

「どこにあるんだ？」

「知らないし、知りたくもない。アクセスポイントがあるって言ってた。それ以上のことは言わなかったし、私もどうでもよかった」

「どうしてきみだけに話したんだろう？」ヨランダはジャリスのことは知らないようだった。

「彼女は馬鹿じゃないもの。ドクター・ボウデンがどんな目に遭ったか知ってるでしょ？オルツィニーのことを知りたくても、そうは言えないのよ。マハリアがここに来たのはオルツィニーのためだけど、そのことは誰にも話さなかった。あいつらはそうさせたがるの。誰も本当にあるとは考えない、それがあいつらにとっては理想的なの。そうしたがった。そうやってコントロールするのよ」

「マハリアの博士号は……」

「彼女はそんなの気にしてなかった。適当にやって、ナンス先生を味方につけておきたかったんでしょ。マハリアがここへ来たのはオルツィニーのためよ。あいつらがマハリアに接触してきたのは知ってるの？」ヨランダは私をじっと見つめた。「まじめな話よ。マハリアはちょっとばかり……あのベジェルでの最初の会議のとき、いろんなことを言っちゃったの。大勢の政治家やいろんなのがいて、それに学者もいて、あのことでちょっと――」

「敵をつくった。そのことは聞いたよ」

「ああ、あの愛国主義の連中、両国の連中がマハリアに目をつけてたことはみんな知ってるし、そんなの問題じゃないわよ。あのとき彼女を見ていたのはオルツィニーよ。あいつらはどこにでもいるんだから」

確かにマハリアはあれで目立った。シューラ・カトリーニャもマハリアを知っていた。監視委員会で私があの騒ぎの話をしたときの、カトリーニャの顔も覚えている。それにミケル・ブーリッチ、ほかの何人かの委員。ひょっとしたらシエドルも知っているかもしれない。ほかの誰かの興味も惹いたかもしれない。「マハリアがオルツィニーについて書きはじめて、『都市と都市のあいだに』に載ってる資料を全部読み出して、それをまとめたり調査したりして、あのいかれたメモを書き込むようになってたころ――」ヨランダは細かい走り書きのしぐさをしてみせた。「――彼女は手紙を受けとったの」

「きみにもそれを見せたのか？」

ヨランダはうなずいた。「見たときは意味なんてわからなかった。〈原　形《ルート・フォーム》〉で書かれてたの。〈先駆時代〉の古い文字、ベジェル語やイリット語になる前の」

「なんて書いてあった？」

「マハリアが教えてくれた。確かこんなふうよ——『われわれはきみを見ている。きみは理解している。もっと知りたくないか？』ほかにも何か書かれてた」

「彼女がきみに見せたのか？」

「じかにじゃないけどね」

「マハリアに何を伝えようとしてたんだ？　なぜ？」

「マハリアが研究してたからでしょ。自分たちの仲間になりたいかって言ってたのかもね。勧誘したのよ。あいつらのために何かやらせる、そうね、入信儀式のようなものかな。情報を提供し、物を運ぶ」信じがたい話だった。ヨランダは私に嘲るような挑戦的なまなざしを向け、私は沈黙した。「あいつらはマハリアに住所を教えて、そこに手紙や物を置けるようにしたの。〈紛争地区《ディセンシ》〉に。何度かメッセージのやりとりをしてたわ。マハリアも返事を書いた。あいつらはいろいろ彼女に話した。オルツィニーについて。私にもちょっとだけその話はしてくれたわ、歴史やら何やら、どんなふうかとか……人には見えない場所なのよ。だって、人はそこをもうひとつの都市だと思ってるんだから。ベジェル人はウル・コーマだと思ってる。ウル・コーマ人はベジェルだと思ってる。オルツィニーにいる人間は、私たちとはちがう。あいつらは私たちとはちがうことをやって……」

「マハリアは彼らに会ったのか？」

ヨランダは窓の脇に立ち、白塗りの窓の冗漫な光に自分の影ができないような角度で外を見おろした。それから振り返り、黙って私を見ていた。意気消沈してすっかりおとなしくなっている。アイカムがそばに寄った。彼の視線は、テニスの試合の観客のように、私とヨランダのあいだを行き来した。ヨランダはようやく肩をすくめた。

「わからない」

「話してくれ」

「マハリアは会いたがってた。わからないわ。最初、あいつらがだめだって言ったのは知ってる」まだだ、と彼らは言ったらしい。「あいつらはマハリアに、いろんなこと、歴史とか、自分たちが何をやってるかとかを話してた。あれは、〈先駆時代〉のものは……あれはあいつらのものなのよ。ウル・コーマがあれを掘り出したとき、ううん、ベジェルもだけど、これは誰のものかとか、どこで見つかったのかとか、そういういろんな話があったでしょう？あれはウル・コーマのものでもベジェルのものでもない。オルツィニーのものなの、ずっとそうだったのよ。あいつらは私たちが掘り出したものについて、そこにそれを置いた人間じゃなきゃわからないようなことを、マハリアに話したの。あれはあいつらの歴史よ。あいつらはずっとそこにいたの。自分たちのまわりでウル・コーマとベジェルが分裂だか結合だかする前からね。どこへも動いてないのよ」

「つまり、カナダの考古学者が大挙して来るまでは、ただそこにあった――」

「あいつらがそこに隠してたの。失われないでそこにあったの。ウル・コーマとベジェルの地下にあいつらの貯蔵部屋があるってわけ。あれは全部オルツィニーのものよ。すべてあいつらのものよ、わたしたちは単に……。たぶんマハリアは、私たちがどこを掘ってるか、何を見つけたかを、あいつらに教えてたんだと思う」

「彼らのために、マハリアは盗みも働いてたんだな」

「盗みをやってたのはあいつらじゃなくて、私たちのほうよ……マハリアは絶対に〈ブリーチ〉行為はしてないわ」

「なんだって？　おれは、きみたちはみんな――」

「要するに……私たちがゲームみたいにやってること？　マハリアは例外よ。彼女にはできなかった。失うものが多すぎたの。誰かが見てるに決まってるって彼女は言ってた。絶対に〈ブリーチ〉行為はしてないわ、単にむこう側に立つとか、そういう人に言えないいろんな方法だって、ひとつもやってない。マハリアは〈ブリーチ〉に自分をつかまえるチャンスをやるわけにはいかなかったの」ヨランダはまた身震いした。私はその場にしゃがみ、部屋をぐるりと見まわした。「アイカム」ヨランダがイリット語で言う。「飲み物持ってきてくれないかな？」アイカムは部屋を出たがっていなかったが、ヨランダが私を恐れなくなったのはわかるようだった。

「マハリアがやってたのは」ヨランダは言った。「あいつらが置いた手紙を、取りに行くこと。〈紛争地区〉はオルツィニーの入り口よ。彼女はもうちょっとで仲間になるってところまで来てた。マハリアはそう思ってたわ。最初のうちは」私は黙って待ち、ヨランダはようやく先を続けた。「私も彼女に、どうなってるのかって聞いてた。何かがおかしくなってた、ここ二週間ぐらいね。マハリアは、発掘現場へもミーティングにも、どこにも行かなくなった」

「それは知ってる」

「私、何度も『どうしたの？』って聞いたし、最初マハリアは『何でもない』とか言ってたけど、そのうち、怖いって言い出した。『何かがおかしいの』って言ってた。いらいらしてたのは、オルツィニーが自分を受け入れてくれなかったからだと思うし、研究のほうにもいらついてた。今まで以上に必死に勉強してたわ。どうかしたのかって聞いてみた。マハリアはただ怖いって言いつづけてた。何度も何度も自分のメモを読み返してるうち、何かわかってきたともね。悪い何か。私たちは、そうと知らないうちに泥棒にされてるかもしれないって言ってたわ」

アイカムが戻ってきた。私とヨランダに持ってきてくれたのは、クォーラ・オランジャのぬるい缶だった。

「マハリアは、オルツィニーを怒らせるようなことをしたんじゃないかって思う。彼女は自分がトラブルに巻き込まれてるってわかってたし、ボウデンもそうだった。彼女、まさにあの直前にそう言ってた――」

「彼らはなぜボウデンを殺そうとしてる？」私は言った。「もうオルツィニーのことなど信じてもいないのに」

「何言ってるのよ、もちろんあの人だって、あいつらが本当にいることは知ってるわよ。当然知ってる。何年もそのことを否定してきたのは、仕事が必要だったからだし、あなたもあの本を読んだんでしょ？　自分たちについて知ってる人間なら、あいつらは誰だって追っかけるわよ。マハリアはボウデンもトラブルになってるって言ってた。行方不明になる直前に。ボウデンも知りすぎてるし、私もそう。そして今や、あんたもよ」

「きみはどうするつもりなんだ？」

「ここにとどまる。隠れる。逃げる」

「どうやって？」ヨランダは苦しげな目で私を見た。「きみのボーイフレンドは最善を尽くしたよ。おれに、犯罪者はどうやって街を出るんだとまで聞いたんだから」ヨランダは微笑さえ浮かべた。「おれが手助けしよう」

「無理。あいつらはどこにだっているんだから」

「わからないじゃないか」

「どうやって私の安全を守る気？　今度はあんたがあいつらに追われるわよ」

誰かがアパートメントの階段をのぼってくる音がひっきりなしに聞こえ、叫び声、手持ちサイズのMP3プレイヤーの騒音、ラップかウル・コーマのテクノ音楽が無礼なまでに騒々しく流れてくる。そんな日常の騒音もカムフラージュにはなる。コルヴィはもうひとつの都市にいる。どの騒音も、このアパートメントのドアの前に来ると、いったん止まるような気がしてきた。

「何が真実かは、われわれにはわからない」私は言った。さらに何か言おうと思ったが、誰を説得しようとしているのか自分でもよくわからず、私は黙り、そこでヨランダが口を挟んだ。

「マハリアには真実がわかってた。あんたはどうする気？」私は携帯電話を取り出した。持ったまま、降参するように両手を上げた。

「パニックになるな」私は言った。「考えてたんだが……何をすべきか考える必要がある。助けてくれるかもしれない人間もいる——」

「やめてよ」ヨランダは言った。アイカムがふたたび私に向かってきそうなそぶりを見せた。よける準備はできていたが、私は電話を振り、電源が入っていないことをヨランダに伝えた。

「きみが考えてなかった選択肢がひとつある。外に出て、そこの道路をちょっと横切って、ヤフド街まで歩くんだ。そこはベジェルだ」ヨランダは、頭がおかしいのかと言わんばかりに私を見た。「そこに立って両手を振れ。〈ブリーチ〉行為だ」ヨランダの瞳が大きくなった。

また騒々しい男が外を駆けあがっていき、私たち三人は黙った。「試す価値があると思わないか？〈ブリーチ〉に干渉できるやつがいるか？オルツィニーがきみをつかまえに出てきたとしても……」ヨランダは本の入った箱を見つめ、まるで箱詰めになったように行き場のない自分自身をかえりみた。「ひょっとしたらそのほうが安全かもしれない」

「マハリアは、あいつらは敵だって言ってた」ヨランダの声は遠くから聞こえてくるような感じだった。「前に言ってたわ。ベジェルとウル・コーマの歴史は、すべてオルツィニーと

〈ブリーチ〉の戦争の歴史なんだって。ベジェルとウル・コーマは、その戦争で、チェスの駒のように動かされたんだって。〈ブリーチ〉は、私に何かしてくるかも」

「待てよ」私はさえぎった。「たいていの外国人は、〈ブリーチ〉行為をしても追い出されるだけで――」だが、そこでヨランダのほうがさえぎってきた。

「あいつらが何をしてくるかはわからないけど、それがわかってたとしても、よく考えてみてよ。千年以上ものあいだ、ウル・コーマとベジェルのあいだにあった秘密は、私たちがそれを知っていようといまいと、ずっと私たちを見てたのよ。自分たちの計画に従ってね。〈ブリーチ〉が私をつかまえればそのほうが安全？　〈ブリーチ〉にいるほうが？　私はマハリアとはちがう。オルツィニーと〈ブリーチ〉が敵同士かどうかなんてことは知らない」そこでヨランダは私をながめたが、私は応えなかった。「もしかしたらあいつらは、一緒に働いてるのかもしれないじゃない。それとも、あんたたちがのんびり座ってオルツィニーなんておとぎ話だよって言い合ってた何世紀ものあいだ、〈ブリーチ〉発動であんたたちが権力を譲ってきたのは、実はオルツィニーかもしれないのよ。私はね、オルツィニーっていうのは、〈ブリーチ〉が自分たちのことを呼ぶ名前だって思ってるわ」

第20章

最初は私を中に入れようとしなかったヨランダだが、今度は私を外に出そうとしなかった。

「あいつらに見つかるわ！　あいつらがあんたを見つける！　あんたをつかまえて、今度は私のところに来る」

「ここにいるわけにはいかない」

「あいつらにつかまるわよ」

「ここにはいられないよ」

ヨランダは、私が部屋を横切って窓まで歩き、またドアのほうまで戻るのをながめていた。

「だめ――ここから電話はできない――」

「落ちつくんだ」それでも電話は自制した。ヨランダが間違っているという確信がなかったからだ。

「アイカム、この建物から出るほかの方法はあるのか？」

「入ってきたルート以外に？」アイカムは少しのあいだ必死に、むなしい考えをめぐらせた。

「アパートメントの中には下の部屋が空き家になってるところがある、そこを通っていくことができるかも……」

「わかった」雨が降りはじめていて、外を見通せない窓を指で叩くような音がしていた。白っぽい窓のいいかげんな不明瞭さは、単にガラスを曇らせてあるだけにも見える。もしかしたら色落ちしてしまうかもしれない。今朝のように空の澄んだ、あるいは寒い晴れの日にここにいるより、逃げたほうがまだ安全な気がする。私は部屋を歩きまわった。

「あんたはウル・コーマではひとりなんでしょ」ヨランダが小声で言った。「何ができるっていうの？」私はようやくヨランダに目を向けた。

「おれを信用してるか？」

「いいえ」

「そりゃまずいね。きみには選択の余地はない。おれがきみを逃がす。確かにここはおれのホームグラウンドじゃないが……」

「何がしたいの？」

「きみをここから逃がして、自分のホームグラウンドへ、おれがなんとかしてやれる場所に行く。きみをベジェルに連れていくつもりだ」

ヨランダは反対した。ベジェルになんて行ったこともないわと言った。どっちの都市もオルツィニーに支配されてて、〈ブリーチ〉にも監視されているんだと。私は彼女をさえぎった。

「じゃあほかにどうするんだ？　ベジェルはおれの都市だ。おれはここの当局と交渉ができない。仲介人もいない。どこへ行ったらいいかもわからない。だが、ベジェルからなら脱出させてやれるし、きみにも協力してもらえる」

「そんなの――」

「ヨランダ、黙るんだ。アイカム、それ以上動くな」立ち止まっている時間はない。ヨランダの言うとおり、私には、試してみようと言う以外に約束はできない。「きみを逃がしてやるつもりだが、ここからじゃない。一日くれないか。ここで待っててくれ。アイカム、きみの仕事は終わりだ。もうボル・イェアンでは働けない。きみの仕事は、ここにとどまって、ヨランダの面倒を見ることだ」この男に彼女を守るすべなどほとんどないだろうが、それでもアイカムがボル・イェアンの内部事情に干渉しつづけてくれれば、私に対する注意をそっちにそらすことはできる。「また戻ってくる。わかったね？　おれはきみを必ず逃がす」

　ヨランダには、何日分か缶詰の日常食がある。小さなリヴィングルーム兼ベッドルーム、もっと狭くて湿気が充満するだけのもうひとつの部屋、電気もガスも止まっているキッチン。バスルームも快適とは言えないが、あと一日か二日過ごすぐらいで死ぬようなことはない。アイカムがバケツで給水管から汲んだ水が、トイレを流すために置いてある。彼が持ってきたたくさんの空気清浄スプレーも、本来の役目とはちがう悪臭をかもしだしている。

「ここにいるんだ」私は言った。「戻ってくるから《アイル・ビー・バック》」アイカムは、英語のそのフレーズが理解できたようだった。彼はにこりと笑い、私はその言葉をもう一度、彼のためにオーストリア訛りで言ってやった。ヨランダにはわからなかったらしい。「きみを逃がしてやるから」

今度は彼女に向かって言った。

一階に下りていくつかのドアを押してみると、ずいぶん前に火事を起こした、いまだに焦げくさい空き家が見つかった。私は窓ガラスのないキッチンに立ち、雨から逃げてくる気のない丈夫な少年少女たちをながめる。しばらく様子をうかがい、見えるかぎりのすべての物陰を観察した。子供たちしかいない。ガラスの破損部分が残っていたときに備えて袖を指にかぶせ、窓を飛び越えて庭に下りた。現われた私の姿をもし見ていたとしても、子供たちは何も言わなかった。

つけられていないかどうかを知る方法は心得ている。私は住宅プロジェクトの曲がりくねった側道を縫い、大きなゴミ箱や車、落書きや子供の遊び場のあいだをすばやく歩いて、袋小路のような土地から、ウル・コーマ、そしてベジェルの街の風景へと戻ってきた。ただ意味深な姿で人目にさらされているより、何人かの通行人に混ざれたことに安心し、小さく息を吐いた。ほかの人と同じように雨を避けるような足どりになりながら、ようやく携帯電話の電源を入れた。電話は持ち主を叱りつけるように、たくさんのメッセージが溜まっていることを伝えてきた。全部ダットからのメッセージだ。腹ぺこで、どうやって旧市街に戻ればいいかもよくわからない。うろうろと歩きながらメトロを探したが、見つかったのは電話ボックスだった。私はダットに電話をした。

「ダットだが」

「ボルルだ」

「いったい何やってるんだ？　どこにいた？」ダットの声は怒っていたが、どこか密談の口ぶりで、少し低い声でぶつぶつと話しかけてくる。大声ではない。いい徴候だ。「何時間も電話してたんだぞ。どうなってる……あんたは大丈夫なのか？　何が起きてるんだ？」

「おれは大丈夫なんだが……」

「何かあったのか？」怒りと、それだけではない何かが声に混じった。

「ああ、ちょっとな。話せないことなんだが」

「どうせそうだろうさ」

「聞け、聞けよ。きみに話す必要はあるが、今はその時間がないんだ。何が起きてるか知りたいなら、会って話そう。そうだな――」私はストリートマップをひっくり返した。「――カイン・シェの、駅近くの広場に二時間以内に行く。言っておくがダット、絶対にほかに誰も連れてくるな。深刻な話なんだ。きみが知ってる以上のことが起きてる。おれも誰に話すべきかわからないんだよ。助けてくれるか？」

私はダットを一時間待たせた。街角からダットを見ていたが、むこうもこちらがそうしているだろうと思っていたことは間違いない。カイン・シェ駅は主要ターミナルで、その外の広場は、カフェの客や大道芸人、DVDや電子機器を屋台から買う人々など、ウル・コーマ人で賑わっている。ベジェルの位相分身《トポルゲンガー》《グロストピカリー》の広場も空っぽというわけではなく、〈見ない〉でいるベジェルの市民も総体局所的にそこにいる。かつてウル・コーマの湿地帯では、クズ屋たちが〈クロスハッチ〉のぬかるみを避けて生活し、掘っ立て小屋がよく見られたものだが、それを思わせる煙草の売店の陰に、私はとどまっていた。ダットが私を探しているのが見える。その後、暗くなるまで身を隠し、彼が電話をかけていないか（かけていなかった）、手で合図をしたりしていないか（していなかった）を確かめた。ダットは茶を飲むごとにただ表情を硬くし、陰をにらみつけている。ようやく私はダットの視界に出ていき、普通の合図のように手を振って彼の目をとらえ、こちらへ招き寄せた。

「いったいどういうことだ？」ダットが言った。「あんたのボスから電話が来たぞ。それにコルヴィって女から。彼女はなんなんだ？　何があった？」

「怒るのも無理はないが、声は低くしてくれ。何が起きてるか知りたいなら、用心してほしい。きみは正しいよ。何かが起きている。ヨランダを見つけたんだよ」

ヨランダの居場所を私が言おうとしないので、ダットは国際紛争でも起こさんばかりの剣幕で食ってかかった。「ここはあんたの都市じゃないんだぞ。あんたはここへ来て、おれたちの財源を使って、捜査を妨げてるんだよ」ほかにもいろいろ言ったが、声は低いままで、私について歩いてきた。私はダットの怒りが少し鎮まるまで待って、それからヨランダがどれだけ怯えているかを話しはじめた。

「お互い、彼女を安心させることができないのはわかってるだろう」私は言った。「頼むよ。われわれどちらも、何が起きているか、本当のところはわかっていない。統一主義者、愛国主義者、爆弾、それにオルツィニー。くそっ、ダット、われわれが知ってることから言っても……」ダットがじっと私を見ているので、私は続けた。「それがなんであれ――」私は起きているすべてのことを示すように周囲に目をやった。「――きっとまずいことになる」

どちらもしばらく黙った。「じゃあ、どうしておれなんかにそんな話をしてるんだ？」

「誰かが必要だからだよ。だけど、そうさ、きみの言うとおりだ。これは間違いかもしれない。理解できるかもしれないのはきみだけなんだ……起きているかもしれないことの重大さがわかるのは。ヨランダを逃がしてやりたい。聞いてくれ、これはウル・コーマの問題じゃない。おれはこっちの人間と同じくらい、自国のほうも信用できないんだ。あの子を逃がしてやりたい、ウル・コーマとベジェルのどちらからもな。ここからは帰せない。ここはおれの縄張りじゃない。彼女はここで監視されてる」

「おれならできるかもな」

「やろうって言うのか？」ダットは黙っていた。「わかったよ。おれがやる。むこうには仲介者がいる。チケットや偽の証明書を手に入れられないまま、ずっとこのままでやっていくことはできないよ。おれが彼女をかくまう。彼女を国外脱出させる前に、ベジェルで話を聞いて、もっと事情がわかるようにしておく。あきらめるってことじゃない、その反対だ。ヨランダを安全な場所に行かせられれば、それだけ不意打ちを食らう可能性も減らせるってわけだ。何が起きているのか知ることもできるかもしれない」

「あんたは、マハリアがすでにベジェルで敵をつくってたって言ってたな。この事件と連中の関わりを疑ってるのかと思ってたよ」

「愛国主義者か？　もうそれでは筋が通らない。（A）すべてはシエドルやその手下の枠を越えている。（B）ヨランダがあの連中を怒らせたことはない。彼女はむこうへ行ったことがないんだ。おれはむこうでなら自分の仕事ができる」自分の仕事を超えたことをやる、という意味だ——陰で糸を引き、人の好意を当てにする。「きみを切り捨てようっていうんじゃないんだ、ダット。ヨランダからもっと話が聞けたら、わかったことはきみに話すし、できれば戻ってきて一緒に犯人を追いたいんだが、まずはあの子をここから逃がさなけりゃならない。ヨランダは死ぬほど怯えている。ダット、それも当然じゃないか？」

ダットは首を振りつづけていたが、賛成も反対もしなかった。しばらくして、素っ気なく口を開いた。「統一主義者のところへうちの連中を送った。ジャリスは跡形もなく消えてたよ。おれたちにはあのくそいまいましいガキの本名さえわからない。仲間が居場所を知ってるか、あるいはマハリアと会ってたにしても、連中は言おうとしなかった」

「あいつらを信じるのか？」

ダットは肩をすくめた。「ずっとあいつらを調べてたんだ。何も見つからない。何か知ってるようでもない。ひとりか二人が〝マリア〟のことで電話したのは明らかだが、ほとんどは彼女に会ったこともない」

「これはあの連中をはるかに超えた話だよ」

「おいおい、あいつらはどんなことだってやるぜ。心配いらないってのか。あいつらがあれこれやろうとしてることは、諜報員からも聞いてる、境界を破って、いろんな革命を企てて……」

「今はその話は関係ない。それにそんな話はしょっちゅう聞くだろう」

私たちが見張っているときにどんなことが起きたのか、私が改めてひとつずつ話すあいだ、ダットは黙っていた。暗がりの中では足どりを遅め、街灯の光が水たまりみたいに落ちている場所では足を速めた。私がヨランダから聞いた話として、マハリアがボウデンにも危険が迫っていると言ってたという話をすると、ダットは立ち止まった。私たちは少しのあいだ、凍りつくような沈黙の中で立っていた。

「今日、あんたがそのミス・パラノイアを捜索してるあいだに、おれたちはボウデンのアパートメントを調べた。押し入られた痕跡も、誰かが暴れた様子もない。何もなかった。食べ物が横にあって、椅子の上に本が伏せられてた。机の上で手紙が見つかった」

「誰からの？」

「ヤーリャが、あんたなら何か知ってるんじゃないかと言ってたな。何を伝えるでもない手紙だ。イリット語じゃなかったよ。たったひと文字しか書いてなかった。奇妙な形をしたベジェル語みたいな字だと思ったが、そうじゃなかった。〈先駆時代〉の文字なんだ」

「なんだと？　なんて書いてあったんだ？」

「ナンシーのところへ持っていったよ。自分も初めて見る筆記文字の古い形なんで、はっきりしたことは言えないとかなんとか言ってたが、おそらく警告だろうってことだ」

「なんの警告だ？」

「単なる警告だよ。どくろの絵みたいな。文字自体が警告なんだ」私たちのいた場所は暗く、お互いの顔がよく見えなかった。意図的ではなかったが、私はダットを〈完全《トータル》〉なベジェルの通りに続く交差点近くに誘導していた。茶色っぽい光に照らされた背の低いレンガの建物がいくつかあり、男や女がロングコート姿で、揺れるセピア色の看板の下を歩いているのを、私は〈見ない〉ようにした。看板で二分されたナトリウム灯に照らされるウル・コーマの通りには、ガラス張りの店先に、懐古的な輸入品が並んでいる。

「それで、誰がそんなものを使って……？」

「秘密の都市なんて話を持ち出すなよ」ダットは苦悩でやつれたように見える。まるで病人だ。彼は背中を向け、建物の玄関口につかつかと歩みよると、怒りにまかせて自分の手のひらを何度も打ちつけた。

「なんだっていうんだよ？」ダットはそう言い、暗闇を見つめた。

ヨランダやマハリアが自分たちの思いつきに熱中したのだとすれば、オルツィニーというのはいったいどんな存在なのだろう？　とても小さいが、強力で、ほかの有機体の隙間に宿るもの。相手を殺す意思を持つもの。寄生物。容赦なきダニのごとき都市。

「たとえば……たとえば、そう、おれの仲間もあんたの仲間も、何かしらまずいことになってるのかもな」ダットがようやく言った。

「コントロールされてるとか。抱き込まれてるとか」

「何かしらな。だとしても……」

私たちの頭上では、ベジェルの建物のあおり戸が風に揺れてキーキーと音をたてている。

「ヨランダは、〈ブリーチ〉がオルツィニーだと信じてる」私は言った。「何も賛成してるわけじゃない――なんと言っていいかもよくわからない――だが、彼女に逃がしてやると約束したんだ」

「〈ブリーチ〉が彼女を助け出すさ」

「彼女が間違っていると言いたいのか？　彼女が連中のことを警戒する必要は、これっぽっちもないと言いたいのか？」私は小声で話していた。これは危険な会話だ。「連中はまだ介入してきていない――〈ブリーチ〉行為は何も起きてない――ヨランダはそっとしておきたがってる」

「じゃあ、あんたは何をしたいんだ？」

「おれはヨランダをここから出したいんだ。ここの誰かが彼女を見つけるって言ってるんじゃない、彼女の言い分が全部正しいと言いたいわけでもない、だが、誰かがマハリアを殺し、ボウデンを拉致したのは事実だ。ウル・コーマで何かが起きてる。きみの助けがいるんだ、ダット。一緒に来てくれ。公の手順は踏めない。公共の組織にはヨランダは協力しない。彼女の面倒を見るって約束したんだ。それに、ここはおれの都市じゃない。助けてくれるか？　彼女をそうさ、型どおりにやるようなリスクは冒せないんだよ。おれを助けてくれるか？　彼女をベジェルに連れていきたいんだ」

その晩、私たちはホテルの部屋に戻らず、ダットの家にも帰らなかった。不安に圧倒されるというよりは、不安に浸り、これはすべて真実かもしれないというように振る舞った。帰るかわりに、歩きつづけた。

「まったくな、おれがこんなことをやろうなんて信じられないよ」ダットはそう言いつづけた。私以上に何度も背後を振り返っていた。

「おれを責めてもかまわんよ」私はダットに言った。責められたいわけではなかったが、ダットをこの件に関わらせ、この仕事に参加させたのが自分だということは、あえて言っておくべきだと思った。

「できるだけ人混みに近づこう」私は続けた。「〈クロスハッチ〉地区にも」人の数が増えれば、両都市が接近した場所では一種の干渉縞ができるから、予測はつきにくくなる。単に都市と都市が存在するというだけではない。都会にまつわる初等数学だ。

「おれはビザでいつでも出られる。ダット、きみは彼女を出してやることができるか？」

「おれのビザを取ることはもちろんできる。警官のためならいつだってビザは取ってやれるさ」

「じゃあ言いなおそう。警官であるヨランダ・ロドリゲスのために、出国ビザを取ることはできるか？」ダットは私をまじまじと見た。私たちは小声の会話を続けている。

「彼女にはウル・コーマのパスポートだって取れないぜ……」

「じゃあ、きみが彼女を脱出させてやれるか？　きみたちの国境警備がどうなってるか、おれは知らないんでね」

「なんだっていうんだよ？」ダットはまたそう言った。通行人の数が減ってくるにつれ、私たちの散歩もカムフラージュにならなくなり、むしろ危険は増しつつあった。「知ってる場所がある」ダットは私を案内した。ウル・コーマ旧市街のはずれ、銀行のむかいの地下にバーがあり、支配人はほとんど大歓迎の様子でダットに挨拶した。中は煙と男たちであふれ、みんなダットに目をやり、普通の服装でも彼が何者かわかったようだった。男たちは一瞬ドラッグの手入れかと思ったらしいが、ダットは好きにやれと言うように手を振ってみせた。支配人に身振りで店の電話を示すと、相手は唇を細く結び、カウンター越しにその電話をわたしてきた。ダットがそれを私によこした。

「ちくしょう《ホーリー・ライト》、それじゃやっちまおうぜ」ダットは言った。「おれなら彼女を逃がせるよ」

音楽が流れていて、会話の怒鳴り声はかなり大きかった。私はコードが届く位置まで電話を引っぱってしゃがみ、客たちの胃の高さぐらいのカウンターの脇にうずくまった。そうするといくらか静かに思えた。あまりやりたくはなかったが、国際電話をかけるにはオペレーターを通さなければならない。

「コルヴィ、ボルルだ」

「あら。ちょっと待って。なんなんですか」

「コルヴィ、夜遅くにすまない。聞こえるか？」

「もう。今何時だと……どこにいるんです？　よく聞こえないわ。そっちはずいぶん——」

「バーにいるんだよ。聞いてくれ。こんな時間にすまない。ちょっときみにやってほしいことがある」

「なんなんですか、ボス、からかってるんでしょ？」

「ちがう。聞けよ。コルヴィ、きみが必要なんだ」私の頭の中では、コルヴィが顔をこすり、電話を手に歩きながら、眠そうな顔でキッチンに行って水を飲む姿が浮かんできていた。ふたたびむこうの声が聞こえたときは、だいぶしゃきっとしていた。

「何が起きてるんですか？」

「おれは戻る」

「ほんとに？　いつ？」

「そのことで電話してる。ダットが、こっちでおれと一緒にやってる男が、ベジェルへ行こうとしてる。きみにも会ってほしい。すべての段取りを、内密《QT》にやってもらえないか？　コルヴィ――極秘の仕事なんだ。本気だよ。どこで漏れるかわからないんだ」

長い沈黙があった。「どうして私なんですか、ボス？　それも、どうして夜中の二時半なんかに？」

「きみが有能で、分別のある人間だからだ。雑音が入っては困る。きみときみの車、きみの銃、できればおれの分も、それだけあればいい。それからホテルを予約してくれ。署がいつも使ってるやつじゃないのを」ふたたび長い沈黙。「それと、聞いてくれ……彼がもうひとり警官を連れていく」

「え？　誰を？」

「彼女は諜報員だ。どう思う？　無料で旅をしたがってるんだが」私はダットに目で弁解しようと思ったが、犯罪者どもの騒々しさで私の声は届いていなかった。「この話は極秘だ、コルヴィ。ちょっとの捜査のあいだだけだ、いいか？　それと、きみに受けとっておいてほしいものがある。荷物だ、ベジェルの外からの。おれの言ってることがわかるか？」

「……たぶん、ボス。ボス、あなたに電話があったんです。捜査はどうなってるかって聞かれました」

「誰から？　どうなってるって、どういう意味だ？」

「知らない男です、名乗りませんでした。あなたは誰を逮捕しようとしてるのか、いつ戻ってくるのか、行方不明の女の子は見つかったのか、捜査計画はどうなってるのかって聞かれました。どうやって私の内線番号を知ったのかはわかりませんが、明らかに何か知ってるって感じでした」

私はダットをつついて注意を向けさせた。「誰かが何か聞きだそうとしてきたらしい」そうダットに伝えた。「名前は言わなかったんだな？」とコルヴィに尋ねた。

「ええ、声に覚えもありません。雑音もひどくて」

「どんな感じの男だった？」

「外国人です。アメリカ人。それに怯えてる感じ」音が悪かったなら国際電話だろうか。

「くそ」私は受話器を押さえながらダットに言った。「ボウデンだ。私を探そうとしてる。こっちでの番号を避けたのは、追跡されるのを避けるためだな……そいつはカナダ人だ、コルヴィ。それで、電話してきたのはいつだ？」

「連日ですよ、きのうと今日、詳しいことはいっさい言わずに」

「わかった。よく聞いてくれ。今度電話があったら、彼に言ってくれ。おれからのメッセージだと伝えてくれ。チャンスは一度だけだと。待て、ちょっと考える。おれたちが……おれが彼の無事を保証する、おれが逃がしてやると伝えてくれ。いいか、おれたちが必ずやると。彼が一連の出来事に怯えていることはわかってる、だがひとりじゃチャンスはない。これは誰にも言うな、コルヴィ」

「ああもう、なんとしても私の経歴をめちゃくちゃにしたいんですね」コルヴィはうんざりしてきたらしい。私が黙ったまま待っていると、やがて彼女はやると請けあった。

「ありがとう。彼には話せばわかるはずだ、おれには何も聞かないでくれ。おれたちも今は、もっといろんなことを知ってると彼に伝えてくれ。くそ、よく聞こえんな」ウーテ・レンパー似のスパンコールだらけの女が騒々しい声をあげ、私は顔をしかめた。「こちらはもっと知ってる、われわれに電話してくれと伝えるんだ」何かいい考えはないかとあたりを見まわしたとき、インスピレーションがわいた。「ヤーリャの携帯の番号は？」私はダットに聞いた。

「なに？」

「彼はおれやきみの電話には電話したがらない。だから……」ダットから聞いた番号を私がコルヴィに伝えた。「その謎の男に、この番号へ電話してくれればおれたちが助ける、と言ってくれ。きみもこの番号に連絡してくれていい。わかったな？　明日から使える」

「なんだっていうんだよ？」とダット。「いったい何をしようってんだ？」

「きみはヤーリャの携帯を借りてきてくれ。ボウデンの連絡用に必要なんだ。彼はひどく怯えてる。誰がわれわれの電話を盗聴するかわからない。彼が接触してきたら、あるいはわれわれが……」私は続きをためらった。

「なんだって？」

「くそ、ダット、その話はあとだ、いいな？　コルヴィ？」

コルヴィはもういなかった。電話は切れていて、彼女が切ったのか、古い交換台のせいかはわからなかった。

第21章

翌日私は、ダットと一緒にオフィスへ行った。「あんたが出てこなければこないほど、何がどうなってんだって思われて、よけいにあんたが注目されるかもしれないからな」ダットは言った。実際、ダットのオフィスの同僚にはだいぶじろじろ見られた。私は、前に面白半分の口論を吹っかけようとしてきたあの二人に会釈した。

「被害妄想になってるような気がするよ」

「いや、妄想じゃない。みんなあんたのことを見てるぜ。ほら」ダットはヤーリャの携帯電話をわたした。「あんたがうちの夕食に招かれることは二度とないな」

「なんて言ってた？」

「なんて言ってたと思うんだ？　こいつは彼女の電話だぞ。ヤーリャは本気で怒ってたよ。どうしても必要なんだとは言ったが、死んじまえって言われて、おれが頼み込んでも嫌だって言い張ったから、奪いとってあんたのせいにしておいた」

「制服を手に入れておくことはできるかな？　ヨランダの分を……」私たちはダットのコンピュータをのぞき込んだ。「そのほうが楽に通過できるかもしれない」ダットがいじっているのは、かなり新しいバージョンのウィンドウズだ。そのとき初めてヤーリャの電話が鳴り、私たちはぎょっとして顔を見あわせた。ディスプレイには私たちの知らない番号が出ている。私はダットの目を見つめたまま、黙って電話を受けた。

「ヤル？　ヤル？」イリット語の女性の声だ。「マイだけど、そちら……ヤル？」

「もしもし、こちらはヤーリャじゃありません……」

「あら、まあ、クシム……？」そこで女性は口ごもった。「どなた？」

ダットが電話を奪いとった。

「もしもし？　マイ、どうも。そうなんだ、今のはおれの友だちさ。いや、そのとおりだよ。ヤルの携帯を一日か二日借りなくちゃならなくてね、もう家のほうには電話してみたかい？　そうだね、じゃあ、また」ディスプレイが暗くなり、ダットが電話を返してきた。「あんたに電話の対処を任せてやってるもうひとつの理由は、これだからな。ヤーリャの友だちから来る山ほどの電話もあんたが受けるんだぞ、まだエステに行ってるのかとか、トム・ハンクスの映画は見たかとか、そんな話でもな」

二本目、三本目と電話を受けてからは、携帯のベルにいちいち飛びあがったりはしなくなった。ダットが言うほどひんぱんではなかったし、くだらない話題の電話もなかった。きっとヤーリャがオフィスから怒りの電話を無数にかけ、夫とその友だちのせいで被った不都合を糾弾したんだろう。

「ヨランダに制服を着せるのか？」ダットが小声で言った。

「きみも制服を着るんだ。いいな？　一目瞭然の外見で隠すのがつねに最善策ってものだろう？」

「あんたも着たいのか？」

「まずいアイデアだと思うか？」

ダットはゆっくりと首を振った。「そのほうが楽にはなる……こっち側は、警官の証明書とおれの権限で通過できると思う」民警《ミリツィア》の、特に上級刑事なら、ウル・コーマの国境警備を相手にしても問題なく突破できる。「いいだろう」

「ベジェル入国のときは私が話をする」

「ヨランダは大丈夫なのか？」

「アイカムがついてる。おれが見にいくわけにはいかない……二度とね。そんなことをするたびに……」私たちがどうやって、誰に監視されているのかは、いまだによくわからない。

ダットはしきりに動きまわり、同僚がじゃまをしてきたと思い込んでは怒鳴りつけるというのが三度か四度続いたあと、私は彼を誘って早めの昼食に出た。ダットは苦虫を嚙み潰したような顔で口をきこうとせず、私たちのそばをとおりすぎる人間の顔をいちいち見ていた。

「そいつはやめないか？」私が言った。

「あんたがいなくなったらさぞかしスカッとするだろうな」ダットが言ったとたんヤーリャの電話が鳴り、私は黙って耳に押しあてた。

「ボルルか？」私はテーブルを指で叩いてダットの注意を惹きつけ、電話を指さした。

「ボウデン。どこにいるんです？」

「安全な場所に隠れてるよ、ボルル」ボウデンはベジェル語で話していた。

「安全だと信じているようにも聞こえませんが」

「もちろん。私は安全じゃない、そうだろう？　問題は、どのぐらい厄介な事態になっているかということだ」その声はひどく張りつめていた。

「あなたを逃がす手助けはできます」できるのだろうか？　ダットが、何言ってんだ？　と言うように大げさに肩をすくめた。「脱出の道はあります。どこにいるのか教えてください」

ボウデンは笑ったようだった。「いいとも。場所を言うぐらいならね」

「ほかにどうしようと言うんです？　一生隠れるわけにはいかないでしょう。ウル・コーマを出れば、私が何かできるかもしれません。ベジェルは私の領分です」

「きみは何が起きているのかも知っちゃいない……」

「あなたのチャンスは一度だけです」

「ヨランダと同じように私を助けると？」

「彼女は馬鹿じゃありません。私の助けを借りると言ってくれました」

「なんだって？　彼女を見つけたのか？　なんと……」

「今あなたに言ったように、彼女にも言いました。ここではあなたがたを助けることはできません。ベジェルでなら助けることができるかもしれない。何が起きているのであれ、誰があなたがたを追っているのであれ……」ボウデンは何か言おうとしたが、私は言葉を続けた。「むこうの人間なら私も知っています。ここでは何もできない。あなたはどこにいるのですか？」

「……どこでもないよ。どうだっていい。私は……きみのほうはどこにいるんだ？　私は気が進まん――」

「こんなに長く身を隠せたのは大したものだ。でも永遠には無理です」

「だめだ。だめだ。私がきみを見つける。きみは……もう越境《クロッシング》してるのか？」

私は思わずあたりを見まわし、さらに声を落とした。「もうじきです」

「いつ？」

「もうじきですよ。わかってたら教えてます。あなたとどうやって連絡を取れば？」

「その必要はない、ボルル。私が連絡する。その電話を持っておいてくれ」

「あなたのほうから連絡が取れなくなったら？」

「二時間ごとに電話するよ。ずいぶんきみをわずらわせることになるだろうがね」電話は切れた。私はヤーリャの電話を見つめ、ようやく目を上げてダットを見た。

「おれがどれだけこういうのが嫌いか考えたことがあるか？　どこを調べていいのかわからないっていう状況を」ダットがささやいた。「誰なら信用できるんだ？」書類をがさがさと入れ替えている。「誰に何を言うべきなんだ？」

「わかってるよ」

「何が起きてる？」ダットは言った。「あの男も逃げたいのか？」

「逃げたがっている。恐れている。われわれを信用していない」

「これっぽっちも責める気はないね」

「おれもだ」

「あの男の分まで書類はないぞ」私はダットの目を見つめて続きを待った。「ちくしょう《ホーリー・ライト》、ボルル、あんたってまったく……」その小声は憤激していた。「わかった、わかったよ、できるかどうかやってみよう」

「何をしたらいいか、おれにも言ってくれ」私はダットと目を合わせたまま言った。「誰に電話すればいいか、どんな近道があるか教えてくれ。おれのことも非難したけりゃすればいい。おれを罵倒しろよ、ダット、頼むから。だけど、彼が来たときのために、制服は用意してほしい」私は気の毒なダットが苦悶するさまを見守った。

　コルヴィが電話してきたのは、その夜の七時過ぎだった。「準備万端です」彼女は言った。

「書類の処理もすみました」

「コルヴィ、恩に着る、恩に着るよ」

「もちろんそうでしょうとも、ボス。あなたと、あなたの相棒のダット、それからダットの〝同僚〟さんですね？　お待ちしてますよ」

「きみのＩＤも持参して、入国審査を助ける準備もしておいてくれ。ほかにこのことを知ってる者はいるか？」

か？」

「誰も。そのあとは私がまた、あなたのご指名ドライバーを務めます。何時に来るんです
　問題は、どうやって消えるのがいちばんいいかということだ。これに関してはデータを集めれば曲線のグラフができるはずだろう。誰もまわりにいないほうが目立たないのか、それとも大勢の中にいるときのほうがいいのか？　「そう遅くはならない。午前二時なんてことにはね」

「そりゃあうれしいですねえ」

「行くのはそのメンバーだけだ。ただ、まっ昼間ってことはない。われわれを、あるいは何かを知ってる人間がいては困る」暗くなってからだ。「八時」と私は言った。「明日の夜だ」冬は暗くなるのも早い。まだ人はいるだろうが、ほの暗い夜の中ではそう活気もない。そのほうが見られにくいだろう。


　すべてがペテン工作ばかりというのではなかった。やらなければならない仕事もある。手際のいい進捗レポート、家族との連絡。私が監督し、ときおり肩越しに提案を加えて、今はウル・コーマ民警が連絡を担当しているギアリー夫妻宛ての手紙に、ダットが礼儀正しく残念そうに無意味な言葉を並べたてるのを助けた。そこに書かれたメッセージが持つ亡霊を呼び出す力は心地よいものではなく、あの夫婦を知り、まるでマジックミラーのように言葉の内にいて彼らをながめている自分の姿は、こちらが書き手のひとりであっても、彼らには見

えることはない。

私はダットに、ある場所に来るように言った。住所がわからないので漠然とした地勢を説明すると、彼にも場所がわかった。ヨランダの隠れ家から徒歩圏内の公園用地の一角だ。翌日の終わりにそこでダットと会った。「誰かに聞かれたら、おれはホテルから仕事に行っていると言ってくれ。ベジェルでの馬鹿げた書類仕事の輪をくぐらなきゃならなくて、それでずっと忙しいんだと」

「おれたちはそんな話ばっかりしてるな、ティアド」ダットはひとつの場所にとどまっていられず、ひどく不安げで、信頼感の欠如に逆上し、いらいらしていた。どこを見ていいのかわからないでいる。「あんたのせいかどうかはともかく、おれは今後ずっと、学校の連絡係をやらされることになるだろうよ」

私たちは、ボウデンが二度と連絡してこない可能性が大きいと考えていた。ところが夜中の一時半ごろ、気の毒なヤーリャの携帯が鳴った。ボウデンにちがいないと思ったが、相手は無言だった。ふたたび電話が来たのは、翌朝の七時前だった。

「つらそうですね、ドクター」

「どんな状況だ？」

「あなたはどうしたいんですか？」

「行くのか？　ヨランダも一緒か？　彼女は来るのか？」

「あなたのチャンスは一度だけです、ドクター」私はメモ用紙に時刻を走り書きした。「私にあなたを迎えに行かせてくれないのであればね。逃げたいなら、コピュラ・ホールのメイン通行ゲートの外に、午後七時にいてください」

私は電話を切った。メモを取り、紙の上で計画を練ろうとしたが、できなかった。ボウデンはかけなおしてこない。朝食のあいだじゅう、電話はテーブルの上に置くか手に持ちつづけていた。ホテルのチェックアウトはしなかった――動きを察知されたくはないからだ。残していくにはもったいない服を選りわけようとしたが、そんなものはなかった。発禁の『都市と都市のあいだに』を持っていけばそれで充分だ。

その日は一日かけてヨランダとアイカムの隠れ家に行くことにしていた。ウル・コーマ滞在最後の日だ。何台かのタクシーを乗り継いで街はずれに向かった。「どんぐらいここにいるですか?」最後のドライバーが私に聞いてきた。

「二週間だ」

「ここ、気に入ります」初心者のイリット語で、熱を込めて言う。「世界一の街です」ドライバーはクルド人だった。

「だったら、この街のお気に入りの場所にでも連れていってくれないか。厄介なことにはならないよな?」私は言った。「外国人を歓迎しない人間もいると聞くが……」

ドライバーは鼻で笑った。「馬鹿野郎はそこらじゅうにいます、だけど最高の街だ」

「どのぐらい住んでるんだ?」

「四年ちょっと。一年はキャンプにいて……」

めの勉強」

「難民キャンプ？」

「そう、キャンプ。それで三年間ウル・コーマ市民権の勉強しました。イリット語を話して、勉強して、つまり、しないように、ほかの場所を〈見ない〉ように、〈ブリーチ〉しないための勉強」

「ベジェルへ行こうとは思わなかった？」

また鼻を鳴らした。「ベジェルに何があるんです？　ウル・コーマは最高の場所だ」

ドライバーはまず、明らかに自分も前に来たことがありそうな観光客向けルート、蘭園《オーキダリウム》とシンシス・カン・スタジアムを回ったが、もっと個人的なお勧めでいいとうながすと、コミュニティ・ガーデンに連れていってくれた。地元のウル・コーマ人のかたわらで、クルド人、パキスタン人、ソマリ族、シエラレオネ人など、厳しい入国条件のチェスゲームをくぐり抜けた人々が、礼儀正しく半信半疑に、お互いのさまざまなコミュニティをながめあっている場所だ。運河が交差する地点に来ると、ドライバーは、明白な不法行為になることは言わないようにしながら、二つの都市の船がいるほうを指した。ウル・コーマの遊覧船と、ベジェルにいるので〈見ない〉ようにすべき二、三の輸送船が、お互いのあいだを縫って進んでいる。

「見えます？」ドライバーは言った。

近くの閘門《こうもん》のむかい側で、人混みや街なかの小ぶりな木々に姿を隠していた男が、私たちのほうをまっすぐに見た。男と私の目が合った。一瞬迷ったが、相手はウル・コーマにいるはずで、だから〈ブリーチ〉行為ではないと思った。それも相手が目をそらすまでのことだった。私は男の行く先を見ようとしたが、姿は消えていた。

ドライバーが提案してくるさまざまな観光地から行き先を選ぶときは、そのルートが都市を縦横に行き来するようにした。運転中、バックミラーに映っているドライバーの顔は、上がっていく料金に嬉々としていた。これでも尾行されているとすれば、かなり手慣れた用心深いスパイの仕業だ。三時間の観光ののち、自分の銀行口座に払い込まれているよりもずっと強い通貨で法外な料金を支払った私は、裏通りの落ちぶれ連中が安っぽい中古品店の壁に寄りかかっている、ヨランダとアイカムの隠れ家からすぐの場所でおろしてもらった。

最初は二人が私から逃げたのかと思って目をつむったが、それでもドアに顔を近づけ、くり返し小声で呼びかけた。「おれだ、ボルルだ、おれだよ」その後ようやくドアがあき、アイカムが私を中に招き入れた。

「準備しろ」私はヨランダに言った。不快そうに私を見るヨランダは、最後に見たときよりもさらに痩せ、動物のようにびくびくしている。「書類を持つんだ。おれの仲間が国境で何を言おうと、すべてに同意するつもりでいてくれ。それと、きみの可愛い恋人に、彼は来られないって言い聞かせてくれ。コピュラ・ホールで騒ぎは起こしたくない。おれたちがきみを脱出させる」

ヨランダは彼を部屋にとどまらせた。相手は言われたとおりにしたくないようだったが、彼女がそうさせた。彼が慎み深いたちだとは、私も思っていなかった。

彼は何度も何度も、どうして自分は行っちゃいけないんだと問いかけた。彼女は自分が持っている彼の電話番号を見せ、ベジェルから必ず電話する、それにカナダからも、そして必ずそこへ呼び寄せると言った。いくつもそんな約束をして、それでようやく彼は、見捨てられたかのようにみじめな顔でそこに立ち、私たちがその目の前でドアを閉めるのを見送った。

私たちは影を落とす明かりの中を足早に歩き、ダットが覆面パトカーで待っている公園の角にやってきた。

「ヨランダ」ダットは運転席から彼女にうなずいた。「そして厄介者さん」私にもうなずいた。私たちは出発した。「なんだっていうんだ？　厳密には誰を怒らせたんだ、ミス・ロドリゲス？　きみのおかげでおれの生活はむちゃくちゃだ。この異国のいかれた男と手を組まされてな。うしろに服があるよ」とダット。「もちろんこれで、おれの仕事はおしまいだ」

もしかしたら誇張ではなかったかもしれない。

ヨランダはダットをじっと見つめ、ダットもバックミラーをちらりとながめ、ヨランダに大声で言った。「かんべんしてくれよ、なんだ、おれが盗み見する気だとでも思ってんのか？」ヨランダは後部座席でしゃがみこみ、身をよじって服を脱ぐと、ダットが持ってきてくれた民警の制服に着替えた。サイズはほぼぴったりだ。

「ミス・ロドリゲス、おれの言うとおりにしてそばを離れるなよ。もしかして来るかもしれないお客さんにも、奇抜な服が用意してある。それからこれはあんた用だ、ボルル。ちょっとは助けになるかもしれん」折りたたみの民警の徽章がついた上着だった。私は徽章が目立つようにした。「階級があったらよかったのにって思うね。そしたらあんたを降格してやるのに」

ダットは細かい迂回はせず、うしろめたさで神経をとがらせて過ちを犯すということもなく、まわりの車よりもゆっくりと、用心深く運転した。大通りを走りながら、ウル・コーマ人がよくやるようにヘッドライトをパッシングさせ、ほかの車のルール違反へのメッセージ、攻撃的なモールス信号にも似たドライバー激怒症の暗号を送っている。チカ、チカ、きさま人の前に割り込んだな、チカ、チカ、チカ、覚悟しとけよ。

「彼がまた電話してきた」私は小声でダットに言った。「もしかしたら来るかもしれない。その場合は……」

「おいおい、厄介者さん、もう一度言ってみな。その場合は彼も国境を越える、そうか？」

「彼も脱出させなけりゃだめだ。余分の書類は手に入ったのか？」

ダットは悪態をつき、ハンドルを叩いた。「ちくしょう、こんなくだらんくそみたいなことはやめろって、自分を説得できる方法が思いつけてたらと心から思うね。あいつが来ないことを願ってるよ。くそったれのオルツィニーにとっつかまればいい」ヨランダがダットを見つめる。「誰が担当かはわからん。書類を出す準備をしとけよ。いざってときには、あいつにおれのくそ書類を使わせるがな」

到着する何分も前から、コピュラ・ホールの姿が屋根や電話交換ケーブルや〈ガスルーム〉のむこうに見えてきた。私たちの来た道からだと、まずウル・コーマ側から見た裏手、つまり、できるだけ〈見ない〉ようにすべきベジェルの進入路、ベジェル人や戻ってくるウル・コーマ人の車の列が忍耐強く迷宮に吸い込まれる場所を、通過することになる。ベジェルの警官のライトが光っている。私たちはそれを見てはならず、実際見もしなかったが、すぐにむこう側に行くためには、見ることはできなくても見ているかのように認識しておかなければならない。巨大な建物を回り、〈必然の光《イネヴィタブル・ライト》寺院〉のむかい側にあるウル・マイディン・アベニューの入り口に進むと、ベジェル入国の行列のスピードが落ちる。そこでダットは車を停めた。下手くそな停めかたでやりなおしもせず、民警らしい傲慢さで歩道の縁石に斜めに停車し、キーはそのままぶら下げておいた。そこで私たちは車を降り、広大な前庭とコピュラ・ホールの境界がある方向に向かって、夜の人波をかきわけていった。

　外の警備についていた民警は、私たちが人の行列を横切り、止まっている車のあいだを縫うようにして道路を歩いていっても、何も聞かず、話しかけることもなく、立ち入り禁止のゲートの中へ案内し、われわれを食おうと待っているかのような巨大な建造物、コピュラ・ホールに入れてくれた。

　歩いているあいだ、私はいたるところを見ていた。私たちの目は動くことを決してやめない。変装のせいで落ちつかずにいるヨランダのうしろを歩きながら、視線を上げて食べ物やガラクタの売り子、警備員、観光客、ホームレスの男女、ほかの民警を見ていた。たくさんある入り口のうち、古いレンガ造りの丸天井の下にある、いちばん視界が開けて広く入り組んでいない場所を選んであった。チェックポイントの両脇にある大きな部屋の混雑ぶりが、口を開けた隙間の空間からよく見える。とはいえ、ベジェル側のほうがずっと、ウル・コーマに入りたがっている人間が大勢いた。

この位置、この視界の角度にいて初めて、私たちが長年やってきた、隣国を〈見ない〉行為をする必要がなくなった。ウル・コーマとつながっている道路が、何メートルかの中間地帯となっている境界を越えていくのも、さらに境界のむこうのベジェルに直接つながっていくのも見ることができる。前方をまっすぐに見られるのだ。青いライトが、私たちを待っていた。国のあいだにおろされているゲートの先に、ベジェルのパトカーと、さっき私たちが〈見ない〉ようにした閃光が見えてきた。コピュラ・ホールの建物の外側を通り過ぎるとき、ホールの端でベジェルの警備員が人混みを見張る一段高いプラットフォーム上に、警察《ポリツァイ》の制服の人影が立っているのが見えた。女性だ。まだかなり遠くの、ベジェル側のゲートの脇にいる。

「コルヴィ」私は自分でも気づかないうちに彼女の名を口に出していた。それを聞いてダットが話しかけてきた。

「彼女か？」まだ遠すぎてわからないと言おうとしたとき、ダットが言った。「ちょっと待った」

ダットは私たちが来た方向を振り返った。私たちが立っていた場所は、ベジェルに向かう人々の大半である野心あふれる旅行者の行列と、車がゆっくり進んでいる歩道脇の狭い空間とのあいだだった。ダットは正しかった。私たちのうしろにいる男の様子がなんだかおかしい。だが、寒さよけにウル・コーマ風のくすんだ茶の外套にくるまっている、いささか目立つ外見のせいではなかった。男は一緒にいる歩行者の列を横切るようにして、私たちの方向へ歩き、あるいはすり足で移動してきた。そのうしろにいくつもの不満そうな顔が見える。男は並んでいる場所をかきわけ、私たちに向かってきた。ヨランダが私たちの見ている場所に目をやり、哀れっぽい小声を漏らした。

「来い」ダットはヨランダの背中を手で押し、通路の入り口まで足早に向かわせた。ところが、背後の男はまわりの圧迫を振り払ってスピードを上げ、私たちをしのぐ勢いでこちらに向かってきた。私はとっさに振り返った。

「彼女をむこうに行かせろ」私は背後のダットを振り返らずに言った。「行け、国境まで連れていってくれ。ヨランダ、むこうにいる警察の女性のところへ行くんだ」私は足を速めた。

「行け」

「待って」ヨランダは私に言ったが、ダットのいさめる声が聞こえた。私は近づいてくる男に集中した。突進してきた私を目にすると、男は立ち止まり、上着の中に手をのばした。私も脇を探ったが、この都市では銃を持たずにいたことを思い出した。男は一歩か二歩あとずさった。両手を広げ、マフラーをほどくと、私の名前を叫んだ。ボウデンだった。

ボウデンが取り出したのは拳銃で、触るとアレルギーを起こすとでもいうように指にぶら下げている。私がボウデンに飛びかかったとき、背後で強く息を吐く音が聞こえた。さらにもう一度呼吸を吐き出す気配がして、悲鳴が飛びかった。ダットが叫びを上げ、大声で私の名を呼んだ。

ボウデンは私の肩のむこうを見つめていた。私は振り返った。ダットが二、三メートル先で、車と車のあいだでうずくまっている。自分で自分の体を抱え込みながらうめいている。車の運転手たちは車内で身を丸めていた。彼らの悲鳴がベジェルとウル・コーマの歩行者の列にも広がった。ダットはヨランダの上で身を丸めている。ヨランダは投げ飛ばされたかのように横たわっている。私にははっきりと見えなかったが、その顔は血まみれだ。ダットは自分の肩をつかんでいる。

「撃たれた！」ダットが叫んだ。「ヨランダも……くそっ、ティアド、彼女も撃たれた。やられた……」

ホール構内の遠いところで騒乱が始まった。静かに進んでいた車の列のむこうに見える広い空間の端、ベジェル側で人混みがうねり、まるでパニックを起こした動物のようだった。蜘蛛の子を散らすように、みんな人影のひとつから逃げている。その人影が何かに体重をかけ、いや、その何かを両手で持ちあげようとしている。狙いを定めたライフル銃だ。

第22章

不意に起きた別の小さな音は、通路中で上がっている悲鳴のせいでほとんど聞こえなかった。サイレンサーか、音響効果で弱められた銃声だったが、私はそれを耳にする前にボウデンに飛びかかって組み伏せていた。銃弾は爆薬のような衝撃音をたててボウデンの背後の壁に食い込み、その音のほうが銃声よりも大きかった。建物の破片が飛び散った。ボウデンのパニックを起こしたような息づかいが聞こえてきて、私は彼の手首を手でねじり、武器を捨てさせてそのまま押さえつけ、ボウデンを狙うスナイパーの視線からはずれるようにした。

「伏せろ！　全員伏せろ！」私はそう叫んでいた。人々は信じがたいぐらいにのろのろとひざまずき、危険を認識するにつれ、しゃがみかたや悲鳴も大げさになっていった。別の音とさらに別の音、車の激しいブレーキ音と警報音、銃弾がレンガに当たって人々がまた息をのむ音。

私はアスファルトにボウデンを押さえ込んでいた。「ティアド！」ダットの声がした。

「状況を教えろ」私はダットに叫んだ。警備員が敷地のいたるところにいて、武器を上げ、あたりを見まわし、愚かな的はずれの命令をお互いにわめきあっている。

「撃たれたよ、おれは大丈夫だ」ダットが返事をした。「ヨランダは頭を撃たれた」

顔を上げると、もう銃声はしていなかった。さらに顔を上げ、ダットがのたうちながら傷口を押さえている場所、ヨランダが死んで横たわっている場所に目をやった。もう少し体を起こすと、ウル・コーマ民警がダットと彼が警護していた死体のもとに近づいていくのが見え、離れた場所にいるベジェル警察が銃弾のやってきた場所に向かって走っていくのがわかった。ベジェルでは、ヒステリーを起こした群衆を警官が殴ったり押し返したりしている。コルヴィは四方を見まわしている——私が見えるだろうか？　私は大声で叫んだ。狙撃犯が走っていく。

狙撃犯は行く手をはばまれたが、必要に応じてゴルフクラブのようにライフルを振ると、人々はさっとそばを離れた。入り口閉鎖の命令は出ているだろうが、連中がどれだけ速く動けるだろう？　男は自分が撃つところを目撃しなかった群衆の中へ入っていき、人に囲まれながら、賢明にも銃を捨てたか隠したかしたらしい。

「くそったれめが」男のことはよく見えなかった。誰も止めようとしていない。男は楽に前進し、そのまま出ていこうとしている。私は男の髪や服装などを、慎重にひとつひとつ見た。刈り込んだ頭、うしろにフードのついた灰色のトラックスーツの上着、黒のズボン。なんの特徴もない。銃は捨てたのか？　男は人混みに消えた。

私はボウデンの銃を持って立ちあがった。滑稽にもワルサーP38だったが、弾は入っていて手入れも行き届いている。チェックポイントへ足を踏み出したものの、どこも混乱状態で、大騒ぎで銃を振り回す双方の警備員の列を前にしては、とても通り抜けられそうにない。ウル・コーマの制服を着ているのでウル・コーマ民警のラインを抜けることはできるかもしれないが、ベジェルの警官には引き止められるだろうし、狙撃犯ははるか先を逃げている。私はためらった。「ダット、無線で助けを呼べ。ボウデンを見ておけ」そう叫ぶと、私は身をひるがえして逆方向へ駆け出し、ウル・コーマ側に出てダットの車に向かった。

群衆は道を空けてくれた。みんな私の民警の徽章を目にし、拳銃を持っているのを見て逃げていくのだ。民警の連中は、自分の仲間のひとりが何か追っているらしいと見て、私を止めるようなことはしなかった。私は回転灯とサイレンを作動し、エンジンをかけた。

猛スピードで車を走らせ、地元や異国の車をかわし、コピュラ・ホールの外を端から端まで飛ばした。ウル・コーマのサイレンの音が私を混乱させる。「ヤー、ヤー、ヤー」という音は、ベジェルのパトカーよりも哀れっぽく聞こえるのだ。狙撃犯はまず間違いなく、恐怖と混乱を覚えながら必死に人の群がる旅行者通路を抜けようとしているはずだ。回転灯とサイレン音のおかげで、ウル・コーマ側はみな仰々しく、一方ベジェル側の位相分身《トポルゲンガー》の通りは異国のドラマに対するいつもの説明のつかないパニック状態を起こしつつ、私のために道を空けてくれる。私はハンドルをぐいっと切って右に曲がり、ベジェルのトラム線路をガクンと飛びこえた。

〈ブリーチ〉はどこにいる？　いや、〈ブリーチ〉行為は起きていないのだ。

ブリーチは起きていない、い、いない。厚かましくも、国境を越えた場所から女性を殺したやつがいるというのにだ。襲撃、殺人、殺人未遂、しかしそれに使われた銃弾は、コピュラ・ホールのチェックポイントそのもの、両国が接する場所を越えてきている。凶悪で複雑で悪意ある殺人だが、狙撃犯はたんねんな気配りを欠かしていない。犯人はベジェル側の最後の何メートルという場所から、物理的国境線、ウル・コーマに入るまでの部分を見わたせる位置、都市と都市のあいだにあるひとつの導管を通じ、正確に狙いを定められる位置に身を置いたのだ。両都市の境界線、つまりウル・コーマとベジェルのあいだの皮膜に、いわば過剰なまでに気を使いながら、殺人を犯した。〈ブリーチ〉行為は起きず、〈ブリーチ〉はここではなんの権限もなく、ベジェルの警察だけが犯人と同じ都市にいる。

　ふたたび右ハンドルを切った。一時間前に自分がいた場所、すなわち〈クロスハッチ〉された経度と緯度をコピュラ・ホールのベジェル側の入り口と共有している、ウル・コーマのウェイパイ・ストリートへと戻った。車をできるかぎり人混みに近づけ、思いきりブレーキを踏んだ。それから車を降り、ルーフに飛び乗った。私を仲間と見なしたウル・コーマ民警が、いったい何をやっているのかと聞きにくるまでそんなに時間はないだろうが、とにかくルーフに飛び乗った。わずかなためらいののち、襲撃から逃れようとこっちへ向かってくるベジェル人のいる通路には注目しないでおいた。そのかわり、周囲のいたるところを見まわしてウル・コーマをながめ、そのあとは表情を変えず、ウル・コーマ以外のどこかを見ているようなそぶりをまったく見せないようにして、ホールの方向を向いた。われながら申し分なかった。サイレンを鳴らしつづけるパトカーの回転灯が、私の足を赤と青とに染める。

ている旅行者は、いまだに出る人間よりずっと多いが、中ではパニックが広がり、危険な逆流が起きている。騒ぎが起き、行列が下がってくるものの、そのうしろにいて何が起きたか見ても聞いてもいない人々が、何が起きたかを知って逃げようとする人々を妨げている。ウル・コーマ人はベジェルでの騒乱を〈見ない〉ようにして、目をそらし、道路をわたり、異国の厄介ごとを避けようとしている。

「出ろ、出ろ――」

「入れてくれ、いったい何が……？」

群衆と愚行が渦巻くパニック状態のさなか、私は急ぎ足の男の姿に目をとめた。速すぎないように走り、目立ちすぎない程度に頭を上げている慎重さが気になった。あれがそうだろうかと思い、いやちがうと思いなおし、そして、やっぱりそうだ、あれが狙撃犯だと確信した。男は、列の最後で叫んでいる家族の脇を通り、何をすべきかわからずに命令をくだそうとする大混乱のベジェル警察の列をすり抜けていく。混雑をかきわけ、向きを変え、早足だが慎重な足どりで、歩きながら遠ざかっていく。

私は何か音をたてたらしい。何ヤードか離れた場所にいる狙撃犯が、明らかにちらりと振り返った。男が自分を見ている私に目をとめ、制服を見て私がウル・コーマにいることに気づき、反射的に〈見ない〉ようにしたのがわかったが、その視線を下げはしたものの、男の目は何かを悟り、足どりが速まった。見覚えのある顔だと思ったが、どこで見たのかは思い出せなかった。私は必死にあたりを見回したが、男を追っているベジェル警察は見あたらず、私自身はウル・コーマ側にいる。私は車のルーフを飛び下りると、早足に殺人犯のあとをつけた。

行く手をはばむウル・コーマ人を押しのけていった。ベジェル人は私を〈見ない〉ようにしながら、やってくる私をあわててよける。彼らの仰天した目つきがわかる。私は殺人犯よりもすばやく動いた。男にではなく、ウル・コーマのどこか、あるいはほかの誰かを見つつ、視界に男の姿をとどめた。熟視しないように、法に触れないように男を追った。私は広場を横切り、追い抜いた二人のウル・コーマ民警からおずおずと呼びかけられたが、それを無視した。

男には私の足音が聞こえていたにちがいない。あと二、三十メートルというところで、相手が振り返った。男の目は私を見て驚いたように大きくなったが、そのときでさえも用心深く、じっと見ようとはしなかった。私の姿は認めたのだ。男はベジェルに目を戻し、スピードを上げると、斜めに逃げながら目抜き通りであるエルマン街の方向へ向かい、コリウブ行きのトラムのうしろをとおった。われわれがいる道路は、ウル・コーマではサク・ウミール・ウェイだ。私も速度を上げた。

男はまたちらっと振り返り、さらに足を速め、ベジェル人の人混みの中へ入っていった。すばやく左右に目をやり、ベジェルのカラーキャンドルの明かりがついたカフェや本屋をながめる——ウル・コーマでは、ここはもっと静かな路地だ。店に入ることも考えたはずだ。

そうしなかったのは、どちらの側の歩道にも〈クロスハッチ〉された人混みがいて、その対処に追われると思ったからか、あるいは、追われている状態で先に進めなくなる、袋小路に入ってしまうのが嫌だったのかもしれない。男は走り出した。

左に駆けていくと、もっと細い路地に入ったので、私もそのままあとを追った。男の足は速かった。今や私よりもスピードを出している。兵士のような走りっぷりだ。差が開き出した。ベジェル人の露店商や歩行者は男をじっと見つめ、ウル・コーマ人のほうは私をじっと見ている。私が追う獲物は、行く手をはばむゴミ箱も、私よりずっと楽に飛び越えていく。男がどこへ行こうとしているかはわかっていた。ベジェルとウル・コーマの旧市街は密接に〈クロスハッチ〉している。そのはずれの、〈異質《オルター》〉と〈完全《トータル》〉の領域の分離が始まるところに行きたいのだ。そうなればもう、追跡は成立しない。われわれはただ速度を増し、走っていった。彼は彼の都市で走り、私はそのすぐうしろにつき、怒り狂いながら私の都市で走った。

私は無言で叫んだ。年配の女性が私を見つめる。私は男を見ず、まだ男を見ず、それでも一心に、法に触れないよう、ウル・コーマを見つめ、その明かりを見つめ、落書きを見つめ、通行人を見つめ、とにかくウル・コーマを見つづけた。男はベジェル伝統スタイルの、カールさせたような鉄の手すりの脇にいる。距離がありすぎる。男は〈完全《トータル》〉な道、ベジェルにしかない通りのそばまで来ている。私が息を切らせてあえいでいると、男は立ち止まって私のほうを見た。

そのほんの一瞬、どんな犯罪行為を告発するにも短すぎる一瞬、男は明らかに故意に、まっすぐ私を見た。私は男を知っていた、どこで見たのかはわからない。男はむこう側の人間だけが入れる区域の境界線で私を見つめ、かすかな勝ち誇った微笑を浮かべた。そして、ウル・コーマにいる人間が入れない空間へと足を踏み出した。

私は銃を構え、男を撃った。

私の撃った弾は男の胸に当たった。男が倒れるとき、驚愕したその顔が見えた。そこら中から悲鳴が上がった。最初は銃声に対して、その後は男の死体と血に対して、それからほとんど瞬時にして、目撃者の全員が、恐ろしい違反行為が起きたことに悲鳴をあげ出した。

「〈ブリーチ〉」

「〈ブリーチ〉」

今の犯罪を目撃した人間の誰かが、ショックのあまりそう口にしたのかと思った。だが、ちょっと前までは目的を持った動きなど見えなかった場所から、ぼんやりと人影が現われ、誰のものでもない、あてどもない、支離滅裂なふらふらとした動きだけが見えたかと思うと、いきなり新たな人間たちが姿を現わした。その顔はあまりに動きがなく、彼らがその言葉を発した張本人だとは思えなかった。犯罪と彼らの素性、両方を言明するための言葉だった。「〈ブリーチ〉」頑強な何かが私をぐっとつかまえた。たとえ身をもがいても逃げるのは不可能だっただろう。私が殺した殺人犯の死体を、黒っぽい何かの形が覆っているのが見えた。

声は私の耳のすぐそばで聞こえた。「〈ブリーチ〉」何かの力が、私を今いる場所から苦もなく突き飛ばした。ベジェルのキャンドルも、ウル・コーマのネオンも、どんどん、どんどん通り過ぎ、どちらの都市とも思えない方向に向かって。

「〈ブリーチ〉」何かが私に触れると、私は暗闇のもとへ、意識とすべての認識を離れたその言葉の響きの中へと、入っていった。

第3部　〈ブリーチ〉

第23章

音のない暗闇ではなかった。じゃまなものがないというのでもなかった。何かがそこにいて、私の答えられない質問を、私にはどうにもできない危急のものとわかる質問をしてきた。声が何度も何度も私に言う、〈ブリーチ〉と。私に触れた何かが私を送り込んだのは、意識のない沈黙ではなく、私が追われる立場となる夢の領域だった。

そうしたことを思い出したのはあとになってからだ。目が覚めた瞬間は、時が過ぎたという感覚はなかった。目をつむっていたあいだは、旧市街の〈クロスハッチ〉された通りにいた。目を開けると、私ははっとして息をのみ、部屋を見つめた。

灰色で、装飾品もなかった。小さな部屋だ。私はベッドの中、いや、ベッドの上にいた。見覚えのない服を着て、シーツの上に横たわっている。起き上がってみた。

灰色の床はすり切れたラバーで、窓から射し込む光が、私を、灰色の高い壁を、ところどころにある染みやひびを照らしている。机がひとつ、椅子が二つ。粗末なオフィスのように見える。天井には、黒っぽいガラスの半球。物音はしなかった。

　私はまばたきをして立ちあがったが、思っていたほどふらつきはしなかった。ドアはロックされている。窓が高すぎて外が見えない。ジャンプすると、そのせいで軽く頭がくらっとしたが、空だけは見えた。着せられている服は清潔で、まったく特徴がない。サイズはちゃんと合わせてくれている。暗闇で私と一緒にいたのがなんだったのかを思い出し、とたんに鼓動と呼吸が速まりはじめた。音がないと気力も弱まる。窓枠の下のほうをつかんで体を持ちあげてみると、腕がぶるぶる震えた。足場もなしにその姿勢を長く保つのは無理だ。眼下に広がるいくつもの屋根。スレート屋根、衛星放送のパラボラアンテナ、平たいコンクリート、突き出した梁やアンテナ、タマネギ形のドーム、らせん状のタワー、〈ガスルーム〉、ガーゴイルらしき物のうしろ姿。自分がどこにいるのか、ガラスのむこうでは何が聞こえるのか、外から見張られているのかもわからなかった。

「座れ」

　その声に、私はどさっと下に落ちた。なんとか立ちあがりながら振り返った。

　誰かが戸口に立っていた。その背後から光が射していて、そこだけ暗闇を切り抜いたみたいに見える。相手が足を踏み出してくると、私より十五か二十は年上の男だとわかった。たくましく、ずんぐりとして、私と同じぐらいに特徴のない服を着ている。そのうしろにも人がいた。私と同年代らしき女性がひとり、それより少し上の男性がひとり。どの顔も、これから何か表情を浮かべようという気配はない。神が息を吹きかける前の粘土人形のようだ。

「座れ」年かさの男が椅子を指さした。「すみから出てこい」

相手の言うとおりだった。私は部屋のすみにぴったり体を寄せていた。それは自分でもわかった。私は肺の動きをゆるめ、背筋を伸ばした。壁から両手を離し、まともな人間らしく立った。

長いことたってから、私は言った。「お恥ずかしい」そして「すみません」と。男に言われた場所に座り、声がコントロールできるようになると、さらに言った。「私はティアドール・ボルルです。あなたがたは？」

男は座って私に目をやり、首を傾け、鳥みたいに超然とした好奇心を見せた。

「〈ブリーチ〉だ」

「〈ブリーチ〉」私は声に出し、震える息を吸い込んだ。「そうですね、〈ブリーチ〉だ」

ようやく男は言った。「何を期待していた？　そして今は何を期待している？」

期待しちゃいけませんか？――ほかのときならそう言っていたかもしれない。私は神経をとがらせつつあたりを見まわし、よく見えもしない部屋のすみに何かを探すようなそぶりをみせた。男は右手の人差し指と中指をVサインのように突き出して、それぞれの指で私の片方ずつの目を指し、それから自分に向けて同じようにした。私を見ろ。私は従った。

男は眉の下から私を一瞥した。「現況だが」と言った。そのとき気づいたが、お互いベジェル語で話している。相手は、ベジェル人らしくもウル・コーマ人らしくもなかったが、かといってヨーロッパや北米の人間でもない。アクセントは単調だ。

「きみは〈ブリーチ〉を行なった、ティアドール・ボルル。暴力的に。それによって人を殺した」男はもう一度私をじっと見た。「ウル・コーマからベジェルに向けて銃を撃った。だからきみは〈ブリーチ〉にいる」彼は手を組みあわせた。私は、その皮膚の下で細い骨が動くのをながめていた。自分の手を見るように。「男の名前はヨルヤヴィッチ。きみが殺した男だ。彼を覚えているか？」

「私は……」

「きみは彼を前から知っている」

「どうしてご存じなんです？」

「きみがそう言ったのだ。きみがどう意識を失うか、どのぐらいその状態でいるか、そのあいだにきみが何を見て何を言うか、きみの意識がいつ戻るかは、すべてわれわれしだいなのだ。意識が戻るなら、ということだがね。彼をどこで知った？」

私は首を振った。だが――「〈真の市民の会《トゥルー・シチズン》〉」私は突然そう言った。「あそこに話を聞きに行ったときにいた男です」弁護士のゴッシュに電話した男だ。屈強で生意気な愛国主義者たちのひとり。

「彼は兵士だった」男は言った。「英国軍《BAF》に六年いた。狙撃兵だ」

驚くことではない。見事な銃撃だった。「ヨランダ！」私は顔を上げた。「なんてこった、ダットは。何が起きたんですか?」

「ダット上級刑事は右手を二度と正常に動かせない、だが回復中だ。ヨランダ・ロドリゲスは死んだ」男は私を見つめた。「ダットに当たった弾は彼女を狙ったものだ。二発目の弾が彼女の頭を貫いた」

「くそっ」しばらくのあいだ、私はうつむくことしかできなかった。「彼女の家族はもう知ってるんですか?」

「知っている」

「ほかに誰か撃たれた人間は?」

「いない。ティアドール・ボルル、きみは〈ブリーチ〉行為を犯した」

「あいつが彼女を殺したんじゃないか。ほかにどうやってあいつを――」

男は椅子にもたれかかった。私はすでに反省と無力感を示すようにうなずいていたが、男は言った。「ヨルヤヴィッチは〈ブリーチ〉していないよ、ボルル。コピュラ・ホールの中で、国境を越えて撃った。〈ブリーチ〉行為ではない。法の上では議論はあるかもしれない。これは、彼が引き金を引いたベジェルでの犯罪とすべきか、それとも銃弾が当たったウル・コーマでの犯罪とすべきなのか? あるいは両国か?」男は、そんなことを誰が気にするんだ? というように、優雅に両手を広げた。「彼は〈ブリーチ〉行為はしていない。きみはした。だからきみはここにいる、〈ブリーチ〉にいるのだ」

彼らがいなくなって、食事が運ばれてきた。パン、肉、フルーツ、チーズ、水。食べ終わったあと、ドアを押したり引いたりしてみたが、動かせなかった。ドアの塗装面に指先で触れてみたが、そこに見えるのがただの塗装のひび割れなのか、それとも私には解読不能の秘密の暗号のメッセージなのかは、わからなかった。

ヨルヤヴィッチは私が初めて撃った人間ではないし、初めて殺した人間ですらなかったが、そうたくさん人殺しをしてきたわけでもない。私に銃を向けた人間以外を撃ったことは、一度もなかった。私は体に震えが来るのを待った。心臓の激しい鼓動が伝わってきたが、それはあくまで今自分がいる場所のせいであり、罪の意識からではなかった。

私は長いことひとりでいた。部屋のいたるところを歩き、半球に隠されたカメラをながめた。また窓に体を引っぱりあげ、そこから外の屋根を見下ろした。ふたたびドアが開いたときは、夕闇が下りてきつつあった。同じ三人が入ってきた。

「ヨルヤヴィッチは」年上の男がまたベジェル語で言った。「彼は、ある意味で〈ブリーチ〉行為を犯した。きみは彼を撃つことで、彼にも〈ブリーチ〉させた。〈ブリーチ〉行為の犠牲者はつねに〈ブリーチ〉を犯している。彼はウル・コーマと深い交流をもっていた。だからわれわれも彼について知っている。彼はどこかから指示を受けていた。〈真の市民《トゥルー・シチ》の会《ズン》〉からではなく。そういうことだ」男は言った。「きみは〈ブリーチ〉を犯した、だからきみはわれわれのものだ」

「それで今度はどうなるんです?」

「われわれが望めば、どうとでもなる。〈ブリーチ〉すれば、きみはわれわれのものだ」

この連中は苦もなく私を消せる。それがどういう意味を持つのかは、噂でしかわからない。〈ブリーチ〉に連れていかれて——なんて言うべきだ？——服役した人々のことは、その後の話すら聞こえてこない。そうした連中は、見事にそのことを隠しているか、一生釈放されることがないかのどちらかなのだろう。

「きみがわれわれの行なう正義を理解していないからといって、そのせいで不当なことになるわけではない。もしお望みなら、これはきみの裁判とでも考えればいい。

きみのしたこととその理由を話したまえ。そうすれば、われわれはどんなアクションをとるかを考える。われわれは〈ブリーチ〉行為を撲滅しなければならない。実施すべき調査がある。関連性があると証明できれば、〈ブリーチ〉していない人間と話すこともできる。わかるかね？　軽い制裁と、より厳しい制裁がある。きみの記録もわれわれの手もとにある。きみは警察官だな」

この男は何を言ってるのだろう？　われわれは仲間だとでも言うのか？　私は黙っていた。

「なぜこんなことをした？　話してくれ。ヨランダ・ロドリゲスのこと、それにマハリア・ギアリーのことを話すのだ」

私は長いあいだ黙っていたが、何を話そうという当てもなかった。「知っている？　あなたがたは何を知ってるんです？」

「ボルル」

「外には何があるんです?」私はドアを指さした。ドアは少し開けたままにしてあった。

「自分がどこにいるかは知っているだろう」男は言った。「そこに何があるかはいずれわかる。きみが何を話し、何をするかにもよるよ。きみの知ったことをここで話してくれ。こんな愚かな陰謀話が再発したのは、ずいぶん久しぶりのことだ。ボルル、オルツィニーのことを話すのだ」

を話すのだ」

彼らが私に許した照明は、廊下から楔《くさび》のように射し込んでくるセピア色の光だけで、薄片のような暗い光が、私の尋問官の姿を陰らせている。事件のことを彼らに話すには何時間もかかった。ごまかしたりもしなかった。どうせ彼らはすべてを知っているにちがいない。

「どうして〈ブリーチ〉した?」男が言った。

「そのつもりはありませんでした。狙撃犯がどこへ行くのかを見たかったんです」

「それが〈ブリーチ〉行為だろう。彼はベジェルにいたのだ」

「そうですがね。そんなことは四六時中起きてるじゃないですか。あの男が笑ったとき、その目つきに、私はただ……マハリアやヨランダのことを考えていて……」私はドアのそばへゆっくりと歩いていった。

「彼はどうしてきみがそこにいると知っていたのだ?」

「わかりません」私は言った。「あいつは愛国主義者でいかれた男ですが、明らかに誰かと接触してましたし

「それとオルツィニーがどう関わってくるのだ？」

私たちはお互いの顔を見た。「私が知っていることはすべて話しました」私は言った。両手で顔を覆いながら、指の上から様子をうかがった。戸口にいる男も女も、注意を払っているそぶりはない。私は二人に勢いよく突進した。虚を突いたつもりだったが、ひとりが――どちらかはわからなかったが――私を空中でとらえ、部屋の奥の壁際まで投げ飛ばした。誰かが私を殴ったが、どうやら女のほうらしく、頭を引っぱられた拍子にドアにもたれて立っている男の姿が見えた。年上の男のほうは、テーブルの前に座って待っていた。女が私の背中にまたがり、ヘッドロックで私を押さえ込んだ。「ボルル、きみは〈ブリーチ〉にいる。この部屋ではきみの裁判が行なわれているのだ」年上の男が言った。「ここで終わりになりかねないぞ。きみは今、法の外にいるのだ。ここは裁決権というものが住む場所だ、われわれが裁決そのものだ。もう一度聞く。この事件が、関与した人間が、殺人が、オルツィニーの物語とどうつながるのか話すのだ」

しばらくして、男は女に聞いた。「何をしてる？」

「おとなしくなりません」女が言った。

私は、女に押さえられつつも、精一杯の笑い声をたてていた。

「問題はおれじゃないんだな」口がきけるようになると、私はようやく言った。「なんてこった。あんたらはオルツィニーのことを調べてるんだ」

「オルツィニーなどという場所は存在しない」男は言った。

「みんながおれにそう言ったよ。それでもいろんなことは起きつづけて、人が消えたり死んだりして、そしてそのたびに、オルツィニーって言葉を聞かされた」女は私を放した。私は床に座りこみ、やれやれという表情で首を振った。

「なぜ彼女があんたらのもとへ行かなかったか、知ってるか？」私は言った。「ヨランダのことさ。彼女はあんたらがオルツィニーだと思ってたんだ。もしあんたらが『都市と都市のあいだになど何もあるはずがない』と言えば、彼女はきっと、『じゃあ〈ブリーチ〉を信じてる？　あれはどこにあるものなの？』って言っただろうな。だけど彼女は間違ってた。そうだろう？　あんたらはオルツィニーなど存在しない」

「オルツィニーなど存在しない」

「それならなんでその話を聞きつづけるんだ？　おれが何日も、何から逃げつづけてるっていうんだ？　おれはただ、オルツィニーだかそれによく似たものだかが、おれの相棒を撃ったのを見たってだけだ。おれが〈ブリーチ〉したことはわかってるんだろう。どうしてほかのことを気にする？　なんでさっさと処罰しない？」

「言ってるとおり――」

「なんだ、お情けか？　正義か？　やめてくれ。

ベジェルとウル・コーマのあいだにほかの何かがあるんなら、あんたらにはどの場所が残ってるんだ？　あんたらはそいつを追ってるんだな。そいつが急に戻ってきたからだな。あんたらはオルツィニーがどこにあるか知らない。あるいは何が起きているのかを知らない。

あんたらは……」どうとでもなれだ。「あんたらは怖がってるんだよ」

　若いほうの男と女が出ていき、廊下にケーブルを引きずりながら古いフィルム投影機を持って戻ってきた。二人がそれを操作すると、機械がブンブンうなり出し、壁をスクリーンにして尋問の映像が映し出された。私は床に座ったまま、よく見えるようにうしろに下がった。

　映ったのはボウデンだった。プツッと雑音が入ってボウデンがイリット語でしゃべり出した。尋問しているのは民警《ミリツィア》だ。

「……何が起きたのかは知りません。ええ、そうです、私が隠れていたのは誰かに狙われていたからです。誰かが私を殺そうとしてました。ボルルとダットがウル・コーマを出ると聞いたとき、彼らを信用していいのかわからなかったんですが、彼らなら私を脱出させてくれるかもしれないと思ったんです」

「……銃を持ってかね？」尋問官の声はくぐもっていた。

「誰かが私を殺そうとしてたからですよ、それが理由です。ええ、私は銃を持っていました。東ウル・コーマにある通りの半分ぐらいの場所で銃が買えますよ、あなたもご存じでしょうが。私は何年もここに住んでますんでね」

　不明瞭な声。

「いいえ」

「なぜだね？」この声は聞こえた。

「オルツィニーのようなものは存在しないからです」ボウデンが言った。

また不明瞭な声。「まあ、どう思おうとかまいませんよ、マハリアがどう思ってたにせよ、ヨランダが何を言ったにせよ、ダットが何をほのめかしているにせよね。誰が私に電話してきたかも知りません。とにかく、そんな場所は存在しないんですよ」

質の悪い映像と音声に大きな雑音が割り込み、アイカムの姿が映った。彼はひたすら泣きじゃくっていた。質問されても無視して泣きつづけた。

また映像が替わり、アイカムのいた場所にダットがいた。制服姿ではなく、片腕を吊っている。

「おれが知るかよ」ダットは叫んだ。「なんでそんなことをおれに聞く？　ボルルを連れてこいよ。どんなことが起きてたかは、おれなんかよりあいつのほうがたくさん知ってたみたいだからな。オルツィニー？　いいや信じてないね、おれはガキじゃない。ただな、そこには何かがあるよ、オルツィニーが明らかに馬鹿げたくその山だとしても、何かが動いてて、手に入りもしない情報をいまだに誰かがつかもうとしてて、それでほかの人間が未知の力に頭を撃ち抜かれてるんだよ。くそったれどもが。くだらん不法行為ってわかってても、ボルルを助けることに同意したのはそのせいさ、だからおれのバッジを取り上げるんならそうすればいい。好き勝手にすりゃいいんだ――オルツィニーなんて信じたくなければ信じなけりゃいい、おれは信じてないよ。だけど、存在もしないいまいましい都市があんたを撃ってくるかもしれないぜ。頭は低くしといたほうがいいね。ティアドールはどこだ？　あんたらは何をしたんだ？」

映像は壁面上で静止した。どなるダットの顔を大映しにするモノクロ画像。その光に照らされながら、私の尋問官たちがこちらを見つめた。

「さて」年かさのほうの男が言うと壁に向かってうなずいてみせた。「ボウデンの話は聞いたな。何が起きているのだ。きみはオルツィニーについて何を知っている？」


〈ブリーチ〉は、大したことはなかった。なんということもない。普通の場所だし、シンプルなものだ。〈ブリーチ〉には大使館も、軍も、観光地もない。〈ブリーチ〉の通貨もない。〈ブリーチ〉した人間はそこに包み込まれる。〈ブリーチ〉には、怒りをみなぎらせた警察もいない。

どう進んでもくり返すたびにオルツィニーに続いてしまうということは、組織的な違法行為、秘められた補足ルール、ほかの何ものでもない都市、〈ブリーチ〉以外の何ものでもないはずの何ものでもない寄生の都市を暗示しているように思えた。〈ブリーチ〉がオルツィニーでないというのなら、何世紀もそんな都市を好きにさせておいた〈ブリーチ〉は、それ自体がまがいものだということじゃないのか？　尋問官が私に『オルツィニーは存在するのか？』と聞くのは、『われわれは戦争をしているのか？』と聞いているのと同じように間抜けなことだ。

私は協力を申し出て、彼らの気を惹いてみた。あえて取引をしたのだ。「私があんたらの手助けをしよう……」私はそう言うと長い間を置き、あとを省略して『もし』をほのめかした。私はマハリア・ギアリーとヨランダ・ロドリゲスの殺人犯をとらえたかったし、彼らはそれを知っているはずだ。だからといって、私も取引はしないと言えるほど高潔ではない。交換取引の余地があり、ふたたび〈ブリーチ〉を出て行ける方法やささいなチャンスがあるというのは、私にはとても魅惑的なことだった。

「一度、おれに接触しかけたことがあったじゃないか」と私は言った。私が総体局所的《グロストピカリー》に自分の家の近くにいたとき、彼らは私を見張っていたのだ。「だから、おれたちはパートナーだな？」

「きみは〈ブリーチ〉違反者だ。とはいえ、われわれを手助けしてくれるなら、いい方向には進むだろう」

「本当にオルツィニーが彼らを殺したと思っているのか？」と、もうひとりの男が言った。

オルツィニーがここにいて、出現していて、なおかつまだ見つかっていない可能性があるとしても、彼らは私を処罰しようとするだろうか？　オルツィニーの住民が通りを歩いていても、ベジェルやウル・コーマの住民からは〈見ない〉ようにされる。両都市の住民は互いに、オルツィニーの住人相手の都市にいる人間だと見なす。彼らは図書館の本のように隠れていられるわけだ。

「どうかしたの？」女が私の顔を見て言った。

「おれが知っていることは全部話したが、結局大したことは知らないわけだ。何が起きたかを本当に知っているのはマハリアで、彼女は死んだ。だが、彼女は何かを残している。友だちにも話していたんだ。ヨランダにも、メモを見返していて真実に気づいたと話していた。そういうものは何も見つからなかった。だが、彼女がどうやって研究してたかは知ってる。それがどこにあるのかも、おれにはわかるんだ」

第24章

その朝、建物――本部とでも呼ぶべきか――を〈ブリーチ〉の年上のほうの男と一緒に出た私は、自分たちがどの都市にいるのかわからないでいる自分に気づいた。

私は前夜遅くまで起きていて、ウル・コーマとベジェルの尋問フィルムを見ていた。たまたまそこにいた、何も知らないベジェルの国境警備員とウル・コーマの通行人。「みんなが叫び出して……」銃弾が頭上を越えていったという車の運転手たち。

「コルヴィ」彼女の顔が壁面にあらわれたとき、私は思わず声に出した。

「それで彼はどこにいるの？」録音は不明瞭で、声が遠く聞こえる。コルヴィは怒りつつ、自分を抑えている。「ボスはいったいどんなことに首を突っ込んでたの？　ええ、彼は私に、誰かを入国させる手助けをしてほしがってました」彼女のベジェルの尋問官は、そればかりをくり返し確認していた。尋問官は仕事を失うぞとコルヴィを脅した。コルヴィはダットと同じぐらい侮蔑をあらわにしていたが、何か言うときにはもっと慎重だった。彼女も何も知らない。

〈ブリーチ〉は、ビザヤやサリスカが尋問されている短い映像も見せた。ビザヤは泣き叫んでいた。「こういうのは感心しないね」と私は言った。「残酷なだけだ」

いちばん興味深かったのは、ヨルヤヴィッチの同志、ベジェルの過激な愛国主義者たちの映像だった。何人かはあのときヨルヤヴィッチと一緒にいた仲間だった。彼らはぶすっとした顔で警察《ポリツァイ》の尋問官をながめていた。弁護士同席でなければ口をきかないという連中も二、三いた。厳しい詰問もあり、尋問官がテーブル越しに身を乗り出して、男の顔を殴っていた。「なんだってんだ」男は血を流しながら叫んだ。「おれたちゃ同じ側の人間だろうがよ、くそったれ。あんたはベジェル人で、くそったれのウル・コーマ人じゃねえし、くそったれの〈ブリーチ〉でもない……」

傲慢、中立、憤慨、しばしば服従や協力も交え、愛国主義者たちはヨルヤヴィッチの行動については何も知らないと主張した。「その外国人の女のことは聞いたこともないね。そんな女の話、あいつは何もしてなかった。学生だって？」ひとりはそう言った。「おれたちはベジェルにとって正しいことをやってるんだよ、わかるか？　理由なんて知る必要があんのかよ。けどな……」私たちが見ている映像の男は、身振り手振りを交えてなんとか相手を攻撃せずにまともな説明をしようと試みていた。

「おれたちは兵士だ。あんたらと同じだ。ベジェルのためのな。だから、たとえば誰かに思い知らせるために何かしなきゃならないって聞かされたら、その指示を受けたら、アカや統《ユ》一《ニフ》派や国賊やウル《U》・コーマ《Q》や〈ブリーチ〉連中が集まるとかしてるんなら、何かしなきゃなんないのは当然だろ。そうする理由はわかるはずだ。聞かなくても、それをやんなきゃなんない理由は、たいていの場合はわかる。だけど、そのロドリゲスとかいう女がなぜ……あいつがその女をやったとは信じらんないし、もしやったんなら、おれには……」男は怒り出したようだった。「おれにはなんでだかわかんねえんだよ」

「当然だが、彼らは深いところで誰かと接触している」〈ブリーチ〉における私の話し相手が言った。「だが、解明は難しいにしても、ヨルヤヴィッチが〈真の市民《トゥルー・シチズン》の会〉の一員ではなかったという可能性はある。そればかりか、もっと秘密の組織の代表者ということもありうる」

「もっと秘密の場所かもね」私は言った。「あんたらは、なんでも監視してるのかと思ってたよ」

「誰も〈ブリーチ〉はしなかった」男は私の前に書類を置いた。「ヨルヤヴィッチのアパートメントを捜索した、ベジェル警察の調査結果だ。オルツィニーのような存在とのつながりは見つからなかった。われわれは明日、朝早く出発するからな」

「こんなものをどうやって手に入れたんだ？」男とその仲間が立ちあがったとき、私は尋ねてみた。男は表情を変えず、それでも威圧的な顔をして私をながめ、そこを出ていった。

短い夜が過ぎると、今度は例の男がひとりで戻ってきた。こちらも準備は整えてある。

私は書類を振った。「おれの同僚たちがちゃんと仕事したと仮定すればだが、本当に何もないね。ときどき金が入ってきているが、多くはない。不審な金でもない。二、三年前に試験に受かって越境できるようになった。それもおかしなことじゃない。ただ、彼の政治思想や……」私は肩をすくめた。「定期購読契約や蔵書、交友関係、軍の記録、犯罪履歴、行きつけの場所などを見るかぎり、彼はまぎれもなく、ありふれた暴力的な愛国主義者ではあるね」

〈ブリーチ〉は彼を監視していた。ほかの反体制派全員と同様に。妙なつながりがある形跡は何もなかった」

「オルツィニーのことか」

「何もなかったんだ」

男はようやく私を連れて部屋を出た。廊下も同じ古びた塗装で、くたびれてくすんだ色のカーペットが敷かれ、ドアが並んでいる。誰かの足音が聞こえ、私たちが角を曲がって階段を下りていくとき、女性がひとり、私の連れの顔に気づいたそぶりですれちがった。そのあともうひとり男が通り過ぎていき、それから私たちは、ほかにも数人の人間がいる廊下に入っていった。彼らが着ているものは、ベジェルかウル・コーマのどちらかでは合法なのだろう。

聞こえてくる会話は、両都市の言葉のほか、双方を組みあわせたようなごたまぜの、あるいは旧式の言葉で交わされている。キーボードを叩く音がする。同行者に襲いかかったり、危害を加えて逃げるようなことは、私はまったく考えていなかった。それは本当だ。私はしっかりと監視されている。

私たちが通り過ぎてきたオフィスの壁にはコルクボードやフォルダーの棚が並び、多数のメモがとめてあった。女性がプリンターから用紙をちぎりとる。電話が鳴っている。

「行くぞ」男が言った。「きみはどこに真実があるか知っていると言ったな」

二重扉があり、そのむこうは外の世界だった。出口を出ると外の光が襲いかかってきて、自分たちがどちらの都市にいるのかわからない自分に気づいたのは、そのときだった。

〈クロスハッチ〉地区でのパニックが過ぎ去ると、自分たちはウル・コーマにいるはずだと気づいた。私たちの目的地があるのはそこだ。私は自分の護衛のあとをついて、通りを歩いていった。

深々と呼吸をした。今は朝で、賑やかで、空は曇っているが雨模様ではなく、風が荒々しい。寒かった。冷気が私の息をあえがせた。周囲の人々、コートを着たウル・コーマ人の動き、大部分は歩行者用になっている通りをゆっくりと進む車のクラクション、行商人の叫び声、服や本や食べ物を売る人々。そういったものに、楽しく方向感覚を狂わされる。ほかはすべて〈見ない〉でいた。私たちの頭上にはケーブルのほぐれ束があり、ウル・コーマの膨れた〈ガスルーム〉のひとつが風に強く押されている。

「走るな、と言う必要はないな」男が言った。「叫ぶなと言う必要もないな。私がきみを止められることはわかっているだろう。それに、見張っているのが私ひとりじゃないことも。きみは〈ブリーチ〉にいる。私のことはアシルと呼んでくれ」

「おれの名前は知ってたな」

「私と一緒のときは、きみはティエだ」

ティエもアシルと同様、ベジェルとウル・コーマのどちらでも伝統的な名前ではないが、どっちの名前だと言ってももっともらしく通じる。建物の前面には人影やベルや株式情報用ビデオスクリーンなどがあるが、アシルは私を連れてその下にある中庭を横切った。そこがどこなのか、私にはわからなかった。

「腹がすいただろう」アシルが言った。

「まだ大丈夫だ」しかしアシルは私を横道へ誘導し、スーパーマーケットの脇、ウル・コーマ人がソフトウェアや装飾小物を売る屋台の並ぶ、別の〈クロスハッチ〉された通りへやってきた。アシルが私の腕を引いて歩いているのだが、食べ物は見あたらず、わたしはとまどい、一瞬彼を引き戻した。ゆでだんごの売場とパンの屋台はあったが、どちらもベジェルの中だったからだ。

私は売店を〈見ない〉ようにしたが、〈嗅がない〉ようにしているその匂いの源が、私たちの向かっている先なのは明らかだった。「歩け」とアシルは言い、私を伴って両都市のあいだの皮膜をくぐり抜けた。私がウル・コーマで足を上げ、ベジェルに下ろすと、そこで朝食が待っていた。

私たちのうしろで、ラズベリー色に染めたパンクヘアのウル・コーマ人女性が、ロックをはずした携帯電話を売っていた。彼女は驚いて目を上げ、それからうろたえはじめた。アシルがベジェルで食べ物を注文するあいだに、彼女がすばやく〈見ない〉ようにしたのが私にもわかった。

アシルはベズマルクで代金を払った。紙皿を私の手に載せ、私を連れて引き返し、道路を渡ってスーパーマーケットに入った。そこはウル・コーマだった。アシルはオレンジジュースをひとパック買い、ディナールで支払い、私にくれた。私は食べ物と飲み物を抱え、アシルと一緒に〈クロスハッチ〉された道路のまん中を歩いていった。

移動式撮影台《ドリー》や被写界深度のトリックを使ったヒッチコックのショットのように、私の視界は突然に斜めから撮るような映像となって解きはなたれ、通りは長く延び、焦点も変わった。私がこれまで〈見ない〉ようにしてきたすべてが、突然近くまで押し寄せてきた。

音や匂いが入り込んでくる。ベジェルからの呼び声。時計塔の鐘の音。トラムがたてるガタガタいう音と古い金属音。煙突の匂い。なじみの匂いの数々。そうしたものが上げ潮のように、ウル・コーマのスパイスやイリット語の叫び声、民警のヘリコプター音、ドイツ車のエンジン加速音とともに、なだれ込んでくる。ウル・コーマの光やプラスティックのウィンドウディスプレイの色は、もはやその隣の、私の祖国の黄土色や石の色を消したりはしなかった。

「きみはどこにいるのだ?」アシルが言った。私にだけ聞こえるように話している。

「おれは……」

「きみはベジェルにいるのか、それともウル・コーマか?」

「……どっちでもない。おれは〈ブリーチ〉にいる」

「きみはここで私といる」私たちは、〈クロスハッチ〉された朝の人混みの中を移動していった。「〈ブリーチ〉にいる。きみを見ているのか、〈見ない〉でいるのか、誰ひとりわかっていないよ。こそこそするな。きみはどちらにもいない。きみは両方にいる」

アシルは私の胸を軽く叩いた。「呼吸しろ」

アシルは私を連れてウル・コーマの地下鉄《メトロ》に乗った。私にはまだベジェルの残骸が蜘蛛の巣のようにまとわりついている感触があり、それがほかの乗客を怖がらせそうな気がして、おとなしく座っていた。ベジェルでトラムに乗っているつもりでいると、たとえ思い込みでも、家に戻ろうとしているようで気分がよかった。私たちはどちらの都市をも徒歩で進んだ。ベジェルへの親密な感情も、より大きなよそよそしさに置きかえられていった。私たちは、ウル・コーマ大学図書館のガラスとスティールでできた正面入り口で足を止めた。

「おれが逃げ出したら、あんたはどうするんだ?」と言ってみたが、アシルは何も言わなかった。

アシルは特徴のない革のホルダーを取り出し、警備員に〈ブリーチ〉の印を見せた。男は少しのあいだそれを見つめ、それから跳ねるように立ち上がった。

「こりゃまた」移民の男で、イリット語の感じではトルコ人だったが、見たものを理解できるのならここの生活は長いのだろう。「私、あの、何かご用で……?」アシルは男に椅子を指さして座れと合図し、それから歩き出した。

図書館はベジェルの大学図書館よりも新しかった。「分類番号はないはずだ」とアシルが言った。

「そこが重要なところだ」私はそう言うと、アシルと一緒に館内図と凡例をながめた。ベジェルとウル・コーマの歴史文献は、用心深く目録が分けられていたものの、どちらも五階にあって、書棚も近かった。閲覧席にいる学生たちが、そばをとおったアシルに目をやった。彼には学生の親や教官とはちがう威圧感がある。

私たちの前に並んだ本の多くは、翻訳書ではなく、英語かフランス語の原書だった。『〈先駆時代〉の秘密』、『字義《リテラル》と沿岸《リタラル》――ベジェル、ウル・コーマ、そして海事記号論』。私たちはしばらくそこを探した――たくさんの書棚がある。私が探していたものは、私がこの権威のひとりであるかのように押しのけた若い学部生の困惑を尻目に、メインの通路から三列奥、上から二番めの棚でようやく見つかり、足りないものがあるせいで目立っていた。背表紙の下のほうにあるはずの、分類マークの押印がない。

「これだ」同じ版を私もかつて持っていた。〝理解への入り口〟を気取ったサイケデリックなイラスト。通りを歩く長髪の男の背景が、二つの異なる（そしていい加減な）建築形式と、陰から監視している目とのパッチワークになっている。私はアシルの前で本を開いた。『都市と都市のあいだに』。ひどく傷んでいた。

「もしこれがすべて本当なら」私は静かに言った。「おれたちも見張られている。あんたもおれも、まさに今ね」と言いつつ、表紙に描かれたたくさんの目のひと組を指さした。

私はページをめくっていった。インクがちらちら動き、ページの大半に細かい手書き文字の注釈が書かれてある。赤、黒、青。マハリアは極細のペン先を使っていて、もつれ毛のように書かれているメモは、何年にもわたるオカルト論への注解といった感じだった。私がちらりと背後に目をやると、アシルも同じことをした。誰もいなかった。

『ちがう』私たちはマハリアの手書き文字を読んだ。『まったくそうじゃない』『本当なの？　ハリスその他を参照』『狂ってる!!　いかれてる!!!』……などなど。アシルが私から本を取った。

「彼女は誰よりもオルツィニーのことをよく理解していた」私は言った。「だからこそ彼女は真実を隠したんだ」

第25章

「二人とも、きみの身に何が起きたのか探ろうとしている」アシルが言った。「コルヴィとダットだ」

「二人になんて言ったんだ？」

『われわれは彼らに話しかけたりしない』彼の顔がそう語っていた。その日の晩アシルは、マハリアのウル・コーマ版『都市と都市のあいだに』を表紙から裏表紙まですべてカラーコピーして綴じたものを持ってきた。いわば彼女のノートブックだ。それぞれのページに書かれていることは込み入っていたが、なんとか意味の通る文章を見つけ、彼女の解釈をたどることができた。

その晩、アシルは私と一緒にまた両方の都市を歩いた。ベジェルにある中央ヨーロッパ風および中世ヨーロッパ風の低いレンガ造りの建物。その壁にほどこされた、スカーフをかぶった女性や砲兵の姿をかたどった浅浮彫り。それに重なって、あるいはその周囲に、ウル・コーマの複雑怪奇に曲がりくねった道路が突き出ている。ベジェルの煮物料理や黒パンの匂いと、ウル・コーマの料理のむせかえるような匂いとがあたりにたちこめ、色とりどりの光や服地が灰色や黒っぽい色調のまわりを囲み、ぶっきらぼうでスタッカートのきいた母音のない連続音と、喉の奥からしぼり出すようなしわがれた音の両方が聞こえてくる。両方の都市にいながら、ベジェルにいるのでもウル・コーマにいるのでもなく、第三の場所、すなわちどちらでもなくどちらでもある場所、〈ブリーチ〉にいるのだった。

　どちらの都市の人々にも、張りつめた雰囲気がある。二つの都市の〈クロスハッチ〉部分を抜けて私たちが戻った場所は、私が目覚めたあのオフィスではなく――今にして思えば、あのときはウル・コーマでいうルーサイ・ベイ、ベジェルでいうトゥシャス大通り《プロスペクタ》にいたのだ――その広い本部からそう遠くない場所にある、守衛所の付いたそこそこ高級なアパートだった。最上階は、普通の建物二つ分あるいは三つ分くらいの面積にわたっていくつもの部屋があり、迷路のようなたくさんの部屋に〈ブリーチ〉が出入りしていた。なんの変哲もないベッドルームやキッチン、オフィスに、コンピュータや電話機、鍵付きのキャビネットはどれも古めかしく、男も女も愛想がない。

　二つの都市がともに成長するにつれて、両者のあいだに、ある種の場所、空間が空いていった。それはどちらの都市も権利を主張できない場所であり、それがすなわち〈紛争地区《ディセンシ》〉だった。〈ブリーチ〉たちはそこに住んでいる。

「泥棒に入られたらどうなる？　そういうことは起きないのか？」

「たまにはある」

「その場合……」

「その場合、泥棒は〈ブリーチ〉にいることになるから、われわれのものだ」

男たちも女たちも相変わらず忙しそうに、ベジェル語、イリット語、さらに第三の言語と次々に変えながら会話をしている。アシルが私を入れたなんの特徴もないベッドルームは、窓に格子があった。どこかに監視カメラがあるはずだ。部屋にはトイレもついていた。アシルは部屋を出て行かず、ほかに二、三人の〈ブリーチ〉が加わった。

「考えてみてほしい」私はみんなに言った。「きみたちの存在こそが、これがすべて現実でありうるという証拠なんだ」ベジェル市民とウル・コーマ市民の大半は、あまりにも馬鹿げていると一顧だにしないが、オルツィニーが二つの都市のすきまに存在するというのは、可能性があるどころか論理的に当然のことだった。〈ブリーチ〉はなぜ、その狭いすきまに人間が住めるということを信じないのだろうか？『われわれはそれを一度も見たことがない』というたぐいの懸念は方向性が間違っている。

「そんなはずはない」アシルは言った。

「上司に聞いてみろ。権力者たちに。誰だか知らないがね」〈ブリーチ〉には、地位の上下に関係なく、権力者というものがいるのか？「われわれは見張られている。彼らも——マハリアもヨランダもボウデンも——どこかにいる誰かに見張られていたんだ」

「狙撃犯に結びつくようなものは何もない」そう言ったのは、アシル以外の数人のひとりで、イリット語を話した。

「なるほどね」私は肩をすくめながら、ベジェル語で言った。「じゃあ、そいつは行き当たりばったりに撃っただけの、すごく運のいい右翼ということになる。きみの言うとおりならな。それとも、国間追放者《インザイル》のしわざだとでも？」国と国のあいだでゴミを漁っている伝説の難民の存在を、誰も否定しない。「彼らはマハリアを利用したが、用がなくなると彼女を殺した。そして、きみたちが追跡できない方法でヨランダを殺した。ベジェルでも、ウル・コーマでも、どこでだろうと、人々が何よりも恐れているのは〈ブリーチ〉だと言わんばかりに」

「でも――」ひとりの女が私を指差して言った。「――自分が何をしたか考えてみなさい」

「〈ブリーチ〉行為か？」これがどんな戦いにしろ、彼らにきっかけを与えたのは私だった。「確かに。だがマハリアは何を知っていたんだ？　彼女は、彼らのなんらかのたくらみを見破った。それで彼らに殺されたんだ」窓のむこうから、きらきらと重なる夜のウル・コーマとベジェルの明かりが私を照らしている。だんだん人数が増えるフクロウのような顔をした〈ブリーチ〉の聴衆たちに向かって、私は不吉な疑問を提示した。

私はその部屋にひと晩中閉じ込められて、マハリアが書き込んだ注釈を読んだ。ページの順にではないが、注釈の階層が判別できた。すべての書き込みは層になっており、解釈の段階に沿った多層構造になっている。私は考古学者さながらに、それをひもといていった。

初めのほう、一番下層の段階では、手書きの文字はよりていねいで、書き込みは長く整然として、ほかの著者や自分の論文への言及も多かった。一般的ではない彼女独自の略語が使われているため、はっきり内容を把握するのは難しい。私は一ページずつじっくり読んで、初期の発想を書き留めようとした。だが、理解できた内容の大半は彼女の怒りだった。

夜の街路に、何かがべったりと横たわっているような気配があった。ベジェルやウル・コーマにいる知り合いたちと話がしたかったが、ただながめていることしかできない。見えないボスたちが〈ブリーチ〉の奥で待ちかまえているのかもしれないが、翌朝ふたたび迎えにやってきて、私がマハリアの書き込みに読みふけっているのを発見したのは、アシルだった。長い通路を通り、彼は私をオフィスへ案内した。私は逃げることも考えたが――誰からも見張られている気配はないのだ――いずれにしろ彼らに阻止されるだろう。もしそうならなかったとしても、都市と都市のはざまで追われる身となった私は、いったいどこへ行けばいいのか？

そのせまい苦しい部屋には十人ほどの〈ブリーチ〉がいて、座り、立ち、あるいは机の端に寄りかかって、二、三カ国語でささやきあっている。何かの会議の最中らしい。なぜこんなものを私に見せるのだろう？

「……ゴシャリアンはまだだと言っている。さっき彼から電話があって……」

「ススール街はどうだ？　何か聞いているか……？」

「ああ、だがみんな説明はついている」

危機対策の会議らしい。電話に向かってぼそぼそと話しながら、すばやくリストをチェックしている。アシルが私に言った。「事態は動き出しているのだ」さらに多くの人々がやってきて議論に加わった。

「どうなの？」ベジェルの伝統的な家庭の既婚女性がかぶるスカーフを頭に巻いた若い女性が発した問いは、囚われ、有罪を宣告された相談役である私に向けられたものだった。彼女のことは、前の晩に見かけた覚えがある。部屋全体がしんとなり、全員がすべてをそっちのけにして私を食い入るように見つめた。「マハリアが連れ去られたときのことを、もう一度教えて」と彼女は言った。

「きみたちは、オルツィニーの問題を突きつめようとしているのか？」私には彼女に進言できることなど何もなかったが、もう少しで何かがわかりそうな気がしていた。

彼らは私の知らない略号や隠語を使いながら、しきりに何かを言い合っていたが、意見を戦わせているのはわかったので、私はその中身——なんらかの作戦や何かの動向について理解しようと努めた。部屋にいる全員が、順ぐりに結論めいた言葉をつぶやいて間をおき、手を挙げたり挙げなかったりしている。まわりを見回して、何人が手を挙げ何人が挙げていないかを数えている者がいる。

「われわれは、ここにいる理由を理解しなければならない」アシルが言った。「マハリアが何を知っていたのかを探り出すのに、きみたちはどうするのか？」彼の仲間たちはしだいに興奮し、互いの話に割り込みはじめていた。ジャリスとヨランダが、マハリアが最後には怒っていたと言っていたのを思い出し、私はさっと立ち上がった。

「どうした？」とアシル。

「発掘現場に行かなくちゃならない」と言うと、彼はまじまじと私を見つめた。

「ティエの準備が整った」アシルがみんなに言った。「私と一緒に行く」部屋にいる者の四分の三が即座に手を挙げた。

「彼については、もう言ったわ」手を挙げなかった、スカーフをかぶった女が言った。

「聞いた」アシルが答える。「しかし」彼は彼女の目を指さし、部屋中を見まわした。彼女の一票は失われた。

私はアシルとともにその場を去った。通りに出ると、不安を引き起こす何かが満ちていた。

「こいつを感じるか？」私が言うと、彼は黙ってうなずいた。私はさらに言った。「ダットに電話しないと……していいか？」

「だめだ。彼はまだ休養中だ。それに、彼に会えばきみは……」

「どうなる？」

「きみは〈ブリーチ〉にいる。そっとしておいてやるのが彼のためだ。顔見知りにも会うだろうが、相手を困った立場に追い込むな。彼らはきみがどこにいるのかを知る必要がある」

「ボウデンは……」

「民警《ミリツィア》に監視されている。彼を保護するためだ。ベジェルでもウル・コーマでも、ヨルヤヴィッチとの関係は見つかっていない。彼を殺そうとしたのが誰であれ――」

「まだオルツィニーのせいじゃないという立場なのか？　オルツィニーなど存在しないと？」

「――そいつはもう一度やるかもしれない。〈真の市民《トゥルー・シチズン》〉のリーダーたちは警察《ポリツァイ》とグルだ。

だが、ヨルヤヴィッチもほかのメンバーたちも秘密集団だとすれば、彼らが知っているとは思えない。彼らは怒っている。あのフィルムを見ただろう」

「ここはどこだ？　発掘現場はどっちの方向だ？」

彼は私を連れて、すさまじいまでに次々と〈ブリーチ〉しながら、二つの都市をくねくねと通り抜け、移動途中で〈ブリーチ〉のトンネルを残していった。彼はどこかに武器を隠し持っているのだろうか、と私は思った。ボル・イェアン遺跡のゲートにいる警備員が私に気づいてにっこり笑ったが、たちまちたじろいだ。彼はきっと、私がいなくなったという噂を耳にしていたのだろう。

「教授たちには近づかないし、学生にも質問はしない」アシルは言った。「われわれがここに来たのは、きみの〈ブリーチ〉行為の背景と状況を調べるためだということはわかっているだろうな」私は自分が犯した罪を捜査する警官というわけだ。

「ナンシーと話ができれば助かるんだが」

「教授陣はだめだ。学生もだめだ。さあ始めろ。私が誰だかわかっているな？」最後のひと言は、警備員に向けた言葉だった。

警備主任のブイジェに会いにいった。彼は自分のオフィスで壁にもたれていたが、まずわれわれをまじまじと見つめ、それからアシルを見てあからさまに怯え、私を見たときにはさらにとてつもない恐怖を示した。「このあいだ話したことを、もう一度話せるかな？」と言うと、彼が『この男は誰なんだ？』と思っているのがわかった。アシルは私とブイジェを部屋の後方まで誘導し、薄暗い場所を見つけた。

「おれは〈ブリーチ〉なんかしちゃいない」ブイジェは小声で何度もつぶやいた。

「調べてほしいのか？」アシルが言った。

「密輸を食い止めるのがきみの仕事じゃないか」私が言うと、ブイジェはうなずいた。私は何者なのか？　彼にも私自身にもわからなかった。「どんな具合に行なわれていたんだ？」

「まいったな《ホーリー・ライト》……勘弁してくださいよ。学生の連中にできることといったら、ちょっとした物を地面から拾って、そのままポケットに入れるくらいだったと思いますよ。そうすれば目録には載りませんからね。だいたい、発掘現場を離れるときはみんな身体検査されるんですから、たいしたことはできませんよ。誰も遺物を売り払ったりできっこないんです。こないだも言いましたが、学生たちは現場のまわりをぶらぶら散歩しながら、じっと立ったまま〈ブリーチ〉してたのかもしれません。おれたちに何ができるって言うんです？　証拠がないんだから。だからって、彼らが泥棒ってわけじゃないし」

「彼女はヨランダに、自分でも気づかないうちに泥棒にされるかもしれないと言った」私はアシルに言った。「結局、何がなくなったんだ？」私はブイジェに尋ねた。

「何もなくなっちゃいません！」

彼はぜひとも私たちに協力しますという態度で、人工遺物の保管所に案内した。その途中、なんとなく見覚えのある二人の学生が私たちを見てぴたりと足を止め――私がアシルの歩きかたを真似ているのが気になったのか——遠ざかっていった。発掘物を保管するキャビネットがいくつもあり、土から掘り出されて間もない、最も新しい遺物が入っていた。ロッカーには、不思議なほど不透明な壜の破片から太陽系儀《オーラリ》、斧の頭、羊皮紙の切れ端まで、驚くほど多岐にわたる先駆時代の残骸がどっさり入っていた。

「その晩の当番が中に入り、掘り出した物を全員が入れたかどうか確認し、鍵をかけて、鍵を置いていくんです。おれたちの検査を受けずに現場の外に出ることはありません。誰もそのことでおれたちに文句なんか言いやしませんし、そういうもんだとわかってますから」

私はブイジェに、キャビネットを開けるようにと手で示した。コレクションをのぞき込むと、それぞれの遺物は引き出しの中で、発泡スチロールで仕切られた区画に収められていた。一番上の引き出しにはまだ空きがあったが、下のほうの段は全部埋まっている。壊れやすい物は毛羽《けば》が立たない布に包まれ、中身が見えない状態だった。私は引き出しを上からひとつひとつ開け、並べられた発掘品を調べていった。アシルがやってきて私の横に立ち、のぞき込む。まるでティーカップでもながめるように、あるいは、その遺物が占いに使うお茶の葉であるかのように。

「毎晩、誰が鍵を持っているんだ？」アシルが尋ねた。

「そ、そ、それは決まっていません」私たちに対する恐怖心は薄れつつあったが、ブイジェが嘘をつくとは思えなかった。「誰でもいいんです。あまり重要じゃないんで。みんなかわりばんこに持ってきます。遅くまで残っている人が。スケジュールは決まってますが、だいたいいつもみんな無視してますから……」

「警備員に鍵を返したあと、学生たちは帰るのか？」

「そうです」

「まっすぐに？」

「そうです。たいていは。ちょっとオフィスに寄ったり、構内をぶらぶらしたりすることもありますけど、たいていはさっさといなくなりますね」

「構内？」

「公園ですよ。なかなか……すてきな」彼は当惑したように肩をすくめた。「だけど、出口はないんです。数メートル先は〈異質《オルター》〉なんで、ここを通って帰るしかないんですよ。検査を受けずに出ていくことはできません」

「マハリアが最後に鍵を閉めたのはいつだ？」

「数えきれないほどあるんで、わかりませんね……」

「最後のときだ」

「……いなくなる前の晩です」彼はようやく答えた。

「鍵の当番表をくれ」

「むだですよ。学生たちも一部持っていますが、さっきも言ったように、半分はお互いに融通しあってやりくりしてますから……」

私は一番下の引き出しを開けた。小さく素朴な彫像や〈先駆時代〉の手の込んだ男根像、古代のピペットが、ていねいにくるまれている。私はそっと触れてみた。「そいつらは古いものです」私を見つめながらブイジェが説明する。「何年も前に掘り出されたものですよ」

「なるほど」私はラベルを読みながら言った。発掘が始まってまもないころに掘り出されたものだった。音がしたので振り向くと、ナンシー教授が入ってきた。彼女は急に立ち止まり、アシルを、次に私をじっと見た。口をぽかんと開けている。だが、長年ウル・コーマで暮らしているので、細かい事情を見抜く力が身についているらしい。彼女は自分が見たものを認識した。「教授」私が呼びかけると、彼女はうなずいた。ブイジェをまじまじと見つめ、彼のほうも見つめ返す。彼女はうなずき、そのまま出ていった。

「鍵当番のとき、マハリアは鍵を閉めてから散歩に出ることもあったんじゃないか？」私がそう言うと、ブイジェはきょとんとして肩をすくめた。「彼女は鍵当番のとき以外にも、自分が閉めて帰ると買って出たことがあったね？　それも一度だけじゃなく」小さな遺物はすべて、内側に布を張った標本箱に収まっていた。引っかき回して調べたりはしないが、手探りで引き出しの奥のほうに触れてみて、保管するにはむしろ布がないほうがいいのではないかと思った。

ブイジェは質問をうまくはぐらかしたが、私に盾突こうともしなかった。そこから三段上の引き出しの収納物も、掘り起こされて一年以上はたっている遺物だったが、布に包まれた品物のひとつに触れたとき、私はふと指を止めた。「手袋をはめてくださいよ」とブイジェが言った。

包みを解いてみると、ひねった新聞紙の中に、ペンキのまだら模様と、ネジが挿し込まれていた跡が残る木片が入っていた。古代のものでもなければ彫刻でもない、単なるドアの切れ端。なんの価値もない代物だった。

ブィジェがじっと見ている。私はそれをかざして見せた。「これはいつの時代のものだ？」

「もういい」アシルが私を止めた。彼は部屋を出て行く私のあとに続き、ブィジェがさらに続いた。

「私がマハリアだとしよう」私は言った。「たった今、鍵をかけたところだ。ほかの誰かが当番だが、自分がやると買って出た。そして、これからちょっと散歩に出かける」

私は二人をつれて建物の外に出ると、ていねいに層状に掘った穴を通り過ぎ（そこでは、学生たちが私たちをちらりと見て目を丸くした）、歴史の残骸がある空き地へ入っていき、そこからさらにゲートの外に出た。ゲートは大学のＩＤがあれば開くのだが、私たちに対しても、その場所と身分ゆえに、開いてくれる。私たちはゲートを開けたままにして公園へ入っていった。散歩道は、発掘場所からほど近い広々とした公園でなく、低木林とほんの数本の木のあいだを通っていた。ウル・コーマ人の姿も見えたが、それほど近くにいるわけではない。発掘現場と広い公園とのあいだには、途切れることのない完全なウル・コーマのスペースはなく、ベジェルが無理やり割り込んでいた。

空き地の端のほうに、ほかにも数人の姿が見えた。岩の上に、あるいは〈クロスハッチ〉した池のほとりに腰かけているベジェル人だ。この公園はわずかにベジェル側に入り込んでいるだけで、草地の端二、三メートル分、小道や低木地を横切る一本の小川、そしてほんのわずかな面積の〈完全《トータル》〉な部分が、ウル・コーマの部分を二つに分断していた。地図を見れば、どこをどう歩けばいいかがはっきりわかる。学生たちが問題を起こしそうに突っ立っているのは、〈クロスハッチ〉しているこの地点、他国からは手の届く距離の、卑猥な感じに分断されたこの場所だった。

「〈ブリーチ〉が見張っているのは、こういう端の部分だ」アシルが私に言った。「カメラがある。ベジェルに入国せずに入り込んでくるやつらを、それで見ている」

ブイジェは尻込みしていた。アシルは彼に聞こえないように話しているが、ブイジェは私たちに目を向けないようにしていた。私はゆっくり歩いた。

「オルツィニーか……」私は言った。このウル・コーマには入り口も出口もなく、ボル・イエアンの発掘現場へ戻るしかない。「〈紛争地区《ディセンシ》〉を使った？　馬鹿馬鹿しい。彼女が物を運んだのはそんな方法じゃない。彼女はこうやったんだ。『大脱走』という映画を見たことがあるか？」私は〈クロスハッチ〉した地帯の縁、ウル・コーマが数メートル分だけ絶たれている地点まで行った。もちろん今は〈ブリーチ〉にいるのだから、そうしたければベジェルにふらりと入っていくことはできるが、あたかもウル・コーマだけにいるかのように立ち止まった。私はベジェルと共有しているスペースの際《きわ》まで、つかのまベジェルが〈完全《トータル》〉となり、まわりのウル・コーマから分離している一帯まで歩いていった。アシルが見張っているのを確認すると、私は木片をポケットに入れるしぐさをした。だが実際にはベルトをくぐらせ、ズボンの内側へ落とした。「彼女のポケットには、穴が開いていた」

私は〈クロスハッチ〉へ数歩足を進め、ありがたいことにまだ割れずにいてくれた木片を脚伝いにすべらせ、下に到達するまでその場にじっと立っていた。地平線でも見つめているようなふりをしながら、そっと足を動かして木片を地面に落とし、踏みつけて地面にめり込ませ、上から草や泥をなすりつける。私が振り向きもせず立ち去ったときには、木片の輪郭は消え去り、そこにあると知らなければ見えなくなっていた。

「彼女が立ち去ると、ベジェルにいる誰かが――あるいは誰にも怪しまれないように、ベジェル人のようなかっこうをした誰かが――やってきて」と私は言った。「そこに立って空を見上げる。そして地面にかかとを打ちつけ、何かを蹴り上げる。それからしばらく岩に腰かけて地面をいじり、何かをポケットに入れる。

マハリアは、最近になって出土したものは持ち出さなかった。保管庫にしまったばかりなので、気づかれる可能性がかなり高いからだ。彼女は鍵をかけながら――それにはほんの一秒ほどしかかからないので――同時に古い引き出しを開けた」

「彼女は何を持ち出したんだ？」

「行き当たりばったりだったろう。たぶん、彼女は誰かの指示に従っていた。ボル・イェアンでは、毎晩学生たちの身体検査をしているから、まさか誰かが盗みを働いているとは思わなかったはずだ。彼女はなんの疑いもかけられたことはなかった。この〈クロスハッチ〉に座っているだけだったからだ」

「そこに誰かが取りにくる。ベジェルを通って」

私は振り返り、ゆっくりとあたりを見回した。

「監視されているのを感じるか？」とアシル。

「あんたは？」

かなり長いあいだ沈黙が続いた。「わからない」

「オルツィニーか」私はふたたび振り向いた。「もううんざりだ」私は立ち上がった。「まったく」私は振り向いた。「こんなのは、もうこりごりだ」

「何を考えている？」とアシル。

そのとき森の中から犬の声がして、私たちは顔を上げた。犬はベジェルにいた。私は〈聞かない〉ようにしようと身構えたが、もちろんその必要はなかった。

ラブラドールだった。その黒い動物は、鼻をクンクンいわせながら下生えから出てきて、私たちに駆け寄ってきた。アシルは犬に手を差し出した。飼い主の男性も現われ、にっこり笑い、それから驚き、困ったように目をそらし、こっちにおいでと犬を呼んだ。犬は飼い主のほうへ行き、私たちを振り返って見た。男は私たちを〈見ない〉ようにしていたが、見ずにはいられなかったらしい。こんな不安定な都市部で、リスクもかえりみず犬とたわむれる私たちを不思議に思ったのだろう。アシルと目が合うと、男は顔をそむけた。この場所のことを知っているからには、私たちが何者なのか気づいたにちがいない。

目録によれば、木片にすり替わっていたのは、何世紀という時を経た、表面に歯車のびっしり付いた真鍮の管だった。初期に掘り出された遺物が、ほかに三つなくなっていたが、いずれも布で包まれていた。中身はそれぞれ、ひねった紙と石、人形の脚に置き換わっていた。なくなったものは、保存加工したロブスターの爪に原始的なぜんまい仕掛けをほどこしたものの残骸、腐食した、小さな六分儀に似た装置、それにひとつかみの釘やネジらしい。

私たちは〈クロスハッチ〉地帯の周辺部の地面を捜索した。深い穴や、足でこすった跡、しおれかけた花の残骸などが見つかったが、浅く埋められた〈先駆時代〉の貴重な宝は見つからなかった。それらは、とっくの昔に回収されたのだ。だが、誰も売り払うことはできないはずだった。

「それをやれば〈ブリーチ〉だ」私は言った。「オルツィニー信奉者がどこからやってきてどこへ行くとしても、ウル・コーマで遺物を回収したはずはないから、それはベジェルにあったということだ。おそらく彼らとしては、一度もオルツィニーを出ていないのだろう。しかし、ほとんどの人にとって、遺物はウル・コーマに置かれてベジェルで拾われたことになるから、つまり〈ブリーチ〉だ」

帰り道、アシルは誰かとずっと電話で話していた。例のいくつもの部屋がある場所に戻ったときには、〈ブリーチ〉たちは私にわからない議題について論争し、さっきと同じ迅速かつ杜撰《ずさん》なやりかたで投票を行なっていた。彼らはその奇妙な議論をしながら部屋に入ったが、携帯電話をかけると、いきなり議論が中断した。〈ブリーチ〉特有の表情の乏しさはあるが、場の雰囲気は緊張感をはらんでいた。

二つの都市から報告が寄せられ、電話を持つ者たちが、ぶつぶつと追加情報をつぶやき、ほかの〈ブリーチ〉からのメッセージを伝える。「みんな油断するな」アシルがそうくり返す。「いよいよ始まるぞ」

彼らは狙撃と〈ブリーチ〉行為を装った殺人を恐れていた。些細な〈ブリーチ〉行為は増加の一途をたどっている。〈ブリーチ〉行為はいたるところでされているが、彼らが見逃しているものも多かった。誰かが、ウル・コーマの壁にベジェルのアーティストのスタイルと思われる落書きが現われていると言った。

「以前はこれほどひどい状況ではなかったが、あれ以来……」とアシルは言った。ふたたび議論が続いているあいだ、彼は私の耳元で説明を加えてくれた。「あれはライナだ。彼女はこの件に必死に取り組んでいる」「サムンは、オルツィニーに言及しただけで負けだという考えだ」「ビヨンはちがう」

「われわれには心構えが必要だ」誰かが発言した。「われわれは何かを発見した」

「彼女だ、マハリアだ。われわれではない」アシルが言った。

「わかった、発見したのは彼女だ。これから起きる何かがいつ起きるのか、誰にもわからない。われわれは闇の中にいて、戦争が始まったと知っているが、どこに照準を定めればいいかわからない」

「こんなのは私の手には負えんぞ」私はそっとアシルに言った。

私は彼に付き添われて部屋に戻った。彼が鍵をかけて私を閉じ込めようとしているのだと気づき、抗議の声を上げた。「なぜここにいるのかを忘れるな」と彼はドア越しに言った。

ベッドに腰かけ、マハリアが書き残したメモを新しい方法で読み直してみることにした。特定のペンで書かれた線、つまり彼女の研究における一時期の傾向をたどって思想の流れを再構築しようとするのではなく、各ページにあるすべての注釈、何年分もの意見が一緒くたになった書き込みを読んでいった。これまでは考古学者になったつもりで、文字の線ごとに書き込みを分類しようとしていたのだが、今回は遅ればせながら、書かれた順番にはこだわらず、各ページで繰り広げられる議論を読んだ。

裏表紙の内側に、何層にも重なる腹立ちまぎれのコメントに混じって、それ以前に書いた小さな文字の上からでかでかと書かれた「だがシャーマンを参照」という文字があった。そこから一本の線が反対側のページまで引かれ、「ローゼンの反論」とある。どちらも、これまでの捜査で耳にしたことのある名前だった。数ページ戻ってみると、同じペンで書かれた最近の走り書きの文字が、以前の主張の隣にあった――「ちがう――ローゼン、ヴィユニク」

主張の上に批評が重なり、感嘆符付きのフレーズがどんどん増えていく。「ちがう」という否定の文字から伸びた矢印は、教科書の本文ではなく注釈に、彼女自身による過去の狂信的な注釈に達していた。彼女は自分自身に反論していたのだ。「なぜテストを？　誰が？」「おい！」私は叫んだ。カメラがどこにあるのかわからなかった。「おい、アシル。アシルを連れてこい」私は彼がやってくるまで騒ぎつづけた。「ネットに接続したいんだ」

彼は私をコンピュータ・ルームへ連れていき、486マシンに似た古めかしいマシンの前に案内した。よくわからないウィンドウズを真似た間に合わせのようなOSが入っているが、処理速度も通信速度もかなり速い。部屋には私たち二人のほかに数人がいた。私が入力するのを、アシルは背後に立って見ていた。彼は私が調べている内容を監視すると同時に、誰にもメールを発信しないよう見張っているのだ。

「どこにでも好きなところに入っていい」アシルは言った。彼の言うとおり、パスワードで保護された有料サイトも、ただリターン・キーを押すだけで閲覧できた。

「これはいったいどういう接続なんだ？」特に答えを期待して発した問いではなく、返事もなかった。シャーマン、ローゼン、ヴィユニクを検索すると、私が最近のぞいたいくつかのフォーラムで、この三人の著者は痛烈な批判の言葉を浴びせられていた。「ほう」

私は彼らの主要著書のタイトルを調べ、アマゾンのリストを出して彼らの理論に対する好意的な批評をチェックした。所要時間は数分。私は椅子の背にのけぞった。

「ほら、見てくれ。シャーマン、ローゼン、ヴィユニクはみな、〈都市分裂派〉の掲示板では完全な憎まれ役だ。なぜか？　彼らは著書の中で、ボウデンの主張はでたらめだと書いているからだ。議論そのものがナンセンスだと」

「それは彼も同じだ」

「問題はそこじゃないんだ、アシル。いいか、見てくれ」『都市と都市のあいだに』のページを次々にめくりながら、私はマハリアが自分に対して書いた初期の注釈と、最近のものとを指し示した。「問題は、彼女自身がそう書いている点だ。最終的に、最後の書き込みとして」さらにページをめくって彼に示す。

「彼女は気が変わったのか」アシルはついに言った。私たちはしばらく顔を見合わせていた。

「寄生虫のようなやつらだとか、間違っているとか、彼女が盗みを働いていたのがわかったとか、そんなのは大した問題じゃなかったんだ」と私は言った。「なんてこった。彼女が殺されたのは、第三の都市が存在するというすごい秘密を知っている数少ない選ばれた人間だからじゃなかった。彼女が殺されたのは、オルツィニーが嘘をついて自分を利用していると気づいたからじゃなかった。彼女が言っていた嘘とは、そのことじゃなかった。マハリアが殺されたのは、オルツィニーの存在をもう信じなくなってしまったからだ」

第26章

私は頼み込み、しまいには怒り出したが、アシルも彼の仲間たちも、コルヴィとダットに電話をかけさせてはくれなかった。

「いったいなんでだめなんだ？」私は言った。「彼らならできるのに。わかったよ、勝手にきみたちのやりかたで調べればいい。でもな、ヨルヤヴィッチはまだわれわれにとって最大のコネなんだ。彼か、あるいは彼の仲間がな。やつが関与しているのはわかっている。マハリアが鍵をかけた日がいつといつかを正確に調べて、それと同じ日の晩にヨルヤヴィッチがどこにいたかを知る必要がある。やつが遺物を回収したのかどうか、はっきりさせたい。警察《ポリツァイ》は〈真の市民の会《トゥルー・シチズン》〉を監視しているから、彼らなら知っているかもしれないんだ。会のリーダーたちも何か語ってくれるかもしれないぞ、ずいぶん不満を抱いているようだからな。それから、シエドルがどこにいたかも調べるんだ——コピュラ・ホール内からアクセスできる人物もからんでいる」

「マハリアが鍵をかけた日をすべて把握できるわけではない。ブイジェの話を聞いただろう。半分はスケジュールどおりではなかった」

っている」

「コルヴィとダットに電話をかけさせてくれ。あの二人なら、情報を絞り込むやりかたを知っている」

「きみは〈ブリーチ〉にいるんだぞ」アシルがきつい口調で言った。「それを忘れるな。きみは何かを要求できる立場にはない。われわれがしていることはすべて、きみの〈ブリーチ〉行為の捜査だ。わかったか？」

部屋ではコンピュータを使わせてもらえなかった。私は、太陽が昇って窓のむこうの空が明るくなるのを見つめていた。いったい何時になったのか、わからない。ついに眠りに落ち、目が覚めるとアシルが私の部屋に戻ってきていた。何かを飲んでいる――彼が飲んだり食べたりするのを見るのは初めてだった。私は目をこすった。朝というよりは、すでに昼と言ってもいいくらいの時間のはずだ。アシルには、これっぽっちも疲れたようすはない。彼は私のひざの上に紙を投げてよこし、ベッドの横にあるコーヒーと薬を指差した。

「それほど大変ではなかった。彼らは鍵を返すときにサインするから、すべての日付がわかった。そっちは当初のスケジュール表だ。それは変更後の、サインのある用紙だ。だが、数が膨大すぎる。これほど日数が多くては、ヨルヤヴィッチはおろか、シエドルやほかの愛国議員連合のメンバーたちの動向を探ることはできない。期間は二年以上に及んでいる」

「ちょっと待ってくれ」私は二枚のリストを見比べた。「マハリアが事前のスケジュールで鍵当番になっていた日は無視していい。彼女が謎の人物からの指令に従っていたことを忘れるな。われわれが着目すべきは、彼女が鍵を取りに行っていないのに鍵を閉めた日だ。誰だってそんな仕事は好きじゃない――遅くまで残っていなくちゃならないんだからな――だから、彼女が急に振り返って、当番の学生に『あたしがやっとくわ』と言った日がそうだ。そういう日が、メッセージを受け取った日だ。遺物を届けろと命じられたんだ。だから、その日に誰が何をしていたかを調べよう。そういう日だけでいい。さほど多くはないはずだ」

アシルはうなずき、問題の晩を数えた。「四、五。遺物は三つ消えている」

「すると、そのうち二日は何も起こらなかったことになる。なんらかの理由で当番が変更になっただけで、指令などなかったのだろう。だが一応は追ってみよう」アシルはまたうなずいた。「そういう日に、愛国主義者たちになんらかの動きがあったはずだ」

「彼らはどうやってこんな計画を立てたのだろう？　理由は？」

「さあ、知らないな」

「ここで待て」

「私も一緒に連れていったほうが簡単だと思うがね。なぜ今さら遠慮するんだ？」

「待て」

また待たされた私は、目に見えないカメラに向かって叫びこそしなかったが、カメラが私の姿をとらえるように、周囲の壁をすべて順ぐりににらみつけた。

「だめだ」アシルの声が、見えないスピーカーから聞こえてきた。「ヨルヤヴィッチは、あの五日のうち少なくとも二晩は警察《ポリツァイ》に監視されていた。公園には近づいていない」

「シエドルはどうだ？」私は何もない空間に向かって言った。

「だめだ。四晩とも説明がついている。愛国議員連合の別の重鎮の可能性もあるが、ベジェルで彼らがどう扱われているかはわかっているし、危険信号を発するものは何もない」

「くそ。シエドルが『説明がついている』とはどういう意味なんだ？」

「われわれが彼の居場所を把握しているということだ。彼は近くにはいなかった。問題の晩とその翌日はすべて、会合に出席していた」

「誰との会合だ？」

「彼は商工会議所と接触している。彼らはそのころ、商業イベントを開催していた」沈黙。私がしばらく何も言わずにいると、彼は言った。「なんだ？　どうした？」

「われわれは考えちがいをしていたようだ」私は空中で指をピンセットのようにして、何かをつかまえようとした。「撃ったのがヨルヤヴィッチだったからだし、マハリアが愛国主義者を怒らせたと知っていたからだ。だが、その商業イベントとやらが、たまたまマハリアが鍵当番を買って出た晩にばかり開催されるというのは、偶然にしてはできすぎだと思わないか？」ふたたび長い沈黙。私は、そうしたイベントのせいで監視委員会に会えるまでずいぶん待たされたのを思い出した。「イベントのあと、レセプションがあるんじゃないのか？

ゲストのためのパーティーが」

「ゲスト」

「企業だ。ベジェルがご機嫌を取ろうとしている企業――すべてはそのため、契約をめぐって小競り合いをしている企業のためだ。アシル、問題の晩に誰が出席していたか調べてくれ」

「商工会議所で……」

「そのあとのパーティーの招待客リストだ。その日から数日間のプレスリリースをチェックすれば、誰がどの契約を手に入れたかがわかる。さあ早く」

「まったく、困ったもんだ」数分後、私は心の中で毒づきながら、アシルのいない部屋をまだ行きつ戻りつしていた。「いいかげん、おれを部屋から出したらどうなんだ？　おれは警官だぞ、これが本業なんだ。おまえらは魔物《ブギーマン》の役は得意かもしれないが、捜査はど素人じゃないか」

「きみは〈ブリーチャー〉だ」アシルがドアを押し開けて入ってきた。「われわれが調べているのは、きみだ」

「ほう。自分がさっそうと登場できるようなことをおれが言うまで、外で待っていたのか？」

「これがリストだ」私は紙を受け取った。

企業――カナダ系、フランス系、イタリア系、イギリス系、小規模なアメリカ系企業二社――それがさまざまな日付の横に書いてある。五社の名前が赤い丸で囲ってあった。

「ほかは一、二回しか参加していないが、赤い丸をつけたものは、マハリアが鍵をかけた日すべてに参加している企業だ」アシルは言った。

「レディテクはソフトウェア会社だな。バーンリー――これはなんの会社だ？」

「コンサルタント業」

「コルインテックは電子部品メーカー。その横に書いてあるのはなんだ？」アシルはそこを見た。

「代表団を率いていたのはゴースという男で、親会社のシア・アンド・コアから来ていた。コルインテックの支社長でベジェルでの事業を運営している男に、会いに来た。二人とも、ニイセムやブーリッチはじめ、商工会議所のほかのメンバーたちと一緒にパーティーに参加している」

「本当か？　どの……どの日に彼はこっちに来ていたんだ？」

「全部だ」

「全部？　親会社の最高経営責任者《CEO》が？　シア・アンド・コアの？　まさか……」

「どうしたんだ」彼がようやく言った。

「愛国主義者たちに、そこまでうまくやれるはずはない。待てよ」私は思案した。「コピュラ・ホール内部の誰かが関わっているのはわかっているが……シエドルが、いったいなんの役に立つ？　コルヴィの言うとおりだ——やつは愚か者だ。彼の立場はどうなる？」私はかぶりを振った。「アシル、これはどう使えばいい？　きみはどちらか一方の都市から情報を吸い上げることができるだけなんだな。できれば……ところで、きみの国際的なステータスはなんだ？　〈ブリーチ〉の、という意味だ。

とにかく、あの会社に行ってみなくちゃならない」

私は〈ブリーチ〉の化身《アヴァター》だ、とアシルは言った。〈ブリーチ〉行為が起きた場所ではどんなことでもできる、と。それでもアシルは、私に長々と話をくり返させた。彼の態度は硬化し、何を考えているかもすべてが不透明で、私の言うことを聞いているのかさえもよくわからなかった。議論もしないし、賛同もしない。私が意見を言っているあいだにも立ち上がったりする。

いや、彼らにはあれは売れないよ、と私は言った。売るためじゃない。われわれは〈先駆時代〉の遺物について、あらゆる噂を聞いている。その疑わしげな特性、物理的性質を。彼らは何が真実かを知りたがっている。マハリアに遺物を持ってこさせた。そうすることで、マハリアにはオルツィニーと接触していると思わせた。だが、彼女は気づいてしまったのだ。

コルヴィが以前、企業の代表者たちが行かされるベジェルの観光ツアーの話をしていた。ツアーの運転手は彼らを〈完全《トータル》〉もしくは〈クロスハッチ〉された場所、たとえばきれいな公園のたぐいへ連れていって、足を伸ばさせたりしていたのかもしれない。

シア・アンド・コア社は研究開発をやっていたんだ。

アシルは私をじっと見た。「それでは筋が通らない。迷信的なたわごとに金を出す人間がいるか？」

「どうしてそう断言できる？　なんの関係もないと言えるか？　もしそうだとしても、CIAは、見つめるだけでヤギを殺せる人間のために何百万ドルもつぎ込んだんだぞ」私は言った。「シア・アンド・コア社は、そうだな、こういうたくらみに、数千ドルなら出すんじゃないか？　彼らが話を信じる必要はこれっぽっちもない。ありそうにないことへの出資に、価値があるんだ。何かを自分たちに与えてくれるような物語ならなんだってな。好奇心を満たすための出資だ」

アシルは携帯電話を取り出し、電話をかけはじめた。まだ宵の口という時間だ。「秘密会議《コンクラーベ》をする必要がある」彼は言った。「大きな賭けだ。そう、準備してくれ」「秘密会議だ。会合場所で」多かれ少なかれ同じような言葉を、彼は何度かくり返した。

「なんでも好きなことをやりゃいいさ」私は言った。

「ああ。そうとも……ショーが必要だ。〈ブリーチ〉全員でのな」

「じゃあ、私を信じるのか？　アシル、信じてくれるのか？」

「彼らはどうやっていたんだろう？　ああいった外部の人間が、どうやってマハリアに指示していたんだ？」

「おれにはわからないが、知る必要があるな。地元の何人かを雇ったか――その金がどこからヨルヤヴィッチに流れてたかは、われわれも知ってる」小さな金額だった。

「それは無理だ。彼らがマハリアのためにオルツィニーをつくり出すなど不可能だ」

「だったら自分たちの親会社のＣＥＯを、ちゃちな歓迎会でだらだら過ごさせたりするもんか。ましてマハリアが鍵を閉めたときに毎回だぞ。考えてもみろ。ベジェルは何もできない国だ。連中がここへ来るだけでも、おれたちに骨を投げてやるようなものさ。何かつながりがあるはずだ……」

「ああ、それはわれわれが調べる。だが、相手はどちらの市民でもないんだ、ティエ。彼らには……」沈黙が流れた。

「恐怖感がない」と私は言った。〈ブリーチ〉が人を動けなくさせるための、ウル・コーマとベジェルの双方が共有する、従順な反応を引きおこすための恐怖感がないのだ。「彼らには、こっちに対する確たる反応というものがない。もし何かするんなら、重みを見せつけなきゃだめだ――人数が必要だ。存在感ってものが。そして、もしこれが真実だったら、ベジェルでは大きなビジネスがひとつ閉め出されることになる。都市の危機だ。破局だ。誰も喜ばないだろうな」

「都市には、〈ブリーチ〉を否定する都市にはよくあることだ、ティエ。ただそうなるというだけだ。過去にも〈ブリーチ〉との争いは何度かあった」そのイメージが思い浮かぶまで、アシルは黙っていた。「どちらの助けにもならない。だからこそわれわれには存在感が必要なんだ」〈ブリーチ〉は威圧的でなければならないということだ。私にも理解できた。

「やろう」私は言った。「急ごう」

だが、さまざまな持ち場から〈ブリーチ〉の化身《アヴァター》を集めようとすれば、権力が拡散され、閉じ込めておいた混沌が広がってしまうので、効率的とは言えない。電話連絡を受けた〈ブリーチ〉たちは、賛成し、反対し、来るか来ないかを伝え、アシルの話は最後まで聞くと言った。アシルが電話に向かって言った言葉だけでわかったのは、そのぐらいだった。

「何人必要なんだ？」私は言った。「何を待ってるんだ？」

「われわれには存在感が必要だと言っただろう」

「そこで何かが起きてると感じることか？」私は言った。「あんたは空気に何か感じたことがあるはずだ」

そんなことが二時間以上続いた。与えられた食べ物や飲み物に入っていたもののせいだろうか、私は妙にいらついて、この監禁状態に文句を言った。さらにアシルのもとに電話が入ってきはじめた。彼がメッセージを残した以上の数の電話が。言葉が伝染しだしていたのだ。廊下では大騒ぎが起き、すばやい足音、叫び声、それに返答する叫び声が聞こえてくる。

「なんなんだ？」

アシルは電話に聞き入っていて、外の音は聞いていなかった。「馬鹿な」と彼は言ったが、その口調からは何もわからない。アシルは同じことを何度か言い、それから携帯電話を閉じて私を見た。初めてその顔が、何か言い逃れをしたがっているように見えた。言うべきことをどう言っていいかわからない顔だ。

「何があった？」廊下の叫び声は大きくなり、外の通りからも騒音が聞こえてきた。

「事故だ」

「自動車事故か？」

「バスだ。二台のバスだ」

「〈ブリーチ〉したのか？」

アシルはうなずいた。「両方ともベジェルにいた。フィン広場で、片方がもう片方に横から突っ込んだ」フィン広場は〈クロスハッチ〉された広場だ。「滑ってウル・コーマの壁に激突した」私は何も言わなかった。どんな事故でも、〈ブリーチ〉行為を招けば間違いなく〈ブリーチ〉の出番となり、何人かの化身《アヴアター》が風のように姿をあらわし、現場を封鎖し、範囲を見極め、無実の人間をほかへ連れ出し、〈ブリーチ〉犯をとらえ、できるだけ早く二都市の警察に職権を返す。外で聞こえている騒音は、交通〈ブリーチ〉で起きるたぐいのものではなく、ほかにも何か起きているのは間違いなかった。

「どちらも難民をキャンプに連れていくバスだった。車外に出た難民たちは訓練を受けていなかった。あちこちで〈ブリーチ〉し、自分たちが何をしているのかまったくわからずに、都市と都市のあいだを歩きまわった」

見物人や通行人のパニックは想像がついた。ただでさえベジェルやウル・コーマの罪なき運転手たちは、まっすぐ走らない車をいつも必死に避け、自分が位相分身《トポルゲンガー》の都市に出入りしないよう懸命にコントロールを保ち、車を自分の住む場所へ引きよせている。その彼らが、怪我をして怯えている侵入者たちに遭遇したのだ。法を犯す意図などなく、さりとて選択の余地もなく、助けを呼ぶ言葉も知らない難民たちが、大破したバスからよろよろと降りてきて、その腕の中で子供が泣きじゃくり、国境を越えて血をぽたぽた流している。国民性の微妙なちがい——服装、色、髪型、態度——にも慣れていない人々が、国と国とのあいだをふらふら行き来しながら、自分たちに近づいてこようとする。

「われわれは閉鎖を命じた」とアシル。「完全な封鎖だ。どちらの通りも片づけているところだ。〈ブリーチ〉が大挙してあらゆる場所に出動し、終わらせようとしている」

「なんだと？」

軍《マーシャル》としての〈ブリーチ〉。私もこれまでそんなものは見たことがなかった。どちらの都市にも入り口はなく、どちらの都市とのあいだにも通路はなく、〈ブリーチ〉のルールはすべてが超厳格な強制力を持つ。あと片づけをする両都市の警察は、〈ブリーチ〉の指令のもとで待機し、国境閉鎖の期間は助手を務めることになる。私にも、激しくなるサイレンとかぶりながら響く、機械的な声が聞こえていた。両国の言葉で国境閉鎖を告げる拡声器の声だ。

『通りから離れなさい』

「バスの事故のほうは？」

「故意《いい》だ」アシルは言った。「計画的なものだ。統一主義者だよ。事故は起きた。連中がそこらじゅうにいた。あちこちから〈ブリーチ〉行為の報告が入っている」アシルは落ちつきを取り戻しつつあった。

「どっちの都市の統一派《ユニフ》が……？」私の問いかけも途中で途切れ、答えの予想はついた。

「両方だ。一斉に動いた。バスを止めたのがベジェルの統一派《ユニフ》かどうかさえわからない」もちろん両方で一緒に動いたはずだ、それはわかっている。それにしても、あの熱意の夢想家たちに、なぜこんなことがやれたのだろう？　なぜこんな崩壊を巻き起こせたのだろう、どうやって実行できたのだ？

「連中は両都市のあちこちにいる。これは彼らの暴動だ。彼らは両国を併合する気だ」

アシルはためらっていた。それもあって私は話しつづけ、単にそのせいで彼はさらに何分か部屋にとどまっていた。アシルはポケットの中身を確かめ、兵士然とした警戒態勢に入ろうとしていた。〈ブリーチ〉の全員が招集されている。アシルも当てにされている。サイレンは鳴りっぱなしで、声も飛びかいつづけている。

「アシル、頼むから聞いてくれ。おれの言うことを聞いてくれ。これは偶然の一致だと思うか？　冗談じゃない。アシル、そのドアを開けるな。われわれがここにたどりつき、謎を解き、やっとここまで来て、そこへ突然の暴動が起きたんだぞ？　誰かの仕業だよ、アシル。あんたや〈ブリーチ〉全員をおびきだして、自分たちから遠ざけようとしてるんだ。

企業がこの国にいた日付を調べたとき、どういうやりかたをしたんだ？　マハリアがブツを運んだ夜の件だよ」

アシルは身動きしなかった。「われわれは〈ブリーチ〉だ」ようやくそう言った。「必要なことはなんだってやれる……」

「ふざけるな、アシル。おれはあんたにおどかされるような〈ブリーチ〉犯じゃないぞ。教えてくれ。どうやって調べたんだ？」

ようやく返事が聞こえた。「盗聴。情報屋」アシルは危険な音の満ちあふれる窓にちらりと目をやった。ドアのそばで、まだ私が何か言うのを待っている。

「ベジェルとウル・コーマにいる諜報員やオフィスのシステムが、あんたの知りたいことを伝えてきた、そうだな？　どこかで誰かがデータベースを通じて、誰が、いつ、ベジェル商工会議所のどこにいたかを見つけようとしたわけだ。

それが注意を惹いたんだよ、アシル。あんたは誰かを調査に送り込んだ、そいつがファイルを引っぱりだしたのが気づかれたんだ。何かに取りかかるのに、それ以上どんな証拠がいるんだ？　あんたも統一派《ユニフ》のことは知ってるだろう。とるに足らない連中だ。ベジェルのもウル・コーマのも似たようなものだよ。あいつらは純真なパンクのちっぽけな集まりだ。活動家以上にスパイがいる。誰かが指示を出してる。誰かがこれを動かしてる、おれたちが尻尾をつかんだことに気づいたからだ。

待てよ」私は言った。「閉鎖は……コピュラ・ホールだけのことじゃないよな？　すべての国境線が全土で閉鎖される、飛行機も出入りできない。そうだな？」

「ベズエアーとイリタニア航空は離陸禁止だ。空港は到着機の受け入れをとりやめた」

「プライベートなフライトはどうなんだ？」

「……同じ指示はしたが、他国の主要航空会社と同じでわれわれには権限がない、だからもう少し――」

「そこだよ。彼らを抑え込むことはすぐにはできない。誰かが出ていこうとしてる。シア・アンド・コア社のビルまで行かなきゃだめだ」

「あそこは――」

「あそこが今起きていることの始まった場所さ。これは……」私は窓を指さした。ガラスの割れる音、叫び声、パニックで先を急ぐ車の逆上した騒音、けんか騒ぎが聞こえてくる。

「こいつは、おとりだ」

第27章

通りで私たちは、生まれる前に死に、そのことにも気づいていない小さな革命の断末魔や、神経組織の痙攣の中をくぐり抜けていった。死を目前にしたぶざまなあがきは、そうは言ってもやはり危険で、私たちは軍人の心がまえでいた。どんな外出禁止令も、このパニックを制圧することはできない。

どちらの都市でも私たちの行く通りを人が走り、ベジェル語とイリット語の公共アナウンスが人々に警告を発し、これは〈ブリーチ〉による閉鎖であると怒鳴っていた。窓が割れる。私が逃げるのを見た人影の中には、恐怖よりも浮ついた気持ちで走っているような者もいた。統一《ユニフ》派などでもない、あまりにもちっぽけで行きあたりばったりな行為。ティーンエージャーたちは、自分たちがこれまでにやった最大の犯罪行為として石を投げ、小さな〈ブリーチ〉行為をし、自分の住んでいない都市、あるいは立っていない都市のガラスを割っている。ウル・コーマの消防隊員は、エンジンが哀れっぽい音をたてる消防車で道路の端から端まで疾走し、赤く輝く夜空の方向に向かっている。ベジェルの消防車が何秒か後にそのあとを追っていく。両方とも依然として国のちがいを保ち、片方は正面がつながった建物の一角で火事と格闘し、もう一方は別の一角で活動している。

あの坊やたちはすぐに通りから退散したほうがいい。〈ブリーチ〉がいたるところにいるからだ。その夜まだ外にいる多くの人間に〈見ない〉ようにされながら、ひそかな活動を継続している。走っている最中に見かけたほかの〈ブリーチ〉は、都市パニックにかられたベジェルやウル・コーマの市民のように見えて、それでもその動きはどこかがちがい、アシルや私のように明確な目的をもって獲物を追っている。私に彼らのことが見えるのは最近の訓練のおかげであり、むこうにも私のことが見えるはずだ。

私たちは統一《ユニフ》派の集団を見かけた。何日も隙間の世界で生活した私でさえ、国のちがいを超えたスタイルのパンクロッカージャケットに識別のための布きれをつけた彼らが、両国の支部同士で一緒に走る姿を見るのは衝撃的だった。望むと望まざるとにかかわらずベジェルかウル・コーマのどちらかに生まれ、都市の記号現象に慣れていた人々にとってもそうだろう。今や彼らはひとつのグループになり、〈ブリーチ〉行為の草の根運動を長びかせ、うまいことベジェル語とイリット語を組みあわせたスローガンを、壁から壁へとスプレーしている。金線細工のような流麗なひげ飾りつきだが、きちんと読みやすい文字で、『ひとつの国！　統一！』と両国の言葉で綴っている。

アシルが手探りをしている。彼は出発前に準備した武器を身につけていた。それを間近に見るのは初めてだ。

「時間がない……」私はそう言いかけたが、暴動を取りまく暗がりから、現われるというよりは焦点が合うという感じで、人影の小集団が出てきた。〈ブリーチ〉だ。「どうやってあんなふうに動いてるんだ？」化身《アヴァター》たちは人数では劣っているが、恐れるそぶりもなく暴動グループに分け入り、ドラマチックではないがひどく野蛮な締めや投げの技をいきなり繰り出して、三人の暴徒を人事不省にした。残りの仲間は再結集したが、〈ブリーチ〉は武器を出した。私には二人の統一派が倒れた音しか聞こえなかった。

「なんてこった」私はそう言いながらも動き出した。

でたらめに駐車している車から私にはわからない基準で一台選ぶと、アシルはキーをすばやく突っ込み、慣れた手つきでドアを開けた。「乗れ」ちらりと私を振り返る。「こういうことはこっそりやるのが最善の策だ。連中はアヴァターたちが片づける。これは緊急事態だ。今は両都市とも〈ブリーチ〉なんだ」

「なんてこった……」

「避けられない場合だけだ。両都市と〈ブリーチ〉を守るためだ」

「難民はどうするんだ？」

「ほかにもやりかたはあるさ」アシルはエンジンをかけた。

通りに車はほとんど見あたらなかった。つねに間近にトラブルがありそうに思えた。〈ブリーチ〉の小集団が動いている。何度か〈ブリーチ〉の誰かが混乱の渦中からあらわれて私たちを止めようとしたが、そのたびアシルが相手を見つめ、〈ブリーチ〉の印を叩くか、秘密の信号を指で鳴らすかすると、化身《アヴァター》としてのアシルの地位が伝わり、私たちはそこを離れられた。

私は〈ブリーチ〉をもっと連れていこうと懇願した。「彼らは来ない」アシルは言った。「彼らは信じないよ。私は彼らの味方でいなければならない」

「どういう意味だ？」

「全員が状況に対処している。私が説き伏せる時間はない」

アシルがそう言ったことで、〈ブリーチ〉の数がどれだけ少ないかが急に明白になった。なんと心許ない戦列だろう。未熟な民主主義による彼らの方法論や、分散した自己指令システムのおかげで、アシルは私の説得どおりにこの重要なミッションを遂行できるが、危機が起きたせいで私たちは孤立するはめになった。

アシルはハイウェイの複数レーンにまたがって運転し、国境をひずませ、小さな無秩序を避けていった。民警《ミリツィア》と警察《ポリツァイ》がカーブ地点にいた。〈ブリーチ〉がときどき夜の闇から不気味な動きであらわれて、地元の警察のやりかたを正し、やるべきことの指示を与え——統一派を連行したり、死体を片づけさせたり、何かを警護させたり——そしてまた消えていく。私は二度、難民が引きおこした崩壊に怯えている北米人の男女を、〈ブリーチ〉がどこかからどこかへと護衛していくのを見た。

「そんなはずはない、これは、われわれは……」報告が入ってくるイヤホンを触りながら、アシルが言葉の途中で黙った。今後、キャンプは統一主義者たちでいっぱいになるだろう。私たちはまったくわかりきった結論のさなかにいるが、それでも統一派はいまだに〈ブリーチ〉のミッションに激しく逆らい、人を動員しようと闘っている。あるいはこの合同活動の記憶は、今夜以降も双方のメンバーに望みを与えつづけるかもしれない。自分たちが国境を踏みこえ、突然にひとつのものにした道の上で隣国の同志に挨拶したこと、たとえ一夜の短い時間でも、殴り書きのスローガンと割れた窓の前で自分たちの国を創ろうとしたことに、陶然となったにちがいない。大衆が自分たちについてきていないことはもうわかっているにしろ、それでも彼らはそれぞれの都市に消えたりはしていない。今さらどうやって戻れる？名誉、絶望、あるいは勇ましさが、彼らを動かしつづけていた。

「そんなはずはない」アシルはまた言った。「シア・アンド・コア社のトップが、そんなよい、そ者が、こんなことを計画できたはずがない……われわれは……」アシルは耳を傾け、厳しい顔をした。「われわれは化身《アヴァター》たちを失っている」なんたる戦いだろう。今やこれは、両都市をひとつにすることに身を捧げた人間と、両都市を遠ざける任務を果たしてきた権力との、血みどろの戦争なのだ。

ウンギル・ホール、またはスル・キバイ宮殿とも呼ばれる建物の正面には、書きかけの〝統一〟という文字があり、建物が何かたわごとを吐いたかのように塗料がしたたっている。ベジェルのビジネス街とされる場所は、ウル・コーマの同様の地区には遠くおよばないものだ。シア・アンド・コア社の本部はコリーニン川の岸辺にあり、すたれゆくベジェルの河岸地域を復活させる試みに成功をおさめた数少ない企業のひとつだ。私たちは暗い川のそばを通りすぎた。

私たちはどちらも、封鎖で何もいないはずの空から聞こえてきた音の方向を見上げた。空中にただ一機ヘリコプターがいて、機体の強いライトに背面から照らされながら、私たちの後方へと飛んでいった。

「やつらだ」私は言った。「遅かったか」だが、ヘリコプターは西から河岸に向かっている。出ていくのではない。迎えにきたのだ。「急げ」

これほどの気の散ることの多い夜でさえ、アシルのハンドルさばきは私をぞっとさせた。アシルはハンドルを切って暗い橋を渡り、一方通行の〈完全《トータル》〉なベジェルの通りを逆走し、この夜を逃れようとしていた通行人を驚かせ、さらに〈クロスハッチ〉された広場を抜け、〈完全《トータル》〉のウル・コーマの道へ出た。ヘリコプターは屋根が連なる半マイル先の河岸に下降していき、私は上体を傾けてそれを見守った。

「下りていくぞ」私が言った。「急げ」

改築された倉庫があり、その両脇にウル・コーマのビルの膨張式ガスルームが見える。広場には誰もいないが、シア・アンド・コア社のビルは遅い時刻なのにすべて明かりがついていて、入り口に警備員がいる。私たちが中に入っていくと、彼らは果敢に向かってきた。大理石の壁は蛍光灯で照らされ、ステンレスの〝S&C〟ロゴがアートのように壁に掲げられていて、ソファのそばのテーブルに雑誌や企業レポートが置かれ、まるでそれ自体が雑誌のグラビアだ。

「出ていけ」警備員のひとりが言った。ベジェルの軍人上がりだ。ホルスターに手をかけ、部下を連れて私たちのところへやってくると、一瞬立ち止まった。アシルの動きを目にしたのだ。

「警備を解除しろ」アシルは威嚇するようににらみつけた。「ベジェル全土は、今夜は〈ブリーチ〉だ」〈ブリーチ〉の印を見せる必要もなかった。警備員たちはあとずさった。「エレベーターのロックをはずし、ヘリポートに行ける鍵を渡せ、警備態勢は解除だ。誰も入ってくるな」

警備員がシア・アンド・コア社の母国から来たか、あるいはヨーロッパや北米の事業部から集められた外国人なら、従わなかったかもしれない。だが、ここはベジェルで、警備員もベジェル人のため、アシルに言われたとおりにした。エレベーターの中で、アシルは武器を取り出した。見慣れぬデザインの大型銃だ。銃身は大げさなサイレンサーに銃口まで包まれている。アシルが警備員にもらった鍵を使うと、エレベーターは会社の上層階へと一気に上がっていった。

エレベーターのドアがあくと、丸天井の屋根やアンテナに周囲を囲まれた、強く冷たい突風が吹く場所に出た。ウル・コーマのガスルームをつないだ鎖、鏡張りのウル・コーマのビジネスビルから遠ざかっていく何本かの通り、両都市の寺院のらせん形、そして暗闇と風が私たちの前方にあり、その手前に入り組んだ保護柵とヘリポートがある。黒っぽい機体が待っていて、回転翼はゆっくりと回り、ほとんど音もたてていない。その前に人が集まっていた。

私たちの耳に聞こえるのは、エンジンの低い音と、あちこちで制圧されていく統一主義者暴動の場に群がるサイレンぐらいのものだった。ヘリコプターのそばの男たちには、私たちが近づいてくる気配など聞こえていない。私たちは援護しあえるよう近くにいた。アシルが私の先に立って機体に向かうが、相手はまだ私たちに気づいていない。全部で四人いる。二人は大柄でスキンヘッドの男だ。過激派の愛国主義者らしく見える。秘密任務についている〈真の市民《トゥルー・シチズン》の会〉だ。二人が囲んでいるのは、私の知らないスーツの男と、立っている位置からは顔が見えない、熱心に活発な会話をくり広げているもうひとりの男だ。

私には何も聞こえなかったが、男のひとりが私たちのほうを見た。動揺が起き、四人とも振り返った。ヘリのパイロットが、操縦席から警察が使うような強力なライトを旋回させる。光が私たちをとらえる寸前、集まっていた男たちが動き、顔が隠れていた男がまっすぐ私のほうを見つめたのが見えた。

ミケル・ブーリッチだ。野党の社会民主党員、商工会議所のもうひとりのメンバーだ。

投光照明に目が眩んだ私の体を、アシルがつかみ、分厚い鉄の通風管のうしろに引っぱった。あたりはしばらく静まり返った。銃声が聞こえるかと思ったが、誰も撃たなかった。

「ブーリッチだ」私はアシルに言った。「ブーリッチだったんだ。シエドルにこんな真似ができるはずがないと思ったよ」

ブーリッチが仲介者であり、まとめ役だったのだ。マハリアが熱中しているものを知っていた人間。彼女が初めてベジェルに来て、学部生の分際で異議を唱えて会議の全出席者を怒らせたとき、それを見ていた人間。黒幕はブーリッチだったのだ。彼はマハリアの研究や彼女の求めるものを知っていた。逸脱した歴史、妄想の快楽、黒幕の男からの甘やかし。商工会議所の一員として、ブーリッチはそれを与えることのできる立場にあった。オルツィニーの利益と称して、彼の要請でマハリアが盗んだものを流させる場所も探したのだ。

「盗まれたのはみんな、歯車のついた遺物だった」私は言った。「シア・アンド・コア社は遺物を調査している。科学的な実験だ」

情報屋が――ベジェルのほかの政治家全員と同様にブーリッチも雇っていた情報屋が――ブーリッチに、私たちの真相究明調査がシア・アンド・コア社にも及んだことを知らせていたはずだ。おそらくブーリッチは、私たちが知った以上のことがばれたと考えただろうから、私たちがほとんど状況を予期していなかったと知ったら驚いたかもしれない。ブーリッチほどの地位の人物なら、哀れで愚かな統一主義者の内部に潜む政府のおとり捜査官に命じて、彼らを動かし、〈ブリーチ〉を出し抜いて自分や協力者の国外脱出を図るぐらい、たやすいことだっただろう。

「連中は武装してるか？」アシルがちらりとむこうをながめ、うなずいた。

「ミケル・ブーリッチ！」私は叫んだ。「ブーリッチ？〈真の市民の会〉が、あんたみたいなリベラルの裏切り者と一緒に何をやってるんだ？　あんたはヨルヤヴィッチみたいな、都合のいい兵士を殺しに使ってるんだな。あんたのくだらん企みに接近しすぎた学生たちを殺したんだろう」

「失せろ、ボルル」ブーリッチが言った。怒りの口調ではなかった。「われわれはみな愛国者だ。人々は私の実績を知っているさ」夜の騒音に別の騒音が加わった。ヘリコプターのエンジンがスピードを増した音だ。

アシルは私に目をやり、身を隠すのをやめて外に踏み出した。

「ミケル・ブーリッチ」アシルの恐ろしげな声が響いた。まっすぐに銃を構え、まるでそれに導かれるように、ヘリコプターに向かって歩いていく。「きみには〈ブリーチ〉に対する説明責任がある。ご同行願おう」私はアシルのあとをついていった。アシルはブーリッチの脇にいる男に目をやった。

「コルインテック社の支社長、イアン・クロフト氏だ」ブーリッチがアシルに言い、腕を組んだ。「客人としていらした。話なら私にしろ。きさまなどくそくらえだ」〈真の市民の会〉の連中が自分たちの拳銃を構えた。ブーリッチはヘリコプターに向かって歩き出した。「動くな」アシルが言った。「下がってろ」〈真の市民の会〉メンバーにも叫んだ。「私は〈ブリーチ〉だ」

「だからなんだ？」ブーリッチが言った。「私は何年もこの国を動かしてきた。統一派《ユニフ》をおとなしくさせ、ベジェルのためのビジネスを呼び寄せ、ウル・コーマ人の目の前でくだらん見かけ倒しの街をぶち壊してやってるのに、あんたらは何をしてる？　ふぬけの〈ブリーチ〉さんよ？　あんたらはウル・コーマを守ってるじゃないか」

アシルは一瞬、本気でぽかんと口を開けた。

「やつら向けの演技だ」私は小声で言った。「〈真の市民の会〉向けだよ」

「統一派にもひとつ正しいところはあった」ブーリッチは言った。「都市はたったひとつあるだけだ。迷信や大衆の臆病さがなければ、くそったれのあんたら〈ブリーチ〉に押さえつけられてなければ、そこにはひとつの都市しかないことを、われわれはみな知っている。ベジェルという名の都市だ。それでもあんたは、愛国者に向かって、あんたたちに従えと言うのか？　私も彼らに、わが同志に警告したよ。ここになんの権利もないにもかかわらず、あんたたちがあらわれるかもしれないぞってね」

「だからあんたはヴァンの映像をリークしたんだな」私は言った。「〈ブリーチ〉を閉めだして、かわりに民警《ミリツィア》に片づけさせるために」

「〈ブリーチ〉の優先事項とベジェルの優先事項はちがう」ブーリッチは言った。「〈ブリーチ〉などくそくらえだ」この言葉は慎重だった。「私たちが認める唯一の権力が何か教えてやろう、このくだらん全否定野郎め、それはベジェルなんだよ」

ブーリッチはクロフトに向かって、先にヘリコプターに乗るようにと合図した。〈真の市民の会〉の連中がこちらをじっと見る。彼らには、本気でアシルに発砲し、〈ブリーチ〉戦争を引き起こす心の準備はない——彼らの目つきには、すでに自分たちが示した妥協しない態度や、〈ブリーチ〉にここまで逆らったことに対する、ある種の冒瀆的な陶酔が見えていた――が、それでも銃を下げようとはしなかった。アシルが撃てば撃ち返してくるだろうし、むこうは二人だ。ブーリッチに服従することに夢中で、自分の雇い主がどんな理由でどこへ行こうとしているかなど知る必要もないし、ただブーリッチに背後を守るように言われているあいだは、そうするだけなのだろう。愛国主義者の勇気で燃えあがっているのだ。

「おれは〈ブリーチ〉じゃない」私は言った。

ブーリッチが振り返って私を見た。〈真の市民の会〉たちも私を見た。アシルがためらっているのが感じられた。彼は銃を構えたままでいる。

「おれは〈ブリーチ〉じゃない」私は深く呼吸をした。「おれはティアドール・ボルル警部補だ、ベジェル過激犯罪課のな。〈ブリーチ〉のためにここにいるんじゃないんだよ、ブーリッチ。おれはベジェル警察を代表し、ベジェルの法を執行するためにここにいる。なぜならあんたが法を破ったからだ。

密輸はおれの管轄じゃない、好きにすればいい。おれは政治的な人間じゃない――あんたがウル・コーマをめちゃくちゃにしようが、おれの知ったことじゃない。おれがここにいるのは、あんたが殺人犯だからだ。

マハリアはウル・コーマ人でもなければベジェルの敵でもなかったし、もしそう見えたとすれば、それはあんたが彼女に話したたわごとを信じていたせいだ。おかげであんたは、マハリアが提供してくれたものを、この外国の研究開発部門に売ることができた。ベジェルのためにやってるだと？　ふざけるな。あんたは外貨欲しさに盗品を売っただけだ」

〈真の市民の会〉の二人が落ちつかなくなってきた。

「だが、彼女はだまされてたことに気づいたんだ。自分は古い誤りを正していたわけではなく、隠された真実を学んでいるわけでもなかったということに。あんたに泥棒をやらされていただけだということに。あんたはヨルヤヴィッチを送り込んでマハリアを消した。ウル・コーマでの犯罪だから、たとえわれわれがあんたとヨルヤヴィッチのつながりを見つけ出せたとしても、おれにできることは何もない。だが、それで終わりじゃなかった。ヨランダが姿を消したと聞いたとき、あんたはマハリアが何かしゃべっていたんじゃないかと考えた。ヨランダに口を開かせるわけにはいかないと思った。

あんたがヨルヤヴィッチに、チェックポイントのベジェル側からヨランダを撃たせたのは、〈ブリーチ〉を寄せつけないための賢明な策だ。とはいえ、やつの銃撃と、それをもくろんだあんたの指示は、ベジェルの犯罪だ。つまり、あんたはおれのものなんだよ。

ミケル・ブーリッチ大臣、ベジェル連邦政府および裁判所から付与された権限により、あんたをヨランダ・ロドリゲス殺害共謀罪で逮捕する。ご同行願いたい」

一秒、また一秒と、驚愕による沈黙が流れた。私はゆっくり足を踏み出し、アシルのそばを過ぎて、ブーリッチのほうへ向かった。

このまま終わるとは思えない。〈真の市民の会〉の大半はわれわれに敬意など払わないし、ベジェルの民衆の多くと同じように、貧弱な地元警察ぐらいにしか思っていないだろう。だが、ベジェルの名によるこの醜悪な告発は、彼らが参加したかった政治とは話がちがうし、たとえ彼らがこれらの殺人を知っていたとしても、こんな理由は聞かされていなかったはずだ。二人の男は確信が持てずにお互いの顔を見つめ合っている。

アシルが動いた。私は息を吐き出した。「クソ野郎が」ブーリッチがポケットから自分の小型拳銃を出し、私を狙った。私は「うっ」と声を上げ、うしろにのけぞった。銃声が聞こえたが、予期していたような音ではない。破裂音とはちがう、強く吐いた息の突風か、急流のような音だった。そんなことを考えていた自分を思い出すと、死ぬというときにそんなことに気づいた自分に驚きたくもなる。

ブーリッチの体が跳ねたと思うと、案山子《かかし》のような格好でひっくり返った。手足はよじれ、胸に赤い色が広がる。私は撃たれていなかった。撃たれたのはブーリッチだった。まるでわざとのように、彼の小さな武器は遠くに投げ出されていた。私が聞いたのは、アシルのサイレンサー付き拳銃の銃声だったのだ。ブーリッチは倒れ、胸が血だらけになっていた。

その瞬間、今度こそ銃声が聞こえた。すばやく二発、そして三発目。アシルが崩れ落ちた。〈真の市民の会〉の弾だ。

「やめろ、やめろ！」私は大声で叫んだ。「撃つのはやめろ！」私はカニのような動きでアシルのそばに戻った。アシルはコンクリートの上に横たわり、血を流しながら痛みにうめいている。

「おまえたち二人も逮捕する」私は叫んだ。〈真の市民の会〉たちはお互いの顔を見つめ、私を見つめ、死んで動かなくなったブーリッチを見つめた。護衛の仕事のはずが、いきなり暴力的な、まったくの混乱状態になっている。自分たちに絡まっている蜘蛛の巣の大きさが、ちらりと頭をかすめたようだった。ひとりがもうひとりに小声で何か言うと、二人はあとずさり、エレベーターに向かって駆け出した。

「そこから動くな」私は叫んだが、二人はあえぐアシルのそばにひざまずいている私を無視した。クロフトはヘリコプターのそばで身動きもせずに立っている。「動くんじゃない」そう言っても、〈真の市民の会〉の二人は屋根に続くドアを引き開け、ベジェルに戻るべく姿を消した。

「大丈夫だ、私は大丈夫だ」アシルは息をあえがせた。私は手のひらで軽く触れて傷口を探した。アシルは服の下に防弾具のようなものをつけている。致命傷になったかもしれない弾はそこで止まっていたが、肩の下も撃たれていて、その傷が流血と痛みの原因だった。「そこのあんた」アシルはシア・アンド・コア社の男になんとか大声で呼びかけた。「動くなよ。ベジェルでは保護してもらえるだろうが、あんたはベジェルにいない。私が申しわたす。あんたは〈ブリーチ〉にいるんだ」

クロフトが操縦席をのぞき込んでパイロットに何か言うと、相手はうなずいて回転翼のスピードを上げた。

「以上かね？」クロフトが言った。

「逃げてみろ。離陸禁止だぞ」痛みに歯を食いしばり、すでに銃が手から離れていても、アシルは頑として言い張った。

「私はベジェル人でもウル・コーマ人でもない」クロフトは言った。英語で話しているが、私たちの言っていることはきちんと理解していた。「あんたらに興味もないし、怖くもないよ。私は行く。『ブリーチ』、ね」彼は首を振った。「まるで見世物小屋だ。こんな奇妙でちっぽけな二つの都市を、外の人間が気にかけているとでも思うのかね？　ここの人々はあんたらに資金を出し、あんたらの言うことを聞き、疑問も挟まないだろうし、あんたらを恐れる必要もあるかもしれないが、ほかの人間はそうじゃないんだよ」クロフトはパイロットの隣に座り、シートベルトを締めた。「あんたらには無理だとまでは思ってないが、あんたらやその仲間には、このヘリを阻止したりしないことを強く提案するね。『離陸禁止』か。あんたらがわが国の政府を怒らせたら、いったい何が起きると思ってるんだ？　ベジェルかウル・コーマが本物の国を相手に戦争を挑むなんて、考えただけでも滑稽だ。ましてあんたがた〈ブリーチ〉じゃあね」

クロフトはドアを閉めた。私たちはしばらく立ち上がろうとはしなかった。アシルも、そして私も。アシルが横たわり、私がそのうしろでひざまずいているあいだ、ヘリコプターの音はどんどん大きくなり、機体はまるでふくらんでいくように見えた。やがて糸で持ちあげられるかのように浮き上がり、私たちの頭上から激しい風を送ってきて、服をはぎとろうとし、ブーリッチの死体をごろごろと転がした。ヘリは二つの都市それぞれにある低いタワーのあいだ、ベジェルとウル・コーマのあいだの空間を慌ただしく上昇し、ふたたび空にいる唯一の物体となった。

私はヘリが去るのをじっと見ていた。〈ブリーチ〉への侵攻。どちらかの都市に着陸し、争いの的となる建物の秘密オフィスに駆け込んでいく落下傘兵。〈ブリーチ〉に攻撃するためには、侵攻軍はベジェルとウル・コーマにも〈ブリーチ〉しなければならないだろう。

「化身負傷《アヴァター》」アシルが無線に話しかけている。相手に場所を伝えた。「助けを頼む」

「了解」無線機から声がした。

アシルは壁に寄りかかって座った。東の空がかすかに明るくなりはじめている。下のほうでは暴動の騒々しさがまだ聞こえているが、数は減って鎮まりつつある。ベジェルでもウル・コーマでもサイレンの音は増えていて、ベジェル警察とウル・コーマ民警は自分たちの都市を立ちなおらせ、〈ブリーチ〉は撤退できる場所で撤退を始めている。もう一日封鎖を行なって、統一派の巣を掃除し、正常さを取り戻し、迷子の難民を集めてキャンプに戻すことになるのだろうが、最悪の事態は越えていた。私は夜明けの光に照らされつつある雲をながめた。ブーリッチの遺体を調べたが、持ち物は何もなかった。

アシルが何か言っている。声は弱く、もう一度くり返してもらわなければならなかった。

「まだ信じられないんだ」彼は言った。「彼にこんなことができるなんて」

「彼?」

「ブーリッチだ。連中の誰でもだ」

私は煙突にもたれてアシルの姿をながめ、太陽がのぼってくるのをながめた。

「そうだな」私はようやく言った。「彼女が賢すぎたんだ。若かったが……」

「……ああ。彼女も最後には見破ったが、そもそもブーリッチが彼女をだますような真似ができるとは思えない」

「それに始末のしかたも」私はゆっくりと言った。「もし彼が誰かを殺したのなら、死体は見つからなかったろう」ブーリッチは、ある面では有能とは言えない真似をする一方、別の面では有能すぎるほどで、話の筋が通らなかった。助けを待つあいだ、私はゆっくりと広がる朝の光の中で静かに座っていた。「彼女は専門家だった。歴史というものを知り尽くしていた。ブーリッチも狡猾だったが、そういうのとはちがう」

「何を考えてるんだ、ティエ？」屋上に張り出しているドアのひとつから物音が聞こえてきた。バタンと音がしてドアが開き、私がぼんやりとしか顔を知らない〈ブリーチ〉の誰かが走り込んでくる。彼女は私たちのほうにやってきながら、無線に話しかけていた。

「連中にはヨランダの居場所がどうしてわかったんだろうな」

「きみの計画を聞いたんだろう」アシルは言った。「きみの友人、コルヴィとの電話を聞いていて……」

「やつらはなぜボウデンを撃ったんだ？」アシルが私を見た。「コピュラ・ホールでだ。おれたちは最初、オルツィニーの仕業だと思ってた。ボウデンがたまたま真実を知ったから彼を狙ったんだと。だが、オルツィニーじゃなかった。あれは……」私はブーリッチの遺体を見た。「あいつの指令だ。だったら、ボウデンを狙ったのはなぜだ？」

アシルはうなずくと、ゆっくりしゃべりだした。「マハリアがヨランダにしゃべったと連中が考えたのはわかる、だが……」

「アシル？」女性が近づいてきながら声を上げると、アシルはうなずいた。立ちあがったが、すぐにまた重々しく腰をおろした。

「アシル」私は言った。

「わかった、わかった。私はただ……」彼は目を閉じた。女性の足が速まる。アシルは不意に目を開き、私を見た。「ボウデンはずっときみに、オルツィニーなど存在しないと話していたんだったな」

「そうだ」

「行きましょう」女性が言った。「出る手助けは私がするわ」

「どうするつもりだ？」私は言った。

「さあ、アシル」女性が言った。「あなた弱って……」

「ああ、そうさ」アシルは自分から彼女をさえぎった。「だが……」彼は咳き込んだ。それでも私を見つめ、私も彼を見つめた。

「おれたちは彼を解放させなければならない」私は言った。「〈ブリーチ〉にやらせなければ……」とはいえ、彼らはまだ終わりつつあるこの夜と格闘中で、誰かを説得する時間はない。

「少しだけ待ってくれ」アシルは女性に言った。そしてポケットから〈ブリーチ〉の印を取りだして私に渡し、一緒に鍵束も寄こした。「権限を認める」女性は眉を上げたが、口は挟まなかった。「私の銃もそのへんにあるはずだ。ほかの〈ブリーチ〉はまだ……」

「あんたの電話もくれ。番号は？　よし、行ってくれ。彼をここから連れ出してくれ。アシル、おれがやるよ」

第28章

アシルに付き添った〈ブリーチ〉は、私に助けを求めたりしなかった。むしろ彼女は私を追い払った。

アシルの銃はすぐ見つかった。ずっしりして、サイレンサーは動物の器官を思わせる。銃口には何かの粘液が塗られているように見えた。安全装置を見つけるまで、しばらく時間がかかった。弾倉をはずしてみるような危険は冒さなかった。銃をポケットに入れ、階段に向かった。

階段を下りながら、携帯電話の連絡先リストの番号をざっとスクロールした。意味不明の文字列ばかりだ。私は連絡を取りたい相手の番号を打ち込んでダイヤルした。直感的に国コードをつけずにおいたが、正しい判断だった——電話はつながった。ビルのロビーにたどりつくころには呼び出し音が鳴った。警備員たちが私の顔を不審げに見たが、私が〈ブリーチ〉の印を見せると引き下がった。

「なんだ……誰だ?」

「ダット、おれだ」

「おいおい《ホーリー・ライト》、ボルルか？　どうして……どこにいる？　どこにいたんだ？　何が起きてる？」

「ダット、黙って聞いてくれ。まだ朝にもなってないのはわかってるが、目を覚ましてくれ、助けてほしいんだ。話を聞いてくれ」

「なんだよ《ライト》ボルル、おれが寝てたと思ってるのか？　あんたは〈ブリーチ〉のところにいるんだと思ってたよ……どこにいる？　何が起きてるか知ってるのか？」

「〈ブリーチ〉といるよ。聞いてくれ。きみはまだ仕事に復帰してないんだな？」

「くそっ、そうだよ、おれはいまだに――」

「きみの助けが必要なんだ。ボウデンはどこにいる？　尋問するためにきみの仲間が連行したんじゃなかったか？」

「ボウデン？　そうさ、だけど拘束はしてない。なんでだ？」

「彼はどこだ？」

「やれやれだな《ホーリー・ライト》、ボルル」ダットが体を起こして座る気配が聞こえた。「あいつのアパートメントさ。あわてるな、見張りをつけてるよ」

「踏み込ませろ。彼を拘束しろ。おれが行くまでに。とにかくそうしてくれ、頼む。仲間を送り込んでくれ。よろしく頼む。つかまえたら電話してくれ」

「待て、待てよ。そっちの番号は？　おれの電話には表示されてないぞ」

　私は番号を伝えた。広場に来て、明るくなってきた空や、両都市の上空を旋回する鳥たちをながめた。あちこちを行き来したが、この時刻でも外に出ている人間は少数ながらほかにもいる。私はこそこそとそばを通り過ぎる人たちをながめた。自分の都市に戻ろうとしている様子をながめた――ベジェル、ウル・コーマ、ベジェル、そのどっちかへと――ようやく彼らの周囲から減りつつある強大な〈ブリーチ〉から逃れようとして。

「ボルル、やつが消えた」

「なんだと?」

「あいつのアパートメントに特別班が張ってたことは言ったよな? 警護のためだ、あいつも狙われたから。それが、今夜ろくでもない騒ぎが始まって、総力戦になって、その連中もほかの仕事に駆り出されたんだ。おれも詳しくは知らないが――少しのあいだ、人がいなくなってた。おれはそいつらを戻らせた――少し落ちついてきたし、民警《ミリツィア》とあんたとこの連中が、国境をちゃんと分けなおしはじめたから――だがそれでも通りでは馬鹿騒ぎが続いてた。とにかく、おれはそいつらを戻らせて、ボウデンの部屋に踏み込ませた。やつは消えてた」

「ちくしょう」

「ティアド、いったい何が起きてるんだ?」

「そっちに行くよ。やってもらえるか、その……イリット語でなんて言うんだ。『ボウデンをＡＰＢしてほしい』って」私は顔写真の全部署手配《APB》のことを英語で言った。

「ああ、おれたちはそういうのを、『ハローを送る』って言うんだ。だけどな、ティアド、今夜の騒ぎは知ってるだろう。あいつの顔なんて見てる人間がいると思うか？」

「やってみるしかない。あの男は逃げようとしてる」

「大丈夫さ、そうだとしてもしくじるよ。国境は全部閉鎖されてるんだから、どこへ現われても止められるだけだ。早めにベジェル側に出たとしても、あんたとこのやつらだって、その外へ出すほど馬鹿じゃないだろ」

「わかった、それでもとにかく、あいつにハローをつけてくれるか？」

「『送る』だ、『つける』じゃないよ。わかった。おれたちには見つけられないと思うがね」

両都市の道路には、危険の続く場所へ向かうレスキュー車がさらに増えたほか、あちこちに一般車がいて、自分の都市の交通ルールを大げさなまでに守り、いつものように法に気を配りながらお互いをやりすごしあっていて、それは数少ない通行人も同様だった。外にいるからには、何かしら正当な理由があるにちがいない。彼らが見たり〈見ない〉でいようとする根気強さが、際だってみえた。〈クロスハッチ〉は回復している。

夜明け前は寒かった。なんでも開けられるアシルのスケルトンキーを使いつつ、アシルほどの冷静さはなしでウル・コーマ車のドアを破っていたとき、ダットが電話してきた。口調がさっきとまったくちがっている。ダットは——声からはっきり伝わってきた——畏怖の念を感じていた。

「おれが間違ってた。ボウデンが見つかった」

「なんだと？　どこで？」

「コピュラ・ホールだ。国境警備の民警だけは、街に駆りだされなかったんだ。そいつらが写真の男を見てた。そいつらの話じゃ、ボウデンは何時間もあそこにいたっていうから、混乱が始まると同時にあそこへ向かったんだな。早いうちからホールの中に入れたが、ほかの出国者と一緒にそこで身動きがとれなくなって、そのまま閉鎖になったんだ。だけど、聞いてくれ」

「あいつは何かやったのか？」

「ただ待ってた」

「じゃあつかまえたのか？」

「ティアド、聞けよ。つかまえられないんだ。問題がひとつある」

「どうしてだ？」

「そいつらは……そいつらは、ボウデンはウル・コーマにいないんじゃないかと言ってる」

「国境を越えたのか？　それならベジェルの国境警備と話して、それから――」

「ちがう、聞けよ。そいつらにはボウデンの居場所がわからないんだ」

「……え？　なんだって？　あいつはいったい何をやってるんだ？」

「あいつは……あいつはただそこにずっと立ってたんだ、入り口のすぐ外に、隠れもせずに。そのあと、警備が自分に近づいてくるのを見て、歩き出して……だけどその動きじゃ……着ている服じゃ……警備の連中には、あいつがウル・コーマにいるのかベジェルにいるのかわからなかったんだ」

「閉鎖の前に通過したのかどうか調べればいい」

「ティアド、ここは大混乱なんだよ。誰も書類やコンピュータなんかの記録は残してない、だから通過したかどうかもわからないんだ」

「だったらその連中に――」

「ティアド、聞いてくれよ。おれはそいつらからそれ以上は聞き出せない。ボウデンを見たってことを話すだけで、それが〈ブリーチ〉行為になるってすごいびびってるし、確かに間違っちゃいない、だってそうだろ？　本当にそうかもしれないんだ。よりによって今夜だぞ。〈ブリーチ〉がそこらじゅうにいる。そして国境は閉鎖されちまってるんだよ、ティアド。誰でも〈ブリーチ〉する危険なんて冒したくない。ボウデンが間違いなくウル・コーマにいると言える動きをしないなら、これ以上の情報は引き出せない」

「ボウデンは今どこだ？」

「おれにわかるかよ？　警備員はやつを見るリスクを冒せない。連中はボウデンが歩き出したとしか言わなかった。ただ歩き出した、だけどあいつの居場所は誰にもわからない」

「誰も止めなかったのか？」

「見ていいかどうかもわからないんだぞ。ただ、ボウデンは〈ブリーチ〉行為もしてないよ。連中には……言えないだけなんだ」沈黙。「ティアド？」

「くそ、もちろんそうだ。ボウデンは待ってたんだ、誰かが自分に気づくのを」

私はコピュラ・ホールめざして車のスピードを上げた。まだ数マイルある。思わず悪態をついた。

「なんだ？　ティアド、どうしたんだよ？」

「これがボウデンの狙いだったんだ。今きみが自分で言ったことだよ、ダット。あいつがどちらかの都市にいるなら、その国の警備員が国境から連れ戻せる。ということは？」

何秒か沈黙があった。「なんてこった」ダットは言った。どちらにいるのかわからない状況では、誰もボウデンを止めることはできない。誰にも。

「きみはどこにいるんだ？　コピュラ・ホールの近くなのか？」

「十分もあれば着くよ、だけど――」

だけどダットにもボウデンは止められない。ダットがどんなに地団駄を踏もうと、自分の都市にいないかもしれない男を見て、〈ブリーチ〉につかまるような危険は冒せない。心配することはない、やってくれと言いたい気持ちにかられたが、ダットが間違っていると誰に言えるだろう？　彼が見張られていないとは、私にも言いきれない。安全だなどと言えるはずがない。

「もしボウデンが確実にウル・コーマにいるとわかって、きみがはっきりそう宣言すれば、民警はあいつを逮捕してくれるか？」

「もちろんさ。ただ、ボウデンを見るリスクを冒せないとすれば、あいつを追おうとはしないぜ」

「だったらきみがやってくれ。ダット、頼むよ。よく聞いてくれ。きみがただ散歩するだけなら、誰もきみを止めない、そうだな？　ちょっとコピュラ・ホールへ行って、好きなところをうろついて、それでたまたま近い距離にいた誰かが悪さをたくらんでて、そいつが実はウル・コーマにいるってことがわかれば、きみはそいつを逮捕できる、そうだろう？」何かを認める必要は誰にもない、自分自身に対してさえも。ボウデンの状況がわからないあいだ、彼と何の交流もしなければ、あとはもっともらしく否認できる。「頼む、ダット」

「わかった。だけど聞いてくれ、もしおれが散歩をしにいって、その総体局所的《グロストピック》な至近距離にいるかもしれない誰かが確かにウル・コーマにいるとわからないかぎりは、おれに逮捕はできないぞ」

「ちょっと待った、確かにそうだな」ダットに〈ブリーチ〉のリスクを冒してくれとは頼めない。それに、ボウデンがもし国境を越えてベジェルにいるとしたら、ダットにはなんの権限もない。「わかった。散歩に行ってくれ。コピュラ・ホールに着いたら知らせてくれるか。こっちは別のところに電話してみる」

私は電話を切り、別の番号にかけた。相手が外国にいるのはわかっていたが、今度も国際コードをつけずにかけてみた。早朝にもかかわらず、相手はすぐに出て、警戒するような声が聞こえてきた。

「コルヴィ」

「ボス？　なんだってまた、ボス、今どこなんですか？　何があったんです？　大丈夫なんですか？　いったい何が起きてるの？」

「コルヴィ。いずれ全部話すが、今はだめだ。今はきみに動いてもらいたいんだ。即刻、質問なしで、おれの言うとおりにやってほしい。コピュラ・ホールに行ってくれないか」

私は腕時計を確かめ、ちらっと空を見上げたが、まるで朝の訪れをじゃまするような空だった。ダットとコルヴィはそれぞれの都市で国境に向かっている。先に電話してきたのはダットのほうだった。

「おれは着いたぞ、ボルル」

「あいつの姿は見えたか？　見つけたか？　あいつはどこだ？」沈黙。「わかった、ダット、聞いてくれ」ダットはウル・コーマにあるとわかっているもの以外は見ようとしていないだろうが、仲介者に知らせたいことがなければ電話してこないはずだ。「今どこにいる？」

「イリヤ・ストリートとスハッシュ・ストリートの角だ」

「くそっ、こいつで電話会議をやる方法がわかればな。電話がかかってきてるみたいだ、そのまま切らずに待っててくれ」私はコルヴィからの電話に出た。「コルヴィ？　聞いてくれ」私は歩道の縁石に車を寄せ、ダッシュボードの小物入れにあったウル・コーマの地図と、自分のベジェルの土地勘とを比較した。旧市街の大半は〈クロスハッチ〉されている。「コルヴィ、きみには、ビウラ街と……ワルザ街の角に行ってもらいたい。ボウデンの写真は見たことがあったな？」

「ええ……」

「わかってる、わかってる」私は車を出した。「あの男がベジェルにいるという確信が持てなければ手を出すな。さっきも言ったが、きみは散歩していい。悪いやつがベジェルにいるとわかったらすぐ逮捕できるようにな。それと、きみの居場所を知らせてくれ。いいか？　気をつけるんだぞ」

「何にですか、ボス？」

的を射た質問だ。ボウデンがダットやコルヴィに攻撃するとは考えにくい。そんなことをしたら、自分がベジェルかウル・コーマにいる犯罪者だと宣言するようなものだ。両方に攻撃すれば〈ブリーチ〉行きだし、信じがたいことではあるが、ボウデンは〈ブリーチ〉してはいないのだ。どちらかの都市を、ぎりぎりのバランスで歩いている。〝シュレーディンガーの通行人〟とでも呼ぶべきだろうか。

「そっちはどこにいる、ダット？」

「テイペイ・ストリートの途中だ」テイペイ・ストリートは、その空間を総体局所的《グロストピカリー》にベジェルのミランディ街と共有している。私はコルヴィに行くべき場所を伝えた。「そんなにかからないと思います」私は川を越えているところで、車の数が増えはじめている。

「ダット、あいつはどこだ？　つまりきみの居場所は？」ダットが場所を伝えてきた。ボウデンは〈クロスハッチ〉された道にとどまっているはずだ。〈完全《トータル》〉の領域に踏み込めば、その都市にいることがはっきりし、そこの警察が彼をとらえることができる。都市の中心部でもいちばん古い通りの何本かは、車で進むにはあまりに狭く曲がりくねっていて、少しも時間を節約することができない。私は車を乗り捨て、ウル・コーマの旧市街の繊細なモザイクや丸天井に隣接する、ベジェルの旧市街のひさしが頭上に突き出した敷石の道を駆け抜けた。「どけ！」時おり目の前の通行人に叫ぶ。〈ブリーチ〉の印を突きつけ、もう片方の手に電話を握りながら。

「ミランディ街のはずれに来ました、ボス」コルヴィの口調が変わっていた。言葉にはしなかったが、彼女にもボウデンが見えたのだ。そうは言わなかったし、〈見ない〉ようにしたとも言わず、そのあいだの立場を守っている。それでも、ただ私の指示に従うという様子は消えていた。コルヴィもボウデンの近くにいる。ボウデンにも彼女が見えるかもしれない。

私はもう一度アシルの銃を確認したが、仕組みはほとんどわからなかった。自分には使えない。私は銃をポケットに戻し、コルヴィの待つベジェル、ダットの待つウル・コーマ、そしてボウデンが歩いているどこかわからない場所へと向かった。

最初に姿が見えたのはダットだった。きちんと制服を着て、片腕を吊り、電話を耳に当てている。私は通りすがりにダットの肩を軽く叩いた。ダットは飛び上がり、私に気づいて、息をのんだ。電話をゆっくりと閉じると、ほんの一瞬だけ目で方向を示した。私を見つめたとき何か表情が浮かんだ気がしたが、はっきりとはわからなかった。

そこへ目をやる必要はなかった。部分的に〈クロスハッチ〉された通りには、危険をかえりみない人間がほかにも何人かいたものの、ボウデンの姿はすぐさま目に入った。その足どりのせいだ。とんでもなく奇妙だった。適切な描写がしがたいが、ベジェルとウル・コーマそれぞれの民族の身体的な独自性に慣れた人間からすれば、根っこがなく、解き放たれ、きっぱりとして、なんのお国柄もなかった。私は背後からボウデンを見ていた。ふらふら歩くでもなく、病的なまでに中立を守ったしっかりした足どりで、両都市の中心から離れ、最終的には国境や山へ、そして欧州大陸のほかの国へ行こうとしている。

ボウデンの前では、好奇心の強い地元民が彼をながめるのだが、確信が持てずに半ば目をそらし、実際どこを見ていいかわからなくなっている。私はそのひとりひとりに指をさし、行けという合図をして立ち去らせた。窓から見ている人間もいるかもしれないが、彼らは否認できる。私は、ぼんやりとのしかかってくるベジェルの風景と、複雑な渦を巻くウル・コーマの雨樋の下、ボウデンに近づいた。

彼から二、三メートル離れた場所で、コルヴィが私を見ていた。彼女は電話をしまって銃を抜いたが、ボウデンがベジェルにいないときに備え、まだ彼をまっすぐには見ずにいた。もしかしたら、私たちは〈ブリーチ〉にどこかから見張られているかもしれない。ボウデンはまだ彼らの注意を惹くような罪は犯していない。〈ブリーチ〉に手出しはできないのだ。

私は歩きながら手を伸ばした。歩調も緩めなかったが、コルヴィがその手をつかみ、一瞬、私たちはお互いの目を見つめあった。通り過ぎてから振り返ると、何メートルか離れた別の都市どうしにいるコルヴィとダットが、私をじっと見つめていた。ようやく本当に夜が明けてきた。

「ボウデン」

彼は振り返った。顔がこわばって、張りつめた。手にはなんだかわからない形をした何かを持っている。

「ボルル警部補。奇遇ですな、きみに会えるとは……ここで」ボウデンはにんまりとしようとしたが、うまくいかなかった。

「ここは、どこのことですか？」私の言葉に、彼は肩をすくめた。「非常にお見事ですよ、あなたのやっていることは」彼はベジェル人ともウル・コーマ人ともつかないしぐさで、また肩をすくめた。歩けば一日かそれ以上はかかるかもしれないが、ベジェルもウル・コーマも小さな国だ。彼は徒歩で逃げられる。ただの市民としてはあまりに巧妙に、都会の住人や観察者としてはあまりに完全に、双方の国の文明的特異性である目には見えない無数の特徴を中和させ、どちらの集合体の行動も拒否している。ボウデンは手にしたものを私に向けた。

「私を撃てば〈ブリーチ〉があなたをとらえに来る」

「彼らが見ていればね」ボウデンは言った。「おそらくここにいるのはきみだけだよ。こんな夜のあとでは、国境を補強するのに長い時間がかかるだろう。それに、もし彼らがいるなら、ひとつ聞かせてもらいたい。なんの犯罪になるというのだね？　きみはどこにいるのだ？」

「あなたは彼女の顔を切り離そうとした」あごの下の、あのぎざぎざの裂け目。「あなたは……いや、あれは彼女のものだ。彼女のナイフだった。けれどもあなたにはできなかった。そのかわり、彼女にたっぷりとメイクアップをしたんだ」ボウデンはまばたきをしたが、何も言わなかった。「彼女に変装でもさせるかのように。それはなんなんだ？」ボウデンは手に持っているものを一瞬私に見せ、それから握りなおしてまた私に向けた。緑青《ろくしょう》の生じた金属製の物体で、古くて節くれだった醜い品だ。カチッと音がした。新しい金属製の細長い板でつぎあてがしてある。

「壊れたよ。あのとき私が」ためらったせいではなく、ただ途中で言葉が途切れたのだった。

「……まさか、これで彼女を殴ったのか。彼女が嘘を見破ったことに気づいて」一瞬の怒りが私をとらえて振りまわした。ボウデンは今ならなんでも認めるかもしれない。彼が地層累重の上層にとどまっているかぎり、どんな法則も彼をとらえることはできない（地層累重の法則では下にある地層が上にある地層より古い）。私は、彼の持っている物体、彼がつかんで私に向けている物体の柄の、醜悪で鋭くとがった先端に目をやった。「あんたはそいつをつかんで彼女を殴り、彼女は倒れた」私は刺すしぐさをしてみせた。「衝動だった」私は言った。「そうだな？　そうなんだな？　つまりあんたは、発砲のしかたを知らなかったわけだ、そのときは。あれが真実かどうか知らなかったんだな？　あの〝奇妙な物理学〟の噂が真実かどうか。そいつがシア・アンド・コア社が追ってたもののひとつなんだな？　訪問者の幹部ひとりを観光に行かせて、公園に行ってかかとでつつかせたんだ。ただの観光客のふりをして」

「これを銃と呼ぶ気はない」ボウデンは言った。「だが……そうさ、これに何ができるか見てみたいかね？」ボウデンはその物体を振った。

「自分で売ろうとは思わなかったのか？」私の言葉に、ボウデンは不快な顔をした。「これが何をするものか、なぜわかったんだ？」

「私は考古学者であり歴史学者だ」ボウデンは言った。「しかも非常に有能なね。さて、私は行くよ」

「歩いて都市を出るのか？」私の言葉にボウデンは首を傾けた。「どっちの都市を？」彼は『教えないよ』とでも言うように武器を振った。

「そんなつもりはなかったんだ、わかるだろう。彼女は……」今度は言葉が途中で詰まり、ボウデンはぐっと飲み込んだ。

「彼女はさぞ怒り狂ったんだろう。あんたにどれだけ嘘をつかれてたか気づいて」

「私はいつだって真実を話していたよ。きみも聞いただろう、警部補。私は何度も言った。オルツィニーなどという場所は存在しないと」

「あんたは彼女をおだてたのか？　きみは私が真実を伝える唯一の人間だ、とでも彼女に言ったのか？」

「ボルル、私はこの場できみを殺せるんだ。わかっているかね？　われわれがどこにいるのか、誰も知ることはない。きみがどちらか一方の都市にいるなら、殺したとたん連中は私をつかまえにくるかもしれないが、きみはそうじゃない。私にもきみにも、そうはならないとわかっている。なぜなら、〈ブリーチ〉の連中を含め、この場所にいることはルールに従っていないということになるからだ。もし従っていれば、そうなるわけだがね。重要なのはな、どっちの都市にいるのか誰にもわからない人間にきみが殺された場合、そしてきみもどっちにいるかわからない場合、きみの死体はただそこに横たわり、いつまでも腐っていくということなんだよ。人々はきみをまたいで歩くんだ。誰も〈ブリーチ〉しない。ベジェルも、ウル・コーマも、きみを片づけようなんてリスクは冒さない。きみは両都市に横たわり、ただの汚れとなるまで悪臭を放ちつづける。私は行くよ、ボルル。私がきみを撃てば、ベジェルが来てくれるとでも思うのかね？　ウル・コーマは？」〈聞かない〉そぶりはしていても、コルヴィにもダットにも聞こえているはずだった。ボウデンは私だけをじっとながめ、動かずにいた。

「まいったね、そうさ、〈ブリーチ〉は、私の相棒は正しかったんだ」私は言った。「ブーリッチがこれをたくらんだにしても、彼にはマハリアをだませるほどの専門知識も、すべてをまとめあげる忍耐もなかった。マハリアは賢かった。だから、資料や、秘密や、オルツィニーの噂について、多少どころじゃなく、すべてを知り尽くしている誰かが必要だった。すべて完全に。あんたが言うように、あんたは真実を言っていたんだ。オルツィニーなどという場所は存在しない。あんたは何度も何度もそう言った。そこが大事な点だ、ちがうか？

こいつはブーリッチのたくらみじゃない、そうだろう？　マハリアがあの会議で厄介者扱いをされたあとは、なおさらじゃないか？　もちろんシア・アンド・コア社でもない——連中ならもっと効率的な密輸のできる人間を雇えたはずだし、こんなはした金でやれる作戦ならと、提示されたチャンスに乗っかっただけのことだ。もちろん、あんたがこれをやるにはブーリッチの金が必要だったし、ブーリッチも、ウル・コーマから盗みを働き、ベジェルの名をあげるチャンスを見送るはずがない——どのぐらいの投資が絡んでたんだ？——しかも自分の金儲けにもなるわけだしな。だが、アイデアを出したのはあんたで、それは決して金の問題じゃなかった。

あんたは、オルツィニーを失って寂しかったんだ。このやりかたなら一挙両得だ。そうとも、オルツィニーについてのあんたの考えは間違っていた。だが、間違っていたとすることで、正しいものにもすることができたんだ」

優良な遺物が発掘されれば、その詳細を理解することができるのは考古学者だけだ——あるいは、哀れなヨランダが考えていたように、それをそこに置いた人間だけだ。オルツィニーと見なされる相手が、その仲介者と見なした人間に指示を送ってきたら、ぐずぐずするわけにもいかず、考えたり考えなおしたりしている時間もない——ただ、すばやく、盗み、渡す。

「あんたはマハリアに、自分が真実を話しているのは彼女だけだと告げていた。あんたが自分の本に背を向けたときにだ。つまり、単なる政治的思惑だったのか？　それとも彼女には、自分には勇気がないんだと話したのか？　それも人の心を動かすだろうな。あんたはそう言ったんだとおれは思うね」私はボウデンに近づいた。彼の表情が変わった。『恥ずかしいが、マハリア、このプレッシャーは並たいていじゃないんだよ。きみは私より勇敢だ、続けていきたまえ。きみはそこに近づいてるんだ、きっと見つけられる……』あんたのたわごとはあんたの経歴すべてを台なしにし、もうその時間は取り戻せない。そうなったら、次の最善策は、それをずっと真実にしつづけることだ。金もよかった——連中が報酬をくれなかったとは言わないよな——それにブーリッチにはブーリッチの、シア・アンド・コア社には彼らの理由があって、愛国主義者は言葉とほら話のうまい誰かのためなら何でもやる。だが、あんたにとって大事だったのは、オルツィニーだ。ちがうか？

それでもマハリアはつくり話に気づいたんだ、ドクター・ボウデン」

こうして、歴史でないものが、二度目はこれ以上ないぐらい完璧につくりあげられた。古文書の断片や、誤解された文献のクロスリファレンスを使わずに証拠を構築し、種として蒔かれた情報源に加えてやり、同様の出典を示し、ときにはメッセージもつくり——自分自身に宛てたものもつくっておき、彼女の、そしてその後はわれわれの情報となるようにしておいて、それでもずっと全部無意味なものだと言いつづけておけばいい——それ自体が存在しない場所から来たものだと。だが、それでもマハリアは真実を見出したのだ。

「あんたにはうれしいことじゃなかっただろうな」私は言った。

ボウデンの瞳は、私たちのいる場所のどこも見ていなかった。「そのせいさ……それが理由だ」マハリアはボウデンに、自分の配達は——つまりすべての秘密の支払いも——終わると告げた。だがボウデンの怒りの理由はそれではなかったはずだ。

「彼女はあんたもだまされてたと思ってたのか？　それとも、あんたも裏にいるということに気づいたのか？」そうしたことがほとんど付帯現象だったというのは、驚くべきことだ。

「マハリアは知らずにいたとおれは思う。マハリアはあんたをなじるようなタイプじゃない。彼女はあんたを守ろうとしたんだと思う。あんたに会って、あんたを守ろうとした。自分たちはどちらも誰かにだまされていると伝えようとした。どちらも危険なことになっていると教えようとしたんだ」

その取り組みへの怒りだ。彼女のやろうとしたこと、終わったプロジェクトを事後に正当化しようとしたことが、すべてを破壊した。得点稼ぎをしようとしたのでも、競おうとしたのでもない。ボウデンが創作物を封印して隙のないものにしようとしたにもかかわらず、マハリアが自分でも知らないうちにボウデンを賢さでしのぎ、彼の発明が発明であると気づいてしまったという純粋な事実。マハリアは、陰険さも悪意もなしにボウデンを打ち砕いたのだ。ボウデンの着想は、改良版は、オルツィニーのバージョン二・〇は、かつてボウデンが本当にそれを信じていたときと同じように、ふたたび証拠によって破壊されてしまった。マハリアが死ぬことになったのは、ボウデンが自分の創作民話を信じるほどに愚か者であることを証明したからなのだ。

「いったいそいつはなんなんだ？　彼女が……」だが、マハリアがそんな品を持ち出せたはずはないし、もし彼女が配達したものだとしても、ボウデンが持っているはずがない。

「私が何年も持っていたものだ」ボウデンは言った。「これは私が自分で見つけた。私が初めて発掘に来たときに。警備は今みたいにいつもきちんとはしてなくてね」

「マハリアとはどこで会ったんだ？　あの馬鹿馬鹿しい〈紛争地区《ディセンシ》〉か？　オルツィニーが魔法を使う場所だとあんたが彼女に教えた、どこかの空き家になってる汚い建物か？」たいした問題ではなかった。ただの何もない場所でも殺人現場にはなりうる。

「……実際の瞬間のことは本当に覚えてないんだと言ったら、きみは私を信じるかね？」ボウデンは慎重に言った。

「ああ」

「この不変の存在が、これが……」ボウデンのつくり事を粉々に砕いたのは、推理力だったのだろう。ボウデンはマハリアに、この遺物が証拠だと言って見せたのかもしれない。『オルツィニーじゃないわ！』マハリアはそう言ったかもしれない。『私たちは考えなきゃいけないんです！』『誰がこんなものを欲しがると思いますか？』それに対する怒り。

「あんたが壊したんだ」

「修復できないわけじゃない。これは強靭だ。こういう遺物は強靭なんだ」マハリアを死ぬまで殴るために使ってもなお。

「マハリアをチェックポイントで通過させるというのは、いい考えだったな」

「私が電話したとき、ブーリッチは運転手を寄こすのを嫌がったが、承知してくれた。ウル・コーマ民警やベジェル警察は問題じゃなかった。われわれのことを気づかせるわけにいかなかったのは〈ブリーチ〉だ」

「だが、あんたの地図は古かった。あのときおれは、あんたの机の上にある地図を見たんだよ。あんたか、あるいはヨルヤヴィッチが使った地図は——あんたが彼女を殺した現場にあったのか？——役立たずだったんだ」

「あんなスケートボード場がいつできたんだ？」一瞬ボウデンは、純粋に面白がっているかのような口調をかろうじて装った。「あそこは河口に直結している場所だったはずだ」古い鉄筋がマハリアを沈めてくれたかもしれない場所ということか。

「ヨルヤヴィッチはあのへんを知らなかったのか？　彼の都市だろう。兵士なんだろう？」

「彼はボーコストには行ったことがなかった。私は会議以来むこうに行ってなかった。彼に渡した地図は何年も前に買ったものだ。まさに、最後に私がむこうにいたときにね」

「なのにくだらん都市再開発が行なわれていた。そういうことか？　ヨルヤヴィッチが来て、ワゴンにすべてを積み込んで行ったら、斜面だのハーフパイプだのがあの男と川のあいだを阻んでいて、ライトに照らされていたわけだ。その失敗で、そのときからブーリッチとあんたは……うまくいかなくなった」

「そうでもない。連絡はしあっていたさ、ただ、これで終わったとは思っていたよ。いや、本当にブーリッチが不安を感じたのは、きみがウル・コーマに来たときさ。あれで彼は、これは厄介なことになると感じたんだ」

「それじゃ……ある意味、おれはあんたに詫びなきゃならんな……」ボウデンは肩をすくめようとした。その動きさえ、どちらの都市のものか判別がつかなかった。ボウデンは唾を飲み込みつづけていたが、ぴくぴくとした顔の引きつりさえ、居場所は伝えてこなかった。

「お好きなように。それでブーリッチは、〈真《トゥルー》の市民《シチズン》の会〉を狩りに使いはじめたんだ。あの爆弾で、きみが〈コーマ・ファースト〉を疑うようにしむけることまでした。ブーリッチは、私もあの脅しを信じたと思ってたんだろう」ボウデンは不愉快そうな顔をした。「前にも同じことがあったと聞いたにちがいない」

「なるほどね。あんたが〈先駆時代〉の言葉で書いたメモのすべて、あんた自身を脅迫してわれわれをあんたから遠ざけようとしたもの。偽の泥棒。あんたのオルツィニーに加えてか」ボウデンが私を見た目つきで、私は、このクソ野郎、と言うのを思いとどまった。「ヨランダについては？」

「彼女は……本当に気の毒だった。ブーリッチは彼女と私が……マハリアか私が、ヨランダに何か言ってたと思ったにちがいない」

「だが、言っていなかった。マハリアのほうもだ。マハリアはすべてのことからヨランダを守っていた。実のところ、ずっとオルツィニーを信じていたのはヨランダだけだったんだ。ヨランダはあんたのいちばんのファンだった。彼女とアイカムは」ボウデンは冷たい顔で私をじっと見た。二人のどちらも決して賢明な人間じゃなかったことは、彼にもわかっているだろう。私はしばらくのあいだ何も言わなかった。

「くそ、あんたは大嘘つきだ、ボウデン。今もだよ。ヨランダがあそこに来ることをブーリッチに話したのがあんたじゃないなんて、おれが信じると思うのか？」ボウデンの震える呼吸が聞こえてきた。「ヨランダが何か知ってた場合に備えて、あんたがやつらをあそこに送り込んだ。さっきから言ってるように、なんの意味もないことだった。あんたは意味もないのにヨランダを殺したんだ。だが、あんたのほうはどうしてあそこに来たんだ？　やつらがあんたのことも殺そうとするのはわかってただろう」私たちは、長い沈黙の中でお互いの顔を見あっていた。

「……確証が欲しかったんだ。そうだろう？」私は言った。「そしてやつらのほうも」

ヨランダだけを殺すために、国境を越えた暗殺という驚くべき計画をたて、ヨルヤヴィッチを送り込んできたわけではなかったのだ。あの連中は、ヨランダが何か知っていたらどうなるか、よくわかってはいなかった。だが、ボウデンにはわかっていた。ボウデンの知っていることは連中にもわかっていた。何もかも。

『連中は私もそれを信じたと思ってたんじゃないか』とボウデンはさっき言った。「ヨランダがあそこに来ると教えたのはあんただ。そして、自分もそこに行く、〈コーマ・ファースト〉に殺されそうだから、とも伝えたんだ。連中は本当に、あんたがそれを信じていると思ったか？……だけど連中には確認できる、ちがうか？」私は自分で答えを言った。「それは、あんたが現われるかどうかでわかる。あんたはそこにいなければならなかったんだ。でなければ連中は、あんたが演技していることに気づく。もしヨルヤヴィッチがあんたの姿を見つけられなければ、あんたが何か企んでいることがあいつにもわかる。あいつのターゲットは二人だった」ホールにいたときの、あのボウデンの奇妙な足どりと物腰。「だからあんたはあそこに現われて、誰かを盾にしてあいつのじゃまをしつづけた……」私は言葉を切った。

「ターゲットは三人だったのか？」結局のところ、暗殺を失敗に終わらせたのは私だ。私は首を振った。

「あんたは連中があんたを殺そうとするとわかってた、だが、ヨランダを葬るためにはそのリスクを冒す価値はあった。カムフラージュだな」ボウデンも共犯だと誰が思うだろう。オルツィニーが彼を殺そうとしたのに？

ボウデンはしだいに不機嫌な顔になってきた。「ブーリッチは？」

「死んだよ」

「よかった。よかった……」

私はボウデンに向かって足を踏み出した。彼は青銅器時代のずんぐりした杖か何かを持つように、遺物を私に向けた。

「何を気にしてる？　何をする気なんだ？　あんたは両方の都市にどれぐらい住んでた？　今度はどうするつもりだ？

終わったんだよ。オルツィニーは瓦礫だ」もう一歩前に出ると、ボウデンはまだ遺物を私に向けながら、口で息をし、目を大きく見開いた。

「あんたの選択肢はひとつだ。ベジェルには行った。ウル・コーマでも暮らした。残っている場所はひとつだ。冗談じゃないね。イスタンブールで名もなき人間として暮らすのか？　セバストポルででも？　パリまで行くのか？　そうなれば充分だと思うのか？

オルツィニーなどたわごとだよ。本当は隙間に何があるのか見たいのか？」

短い間があった。ボウデンは、せめて体面を取りつくろおうとするように黙っていた。卑劣な壊れた男。彼のやったこと以上にさげすみたくなることがあるとすれば、ボウデンが今や私の申し出を受けたがっていることを、隠しきれてもいないことだけだ。私と一緒に来ることは、彼の勇敢さでもなんでもない。ボウデンが重々しい武器を私に差し出し、私はそれを受けとった。遺物がカタカタと音をたてた。歯車だらけの球状の古い機械。マハリアの頭に傷を負わせて弾けとんだ金属。

ボウデンの体がよろけ、うめき声をあげた。謝罪、弁解、安堵。私は聞いていなかったし、覚えてもいない。私はボウデンを逮捕したわけではない——そのときの私は警察《ポリツァイ》ではなかったし、〈ブリーチ〉は逮捕はしない——だが、私はボウデンをとらえ、息を吐いた。終わったのだ。

•

ボウデンがどこにいるのかは、まだはっきりしていなかった。「あんたはどっちの都市にいるんだ?」私が言うと、ダットとコルヴィが近くで身がまえた。ボウデンが白状したら、位置を共有する側が前に踏み出す気でいる。

「どっちかだ」とボウデン。

そこで私がボウデンの襟首をつかみ、彼を連れ出した。与えられた権限に従い、私は〈ブリーチ〉を呼び出すと、ボウデンを囲み、彼をどちらかの都市から引きずり出して、どちらでもない場所、〈ブリーチ〉へと連行した。コルヴィとダットは、私がボウデンをどちらの手も届かない場所へ連れ出すのをながめていた。私は境界のこちらから彼らにうなずき、感謝を伝えた。二人ともお互いを見ようとはしなかったが、どちらも私にうなずいてみせた。

足を引きずって一緒に来るボウデンを連れていきながら、ふと私は、自分が追いかける権限を与えられ、捜査を続けていて、ボウデンが証人となるこの〈ブリーチ〉行為は、いまだに私の担当事件なのだということに気づいた。

終章　ブリーチ

第29章

私があの装置を目にすることは、二度となかった。あれは〈ブリーチ〉の官僚機構《ビューロクラシー》の中に吸い込まれたと言っていいだろう。何をする道具なのか、シア・アンド・コア社があれに何を求めていたのか、あれが何かの役に立つものなのか、そうしたことはついにわからずじまいだった。

暴動の一夜が明けたあとのウル・コーマは、緊張感に浮き立っていた。民警《ミリツィア》は、統一派《ユニフ》の残党が退散し、逮捕され、あるいは行方をくらましてからも派手に捜索を続け、自由論者の市民たちから非難の声を浴びていた。ウル・コーマ政府は、新たに〝用心深い隣人づきあい〟キャンペーンを呼びかけたが、そこで言う隣人とは、隣の家に住む人々（彼らは何をしているのか？）と、隣接する都市（いかに国境が大切か？）の両方を意味していた。

ベジェルでは、その晩の出来事はある種の極端な黙秘をもたらした。その件に言及するだけで災いが起きるとばかりに、新聞各紙はごく控えめに扱い、政治家たちも、なんらかの発言をするとしても、〝最近の緊張状態〟などについて回りくどく語るばかりだった。だが都市は陰鬱な雰囲気に包まれ、すべてが抑制された。ウル・コーマと同様、統一派《ユニフ》の数は激減し、残党は周到に人々の前から姿を消した。

どちらの都市でも、事態の収拾はすばやかった。〈ブリーチ〉による封鎖は三十六時間に及んだが、それが人の口に上ることは二度となかった。その晩の一件で、ウル・コーマでは二十二人、ベジェルでは十三人の死者が出たものの、そこには最初の事故で死んだ難民たちや行方不明者が含まれていない。どちらの街路でも外国の報道陣が数を増し、とらえどころのない続報を伝えていた。彼らはたえず、〈ブリーチ〉の代表者たちとインタビューの約束をとりつけようと試みていた――「もちろん名前は出しませんから」と。

「これまでに〈ブリーチ〉の結束を乱した者はいるのか？」私は尋ねた。

「もちろん」アシルが答える。「だが、その場合彼らは〈ブリーチ〉行為を為したことになるから国間追放者《インザイル》となり、われわれのものになる」服と、外からは見えない防護具の下に包帯を巻いて、彼は慎重な足どりで歩いていた。

暴動後の最初の日、あまり従順ではないボウデンを引きずるようにしてオフィスに戻ると、私は例の小部屋に閉じ込められた。だが、それからずっとドアに鍵はかけられていない。どこにあるのかわからないが、〈ブリーチ〉が治療を受ける病院からアシルが退院したあと、私は彼とともに三日間を過ごした。彼は毎日私のそばにいて、〈ブリーチ〉内にいながら、二人で両方の都市を散歩した。私は二つの都市のあいだを歩く方法を彼から教わった。最初は一方の都市を、それからもう一方を、あるいは両方を歩くのだが、ボウデンのような珍妙な動きではなく、もっと目立たないあいまいな動きだった。

「彼はなぜできたんだろう？　なぜあんなふうに歩けたんだ？」

「ボウデンは両方の都市で勉強していた」アシルが言った。「都市のあいだを歩けるように、両方の市民の特徴をしっかりつかむには、外部の人間の目が必要だったんだろう」

「彼はどこにいるんだ？」私は同じことを何度も尋ねたが、アシルはさまざまな方法でたくみに問いをかわした。このときも、以前と同様に彼はこう答えた。「いろいろなメカニズムがあって、彼は保護されている」

暗く陰鬱な天気で、わずかに雨も降っていた。私はコートの襟を立てた。私たちがいるのは川の西岸、〈クロスハッチ〉した線路わきだ。両方の都市の列車が走る短い線路上では、両国の時刻表が一致している。

「問題は、彼が一度も〈ブリーチ〉しなかったことだ」私がこの懸念を口に出してアシルに伝えるのは、これが初めてだった。彼は怪我をした部分をさすりながら振り向き、私を見つめた。「どんな権限のもとで彼を……われわれはどうすれば彼を逮捕できる？」

アシルは、私をつれてボル・イェアンの発掘現場のまわりを一周した。北のほうからはベジェルを走る列車の音が、南のほうからはウル・コーマを走る列車の音が聞こえてくる。私たちはボル・イェアンに入らず、姿を見られてしまうほどそばに寄ろうともしなかった。アシルは何も言わずに、事件のさまざまな局面をざっと検証していた。

「つまり」私は言った。「〈ブリーチ〉が誰にも答えないのは知っている、だが……あんたたちも報告を上げなければならないだろう。事件についてはすべて、監視委員会に」彼がそこで片眉を上げた。「わかってるよ、ブーリッチのせいで彼らの評判ががた落ちになったのはわかっている。だが彼らが主張するように、あれはメンバーがしでかしたことであって、委員会自体の責任じゃない。両方の都市と〈ブリーチ〉とのあいだの抑制と均衡《チェック・アンド・バランス》は以前と変わりがないだろう？　彼らの言い分も一理あると思わないか？　つまり、あんたはボウデンを連れ去る正当性を証明しなくちゃならないということだ」

「誰もボウデンのことなど気にしない」アシルがようやく言った。「ウル・コーマも、ベジェルも、カナダも、オルツィニーも。だが、確かにそれぞれに書類を提出することになる。おそらく、マハリアを捨てたあと、彼は〈ブリーチ〉してウル・コーマに戻ったのだろう」

「捨てたのは彼じゃない。ヨルヤヴィッチだ」

「そういうやりかたをしたのかもしれないが」アシルは続けた。「いずれわかるだろう。彼をベジェル側に押しやってから、ウル・コーマ側に引き戻してもいい。われわれが〈ブリーチ〉したと言えば、彼は〈ブリーチ〉したことになる」私は彼を見た。

　マハリアはもういない。彼女の遺体は、ようやく故郷へ帰った。その日アシルに聞いたところでは、両親が彼女のために葬儀を行なったそうだ。

　シア・アンド・コア社はベジェルを離れていない。ブーリッチの行状がじわじわと露見すれば、いずれ世間の注目を浴びて撤退を余儀なくされるかもしれないが。同社とその技術部門の名は浮上したが、一連のコネクションはあいまいだった。ブーリッチが連絡をとっていた可能性のある相手は残念ながら不明だし、不祥事があったということで、あちこちに警備員が配置されつつあった。コルインテック社は売却されるという噂もあった。

アシルと私は路面電車《トラム》に乗り、地下鉄《メトロ》に乗り、バスに乗り、タクシーに乗り、さらに歩いた。ベジェルとウル・コーマを出たり入ったりしながら、糸で縫い合わせるように進んでいった。

「おれの〈ブリーチ〉はどうなる？」私はついに尋ねた。二人とも、もう何日も待っていた話題だ。「いつになったら家に帰れるんだ？」とは聞かなかった。私たちはケーブルカーに乗って、少なくともベジェルでは有名な公園のてっぺんに登った。

「もしボウデンが最新のベジェルの地図を持っていたら、きみはマハリアを見つけられなかったはずだ」とアシル。「オルツィニーね」そう言うと彼は首を振った。

「〈ブリーチ〉で子供を見かけたことがあるか？」彼はさらに言った。「なんの役に立つだろう。もし生まれているとして――」

「子供たちはきっと」私は口を挟んだが、彼は私の言葉にかぶせるように言った。「――ここでどうやって生きていけるんだ？」雲が二つの都市を覆うさまはドラマチックで、私は彼よりも雲のほうを見つめながら、見捨てられた子供たちを思い描いた。「私がどうやって〈ブリーチ〉にされたか知っているかね」彼が不意に言った。

「おれはいつ家に戻れるんだ？」私の無意味な問いに、彼は微笑みさえした。

「きみはよく働いてくれた。われわれの任務はわかっただろう。この二つの都市ほどうまく機能している場所はほかにない。両者を分け隔てているのはわれわればかりではない。ベジェルの住人すべて、それにウル・コーマの住人すべてだ。毎日、あらゆる瞬間にね。われわれは最後のとりでにすぎない。大半は両方の都市に住む人々の努力のおかげだ。それができるのは、まばたきをしないからだ。だからこそ、〈見ない〉ように、〈感じない〉ようにすることが極めて重要なんだ。それがうまくできていないなどと、誰も認めるわけにはいかない。つまり、誰も認めなければ、うまくいっていることになる。しかし、もし〈ブリーチ〉を犯せば、たとえ自分のせいではなくても、一瞬より長い時が過ぎてしまえば……もう引き返すことはできない」

「事故、交通事故、火事。故意じゃない〈ブリーチ〉……」

「ああ、もちろんそうだ。大急ぎで脱出しようとすればな。〈ブリーチ〉に対してそういう反応をすれば、チャンスが与えられるかもしれない。しかし、それでも状況は不利だ。もし一瞬よりも少しでも長くとどまってしまえば、二度と脱出できない。もう〈見ない〉ようにすることはできなくなる。〈ブリーチ〉を犯した者はほとんどそうだが、きみもそのうち、われわれの拘束力に気づくだろう。しかし、ほかの可能性がないわけではない、ごくまれにではあるが。

英国海軍について何か知っているか？　二、三世紀前の」私は彼を見つめた。「〈ブリーチ〉にいるほかのみんなと同様、私もスカウトされた。ここで生まれた者はひとりもいない。

が」と私は言った。

誰もが、以前はほかの場所にいたんだ。そして全員が一度だけ〈ブリーチ〉を犯した」

私たちは二人とも、しばらくのあいだ沈黙していた。「電話をかけたい相手がいるんだ

彼の言うとおりだった。私は今、ベジェルにいるつもりになって、〈クロスハッチ〉しているウル・コーマの領域を〈見ない〉ようにしている。空間の半分に住んでいるのだ。自分がかつて過ごした街の人々や建物、車、その他あらゆるものを〈見ない〉ようにしながら。せいぜい見て見ぬふりくらいはできるかもしれないが、いずれ何かが起きて、〈ブリーチ〉に知られることだろう。

「大きな事件だった」とアシルは言った。「かつてない大事件だ。これほどの事件に遭遇することは、もう二度とないだろう」

「おれは刑事だ。いったい、ほかに選択肢があるのか？」

「もちろん」とアシル。「きみはここにいる。〈ブリーチ〉があって、〈ブリーチ〉を犯す人間がいて、彼らに過するのがわれわれだ」彼は私ではなく、重なりあう二つの都市を見つめていた。

「志願者はいるのか？」

「志願などするやつは、そもそもこの任務にはまったく不向きだ」

私たちは——強制徴募隊と私は——以前私が住んでいた古いアパートのほうへ向かってい

た。

「誰かに別れの挨拶をしてもいいかな？　何人か挨拶しておきたい相手が――」

「だめだ」彼は言い、私たちは歩いた。

「おれは刑事だ」私はもう一度言った。「ほかの……何かじゃない。あんたのような仕事のやりかたはしない」

「望むところだ。だからこそ、きみが〈ブリーチ〉してくれたことを、われわれは喜んでいるんだ。時代は変わりつつある」

すると、心配するほどなじみのないやりかたではないのかもしれない。昔ながらの〈ブリーチ〉のやりかたを押し通す者もいるのだろう。力ずくで威嚇し、とてつもない恐怖を与えるやりかたを。だが私は――オンラインから盗み取り、両方の都市からの通話を盗聴し、情報屋のネットワークを使って吸い上げた情報、あらゆる法を超えた力、何世紀にもわたる恐怖、そしてそう、ときにはわれわれを超越した力や未知なる形をした力の存在やわれわれは化身《アヴァター》にすぎないのだということを暗示し――これまで自分がやってきたように捜査をするのだ。新しい風を入れる、新入り。どこのオフィスにも必要なものだ。こういう状況も面白いかもしれない。

「サリスカと会いたいんだ。彼女がどういう相手かは、知っているだろう。それとビザヤもだ。コルヴィと話がしたい、ダットとも。せめてさよならを言いたいんだ」

アシルはしばらく黙っていた。「彼らと話をすることはできない。これがわれわれのやりかただ。そのやりかたをなくしたら、われわれには何もなくなってしまう。だが、彼らを見るだけならできる。相手の視界の外にとどまるならば」

　私たちは妥協した。私は昔の恋人たちに手紙を書いた。手書きの手紙を手渡しで届けたが、自分で手渡したのではなかった。サリスカにもビザヤにも、会えなくなるのは寂しいという以外は何も書かなかった。ていねいに書く気が起きなかっただけだ。

　同僚たちに近づいていくと、声をかけてもいないのに、二人には私の姿が見えていた。だが、ウル・コーマにいるダットも、そのあと訪ねたベジェルのコルヴィも、私がそこにはいないと、つまり彼らがいる都市に、〈完全《トータル》〉にあるいはそこだけに存在しているのではないと、わかっていた。二人とも私に話しかけなかった。そんなリスクを冒そうとはしなかったのだ。

　ダットを見たとき、彼は自分のオフィスから出てくるところだった。私を見て、しばし立ち止まった。私はウル・コーマのオフィスの外にある広告掲示板の横に立ち、彼が私だと気づいても、表情までは見えないようにうつむいていた。彼に向かって片手を上げてみた。彼はしばらくとまどっていたが、やがて指を大きく広げ、手を振らずに手を振った。私は影の中へ引っ込んだ。先にその場を立ち去ったのは彼のほうだった。

　コルヴィはカフェにいた。ベジェルのウル・コーマ・タウンだ。彼女を見ていると、顔がほころんだ。前に私が教えてやった店でクリーミーなウル・コーマのお茶を飲む彼女を、私はじっと見つめていた。小道の陰からこっそり見守っていたのだが、何秒かたったころ、彼女がこちらをまっすぐ見ているのに気づいた。私がここにいるとわかったのだ。さよならと言ったのは彼女のほうだった。カップを持ち上げ、挨拶がわりにそっと傾けた。彼女には見えなかったかもしれないが、私も口を動かしてこう言った——ありがとう、そしてさよなら。

　私には学ぶべきことがどっさりあった。嫌でも学ばなければ、単なるごろつきになってしまうし、〈ブリーチ〉の背信者ほど迫害される者はいないのだ。そうなる覚悟も、新たなコミュニティに対して、どちらの都市にも属さない空虚な生活の復讐をする覚悟もできていないので、私はその二つのうちどちらも選ばないという選択をした。私の任務は変わった。一方またはもう一方の法を維持管理するのではなく、法をあるべき位置にとどめておくためのいわば外皮を維持する役目になった。要するに、二つの法を二つの場所にとどめておくのだ。

　以上がオルツィニーと考古学者たちの事件、ベジェル警察過激犯罪課のティアドール・ボルル警部補が手掛けた最後の事件の結末である。ティアドール・ボルル警部補はいなくなった。私はティエ、〈ブリーチ〉の化身《アヴァター》としてペンを置き、見習い期間中の指導者のあとについてベジェルから、そしてウル・コーマから出ていく。私がいるこの場所では誰もが哲学者であり、さまざまなことがらについて論じ合うのだが、その一例が、自分たちが生きている場所はどこなのかという問題だ。それに関しては、私は大らかな考え方をしている。確かに、私は都市と都市のはざまで生きているが、二つの都市の両方で生きているのである。

解説

評論家 大森望

本書『都市と都市』（*The City & the City*）は、一九七二年イギリス生まれの俊英、チャイナ・ミエヴィルの第六長篇にあたる。二〇〇九年五月に英国マクミラン社からハードカバーで刊行されるや、たちまち大評判となり、同年の英国SF協会賞長篇部門を受賞。さらに、翌年のアーサー・C・クラーク賞、ヒューゴー賞長篇部門（パオロ・バチガルピ『ねじまき少女』と同時受賞）、世界幻想文学大賞、ローカス賞ファンタジイ長篇部門と、主な賞だけで五冠を獲得している（なお、ミエヴィル作品のクラーク賞受賞は『ペルディード・ストリート・ステーション』、***Iron Council*** に続きこれが三度目。クラーク賞をひとりで三回も獲得したのは史上初の快挙）。

物語の舞台は、バルカン半島の真ん中あたり（推定）に位置する架空の都市国家、ベジェル（Beszél）。時は現代（二〇一〇年ごろ）。小説は、郊外の住宅地で身元不明の若い女性の刺殺死体が発見され、ベジェル警察過激犯罪課《ECS》のティアドール・ボルル（Tyador Borlú）警部補が現場にやってくるシーンで幕をあける。ボルルは、所轄の若い女性刑事、コルヴィ一級巡査とコンビを組み、地道な捜査活動を開始する。鑑識、検屍、科学捜査、聞き込み、被害者の身元確認……。

というわけで、小説の八割は、一人称ハードボイルド形式のリアルな警察小説として語られる。舞台になじみがないことをべつにすれば、よくある海外ミステリの書き出しだ。しかし、読み進むうち、しだいに、殺人事件の謎より、ベジェルおよびウル・コーマ（Ul Qoma）という都市そのものが持つ謎がクローズアップされてくる。『都市と都市』という題名にふさわしく、本書の主役は都市なのである。

著者の小説に親しんでいる読者ならご承知のとおり、ミエヴィルはこれまでずっと都市を描いてきた。『キング・ラット』や *Kraken* のロンドン、『ペルディード・ストリート・ステーション』の都市国家ニュー・クロブゾン、『アンランダン』の裏ロンドン、*The Scar* の浮遊都市（数千隻の船が連結されてできた海上の街）、*Embassytown* の異星都市……。都市の作家ミエヴィルが、都市そのものを主役にした長篇を書くのは当然のなりゆきだ。

その一方、ミエヴィルはジャンル・フィクションの作家でもある。H・P・ラヴクラフトやクラーク・アシュトン・スミスへの偏愛を広言し、SF、ファンタジー、ホラーをひっくるめた〝ウィアード・フィクション〟の作家を標榜する（パルプ時代の作家たちと区別するため、〝ニュー・ウィアード〟と自称することもある）。《ローカス》〇二年三月号のインタビュウ「ファンタジイを引っかき回す」では、〈ぼくはジャンル・ライターであり、そのことを大いに誇りとしている。その系譜［ファンタジイとSFとホラーの系譜］を愛しているんだ。それに、奇想《ファンタスティック》の要素がないと、執筆意欲は持続できない〉とも語っている（日暮雅通訳／SFマガジン〇九年八月号のミエヴィル特集に掲載）。

ジャンル小説愛好者なら、ミステリの広大な大陸を無視できないのはあたりまえ。ミエヴィルがいずれ（奇想の要素を持つ）ミステリに進出することも、また必然だった。

おまけに、エドガー・アラン・ポオの昔から、都市とミステリは抜群に相性がいい。そう考えると、都市を主役にしたミステリをミエヴィルが書くことにはなんの不思議もない。不思議に思うことがあるとしたら、なぜその作品が――警察官の主人公が女子学生殺害事件を捜査する小説が――SFとファンタジーの名だたる賞を総ナメにし、こうしてハヤカワ文庫SFから邦訳されているのか、である。

警察小説でありながら数々のSF賞に輝く長篇としては、〇八年のヒューゴー賞、ネビュラ賞、ローカス賞、サイドワイズ賞（改変歴史SF賞）を受賞したマイケル・シェイボンの『ユダヤ警官同盟』が先行する。あるいは、〇七年のネビュラ賞、ローカス賞、キャンベル記念賞、サイドワイズ賞にノミネートされた警察ミステリ『英雄たちの朝』に始まる、ジョー・ウォルトン《ファージング》三部作（「ベストSF２０１０」海外部門２位）を思い出す人もいるだろう。しかし、曲がりなりにも改変歴史SFに分類可能な『ユダヤ警官同盟』や《ファージング》三部作と違って、『都市と都市』に明確なSF要素は見当たらない。もちろん、ベジェルもウル・コーマも現実には存在しないのだから、一種のパラレルワールド

SFに分類することは可能だが、両都市が誕生するにいたった歴史の分岐点は（作中に考古学者や歴史学者が登場するにもかかわらず）明確にされない。予備知識ゼロで本書を読みはじめた読者は、どうしてこれがハヤカワ文庫SFから刊行されているのか首をひねるかもしれない。しかし、ご心配なく。ある意味で本書は、非常に野心的な本格SFなのである。

『都市と都市』（*The City & the City*）という奇妙な題名からSF読者が真っ先に思い浮かべるのは、たぶん（クラーク賞受賞作だからというわけじゃなく）アーサー・C・クラークの名作『都市と星』（*The City and the Stars*）だろう。『都市と星』にダイアスパーとリスというふたつの対照的な街が出てくるように、『都市と都市』にも、ベジェルとウル・コーマという、まったく性格の違うふたつの都市（都市国家）が登場する。ただし本書では、ふたつの街は、地理的にほぼ同じ場所を占めている。社会体制の違うふたつの都市がひとつの土地に同居するといえば、（壁が崩壊する以前の）東ベルリンと西ベルリンを思い出すところだが、ベジェルとウル・コーマのあいだに物理的な壁は存在しない。にもかかわらず、ふたつの街のあいだには厳然とした区別があり、両国の国民はたがいに相手の国が存在しないものとしてふるまわなければならない。そのため、一方の都市の住人は他方の都市の住人（および建物や車など）を見ることも、声を聞くことも禁じられている。ふたつの都市国家が同じ場所に共存していることは、けっして認めてはならない公然の秘密なのである。このもっとも基本的な決まりに違反すると（＝〈ブリーチ〉行為をおかすと）、〈ブリーチ〉と呼ばれる謎の組織がどこからともなくあらわれ、違反者を連行する。〈ブリーチ〉はほぼ無制限の巨大な権力を持ち、両国の国民にとって、かぎりない畏怖の対象となっている。

英語のbreachは、〝破る（割く）こと〟を意味し、〝裂け目〟〝割れ目〟などを指すが、そこから転じて、〝違反〟〝不履行〟〝侵害〟などの意味を持つ。本書では、境界を侵犯することと、境界侵犯を取り締まる組織が、ともに〈ブリーチ〉と呼ばれ、物語の中できわめて重要な役割を果たす。

ベジェルとウル・コーマの国民は、幼い頃から厳しい鍛錬を積み、相手国のものを〈見ない〉（unsee）、〈聞かない〉（unhear）ことを叩き込まれる。とはいえ、見ていいかどうかは見てみないと判断できない。どっちの国の人間なのかは、服装やしぐさや歩き方ですぐに判別できるが、判別するためにはいったん視界に入れる必要があり、そうして目に入った〈異質《オルター》〉部分（相手国に属するもの）は、見なかったふりをすることが求められる（同様に、建物なら建築様式、車なら年式で区別されるらしい）。

しかし、両都市国家のあいだにまったく交流がないかといえば、そうではないから話がややこしい。両国はかつて二度にわたって〝短く悲惨な戦争〟を経験しているが、現在はほぼ友好関係にあり、それぞれの旧市街の中心に位置するコピュラ・ホールを通ることで合法的に（〈ブリーチ〉行為をおかすことなく）両国間を行き来できる。ベジェルの国民は、コピュラ・ホールからウル・コーマに入国したとたん、いままで見えなかったウル・コーマの建物や人々が見えるようになり、反対にベジェルの建物や人々が見えなくなる（ことを求められる）。また、〈ブリーチ〉を発動するかどうかなど、両国間の問題は、それぞれの代表が集まってコピュラ・ホールで開かれる監視委員会で討議される。

組織としての〈ブリーチ〉は、両都市の狭間に存在するわけだが、それと同じように、両都市の隙間にはだれにも知られていない第三の都市、オルツィニーがある——という伝説が吟遊詩人の昔から語り伝えられている。

……とまあ、このまったくありえない設定（＝ファンタジー）を真正面から堂々とまじめくさって描き、リアルな警察ミステリの枠組みと同居させたところにミエヴィルのすごさがある。身元不明の女性死体を〝フラナ・デタール（Fulana Detail）〟、事件現場を犯罪状況《ミザンクリーム》（mise-en-crime）と呼んだりする、いかにもそれっぽい造語（推定）に始まって、さまざまな地名・人名、独特の宗教、言語、政治システムなどなど、この異様な設定をリアルに見せるための緻密なディテールに、ミエヴィルはこれまで異世界構築で培ってきた技術のありったけを投入する。

じっさい、ベジェル／ウル・コーマを中世風の異世界に持っていけばそのままファンタジーになるだろうし（やろうと思えば、《バス＝ラグ》シリーズの一本として書くこともできそうだ）、人類が植民した異星を舞台にすれば、（アーシュラ・K・ル・グィン『所有せざる人々』や、オースン・スコット・カード『ゼノサイド』のような）政治的・社会人類学的な本格ＳＦになる。というか、ここまで突拍子もない設定なら、異世界や異星を舞台にするほうがふつうだろう。早い話、「裸の王様」を国家レベルで（しかもリアルな警察小説として）やってのけるようなものだから、並みの作家なら、現代のヨーロッパを舞台にすることなど考えもしないんじゃないかと思う。

ちなみに、〝見えるはずのものが見えない〟という本書の仕掛け自体は、そう珍しいものではなく、本格ミステリの世界では、心理トリックのひとつとしてよく使われる。郵便配達係が見えない、車掌が見えない、死体が見えない、色（の違い）が見えないなどなど、海外ミステリ、国産ミステリ問わずさまざまなパターンがあり（本格ミステリ読者なら、該当する作品がぱっと思いつくはずだ）、それが結末で明かされて読者に衝撃を与える。

ところが本書の場合、王様が裸であることは最初から明示されている。裸の王様が服を着ているかのように見える訓練を積んだ国民たちのあいだで起こる事件――どう考えても、喜劇的なバカミスにしかなりようがない。

しかし、チャイナ・ミエヴィルはその異世界を、血肉の通ったすばらしく魅惑的な舞台として成立させる。ニュー・クロブゾンよりもアンランダンよりも独創的に設計された非在の二重都市……。

ありえない設定だとは知りつつ、読んでいるうちにミエヴィルの語りの技術にだまされて、このシステムを採用すれば、パレスチナ問題も解決するんじゃないかという気がしてくるほど。実際、ミエヴィルがオンライン日刊紙《クリスチャン・サイエンス・モニター》で読んだある記事では、米国務省あたりの政治学者が、まさに『都市と都市』に出てくるような方法でエルサレムをパレスチナ側とイスラエル側に分割するプランを提案していたという。

もっとも、ミエヴィル自身は、本書が現実の政治状況のアレゴリー（寓意）として読まれることに強く異を唱えている。"Unsolving the City"と題する、BLDGBLOG（http://bldgblog.blogspot.com/）のインタビュウ（二〇一一年三月掲載）にいわく、〈アレゴリーというのは観点からものを考えるのは大嫌いだ。ぼくのファンタジー観は、トールキンのそれとはいろんな点で違うけど、アレゴリーを心から嫌っているという点だけは一致するね〉。

このインタビュウによると、〝分割された都市〟という発想の原点は、もともとファンタジーの短篇用にあたためていたアイデアだったという。以下、ミエヴィルの発言をダイジェストして紹介すると、最初は、同じロンドンの街で暮らす人間とネズミがまったく違う生活様式を持っているのと同じように、環境に対する接し方がぜんぜん違う複数の種族が同居している都会を描くことを考えていたが、人間同士の話で書いたほうが面白いと途中で考え直した。

ふたつの都市を、東洋的な都市と西洋的な都市とか、資本主義の都市と共産主義の都市とか、そういう象徴的な設定にするのはイヤだったから、血肉の通った本物っぽい街にしようと努力した。すごく風変わりな街ではなく、あんまりなじみはないけれど、なんとなく覚えがあるような感じの街にしたいと考えた。

そうやって街の設定が頭の中でしだいにかたまってきたあとも、そこでどんな物語を語ればいいのかについては、なかなか答えが見つからなかった。二、三ヵ月かけて、いろんなタイプの物語を頭の中でオーディションしたあと、最終的にたどりついたのがミステリの語りだった。
ミステリを選んだ理由のひとつは、ミステリが大好きな母親へのプレゼントにするため。もうひとつは、ミエヴィル自身もそのとき大量のミステリを読み、ミステリについて考えていたからだという。以下、インタビュウから引用する。

そのころになってようやく、もっと早く気づいていてしかるべきだった明白な事実を理解しはじめた。すなわち、ノワールとハードボイルドと犯罪小説は、ある意味で、一種の神話的な都市学にほかならない。ミステリは都市とダイレクトに結びついている。(中略)
〝都市を解読する〟という発想そのものが、ぼくにはすごく重要だった。犯罪小説において、都市は無数の手がかりが織りなすテキストであり、さまざまな可能性のあいだで揺れ動く量子振動なんだ。そして、解決の瞬間にそれが崩壊してひとつに収束する――その意味では、事件の解決は一種の悲劇だといってもいい。(中略)
この小説は純粋なフー・ダニット(犯人探しミステリ)にしたかった。ミステリ読者が読んでも、アンフェアだと怒ったりしないような小説にしたかった。

いったんミステリを書くと決めたら、徹底的にミステリらしく書く――ジャンル小説のフォーマットに対するこの忠実さが、ミエヴィルのジャンル小説作家たるゆえん。同じようにミステリ要素を導入した名作、ジーン・ウルフ『ケルベロス第五の首』や、クリストファー・プリースト『奇術師』以上に、定型を守ろうとする意識が強い。

しかし、特殊ルールによって成立している共同体を舞台にしたミステリは、もともとＳＦとの親和性が非常に高い。この種のＳＦミステリの場合、アイザック・アシモフ『鋼鉄都市』の昔からアダム＝トロイ・カストロ『シリンダー世界１１１』の現在まで、共同体外部からやってきた探偵役が異文化を解読しようとする形式をとる場合が多いが、本書では、ベジェルに生まれ育った男が一人称主人公をつとめ、〝都市と都市〟の謎に挑む。『都市と星』の主人公アルヴィンが生まれ育ったダイアスパーを出てリスへと赴き、さらに外へと飛び出したように、ボルル警部補もまた、ベジェルからウル・コーマへと赴き、さらにはその両国を超越した第三の視点を手に入れることになる。

その結果、『都市と都市』は第三部に至って、ついにミステリの国境線を破り《ブリーチし》（いやむしろ、〈ブリーチ〉しないまま、軽業のようなステップを踏んで）、個人が世界の秘密と対峙する『都市と星』型の本格ＳＦに変貌する。かくして、狭義の警察ハードボイルドの形式を忠実に守りながら、ＳＦとしても高く評価される希有な作品が誕生したのである。

最後に、ミエヴィルの近況について少し。二〇一一年五月は、現時点での最新長篇となる*Embassytown* が刊行されている。時ははるかな未来、舞台は、昆虫と馬を合体させたような姿の異星人が住む、はるか彼方の惑星 Ariekei。入植した人類は、エンバシータウンと呼ばれる街に暮らしている。物語は、ひさしぶりにその街にもどってきたヒロインの回想から始まる。これまでのミエヴィル作品の中で、もっともSFらしいSFと言われるこの長篇は、二〇一三年二月、《新☆ハヤカワ・SF・シリーズ》から邦訳刊行予定（内田昌之訳）。

また、二〇一二年五月には、第九長篇となる *Railsea* が刊行予定。amazon.com には、デル・レイから出版されるアメリカ版の書影（線路の向こうから蒸気機関車らしきものがこちらへ走ってくる絵柄）がいちはやく公開されているが、内容はまだ明かされていない（どうやら『アンランダン』につづくヤングアダルト作品らしい）。

なお、ネット上では、チャイナ・ミエヴィルのインタビュウやスピーチの動画が多数見つかる。スキンヘッドに左耳のピアス、ぴっちりした黒っぽいTシャツがトレードマーク。『都市と都市』について語るプロモーションビデオや、ロンドンのSF専門書店フォービドゥン・プラネットで開かれたサイン会での『都市と都市』朗読映像も YouTube で公開されているので、興味のある方はぜひどうぞ。

■チャイナ・ミエヴィル小説単行本リスト（チャップブック、RPGは除く）

1　King Rat（1998）『キング・ラット』村井智之訳／アーティストハウス（二〇〇一年）
2　Perdido Street Station（2000）『ペルディード・ストリート・ステーション』日暮雅通

訳／早川書房（二〇〇九年）※《バス＝ラグ》シリーズ。アーサー・C・クラーク賞、英国幻想文学賞受賞
3 The Scar (2002) ※《バス＝ラグ》シリーズ。英国幻想文学賞、ローカス賞ファンタジィ長篇部門受賞
4 Iron Council (2004) ※《バス＝ラグ》シリーズ。アーサー・C・クラーク賞、ローカス賞ファンタジィ長篇部門受賞
5 Looking for Jake and Other Stories (2005)『ジェイクをさがして』日暮雅通・田中一江・柳下毅一郎・市田泉訳／ハヤカワ文庫ＳＦ（二〇一〇年）※短篇集
6 Un Lun Dun (2007)『アンランダン』内田昌之訳／河出書房新社（二〇一〇年）※ローカス賞ヤングアダルト書籍部門受賞
7 The City & the City (2009)『都市と都市』日暮雅通訳／ハヤカワ文庫ＳＦ（二〇一一年）※本書。アーサー・C・クラーク賞、英国ＳＦ協会賞長篇部門、ヒューゴー賞長篇部門、世界幻想文学大賞長篇部門、ローカス賞ファンタジィ長篇部門受賞
8 Kraken (2010) ※ローカス賞ファンタジィ長篇部門受賞
9 Embassytown (2011)『エンバシータウン』（仮）内田昌之訳／新☆ハヤカワ・ＳＦ・シリーズ（二〇一三年二月）※予定
10 Railsea (2012) ※予定

訳者略歴　1954年生，青山学院大学理工学部卒，英米文芸・ノンフィクション翻訳家　訳書『ペルディード・ストリート・ステーション』ミエヴィル，『最初の刑事』サマースケイル（以上早川書房刊）他多数

HM=Hayakawa Mystery
SF=Science Fiction
JA=Japanese Author
NV=Novel
NF=Nonfiction
FT=Fantasy

都市《とし》と都市《とし》

〈SF1835〉

二〇一一年十二月二十五日　発行
二〇一三年十一月　十五日　六刷
（定価はカバーに表示してあります）

著者　チャイナ・ミエヴィル
訳者　日《ひ》暮《ぐらし》雅《まさ》通《みち》
発行者　早川浩
発行所　株式会社　早川書房

郵便番号　一〇一 - 〇〇四六
東京都千代田区神田多町二ノ二
電話　〇三 - 三二五二 - 三一一一（大代表）
振替　〇〇一六〇 - 三 - 四七七九九
http://www.hayakawa-online.co.jp

乱丁・落丁本は小社制作部宛お送り下さい。
送料小社負担にてお取りかえいたします。

印刷・中央精版印刷株式会社　製本・株式会社明光社
Printed and bound in Japan
ISBN978-4-15-011835-8 C0197

本書は活字が大きく読みやすい〈トールサイズ〉です。

TOKYO
HAYAKAWA
BOOKS